似曾识我

If Ever I Am

梅子黄时雨———著

湖南文艺出版社
HUNAN LITERATURE AND ART PUBLISHING HOUSE

博集天卷
CS-BOOKY

似 曾 识 我

目 录

Contents

这个世界上，
很多人爱无数次，爱无数个人。

但也有的人，
一辈子只爱一次，只把爱给一个人。

Act One

突 变 /

/

戒指的钻石在清亮的灯光下折射出炫目璀璨的冷冷光芒。

傅佩嘉瞧着瞧着，忽然笑了……

日暮时分，洛海城的半边天空似被人打翻了调色盘，泼下了变化万千的浓墨重彩。忙碌的街道，车辆蜿蜒如流水，潺潺不息。人声，车声，喇叭声，各种热闹喧哗声，交织成了一个众生繁华的世界。

　　夕阳的最后一抹微光悄无声息地探进了傅成雄病房的时候，傅佩嘉如往常般地推开了病房门："爸，我来了。

　　"今天公司有点忙，要不是我对面的江伟帮忙，我这会儿还在加班呢……"

　　一屋子的寂静无声。

　　病床上已经昏迷了一年多的傅成雄自然不会回答她。

　　傅佩嘉自顾自地一边说话，一边利落地去洗手间拧了热毛巾，认真仔细地给父亲擦拭。

　　"老爸，你的指甲又该剪了。"擦手的时候，她这样说。

　　"爸，我给你翻个身哦。"傅佩嘉吃力地搬动父亲，给他侧了侧身，以防止产生褥疮。

　　病房里偶有电子监护仪发出的冰冷轻响，越发把整个空间衬托得静谧了起来。

如同这一年来的每一日，当她帮父亲做完最后的按摩理疗时，时针已经指向了六点二十分的方向。

傅佩嘉替父亲拉好了薄被，在他苍白枯槁的额头落下了轻轻一吻："爸爸，我明天再来看你。"

这一切，已经成为植物人的父亲傅成雄是半点感知都无的。

或许这辈子，父亲再不会回应自己了。所有的一切都是自己造成的，父亲想必是怨她，所以才不愿意醒来看见她。

这一年多来，傅佩嘉总是自责不已。

经过护士台的时候，护士长林清唤住了她："傅小姐。"

林清递了一份单子给她："这是这个月的交费清单。本院所有的费用都是预交的。傅先生的账单是李长信医生帮忙打了招呼的。所以我们都提前用药了——"

傅佩嘉垂眼接过："谢谢。我这几天会把钱交了。"

"好。傅小姐再见。"瞧着傅佩嘉远去的纤细单薄身形，林清不禁想起了数年前洛海城的那场名流云集、盛极一时的大婚。新娘所有的婚礼礼服皆出自国外某著名华裔设计师之手，连鲜花都是从国外空运至洛海。结婚当日，复古雍容的婚纱，如海的鲜花，却都美不过新娘流淌幸福的笑颜。

可眼前，当年的那个新娘眉目憔悴，早无当日半分顾盼神飞的影子了。

林清不免物伤其类，叹了口气："女怕嫁错郎。咱们女人啊，结婚的时候一定要睁大眼睛啊！"

新来不久的张雁容凑了过来："傅小姐离婚了吗？"

一旁的邱敏冷哼了一声："都这种情况了，两人能不离吗？那个乔家轩什么都得到了，自然要一脚把她踹了啊。前些日子报纸上都登了，傅氏都已经改名了。"

"唉，她前夫真是薄情寡义！"

林清："你们都还没有男朋友，所以我这个老大姐啊，一定要叮嘱你们一句，日后找男友的时候可得睁大眼睛看清楚了啊。这男人啊，脸好看是没用的，最重要的还是心地善良有责任感，要知冷知热懂得疼人……"

这些窃窃私语，傅佩嘉自然是听不到的。

又是一万多的交费清单。

薄薄的一张催款单，捏在她手里，却仿似有千斤重。

傅氏破产后，傅佩嘉便离开了从小长大的家。父亲给她办理的所有附属卡自然都被银行停掉了。幸好，某张储蓄卡里有一小笔钱。以前的她，从未为钱费过半分心思，对金钱也没什么特别的概念。这笔钱是何时存下的，傅佩嘉自己都已经完全不记得了。

幸好有这笔钱，她方能借此度过人生最低谷的半年。

但如今的傅佩嘉早已经山穷水尽了。前些天，医院一连催了她两个星期，她都无法交上父亲的医疗费。李长信医生听说了她的情况，便用自己的名义担保，帮她申请了先用药后交费的特例。

想不到，到了最困难时刻，唯一会帮助自己的竟然是他的好友。

这真是个荒谬绝伦的世界。

傅佩嘉有的时候想想就觉得要发笑。但她根本无力扯动千斤重的嘴角。

这次的费用要怎么办？她手头所有的钱加起来不过四千多块而已。那还是一个星期前，公司发了工资才攒下来的。

从未尝过穷苦滋味的傅佩嘉，这一年来快被钱给逼疯了。如今的她也终于是知道了，从前在书上看到过的"一文钱逼死一个英雄好汉"的描写，绝非杜撰。

此时，电梯"叮"的一声在某一层停了下来，傅佩嘉下意识地抬头。只一眼，她整个人便僵住了。

等候电梯的李长信医生大约也没有想到会遇到她，一时间也错愕未动。而他身畔那位身着定制西服，连领带都处理得一丝不苟的冷峻男子，则用目光徐徐地扫过了她，眼神漠然得仿佛只是看到了一件了无生趣的摆设物件而已。

傅佩嘉的下一个动作便是抬手按下了闭合键。两扇光亮如新的电梯门一分分地在眼前闭合，终于是关上了，将那个人隔绝在了外头。

像是躲过了一劫般，傅佩嘉从肺部深处缓缓地吁出了一口气。

可她还未来得及换气呼吸，电梯门居然又在她面前打开了。

电梯外，有只修长的手臂按住了电梯的打开键。下一秒，那手臂的主人已面无表情地跨了进来，在她前面站定。

那人不咸不淡地对着李长信道："不进来？不是说要去开会？"

李长信几不可闻地叹了口气。进了电梯后，他侧头与傅佩嘉打了个招呼："傅小姐，你好。"

"李医生好。"傅佩嘉这样回他。

而后，李长信也不便再开口了。

静默的电梯里，连"嘎嘎""嘎嘎"的钢缆转动声都清晰可闻。

傅佩嘉垂着眼，视线定格在自己破损的鞋尖。

这是一双国产 ×× 牌子的黑色尖头皮鞋，是傅佩嘉每日上班必备的。因为穿得多了，鞋头的皮早已经被踢掉了。傅佩嘉每月都捉襟见肘的，实在没有多余的钱再买一双。不得已之下，她便用黑色的马克笔把鞋头涂黑了，每天晚上用鞋油擦一遍，准备熬到过年，到了打折季再换。

如今的她，学会了精打细算，一分钱都要掰成两半来花。

想起以前拿着父亲附属的信用卡，一个下午可以花掉普通工薪族一个月或数个月工资的日子，傅佩嘉每每恍觉如梦。

数十秒后，电梯停在了下一层，进来了数人，将李长信和傅佩嘉三人推向了电梯的更深处。

两人之间几乎已无任何空隙了。傅佩嘉的后背已经紧贴在了电梯上，退无可退。四周都是那个人特有的强烈气息，她几近窒息。

会有人因为呼吸困难而在电梯里窒息而亡吗？傅佩嘉不知道。

不过，她却觉得这样也不错。

如果真能这样，她倒也解脱了。

片刻后，电梯再度停了下来，挤进了两个人。他往后顺势退了半步。傅佩嘉的额头因他的后退擦到了他挺括的西服外套。

那一秒，傅佩嘉如受电击，猛地将头往后一仰，只听"咚"一声，她的后脑勺由于动作过于猛烈迅速而撞到了电梯钢板。傅佩嘉因为疼痛而蹙眉闭眼。

可这疼，尚不及心口撕心裂肺的万分之一。

两人之间如此之近。她只要一伸手，就可以与往昔一样，搂住他精瘦的腰。

然而，傅佩嘉知道，此生再不会有那个光景了。

犹记得那一日清晨，她得知了傅氏的情况，惨白了一张脸问他："钟叔叔说的可是真的？"

他居然毫无半点惭愧之意，沉静黝黑的眸子坦坦荡荡地望进她的眼，直认不讳："是。钟秘书告诉你的，半字不假。"

她晃了晃，用尽力气牢牢地抓住了沙发的靠背，缓了许久才找到声音问他："为什么？"

他张了张口，似有话要说，但最后还是什么都没有说。

"为什么你要这么对我？"她总是不甘心，想要知道原因。多可笑，被一个男人哄骗到这个地步，她却仍旧不肯相信。

他缄默地瞧了她许久，最后终于说话了。他的每个字都极低极缓，似在谆谆告诫她一般："傅佩嘉，经过这一次教训，要记住了，下次不要再这么轻易地相信别人。不要被人卖了，还在帮人数钱，知道吗？"说罢，他转身打开了傅家两扇高大的门。

饶是到了那个光景，她却还存着一丝念想，她跑上前拼命地抱住了他："家轩，我不信。我不信你会这么对我，这么对我爸爸。你告诉我，你是骗我的。好不好？"

背对着她的乔家轩一直没有说话。半晌后，他缓缓地扯开了她的手："我没有骗你。

"我从来没有喜欢过你。半分也没有。

"我与你在一起，我费尽心机地讨好你，哄你开心，让你爱上我，我对你说的每一句话，包括'我爱你'这三个字，都是有目的的。

"这一切，都只是为了傅氏。"

他每说一句，她便踉跄着退后一步……最后，她泪流满面地跌坐在了地板上。

整个世界仿若核爆，在傅佩嘉面前轰然炸裂成碎片。

此时此刻，乔家轩在她触手可及之处，所有的过往犹如倒带一般地不断闪过眼前。

傅佩嘉呼吸渐止。

就在傅佩嘉以为自己真的要窒息而死的那一秒，只听得"叮"一声，电梯终于到达了一层。拥挤的人如潮水般纷纷退了开去。

那人亦是，如那日一般，头也不回地跨步而出。

倒是李长信出了电梯，客气地转身对她说了一句："傅小姐，再见。"

"再见。"除此之外，傅佩嘉实在不知道可以说些什么。

她没有因呼吸困难而窒息。

她还活着。

可眼前的一切都似盖了厚厚的玻璃罩子，什么都不真切。傅佩嘉不知道自己是怎么坐上公交车，怎么下了车，怎么回到出租房的。

她回神后试图回想，但脑中完全空白一片。

唯一的意识是知道自己回家了。

虽然小，但这是属于她一个人的安全空间。傅佩嘉呆呆怔怔地坐在了老旧不堪的地板上，把头搁在床畔，无声无息地发起怔来。

花木兰悄悄地奔跑过来，竖着耳朵在她身边趴着。好久后，傅佩嘉才伸出手抱起它："花木兰……我今天看见他了……"

从在傅家客厅摊牌的最后一面，到今天，已经是一年六个月零九天了。

傅佩嘉一直不懂。为什么深爱一个人，会换来这样子的结果？

孟太太的电话将她拉出了这一场伤心欲绝："傅小姐，现在已经七点多了。你什么时候到？"

傅佩嘉这才慌乱回神，她居然错过了上班时间。她本应该从医院直接到孟家的。

"不好意思，孟太太，我马上就到。马上……"

“傅小姐，请你抓紧时间。和朋友们的牌局，我已经快迟到了。”孟太太的口气已不大和善了。

傅佩嘉忙把花木兰搁进了纸箱里，她进了浴室，洗了把脸让自己清醒了一下，便匆匆下了楼。

已经到点了，再坐公交车慢吞吞赶去的话，估计这饭碗就不保了。傅佩嘉不得已，只好忍痛打车去了孟家。

孟太太早已等得一脸不耐烦，见了她，十指纤纤地抓起包就往外走：“傅小姐，我丑话先说在前头。可别再有下次了。你都不知道，我的麻将搭子已经打了好几通电话过来了。”

“不好意思，孟太太。不会再有下次了。”傅佩嘉连声道歉。

孟太太养尊处优，每天睡到自然醒，吃了午饭逛街做头发做美甲，晚上则雷打不动地与朋友们打麻将。看着孟太太，傅佩嘉经常会想到从前的那个自己。除了不打麻将外，同样无所事事，毫无精神寄托。

“没关系的，佩姐姐。我喜欢你，我不会让我妈妈开除你的。”孟家小公主孟欣儿跑过来拉住了她的袖子。

孟欣儿气鼓鼓地对着已关上的大门道：“妈妈天天就知道打麻将。我想她肯定把我生错了。她肯定宁愿生副麻将牌的。”

傅佩嘉被她逗笑了，蹲下来揉了揉她的头发：“欣儿，不许这么说你妈妈。这天底下，哪里有不爱自己女儿的妈妈呢。”

孟欣儿噘着嘴控诉道：“可是我觉得妈妈不喜欢我，更喜欢麻将。她要么不在家，在家也只会玩手机，从来不管我。”

“你妈妈也需要一点私人空间，做一些自己喜欢的事情。比如打麻将、逛街。再说了，她也会有事忙啊。”

“她才不会有事情忙呢。佩姐姐，要是你是我妈妈就好了。”

这话要是让孟太太听到，那还了得，她估计得直接打包走人。傅佩嘉忙正色道：“欣儿，不许乱说话。佩姐姐不喜欢乱说话的孩子。”

孟欣儿见她沉下脸，便意识到了自己的错误，双手捂着嘴巴，眨着圆溜溜的大眼：“佩姐姐，我下次不会乱说了。你不要不喜欢我。”

如此可爱的表情，傅佩嘉怎么可能真生她的气呢。她蹲下来，摸了摸欣儿的头："好。乖啦。来，我们先去做作业，然后温习明天要学的功课。"

偌大的公主房，粉色的墙纸，白色的家具，还专门为孩子开辟了一个摆放玩具的角落。

孟欣儿："佩姐姐，我们今天语文考试了，我考了 98 分。老师说我这两个月进步很大哦。"

"欣儿好棒啊。来，让佩姐姐看看你错了几道题，错在哪里？我们一起来研究一下，下次要是再遇到同一道题目，争取不重复犯错……"

这是傅佩嘉的一份兼职。每晚的七点，傅佩嘉要到孟家，帮孟欣儿复习各门功课，照顾孟欣儿，给孟欣儿洗澡，哄她入睡，直到孟太太回来。

至于孟家先生，傅佩嘉兼职这三个月来，都没有看到过一回。

孟太太并不是个好相处的雇主。听孟欣儿说，在她来之前一年要换好多个阿姨。她已经是迄今为止做的时间最长的了。不过自傅佩嘉来兼职后，由于孟欣儿喜欢她，加上孟欣儿功课进步，孟太太对她也算和颜悦色，颇为客气。

这一年来，经历过了各种人情冷暖，也经历过了各种找工作，傅佩嘉对目前的这个保姆加家教的工作是很满意的。晚上兼职到深夜十二点，可以赚五千块，已经是极高的工资了。所以就算孟太太偶尔心情不好，对她发泄几句，她都默默承受。她白天在一个小公司任职文员，朝九晚五的，做足八个小时，也不过五千来块钱而已。

她早已经不是从前的傅佩嘉了，懂得了什么是形势比人强，懂得了什么是人在屋檐下，不得不低头。

孟欣儿打开了书本，读了两页，忽然转过头，轻轻软软地开口："佩姐姐，你今天怎么了？眼睛红红的。"

想不到欣儿这么细心，傅佩嘉心头微暖，便找了个理由想哄骗她："今天晚上，佩姐姐做洋葱炒饭。切洋葱的时候，被它辣得流泪了。"

每到周末的时候，傅佩嘉会在自己租来的小屋做一顿简单的饭菜。洋葱炒蛋、西红柿炒蛋、咖喱牛肉等各种盖饭，好吃易做又省钱。

"切洋葱为什么会让人流泪啊？"孟欣儿懵懵懂懂。

"因为洋葱很辣，会刺激眼睛……"因为洋葱跟那个人一样，是没有心的，会叫人落泪。毫无预警地又想起了乔家轩，傅佩嘉忙一摇头，将他赶出了脑海："好了。快订正试卷。还有一个半小时做作业。"

"佩姐姐，我什么时候可以念完所有的书啊？"做到一半，孟欣儿又歪头问她。

"最起码等你大学毕业。"

"等我大学毕业几岁？"

"怎么也要二十三四岁吧？"

"好讨厌，还要这么久！"孟欣儿颓然垂头，一脸的生无可恋。

傅佩嘉顿觉好气又好笑，努力做训斥状："认真做作业。不许问那么多问题。"

孟太太照例又是深夜一点多回的家。她一进门便踹了十来寸的高跟鞋，从包里摸出两百块钱甩给了傅佩嘉："辛苦你了，傅小姐。今晚打车回去吧。还有一百，算你的加班费。"

口气是愉快且施舍的。看来今晚她的手气应该不错。

两张粉红色的一百块钱轻飘飘地坠在了光洁闪亮的大理石地上。换了一年前的傅佩嘉，再多的钱，她也不会弯下腰去捡起来。

然而，此一时，彼一时。

傅佩嘉不只捡起了钱，还客气地欠了欠身："谢谢孟太太。欣儿的作业本你记得给她签字。"

"我知道了。"孟太太困倦地揉了揉脖子，见傅佩嘉没走，遂问道，"还有其他事情吗？"

傅佩嘉欲言又止了数秒："我有件事情，想请傅太太帮一下忙。"

"什么事？"

"孟太太能不能提前给我结一下这个月的工资？"

"这个月你才做了二十天。"

"可否请孟太太帮一下忙？我……我急需用钱。"

孟太太沉吟了片刻，方道："好吧。看在你平时做事勤恳的分儿上。我先把钱结给你。但只此一次，下不为例！"

傅佩嘉拿着钱，千恩万谢地回了家。她甚至连羞耻都已经淡漠了。

天大地大，对她来说，真不如钱大。

东拼西凑，还是只有九千八百三十二块钱。

傅佩嘉把钱数了一遍又一遍。

医院的钱不够付，房租已经到期。房东这几天一早就在堵她。

这个月怕是连啃馒头和给花木兰买食粮的钱都没有了。

她喂花木兰吃了点自己晒的干草，揉着它松软的毛发，低低地道："花木兰，怎么办呢？这个月的钱还是不够，我怎么才能找到一份够付医药费的工作呢？

"花木兰，我觉得好累……好累好累……"

傅佩嘉将头缓缓地埋在自己的膝盖处，极轻地道："花木兰，我真怕我会熬不下去……"

花木兰自然不会回答她，它津津有味地啃着干草，吃得不亦乐乎。

无论如何，医院的钱一定要去交的，否则医院要停掉治疗了。下个月的房租就"请"房东再宽限几日吧。

第二天一早，刚结束会诊的李长信已经接到了相关的内线电话："李医生，你关照过的那位傅先生，上个月费用到今天为止还一直没有交上来，这个月我们部门是否要继续治疗？"

那头颇有几分为难，一再解释道："李医生，我们医院的相关规定你是最了解的。"

李长信扶了扶眼镜，道："继续吧。"

"那下一个月的相关治疗费用呢？"

"先以我的名义欠一下。这样会不会让你们难做？如果需要什么申请担保的话，你这边安排一下，到时候我过去签个字。"

"好。那请李医生在方便的时候来我们科室签个字。"李长信是叶氏医院院长的女婿，医院日后的接班人之一，各大科室谁敢不给他这个面子？！

"好的。麻烦你了，姬主任。"

结束通话后，李长信沉吟了数秒，从外套口袋里摸出手机打出了一个电话。那边嘟了几声方才接了起来。

"在忙？"

"在开会。"

"那我不打扰你了。"

"我让他们都出去了。怎么了？傅成雄的病情出现新的情况了？"乔家轩捏了捏发涨的眉心，漫不经心地问道。

"我找你是因为傅小姐。"

那边突地沉默了下来。

"上个月的治疗费用，她到现在还没有交。"

电话那头依旧无声无息，似那人已经凭空消失了一般。

"看来她真的已经走投无路了。恭喜你了，乔。良愿终成。"李长信不咸不淡地说完这句话，也不待乔家轩回答，便挂断了电话。

乔家轩盯着自己掌中的手机，他不知道自己这样的姿势维持了多久。直到助理袁靖仁敲门进来："乔先生，已经休息半个小时了。要继续会议吗？"

乔家轩反手把手机盖在了会议桌上，再抬头时，面上已经平静从容，毫无方才通话时的半丝波澜了："让他们都进来吧。"

袁靖仁转身而出，手刚握到门把，忽然听见乔家轩的声音响起："今天是几号？"

袁靖仁回道："6号。"

乔家轩似想起了什么，脸上的失神一闪而过。

众人进来继续方才关于投资案的讨论。身为助理的袁靖仁明显地察觉到了乔家轩的心不在焉。

"乔先生，按目前评估，孤儿院这块地改建投资案的可行性大，获利高。如果董事会通过的话，我们可以立刻着手进行收回孤儿院土地的事项……"

乔家轩靠坐在办公椅上，修长的手指抵在下颔处，若有所思，良久不语。

"乔先生……"

乔家轩不带情绪地抬了眼，扫了一眼这个提案的彭经理，沉吟道："关于孤儿院改建的这个方案，我们下次会议再做决定。下一个讨论项目是什么？"

他的声音淡然，却带了不容置喙的威严，在座众人听在耳中，便已经知道他对这个提案并不满意。

这个方案本是在乔家轩指示下进行的，彭经理所在的部门一个多月来加班加点地进行各种资料收集和评估工作，本以为今日会议可得到乔家轩的另眼相待。但怎么也没料到，乔家轩十分不耐烦，语气里头隐隐有否决的意味。

商场如战场，公司内部部门之间又何尝不是战场呢。若是这个方案不通过，今年部门的绩效怕是……彭经理诚惶诚恐地坐着，一再回想自己的表现，实在不知自己方才的简报到底哪里错误了，会让乔家轩如此不满。

下午又是冗长的会议，一直持续到了五点。乔家轩看了腕表，对众人吩咐道："大家都辛苦了。今天就到这里吧。明天再继续。"

出了会议室的乔家轩径直进了电梯，按下了去地下停车场的键。

乔家轩把车子停在了医院的门口。十几分钟后，只见一身素简的傅佩嘉从公交车上下来。不同的是，今天的她提了一个小纸袋，走进了大楼。

乔家轩一动不动地坐在驾驶座上，望着傅佩嘉的身影一点点地消失在自己的视线尽头。

恒温的病房内，傅佩嘉照例给父亲翻身，给他的四肢做按摩，以防止长褥疮和肌肉萎缩。

一切结束后，她取出了纸袋里的纸杯蛋糕。这么小小的一个，要十五块钱。平时，这个开销够她买四天的早餐了。

不过今天是自己的生日，难得地破费一下。

虽然一再地告诉自己别再回忆从前了，可有些时候，傅佩嘉总是不免会想起，每年这个时候，她起码要过几天的生日，切好十个八个蛋糕，许好多好多个愿望。

听说人一辈子的福分是定量的，若是自己不懂珍惜，过度挥霍的话，便会很快地把一辈子的福气用光。

傅佩嘉不知道自己是不是属于这种情况。

在她人生的前二十多年里，她属于被上帝宠幸着长大的为数不多的一拨人。富二代，含着金汤匙出生，白富美，有财又有貌，所有形容家世容貌的美好字眼都可以用在她身上。

或许是因为过往的她不懂得感恩惜福吧，所以今天，她一个人孤零零地给自己唱生日快乐歌。

傅佩嘉双手合十许愿，吹灭了那根从蛋糕店特地讨来的蜡烛。

"老爸，今天我又大一岁啦。

"我现在啊，不仅学会了洗衣服打扫，还学会了烧菜做饭。我烧的番茄炒蛋、洋葱炒蛋还不错哦。萝卜排骨汤、海带排骨汤，各种排骨汤几乎都难不倒我哦。厉害吧？！老爸，你快醒来吧，醒来我就做给你吃。我保证你会喜欢。

"不过你最喜欢的佛跳墙我可不会，材料太多太贵，而且很耗时间——不过这样吧，我答应你，只要你醒来，我一定去学做这道菜，做给你吃。好不好？

"老爸——你醒过来吧——

"我好想好想你啊——"

可病房里唯一会回答她的依旧只是监护仪上冰冷的"嘀嘀"声响而已。

傅佩嘉仰头吸气，极力控制不让眼眶里的泪掉落下来。这一抬头便扫到了时钟，此时已经是六点半了。傅佩嘉忙起身把蛋糕装进了袋子，又匆匆替父亲掖好了薄被："老爸，我要去上班了。明天我再来看你。"

"傅小姐，这个要给你。"林清在走廊上截住了她，默默地把催款单递给了她。

"我会尽快交费的。"傅佩嘉垂眼说着每个月重复的话语。

"好的。傅小姐，那我先去忙了。"林清点点头，便匆匆地走开了。

她知道傅佩嘉的情况，怕她尴尬。

饶是如此，傅佩嘉也依然觉得难堪至极。

她明白他们不催促是因为知道她已经山穷水尽了。

公交车上乘客很多，人群一拨拨地拥上来，又一拨拨地退去，傅佩嘉被挤到了最角落。车窗外，是熙熙攘攘的车流。

偶尔的偶尔，傅佩嘉站在马路边，会对着那些飞驰而过的车子发愣。她不止一次地想过，如果自己扑上去，"砰"的一声响起，是不是一切就可以结束了？！

幸好，这样的念头每每只是一闪而过而已。她回神的时候，都忍不住打冷战。她告诉自己，还不能死。父亲还活生生地躺在医院，没有醒来跟她说一句"我原谅你"，她就不能死。

然而，只有她自己知道，她早已经精疲力竭了。

"刺"一声长刹车声传来，公交车到了孟家这一站。傅佩嘉已饥肠辘辘。她看了看手机显示的时间，还剩十分钟。也就是说，她还有五分钟的时间可以填饱自己的肚子。

于是，在人来人往的街头，傅佩嘉站在垃圾桶边上，狼吞虎咽地吃下了今天的生日晚餐——一块面包和那个纸杯小蛋糕。

而马路边，一辆一直尾随着她的豪华车子里头，乔家轩缄默无声地将这一切都瞧进了眼中。

孟太太照例出去会牌友了。傅佩嘉给孟欣儿辅导功课的时候，门铃声响了起来。

门口站了一个长相普通的中年男子，大约是喝了不少酒的缘故，眼神迷迷瞪瞪。他见了傅佩嘉，似也惊了惊，踉跄着往后退了两步，再度确认了一下门牌，方粗声粗气地问道："喂，你是谁？怎么会在这里？"

"请问你找谁？"浓烈的酒气扑鼻，傅佩嘉不由得皱眉。

"找谁？"那男人斜着眼瞧她，奇奇怪怪地笑了。他推开傅佩嘉，一边跨了进来，一边大声喊道："欣儿，欣儿——爸爸来了，还不快出来。"

孟欣儿听见声音，从自己的房中跑了出来，大喊了一声"爸爸"，便飞扑进了男子的怀抱："臭爸爸，坏爸爸。你为什么这么久才来看我？"

傅佩嘉吃惊地呆立一旁，这才意识到此人居然是孟先生。

"你妈呢？不会又去打麻将了吧？"

"没有。妈妈她出去给我买东西了。"欣儿知道父亲不喜欢母亲打麻将，小小年纪已经懂得为母亲遮掩了。她偷偷地对傅佩嘉眨了眨眼，示意傅佩嘉"快叫我妈妈回来"。

傅佩嘉立刻接收到了信息，她转身发了一条信息给孟太太。

"她是谁？"孟先生问自己的女儿。

"佩姐姐是我的保姆家教，帮我辅导功课。佩姐姐教得特别棒，老师说我的语文和数学进步很大哦。爸爸你来看，这是我新考的语文卷子，我考了一百分哦。"孟欣儿蹦蹦跳跳地拉着父亲的手进了自己卧室，像极了一只快乐的小鸟。

"我们欣儿太棒了。让爸爸想想奖励你什么好呢。"

难得欣儿这么喜欢一个保姆。看来这保姆不简单啊。孟先生眯着眼，仔细地打量了傅佩嘉一番。

那一晚，由于孟先生的到来，傅佩嘉提前回了家。

习惯了晚归晚睡，难得早回家，一时间竟有些无所适从。傅佩嘉取出了钱，又翻来覆去地点了几遍。今天因为买了纸杯蛋糕，买了面包，又少了一点。

怎么办？全部交给医院，还是不够。她该怎么办呢？

她茫茫然地呆坐在床畔。

也不知过了多久，有件物品突然划过了脑海。傅佩嘉腾地站了起来，在老旧的小柜里翻找了起来。

一件粉色粗呢外套的出现，令她的眼睛一亮：对。就是这件外套。

没有。还是没有。

终于，在摸到最后一个口袋的时候，她的手指碰触到了一个冰凉的金属物体。

　　傅佩嘉小心翼翼地摸了出来。

　　戒指的钻石在清亮的灯光下折射出炫目璀璨的冷冷光芒。

　　傅佩嘉瞧着瞧着，忽然笑了，只是这个笑容比哭还难看几分。

　　这是她和乔家轩的婚戒。

　　当日浑浑噩噩地离开，忘记了手上的这枚戒指。如今倒是解了她的燃眉之急。

似 曾 识 我

Act Two

错 爱 /

傅佩嘉的人生分成两个阶段。

/ 认识乔家轩之前和认识乔家轩之后。

傅佩嘉的人生分成两个阶段。

　　认识乔家轩之前和认识乔家轩之后。

　　傅佩嘉遇见乔家轩那一年，正值人生中最美好之年华。

　　那一晚，是在黄家宴会上。面对着黄伯父黄伯母热情的招待和其子黄品优炽热的目光，傅佩嘉只觉得压抑得紧。她便找了个机会，偷偷溜出了宴会，到了黄家花园的一个角落。

　　她才站定，忽地听到角落里有个低沉的男声响起："是谁？"

　　傅佩嘉愕然转头，只见黑暗中有一个挺拔的身影。他的脸由于光线的缘故，隐在黑暗中，半点看不见。

　　傅佩嘉歉声道："不好意思，是不是我惊扰你了？"

　　那人没说话，缓步从暗处走了出来。

　　那一瞬，傅佩嘉瞧见了一张极干净斯文的脸。一身被成功人士穿烂了的黑色西装，在他身上却无比妥帖优雅，清淡怡然。

　　那人徐徐抬眼，四目相交的那一刻，傅佩嘉也不知怎的，只听到心头突地一跳。他的眼似凝了日月星辰的光芒，在黑暗中熠熠生辉。

"你没有打扰我。"他这样对她说。

傅佩嘉歪头一笑："你是不是也嫌里头闷，出来透口气？"

那人大约从那个"也"字里听出了蹊跷，嘴角微微上勾："是。"

自打一个月前，父亲便时常带她出席这一类的活动，醉翁之意不在酒，而在那些世家子弟、青年才俊也。

傅佩嘉完全明白父亲的良苦用心。

傅家的财势在父亲这些年的苦心经营之下，名下的地产、电子，无一不日进斗金。

若说傅成雄有何遗憾的话，便是妻子早逝，膝下只有傅佩嘉一女。

所谓世事难两全。然而傅成雄从来都说："如今男女各顶半边天，我手下亦女将如云。不过，我倒是不大希望女儿在商场工作，大学毕业后，做做慈善，帮助有需要的人就可以了。"

旁人自然逢迎不已："那是傅兄为善不欲人后。"

"女孩子们向来面善心软，做慈善，最合适不过。那就如宝马名车，相得益彰。"

一干商场朋友每每捧得傅成雄笑容满面。但傅成雄也是只老狐狸，自然懂得，很多人除了愿意与他攀上生意关系外，更愿意与他结成儿女亲家。

乔家轩说："是不是觉得里面乏味不堪？不过商场如战场，很多生意需要此类交际，建立关系，有利于日后的合作。"

"你也是商场中人？"他的气质这般冷淡清雅，根本不像是在商场汲汲营营之辈。

乔家轩淡淡地道："我不过是一个小小的打工仔而已。哪里敢说此等大言不惭之语。"

傅佩嘉追问了一句："你在哪里高就？"

"建业。"

建业是黄世伯的公司。傅佩嘉隐有一丝遗憾。到底遗憾什么呢？她自己也说不上来。

一时间，两人俱不知道说些什么，便静默了下来。

空气里除了阵阵海涛之声外，偶有从黄家客厅流泻出来的婉转曲调。

黄家半山别墅，环境得天独厚。脚下蔓延开去的草坪，尽头便是山崖，底下则是一望无际的大海，极目望去，黑洞洞的仿佛没个尽头。

"你看，今晚的星星真美。"傅佩嘉仰头轻轻地说。

"是啊。"隔了好一会儿，傅佩嘉听到他缓缓地说，"可惜，如今连清风朗月、星光闪烁都快成了有钱人的奢侈品。"

"为什么这么说呢？阳光微风、日月星辰是属于我们每个人的。"

"你看看山脚下的洛海城，多少贫民，不过片瓦遮头，每日忙着工作，养育子女，为了生活疲于奔波，哪里有什么闲情逸致观赏夜景呢？再说，城中高楼林立，哪怕你抬头瞅上半天，也看不见一颗星子。"

这确实是一番实话。傅佩嘉反驳不得。

片刻后，乔家轩抬起了腕表，看了看时间，道："接下来的这片美好星空要独属于你一人了。你慢慢欣赏，我要进去了。再见。"

"再见。"傅佩嘉轻咬着下唇，目送乔家轩俊逸修长的背影远离。

她终于知道先前听到他说在建业工作时的那丝遗憾是什么了。那是因为，她应该没有机会再见到他了。

她甚至连他的姓名都不知道。

却没想到很快便再次相遇了。傅佩嘉一直记得，那天是孤儿院小榕的生日。

傅成雄虽然工作繁忙，但因妻子早亡，所以在教育女儿方面是花尽了心思的。他怕养成女儿骄纵蛮横的个性，所以自打傅佩嘉懂事起他便三不五时地带她来到孤儿院探望小朋友。让她知道世间有这么多可怜的小朋友，让她从小就明白珍惜的道理。

傅佩嘉初见小榕时，那孩子特别忧郁沉默，抱着一个破旧的毛绒小狗，整日呆呆滞滞地坐在角落里，从不参加小朋友的玩乐活动。

"小朋友，你叫什么名字？"

小榕不回答，他慢了数拍地抬头看了傅佩嘉一眼，随即又把空空的目光移向了孤儿院的大门。

"那你的小狗叫什么名字呢？花花？奇奇？还是跟你一样叫榕榕？"

傅佩嘉蹲在他面前一再逗他说话，他都一声不吭。

第二次见面，依然如此。孤儿院的工作人员长叹了口气，告诉傅佩嘉："这孩子一直固执地不肯适应这里。他每天坐在那里，在等着家人接他回去。"

"他家人呢？"

"父母车祸去世了，只有他幸免于难。那个小狗是他车祸当日抱在怀里的，是他父母唯一给他留下的东西，所以无论我们怎么劝说，这孩子都不肯放开。"

进孤儿院的孩子，每个都有每个的不幸。傅佩嘉一听，便无声无息地红了眼眶。

由于从小没有母亲，但凡母亲留下的小物件，哪怕是一张小小的照片，傅佩嘉都会好好保存，珍若珠宝。所以，她一下子懂得了小榕。也明白了这个旁人看着破烂的玩具小狗在他心目中无可替代的重要地位。

她怜爱地摸了摸小榕的头："小榕，我叫傅佩嘉。这里的小朋友都叫我佩嘉姐姐。"

无论她说什么，说多少，小榕都一动不动地坐在木椅上，双手紧紧地抱着小狗，目光愣愣地望着大门。

从孤儿院出来后，傅佩嘉就特地去商场，寻了一只一模一样的毛绒小狗。

第三次见面，还是在那个角落。傅佩嘉拿了小狗上前，轻声细语地跟他商量："小榕，我把这个给你。你把你手里的小狗给我，我拿回家洗干净了，再来还你，好吗？"

小榕才缓缓抬头，干净清澈的眸子戒备地盯着她，一直不说话。

傅佩嘉等了许久，知道小榕受刺激过重，一时很难敞开心扉跟人交流，便把小狗塞给他："你把它收着吧。你的小狗跟你一样也很孤单。你看，现在有它陪着你的小狗，有它们一起陪着你，会热闹一点哦。"

傅佩嘉揉了揉他的头发，怜惜地叹了口气，起身而去。

忽然，只听身后有一个极低的嗓音，怯生生地说："肉球球——小狗的名字叫肉球球。"

小榕终于肯开口说话了。傅佩嘉顿时又惊又喜。

她小心翼翼地碰触他的小狗："肉球球，你好。我叫傅佩嘉。你可以叫我佩嘉姐姐。"

傅佩嘉跟肉球球自言自语了一会儿，小榕方道："我叫小榕。"

傅佩嘉向他伸出了手："小榕，你好。我是佩嘉。以后你可以跟大家一样叫我佩嘉姐姐。"

小榕迟疑了片刻，终于握住了她的手："佩姐姐。"

傅佩嘉微笑："名字只是个代号。随便小榕叫我什么都可以。"

"佩姐姐。"小榕坚定地重复了一遍。

"好。那我以后就是小榕的佩姐姐。"

自此后，小榕与傅佩嘉就特别亲。

这日下午，从孤儿院给小榕过完生日出来，司机就直接开车将傅佩嘉带到了傅氏大楼。

傅佩嘉如常来到了父亲的办公楼层，忽然听到有人说："好的，谢谢你，钟秘书。"

这个声音——傅佩嘉心口处骤然停跳了一个节拍。她转过头，一眼便看到了从钟秘书办公室出来的挺拔身影，赫然便是那日在花园遇到的男子。

钟秘书如常地恭敬唤她："傅小姐。"

那人似是一怔，随后他亦如钟秘书般客气有礼地与她打了一声招呼："傅小姐，你好。"

傅佩嘉有生以来第一次讨厌"傅小姐"这个称呼。她明显地察觉到了那客气背后的冷淡疏离。那一秒，傅佩嘉的心头有一些小小的酸涩。以后大概再不能像在花园里那么无拘无束地聊天了吧。但是能见到他的欢喜如潮水般掩盖了这点小小的不如意，她甜甜缓缓地绽放出一朵笑容："你好。"

那人忙于翻阅手中的资料。傅佩嘉只好转头与钟秘书说话："钟叔，我爸在忙吗？"

"建业的黄总来了。正在里头谈事情呢。"钟秘书道，"傅先生吩咐了，说小姐过来，就请小姐先进休息室坐坐，他估计还要好一会儿才能结束。"

"哦，好。"她瞧着钟秘书和那人忙碌的身影，便进了父亲办公室隔壁的房间。那是父亲专门为她装修的，类似小书房休息室一般的地方，里头有门可直通父亲的办公室。从很小的时候起，她下课就经常在那里头做作业，大了就喜欢在里头喝咖啡、玩电脑。

不过那日，她一直半敞着房间门，注意着那抹挺拔如松的身影在办公室里忙忙碌碌，在她视线里来来回回。

傅成雄和黄民仁一直聊到了极晚。黄民仁从办公室出来，见了傅佩嘉，便慈蔼道："傅兄，我是真心羡慕你啊，女儿都这么大了，还肯等你这个糟老头子下班。如此的好福气，千金难买啊。"

"黄兄，过奖了。自己的孩子自己知道。我这个女儿确实乖巧听话，但让她来公司上班，领导一群下属，风风火火办事，那肯定是不成。"

"女孩子就该像佩嘉一样温温柔柔的。我瞧着可是极好。"黄民仁赞许不已。

"哦，对了。前几日，品优还在说要请佩嘉吃饭。我看择日不如撞日。要不今晚就由我和品优做东，请你和佩嘉一起去洛海会馆用个晚餐，怎么样？"

"好。黄兄既然都这么说了，那么就这样决定了。"傅成雄对黄民仁打的小九九自然心如明镜，对一直看着长大的黄品优也算是知根知底，在无更好的世家子弟可选择的情况下，傅成雄也是乐见其成。

"好好好。"黄民仁迭声应下，转头吩咐乔家轩："乔经理，今天辛苦你了。你先下班吧。"

"是，黄先生。那我回办公室整理好这些资料，明天把报告交给你。"

电梯门缓缓合上，截断了乔家轩那一抹挺拔的背影。傅佩嘉垂下眼帘，忽然在口中尝到了一种怅然若失的味道。

傅佩嘉知道父亲在极力撮合她与黄品优。黄品优并不差，相貌堂堂，又是从英国牛津大学毕业的，在世家子弟中也是个有真才实学的。

但傅佩嘉就是对他没有任何感觉。

她无法控制自己去喜欢黄品优，就如她今天无法控制自己不去注意乔家轩一样。

傅氏楼下有一家品牌咖啡连锁店。这日，傅佩嘉心血来潮地进去买了些咖啡和蛋糕，准备上楼请父亲办公室的工作人员品尝。

她一手捧了杯咖啡，一手提了数袋外卖咖啡和蛋糕，正准备离开。

不料，此时有人从斜对面撞了过来，她被撞得收势不住，手里捧着的咖啡顿时飞向了排在自己身后的某位无辜人士——

在自己的惊呼声中，那人的西服一片咖啡淋漓。傅佩嘉赶忙道歉："对不起。对不起。"

"不用道歉。你也不是故意的。"

这声音是他的！傅佩嘉心口处传来了一阵熟悉的抽缩。她缓缓抬头，果然撞进了一双乌漆漆的眼。

真的是乔家轩。傅佩嘉惊愕中有很多只有自己知道的小欢喜。

下一秒，她意识回笼，想到了自己闯的祸，赶紧从皮包里取出纸巾："乔先生，不好意思，把你的衣服都弄脏了——我给你擦擦……"

乔家轩并没有接她递过来的纸巾，只是把外套脱了下来，淡淡地道："没关系。我车子里还有一件备用外套。"

其实身着白衬衫的他更为好看，另有一番说不出的俊朗气质。

傅佩嘉骤然觉得自己的脸热了起来。她怕乔家轩看出异样，不敢多瞧，便把视线固定在他的胸口："这样吧，你把脏衣服给我，我让人干洗好给你送回来。"

"不用。这点小事就不麻烦傅小姐了。我自己可以处理的。"乔家轩的语气十分客气冷淡。

"可是……是我弄脏的，给我吧，我洗干净还你，不然我过意不去。"

"那好吧。"对这个状况，乔家轩似乎也很无可奈何。

"我洗好跟你联系。"傅佩嘉生怕他反悔，接过衣服便匆匆往外走。才拉开门，忽然听到乔家轩在背后唤她："傅小姐，请等一下。"

他不会真的反悔了吧？傅佩嘉心中一时百转千折，迟疑了好几秒才转过身。

乔家轩取出了手机，清清朗朗地道："你没有我的联系方式，到时候怎么把衣服给我？"

"哦，对哦。我一时没想到。"竟然在这种毫无预料的情况下与他交换了联系方式，傅佩嘉自是又惊又喜。

那日后，无论在哪里，傅佩嘉总是手机不离身。

她一天会无数次地看手机。可是，总是失望。

乔家轩的头像是一杯咖啡。很多很多次，傅佩嘉对着那个头像，想发文字给他。但是，在最后关头她还是忍住了。

女孩子要矜持。

她期期艾艾地把心事告诉了自己的闺密林又琪："又琪，我……我最近好像……好像喜欢上了一个人。"

林又琪顿时十分好奇这个叫乔家轩的是怎么样一个人。

傅佩嘉也不知道怎么形容乔家轩，她反问林又琪："你有没有遇到过那样的人？每次你见了他之后，会心跳加速，难以呼吸，总是会难以抑制地想起他，会很想很想见到他……

"这样的感觉，是不是就是喜欢？"

林又琪呆了呆，而后简简单单地回了一个"是"给她。

林又琪亦不止一次地问过她："佩嘉，你确定这个叫乔家轩的真的比黄品优出色？"

"我不知道。我唯一知道的是我从来没有对黄品优有过这种心动心颤的感觉。"

"好吧。看来你是真的喜欢那个人了。"林又琪对她鼓励道，"其实人生在世，很难遇到一个自己喜欢的人。既然你遇到了，就别轻易放过哦。"

与乔家轩两人之间的恋爱，完全是傅佩嘉主动的。这与林又琪的鼓励分不开。

　　乔家轩一直没有联系她，他仿佛早已经把外套的事情忘得一干二净了。

　　后来，是傅佩嘉忍不住，联系了乔家轩："乔先生，衣服洗好了，什么时候有空我拿去给你。还有，可否给我个机会让我请你吃个饭表示一下我的歉意？"她怕自己会失去勇气，便一鼓作气地把话说完了。

　　好几年后，傅佩嘉才知道自己为这次主动买了多大的单。

　　"不用了，傅小姐。我工作很忙。"

　　"我已经订好位置了。请你赏个脸，好不好？"傅佩嘉的姿态很低。

　　乔家轩沉吟半晌，终于答应了下来："好吧。"

　　乔家轩确实极忙，跟她吃一顿饭的时间里，一连接好几通电话。

　　男女之间的事情，很容易有一便有二的。两人之间亦是。

　　那一次，是两人相约第三次吃饭。临出门前，却被父亲捉住了，拉着她"啧啧啧"地打量了一圈，再三追问："佩嘉，穿这么漂亮，去见哪个男孩子？是品优吗？你黄伯伯说，品优约了你几次，你都说有事。来，跟爸说说你最近到底在忙些什么。"

　　傅佩嘉顿时像是被撞破了奸情一般，心虚得脸红耳热："爸，我跟黄品优又不熟，一起吃饭也不知道可以聊些什么——"

　　"傻孩子，多吃几次不就熟了吗？对你和品优的事情，我和你黄伯伯黄伯母，那可是乐见其成的……"

　　傅佩嘉不想在这个问题上打转，便撒着娇截住了他的话头："老爸，我约了又琪一起吃饭。要迟到了啦。"

　　就这么去晚了，一进餐厅，她便看到了乔家轩已端坐在餐桌前。明明是温暖的季节，但他侧着脸凝望着一片凝碧湖水的寂寥表情，叫人觉得孤单悲伤。

　　那个瞬间她忽然有一种乔家轩其实一直都不快乐的感觉。

　　傅佩嘉走上前，乔家轩听见了动静回头，看见了她，他的嘴角微弯，露出了往日里的清淡微笑。

　　可是这一次，也是第一次，傅佩嘉注意到了：他的笑意并没有抵达眼睛深处。

那晚回家的路上，红灯的时候，两人在车子里不言不语地等候着。

傅佩嘉踌躇了良久，终于决定开口问他："你是不是心情不好？"

"没有啊。你为什么这么问？"乔家轩有些惊讶。

傅佩嘉支吾许久才肯回答："我觉得你……好像不开心。"

乔家轩侧过头，对她微微一笑："我没有心情不好。可能是我工作太忙太累的缘故吧。"

可是，他的笑意还是仅仅停留在脸上而已。傅佩嘉不知自己怎么了，她冲动地伸出手，轻轻地碰触到他的脸："你笑了。"

"我笑了有什么奇怪的吗？"

"你笑的时候，在你的眼睛里看不到半点快乐。"

乔家轩整个人似乎陡然一震。片刻后，他缓缓地抬起了自己的手，覆盖住了她的。

"你知道吗？你是第一个对我这么说的人。"他的声音低低的，似有几分怆然。但他的手心却灼热无比，烫得傅佩嘉不知所措。

这是两人之间第一次的亲密接触。

渐渐地，两人几乎天天见面。

彼此之间，虽未说出那三个字，但一切尽在不言中。

当然，情侣之间的小争吵，两人也是无法幸免的。

有一日，傅佩嘉说："家轩，要不你来我爸的企业……"

素来温文谦和的乔家轩蓦地沉下了脸，他随即招来了服务生，买单离去。

那是数月以来，两人唯一的一次不欢而散。

傅佩嘉实在是不懂，她求助了远在美国的莫孝贤——他是她唯一要好的男性朋友。莫孝贤在电话那头沉默了数秒，方告诉她："这样太伤他自尊了。男人都是极要面子的动物。"

"可是，我想嫁给他。反正以后他也要帮我管理整个傅氏的……"脱口而出后，傅佩嘉自己都面红耳赤。

莫孝贤在另一头糗她："小公举（小公主），你才跟他谈了三个月恋爱，居然就想嫁给他了！"

对着好友，傅佩嘉还是轻轻地说出了心声："你继续笑我吧。我真的是这么想的。"

莫孝贤敛下了逗趣笑容，正色道："佩嘉，这可是你的初恋。谈结婚是不是有点太早？"

"初恋怎么了？初恋就一定要用来分手吗？初恋肯定也可以白头到老的。"

莫孝贤无语了半天，只好认输："好吧。小公举，看来啊，你爱惨了他。"

"莫孝贤，你到底帮不帮我？"

"帮，必须帮。这样吧，我先帮你分析分析，这个乔家轩对你的两种可能性。"

"可能性？"

"第一，他爱你，也爱面子。听你描述的情况，乔家轩既然能得到建业重用，能力肯定是一等一的。能力强的人一般来说自尊心也绝对强于旁人。第二呢，他可能爱你，但更爱你背后的资产……"

"他不会的！"傅佩嘉斩钉截铁地打断了他。热恋中的她容不得旁人说乔家轩的半句不是。

"喂喂喂。小公举，你听我说完可以吗？！"

"好吧，你说。"傅佩嘉依旧气鼓鼓的。

"佩嘉，如果你只是一个普通女孩，那么我说的第二种可能性是不会存在的。但你不是，你身后，是傅氏。所以，这一点，你不得不防。"打小就比旁人成熟的莫孝贤很是语重心长。

"所以，你必须带眼识人。知道吗？"莫孝贤谆谆告诫。

傅佩嘉承认莫孝贤说得有几分道理。但是那个时候的两个人却从未料到，后来的发展真如莫孝贤所料，乔家轩是奔着傅氏而来的。

傅佩嘉与莫孝贤结束通话，便把他的话语抛到了脑后，抱了宠物兔进浴室洗澡。

洗澡出来，搁在床上的手机里有一条乔家轩发来的未读信息。傅佩嘉喜滋滋地打开，寥寥数字却叫她呆立当场：佩嘉，我们以后别再见面了。

傅佩嘉怔怔地看着上面的字，根本不知道怎么反应。

两人之间相处虽然没有捅破那层纸，但一直都是若有似无，心照不宣。

乔家轩的手机关机，乔家轩出差，乔家轩不在家。数日后，失魂落魄的傅佩嘉在他家门口等到他的时候，已经是深夜了。

乔家轩摇醒了她："很晚了，我送你回去。"

傅佩嘉如触电般地睁开了眼，她惶恐地从背后牢牢地抱住了他的腰。乔家轩静站了半晌，叹了口气，轻轻拨开了她的手："很晚了，回家吧。"

"不。"傅佩嘉把头埋在他背上，闷闷地说。

"不要这样。你已经过门禁时间了，你爸爸会生气的。"

"我爸爸不在，他去英国出差了。"傅佩嘉生怕自己一松手，就会失去他了。

"乖了，快回家！"乔家轩声音渐厉。

"是不是我那天说错话了？我跟你说对不起，好不好？"

乔家轩沉默了片刻，道："不是你的错。是我错了。"

"为什么？"

"因为你是傅成雄的女儿，是傅氏集团的继承人。而我，只不过是一个小小的打工者。事实上，是我高攀不起你。"乔家轩淡淡地陈述事实。

"我从来没有这样认为——"

"佩嘉，以后不要再来我这里了。我们以后不要再见面了。这话我不想说第三次。"乔家轩说得很轻很温柔，但每个字都掷地有声，坚决得很。

傅佩嘉突然意识到乔家轩的决心。他说要分手，每个字都是真的。

傅佩嘉咬着唇，无声无息地红了眼眶："你不喜欢我吗？一点点的喜欢都没有过？如果你说没有，我就走，以后再不会出现在你面前。"

傅佩嘉知道自己在赌。这些日子以来的两情相悦，她看到他眼里的那些温柔欢喜，怎么可能是假的呢？

最后，她赌赢了。

乔家轩缄默不言地望着她，一直不说话。傅佩嘉上前一步，羞涩地踮着脚吻上了他……

"家轩，我知道你也是爱我的。"

是她点燃了火。意乱情迷，不能自已的那一刹那，傅佩嘉隐约听见他在她耳边喘息呢喃："佩嘉，你以后会后悔的。"

此后，乔家轩的小公寓便成了两个人的秘密基地。

被傅成雄如珠如宝捧在手心的傅佩嘉，一到乔家轩这里则是二十四孝的贤惠女友。

每日会过来帮忙整理屋子，打扫卫生。一室一厅的小空间，总是被她收拾得熠熠发光。

至于煮饭，她是全然不会的。不过乔家轩会，且手艺不错。

于是，难得的假日，两人会手牵手去买菜，回家煮饭。

这一日，乔家轩打开门，便瞧见了傅佩嘉正跪在地上，弯腰擦地的画面。

她的头发扎成了丸子，这么跪着，露出了诱人至极的腰部线条。就这么一个画面，乔家轩已觉情动，他上前一把抱住了她。

"不要闹，我在搞卫生呢……"傅佩嘉的呜咽被他吞进了嘴里。

不过片刻，她又呼痛："啊……轻点……疼……"

"轻不下来……"

乔家轩外表瞧着斯文，很多方面却霸道得紧。

偶尔，傅佩嘉会缠着他不停地问："家轩，你喜欢我什么？"

"嘉宝，你有双好看的眼，能清澈地映出整个世界。"

"原来你只喜欢我的眼睛。"傅佩嘉嘟着嘴，做娇嗔生气状。

"当然。这里，这里，这里……我都不喜欢……一点都不喜欢……"他点着她的唇，她的鼻，她的眉，在她耳畔吐出湿热缠绵的气息。

这一日，乔家轩是在黄民仁召开的公司会议上接到傅成雄的亲信钟秘书的电话的。

"乔先生，我是钟秘书。你稍等。"钟秘书话音刚落了不过数秒，傅成雄低沉的声音便传了过来："晚上七点，富贵轩八号包厢。"

就这么简单的一句话，也不待乔家轩说话，傅成雄便已经挂了电话。

乔家轩是在六点五十九分跨进富贵轩包厢的。推门而进的时候，傅成雄已经在了。偌大的房间里，只傅成雄一人。

"坐。"

乔家轩落落大方地坐了下来。

"现在没有别人，开个条件吧。你怎么样才肯离开佩嘉？"

乔家轩笑了："傅先生，我怕你是找错人了。"

傅成雄端坐着，不动声色。

"傅先生，今时今日，哪怕我在你面前说破嘴，说我如何如何地爱佩嘉，你都是不信的。既然如此，我也就不白费这些功夫了。

"我知道我高攀不起佩嘉，我也跟佩嘉数次提出过分手。只是男女之间，爱恋情浓之际，不是说分开就能分开的。傅先生肯定跟佩嘉谈过，对不对？

"傅先生，佩嘉这么年轻，人生路上肯定会有几个过客的。所以你又何必着急呢。或许过一年半载，不用你开口，佩嘉与我便已经分手了。而你们血浓于水，永远都是亲父女。我要是你的话，不如静观其变。何必为了我这么一个小人物，伤了你跟佩嘉之间的父女感情呢。"

傅成雄审视着他，似在斟酌他话中的真假。

不可否认，乔家轩的话确实有几分道理。但在这个任何人做事都有目的的年代，傅成雄绝对不会相信乔家轩仅仅是喜欢自己的女儿而已。

"傅先生担心我接近佩嘉，别有目的，我完全能够理解。富家千金穷小子这种戏码，易地而处，我肯定也会如此疑虑。但是不知道傅先生考虑过没有……"乔家轩顿了顿，方说了下去，"今天没有我乔家轩，也可能有李家轩、赵家轩出现。甚至包括傅先生所选的人，谁能保证他们没有目的呢？

"佩嘉终有一日会结婚生子，不是跟我乔家轩也会是旁人。傅先生怎么就能保证那人不是另有目的，且他会给佩嘉想要的幸福呢？"

傅成雄的目光微闪，他端起酒杯状似闲适地饮了口酒，虽不开口，内心却已有所动。

傅佩嘉自然是不知有这次会面的。后来，父亲拗不过她，接受乔家轩后，两人更是情浓至极。

如世间任何一对恋人一样，难分难舍之后便是结婚。

两人的婚礼铺张至极，傅成雄广邀商界好友，成为洛海城中年度大事。

婚后，乔家轩坚决不肯辞去建业的那份工作。这份心性，无论真假，落在傅成雄眼里倒是有几分满意的。

平心而论，乔家轩的眼光奇佳，只要他看中的土地和楼盘，无论是收购后自建，或者拆卖，抑或重新装修后出租，都令建业获利极丰。这一点，业内行家们有目共睹。

黄民仁就不止一次在跟他打高尔夫球的时候抱怨："傅兄，想不到我费尽心机延揽来的大将，到头来竟然是为傅兄你做嫁衣裳。真心不甘啊！"

傅成雄笑吟吟地挥出一杆："这不还在给你建业打工吗？"

"乔家轩入主你傅氏不过迟早的事情而已。这么能干的女婿，你舍得搁在外面让他替我卖命？"

"我这个人向来民主，尊重孩子们的意愿。"

事实上，傅成雄对乔家轩依旧在观察中。所谓日久方能见人心，傅成雄对此毫不怀疑。

傅成雄亦曾与乔家轩谈过工作问题，亦真亦假地试探过："家轩，要不来傅氏帮我？"

乔家轩从来都说："谢谢傅先生的好意。我在建业做得很是得心应手。"

傅成雄倒是极欣赏乔家轩这一点的。在外头，很懂规矩，从来只唤他傅先生。

他亦曾问过跟随自己多年的钟秘书："你有什么看法？"

钟秘书素来为人谨慎，说话做事如履薄冰，深得傅成雄信任。这次依然，他只答："小姐很开心。"

女儿佩嘉每天的快乐喜悦，傅成雄自然看在眼里。她与乔家轩之间，倒真的是如胶似漆，结婚至今，连口角都从未有过。每天早晨，佩嘉必定雷打不动地起来陪他和乔家轩用过早餐，分别送上车才回屋补觉。想来不免"伤心吃醋"，女儿每天给他的上班吻，不过是沾了乔家轩的光而已。但转念一想，自己膝下就佩嘉一个女儿而已，只要她一辈子开开心心的，他傅成雄也别无他求。

"如果是要他进傅氏呢？"

钟秘书斟酌再三，惜字如金地回道："以乔先生的身份，低了怕委屈乔先生，高了又必须放很多权力——傅先生，古人都说凡事一动不如一静。"

傅成雄也正是这个意思。

正因如此，所以傅成雄一直按兵不动。只要是狐狸，总归是要露出尾巴的。他对此深信不疑。

可那时，谁都没有料到一年后，傅成雄心脏病发作，且病情十分严重，主治医生一再要求静养。在傅成雄的再三要求下，乔家轩不得已才从建业辞职，来到了傅氏，成为傅成雄的特别助理。

此后青云直上，不过数年，便一人之下，万人之上。

乔家轩能力出众，进入傅氏半年后，他便不负众望地在竞标中夺得了众人都垂涎不已的一块地王，并借势推出了洛海城最豪华尊贵的顶尖楼盘项目，在洛海城引起轰动，预购如潮。

业内众人在傅成雄面前对乔家轩交口称赞。素来爱面子的傅成雄自然是心花怒放不已。

生意再成功再赚钱，不过是自己的账面身家上加几个数字而已。人到晚年，他们这群朋友间比的已经不是身家，而是子女这一代人的才能了。如蒋家的一子一婿，各自称王称霸。如楚家的两个孩子，一个纵横商界，一个却在艺术界拔尖，被誉为钢琴王子。如池家，如路家，如单家，如唐家，如楼家，等等。每每提及，城中无人不赞一句教养有方。

若说傅成雄此生有何遗憾的话，大概也就是膝下只有傅佩嘉一女这件事情了。如今，乔家轩这个半子完全弥补了他的这个缺憾。傅成雄自然是欣喜不已的。此后，对乔家轩自然是刮目相看，信任有加，公司里头的事情亦正式开始对他逐步放手。

傅佩嘉素来喜欢简单清净，乔家轩对她亦又宠又爱，从不勉强她参加任何应酬。

"这个世界上的钱是赚不完的。比尔·盖茨如此会赚钱，也没有将世界上的钱全部赚完。所以完全不需要着急。按部就班即可。

"事业虽然重要，但对我而言，家庭更重要。"

每年八月份和农历新年，乔家轩必放下手头所有工作，雷打不动地带傅佩嘉出去度假。

傅成雄把乔家轩放在身边，足足考察了三年之后，由于日益严重的病情需要修养，不得已之下，终于决定开始真正放权。

然而令傅成雄失算的是，就在他静养身体之际，掌握实权的乔家轩吃里爬外，中饱私囊，又与外人勾结，利用集团最大的投资项目，令傅氏的资金链断裂，将他逼到了破产的境地。

这个外人也不是旁人，而是与他相交多年的黄民仁。

那日，在傅氏乔家轩办公室，傅成雄把一沓资料甩至他面前："乔家轩，这些文件我是在什么时候签的字，你给我说清楚？"他的语气半分不重，听到人耳中却让人觉得莫名其妙地危险凝重。

乔家轩只是扫了一眼文件，气定神闲地从办公椅上起身："傅先生，事到如今，结果已定，过程还重要吗？"

他竟然如此直认不讳，甚至连打开文件确认一番的想法都无。傅成雄反倒是一怔："乔家轩，我傅成雄自问这几年来对你不薄——"

"傅先生对我自然不薄。你把唯一的女儿都嫁给了我。这几年更是处处栽培我，一心想要把我培养成傅氏的接班人，希望他日我可以带领傅氏更上一层楼，然后再把傅氏企业一代又一代地传下去……"

"你既然如此明白我的苦心，知道我假以时日亦会把傅氏传给你，为什么还要做出这种不忠不义之事？你到底有何目的？"

乔家轩只是淡淡一笑："傅先生，你当年怎么得到曾氏的，今天我便怎么得到你的傅氏企业。殊途同归，你我都是一路人。"

傅成雄像被踩住了尾巴似的，整个人猛地一震。他倏然抬眼，眼底深处带着几丝未退去的惊惶："你怎知当年曾家一事？"

"这个世界，若要人不知，除非己莫为。当年你得手后，将曾家企业拆卖出售，拿了这些身家来到洛海，开始创立傅氏。有了本钱后，想做科技电子就投科技电子，想拿地做地产就做地产——这二十年，傅先生在洛海做得风生水起，成了一方霸主。"乔家轩刻意地停顿了下来，"傅先生，我说的可有半分差错？

"不过，我倒是很想知道，傅先生这些年午夜梦回的时候，会不会想起你当年情同手足的好友曾伟岩？他待你如亲弟兄，怜惜你无父无母，未毕业就让他爷爷在曾氏企业给你安排了工作。你无处居住，他就让你住进他家……后来，你结婚生女，他哪一次不是处处帮助你……"

"你怎么会知道这些？"傅成雄脸色惨白如灰，惊惧不已。他大惊后，定睛细细打量乔家轩的面容，忽地惊呼出声："莫非你是……你是伟岩的儿子？"

"傅先生终于把我认出来了。不错，我就是曾伟岩的儿子——曾东廷。我记得傅先生当年来我家，最喜欢的事情便是摸摸我的头发，唤我一声：小东廷——"

傅成雄表情痛苦地捂着胸口，喘息声渐重。

"傅先生，你可千万别激动。你知道自己的心脏易于抽筋，万一心脏病发，很容易死的。可这么一死，岂不是便宜你了。"乔家轩嘴角微勾，前所未有地恶毒刻薄。

"傅成雄，咱们两个人，此一时彼一时。我确实吃里爬外，中饱私囊。我所做的只不过是复制你当年的行事而已。这所有的一切，只是我想要拿回我应得的。若不是你，曾氏怎么会破产，我父亲怎么会死？"

"曾伟岩他懦弱无能，根本不懂得怎么经营企业。曾伟岩有什么，每天只想着画画——一天二十四小时，他连在办公室两小时都懒得待。他曾伟岩唯一比我傅成雄好的地方就是会投胎，有个好爷爷。那几年，要不是我竭力经营，你爷爷传给他的曾氏早玩完了。

"胜者为王败者寇，后来是他自己想不开而已，我从来没有想过要逼死伟岩的。"想起曾伟岩，傅成雄的脸上亦有悔意，他抚着胸口，吃力地说，

"事已至此，我傅成雄愿赌服输。我无话可说。但是我想问你，你准备怎么对待佩嘉？"

乔家轩表情骤然一滞。数秒后，他缓缓勾唇微笑："你说呢？"

"你已经得到你想要的了。看在你们夫妻一场的情分上，你放过佩嘉。她是无辜的。"提及唯一的女儿，傅成雄口气渐软。

"无辜？那我这些年没有父亲，无依无靠的孤苦岁月，无辜吗？"

"乔家轩，你到底想怎么样？"傅成雄强撑着办公桌，与乔家轩对峙。

"傅先生你放心。傅佩嘉是你女儿，我绝对不会亏待她的。"亏待两字，乔家轩咬字极重。他缓缓地道，"你知道这几年我在床上是怎么玩她的？她听话得很，我什么手段都在她身上用过。如今呢，我也没想好到底要怎么抉择，你说我是再玩她一两年呢，还是发发善心，直接跟她离婚，放她一条生路呢？"

傅成雄双眼圆睁，怒不可抑："你……你……"他话未说完，整个人便倒头栽下去了。

这里头的一切，傅佩嘉自然是不知的。

她接到急电，匆匆赶去医院的时候，傅成雄已经因心肌梗死进入昏迷状态了。从此再没有清醒过来。

不日后，傅氏传出了高层变动的消息。跟随傅成雄多年的钟秘书匆忙而来，在傅家大宅找到了傅佩嘉，详谈了半天。

直到此时，傅佩嘉方知道傅氏早已经风雨飘摇了。乔家轩入主傅氏后的这几年，一直野心勃勃，盲目地不断扩张发展，可谓有风使尽帆，盘口绷得太紧。父亲病重，市场上同时出现不利于傅氏的消息，投资者人心惶惶，股价便狂跌不止。这样一来，银行自然不肯批新的贷款，更加紧催收原先的回款。堂堂一个傅氏企业，资金链一夕断裂。

而最致命的是，乔家轩暗中早已另起炉灶，将傅氏名下一些最值钱的资产转移走了。剩下的那些连银行贷款的利息都不够付清，更别说其他了。

而如何转移的，钟秘书也半分不知。唯一知道的是得到了傅成雄的亲笔签名授权。

父亲绝不可能在不知会钟秘书、律师和她的情况下签字转移的。

这里面有何蹊跷，只要不是三岁小儿，都是明白的。

那天晚上，不愿相信的傅佩嘉在客厅等到天亮，才等到了乔家轩。

两人摊牌，乔家轩直认不讳，并无半点隐瞒："不错，甚至连股市上傅氏的负面新闻都是我命人散播出去的。"

除了承认这些外，他还说他从来没有喜欢过她，甚至还一字一顿地对她说："傅佩嘉，你忘记了吗？是你来到我家，脱了衣服，主动爬上我的床的。只要是个男人，谁抵挡得了这种诱惑。"

傅佩嘉被人迎面狠狠刺了一刀，全身鲜血淋漓。她不敢置信地看着他，仿佛看着一个十恶不赦的魔鬼。

"傅佩嘉，经过这一次教训，要记住了，下次不要再这么轻易地相信别人。不要被人卖了，还在帮人数钱，知道吗？"这是乔家轩对她最后的忠告。

傅佩嘉眼睁睁地看着他离开。

似 曾 识 我

Act Three

谎 言 /

那三个月的时光，

曾经幸福得让她以为自己一度在天堂。

傅佩嘉猛地惊醒了过来，手抓着薄被，大口大口地喘气。她摸了摸脸，额头上汗涔涔的一片黏腻。

　　但，眼角并没有泪水。如今的她，连梦里都不再哭泣了。

　　真是个可喜的现象。说明她已经接受了现实并学习着面对它。

　　想当初的她，动不动就哭泣落泪。然而，又有什么用呢？！

　　曾经呼风唤雨的父亲直挺挺地躺在病床上。曾经说会一辈子爱她的枕边人从父亲手里夺去了一切，并抛弃了她。

　　这个世界并不会因为她日日夜夜的哭泣而恢复原状的。

　　记得最后一次哭，是在公交车上。

　　她是从医院里看父亲回来，在公交车的角落里，她拉着扶手，想着前尘往事，沉浸其中，无法自拔。

　　良久后回神，才发现脸上一片潮湿，傅佩嘉抬手一摸，方知道自己哭了。她身边抓着把手的是一个十六七岁的中学生，大约见她哭得太凄惨了，于心不忍，便默默地递给了她一张纸巾。

　　傅佩嘉哽咽着道谢。可是泪怎么也止不住，一行行地流淌下来。

没多久，那学生到站下车，一声不吭地把剩下的整包纸巾都塞给了她。

连一个不认识的陌生人都可以对她温柔以待。

为什么乔家轩会如此绝情地对她？！

傅佩嘉总是想不明白。

她咬着唇无声无息地哭了整整一路，全然不顾整个公交车上的人看她如瞧见怪物似的错愕目光。

那次之后，她终于真正地清醒了过来。这个世上，除了躺在病床上毫无知觉的父亲，再无旁人会怜惜她的哭泣。如今的她，除了自己，谁也无法依靠了。

外头天色微明，显然时间还早。花木兰在纸箱里趴着，黑黑的眼睛圆溜溜地望着她，呆萌可爱得很。傅佩嘉掀被起身，蹲下来抚摸它滑不溜的毛发，微笑着跟它说了声"早上好"。

如果没有花木兰这只可爱猫猫兔的陪伴，或许她根本就熬不过那段时光。

可讽刺的是，花木兰却是乔家轩送给她的。在事发前数月，她原本喂养了数年的小圆圈撒手离开了。乔家轩见她闷闷不乐，便特地去找了一只一模一样的猫猫兔给她。

他从身后抱出猫猫兔的那个瞬间，傅佩嘉破涕为笑，飞扑了上去："呀！小圆圈。"

由于小圆圈的"英年早逝"，傅佩嘉决定给新兔取名为：花木兰。

当时她还问乔家轩："这个名字好不好？是不是很英姿飒爽？"

乔家轩凝视了她半晌，缓缓微笑："你喜欢就好。"

那个时候他的目光经常有些古古怪怪的，傅佩嘉偶有察觉，问他缘故，乔家轩只说最近事情太多太累。

父亲因病休养，整个傅氏都压在他一个人的肩上，他怎么可能不累呢？！傅佩嘉听后深信不疑。她什么都不能帮他，唯一可以做的便是让良嫂多炖几盅补品，在他深夜办公的时候，端去给他。

这晚亦是，她搁下盅："家轩，你休息一会儿。"

"好。"乔家轩合上了面前的文件。她温柔体贴地替他揉揉脖子肩膀。

他趁势捉住了她的手，一把拉着她在他腿上坐了下来。

"做什么？"哪怕已结婚数年，做过无数亲密的事情，但傅佩嘉依旧面薄得很。

"别动，我想好好看看你。"

乔家轩奇奇怪怪地用手指摸过了她的额头、眉毛、鼻子、唇，最后滑过脸蛋，轻轻地捏住了她的耳垂，良久不动。

"我的耳垂是不是好大好厚？"傅佩嘉甜丝丝地问他。

"以前爸爸有一个懂风水的朋友，给我看过面相，说我一生福运滔滔，虽然会有波折，但最后还是会很好。而且啊，说我越老越有福气。"

乔家轩听后若有所思，怔怔不语。

傅佩嘉把头靠在他肩上，带着笑意在他耳边腻声道："我想肯定是因为老了以后你宠我疼我。"

乔家轩忽然用双手扳过了她的脸，狠狠地吻了下来——那段时间的他，不知怎么了，总有种急不可耐不知餍足的样子，完全不似往日的从容。

后来才知，精明的商人总会压榨所有商品的剩余价值。乔家轩也不例外。

往事如刀，刀刀致命。

傅佩嘉拒绝再回忆。

难得今天是休息日，她正好可以去把戒指卖了换钱。换了钱，她就有钱交这个月医院的费用了。

傅佩嘉给花木兰喂了点干草，自己则就着温白开，将昨晚买来的打折面包吃完。

随后，她背了个包包，拿起了床头的戒指。

她第一次见这枚戒指，是在某日清晨醒来。她奇怪地盯着手指上这枚多出来的钻戒，一时间根本不明所以。

乔家轩跪在床畔，含着笑低头亲吻她的指尖："佩嘉，嫁给我，好不好？"他的眼沐浴在晨光里，仿若耀眼的黑曜石，与指尖钻戒相映生辉。

傅佩嘉没有准备，惊讶地捂住了嘴巴。这完全不是她梦想中的求婚。没有鲜花也就算了，她才刚睡醒，披头散发，睡眼惺忪。气氛一点也不浪漫，不美好。以后怎么对孩子们说，他们的老爸是这样跟她求婚的呢？

他自然不知道她心中的千回百转，轻轻地吻上了她的额头，粗声粗气地命令道："快说好。"

他脸上有新生的胡楂，粗粗粝粝地蹭在她柔嫩的肌肤上，微微的一点疼。傅佩嘉却半点不觉得，心里仿若繁花盛开，欢喜至极。

她点头微笑，就这样简简单单地答应了他。

隔了几日，父亲打她的电话，叫她出来一起吃午餐。

见了她手上晶亮的戒指，父亲顿时便愣住了。他搁下筷子，十分郑重地问她："佩嘉，你真心爱他？"

"爸爸，我和家轩彼此相爱。"

眼前的女儿单纯如白纸，傅成雄只是担心他无法一辈子护她周全。他沉默了半晌，似做了一个重要决定："过几天是端午节，把他带回家一起吃顿饭吧。"

傅佩嘉倏然抬头："爸——"

傅成雄长长地叹了口气："算了，只要你喜欢就好。"

傅佩嘉开心地搂住了他的脖子撒娇，在他脸上重重地亲了一下："爸爸，你真好。我好爱好爱你。"

傅成雄怜惜不舍地拍着她的手臂："长大了，要往外飞了。这世界上啊，从来没有赢过子女的父母。既然你这么爱他，爸爸就依你吧。"

父亲完完全全是因为自己才接受乔家轩的。可是，那个时候，傅佩嘉并不知道自己的这一场爱恋会带给父亲这样毁灭性的后果。

如果这个世界真有后悔药的话，傅佩嘉愿意成吨成吨地往下吞咽。

傅佩嘉抓起了昨晚搁置在床头的钻戒，恨恨地捏握在手掌心，似想将它捏个粉碎。

当铺里的工作人员用了仪器仔仔细细地看了又看，检查了数遍。

"卖断还是过段时间自己会赎回去？"工作人员问她。

"卖断的话，多少钱？"

"八千。"

工作人员出价低得可怜。傅佩嘉早有预料，开口出价："两万。"

"我们最多只能出一万。"

"虽然钻石不大，但这个国际牌子的钻石婚戒大家都知道是什么价格的。这样吧，一万八，不要我就去下一家。"已经连进了三家此类店铺的傅佩嘉对这枚戒指的回收价格心里已经大致有底了。

那个工作人员转头与身后的店长嘀咕了几句，而后答复她："一口价，一万五。不卖就算了。"

傅佩嘉沉吟了数秒，道："好。一万五成交。"

工作人员正准备将丝绒托盘里的戒指收起来，忽然听到傅佩嘉的声音轻轻地响起："等一下。"

工作人员抬眼，只见傅佩嘉痴了一般地瞧着戒指。她拿起了戒指，一点点地套进了自己的手指，垂眼凝视，良久未动。

工作人员以为她又不舍得了，便补了一句："一万五已经是我们能出的最高价格了。不能再加了。"

却只见傅佩嘉破碎一笑，拔下了钻戒，搁进了托盘里。她别过了头，直至拿钱离开，再没有多瞧这戒指一眼。

傅佩嘉前脚踏出当铺，后脚就有个戴了鸭舌帽的男子遮遮掩掩地跨了进去。

一进店铺，他直截了当地问工作人员："刚刚那个出去的女的，来卖什么？"

工作人员正欲拒绝回答。那人开门见山地道："无论她卖的是什么，我都会买走。"

在店长的目光示意下，工作人员取出了钻戒，搁在丝绒托盘里，递至那男子面前。

那人拍了照片发出去后，拨了个电话："乔先生，傅小姐卖掉的是这枚钻石戒指。"

那头无声无息了数秒，冷着声吩咐道："无论多少钱，都给我买下来！"

那人得了命令，结束了通话后，便对店员道："多少钱？我要了。"

终于付清了上个月的费用，可以面无愧色地去父亲病房了。然而下个月的钱，还不知道怎么筹集。

这日子，每一天都过得似身后有群噬人野兽在追赶，她连喘口气都不能。可傅佩嘉除了熬之外，也只能熬。

只要还活着，总有熬出来的一天。在每个艰难痛苦的时刻，傅佩嘉总是这样对自己说。

公交车沿着街道缓缓而行。手机响了起来，傅佩嘉从包里摸出来。

孟太太："傅小姐，我是欣儿妈妈。今天你别过来了。我自己照看欣儿就行。"

傅佩嘉："好。"才说完，她便又想起了一事，脱口而出："那会不会扣我工资？"

孟太太在电话那头笑了："放心。我不会扣你工资的。"

"好的。谢谢你，孟太太。"傅佩嘉挂了电话后，见车子到了一个站台停下，她也没多想便起身下车了。反正随便哪个站到对面街道换个方向坐车都可以到家。

当她站在公交站台，环顾四周的时候，整个人却是一愣。

这个站，她并不陌生。沿着这里往右边转弯，走三百多米，有一幢蓝色大楼。那里曾经是他居住之所。当年，她为了他与父亲吵架闹僵后，便搬进了他的小窝。

那三个月的时光，曾经幸福得让她以为自己一度在天堂。

也不知中了什么邪，傅佩嘉不知不觉地迈步来到了蓝色大楼的下面。

对面那家二十四小时超市、隔壁的面店、斜对面大厦的火锅店，街道上人来人往，熟悉的气息带着尘埃热热闹闹地扑面而来。

那个时候的乔家轩在建业上班，经常加班到深夜。但每到了餐点，必定会打她的电话："我要很晚回来，你先去楼下吃点东西。乖！"

偶尔两人会去光顾那家火锅店。她其实并不怎么能吃辣，但他喜欢，于是她就陪着他，给他涮菜，看他津津有味地吃完。

若是休息日，他会带她去海鲜市场，买鱼虾蟹，亲自下厨做给她吃。

也不知他哪里学来的厨艺，每道菜都可以媲美厨师。

两人是有过幸福快乐的。但那些幸福快乐，是真的吗？

傅佩嘉自己都确定不了。

她更多地觉得，那一切不过都是乔家轩哄她上钩的手段而已。

傅佩嘉迟疑再三，终于推开了大堂的门，走了进去。这里是一梯两户。他的房子是东边那套。都过了这么些年，如今想必早已经换了几任住户了吧。

直到站到了走廊上，傅佩嘉才清醒了过来。她一时冲动上来做什么呢？莫非嫌受到的教训还不够重，伤得还不够疼吗？

傅佩嘉正欲转身进电梯，但目光扫到了一物，她蓦地停住了脚步。

柠檬黄与蓝色交织而成的清爽地毯，是她亲自在家居店挑选的。怎么会还在这里？傅佩嘉蹙眉不解。

记得这块地毯有个特别隐秘的小袋，容量仅仅可以塞进一把钥匙。只要把钥匙放进去，除了用手指钩住钥匙上的丝线钩出来外，哪怕你拿着地毯狂甩都不会甩出来。

这是一个只有她与他知道的秘密。

傅佩嘉瞧了片刻，她缓缓地蹲了下来，把小拇指探了进去，试探性地一弯一带。如过往的每一次一样，一把钥匙赫然出现在了眼前。

推门进去，傅佩嘉完全不敢相信自己看到了什么。

这里居然与从前一模一样。屋内并没有人，地上薄薄的一层灰。

在这个屋子，她与他的初次，他跪在床畔向她求婚。

往事如火山喷发，猝不及防地朝傅佩嘉涌来。

傅佩嘉怔怔地站着，一时间分不清现实与过往。

浴室里还有一对杯子，搁着牙膏牙刷，仿佛主人只是出差远行了。

她是不是误闯了别人的屋子？想到此，傅佩嘉仓皇而出。她可不想遇到主人，被人当作小偷。

那一天晚上，傅佩嘉在床上翻来覆去，辗转难眠。她脑中总是抑制不住地会想起那个屋子，还有两个人曾经在屋子里的甜美过往。

她又一次失眠了。

事实上，这一年多来她的睡眠质量一直都很差，常常会突然惊醒，然后捂着难受窒息的胸口，睁着眼到天明。

第二日，傅佩嘉顶着两只熊猫眼打卡上班，一进办公室便发现了整个办公室都处于一个低气压状态。

"怎么了？今天大家的脸色都好怪。"傅佩嘉悄悄地问对面的同事江伟。

江伟压低了声音道："听说我们公司最大的客户——莫斯集团申请破产了，老板凌晨得到消息就第一时间打电话给货运公司，把还在港口的几个集装箱截了下来——这些货肯定是不能出去了。另外已经出货并到期的好几笔款肯定也是收不回来了。白花花的都是钞票啊。老板心情很不好。大家这些天都小心为妙。"

想不到公司居然会碰到这样倒霉的事情。

傅佩嘉所在的公司是中小型的进出口公司，以出口贸易为主。这几年来，国内劳动力成本的提高、人民币的升值、国外经济的不景气等各种缘故，对外出口贸易已经极度难做了。

偶尔有一两单货物由于按合同规定赶不上货期，赔空运，或者由于品质问题，被客人打折付款，也是有的。但这一类的小问题并不影响公司的整体利润和运营发展。

可如今摊上的这个问题，对公司而言绝对不是小难关。

傅佩嘉有种十分不好的强烈的预感。

当初那件事情发生后，对她来说，仿若天塌了下来，一时间她根本无法接受现实，每天浑浑噩噩，如同行尸走肉。

一开始，她并不知道要工作。直到后来的某一天，医院的催款单下来，她发现卡里的存款已经熬不过三个月了。傅佩嘉这才骤然清醒了过来。

乔家轩掏空了整个傅氏另起炉灶，父亲在医院昏迷不醒，傅氏在一夕之间破产清算。她早已经从云端跌落了，再不是那个锦衣玉食，被人捧在手心的小公主了。

傅佩嘉擦干了眼泪，振作了起来，开始找工作。

人生的前二十多年，傅佩嘉从未有过任何工作经验。所以一开始的时候，简直惨不忍睹。做什么错什么，做什么都被骂。她从没有被人当众劈头盖脸地骂过训过，自然觉得难堪得受不了。最初的两份工作，她都是头一拧便辞职了。

被骂得多训得多了，人也麻木了，渐渐地，她越来越接受现实了。

原来活着是一件这么不容易的事情。

要么咬牙做下去，要么就与父亲一起从这个世界消失。最后，她终于找到了现在的这份工作，朝九晚五，三千元的工资。三个月的试用期结束后，加到了五千。但扣除房租九百二十元，一天的生活费、交通费、各种杂费，她每个月不过能攒下三千多，加上做保姆那五千，不过八千多，远不够父亲的医药开销。

后来实在没办法了，她只好硬着头皮去找李长信："李医生，可不可以让主治医师帮忙开一些国产的药来代替。我……我……"这是傅佩嘉此生第一次开口求人帮忙，说到这里，早已经面色绯红，支支吾吾地说不下去了。

事实上，李长信是乔家轩的好友，她与乔家轩离婚后，两人其实早无半点关系了。

不过李长信倒是个好说话的，没等她说完，他便一口答应了下来："我知道了。我等下会跟傅先生的主治医师沟通一下，在不影响治疗的情况下尽量给傅先生用一些疗效相似的国产替代药物。"

事到如今，唯一肯帮助她的居然是他的好友，傅佩嘉不是不感激的。但她除了说几句谢谢以外，也没有其他可以表达的了。

就这样，在李长信的帮助下，医院的医疗费用从一个月近两万减到了如今的一万多。

可如今公司摊上了这件大事，必定会裁员缩小规模，减少开支。她来这公司不过大半年，要是老板准备拿员工开刀的话，她铁定是第一个。

没过几日，傅佩嘉的坏预感果然成真了。老板请她进了办公室，客气地亲自替她倒了一杯水。

"傅小姐，你来我们公司已经七个月了。工作一直很认真负责，我们都看在眼里——"听完老板的这一番开头语，傅佩嘉便已经心凉了。

"公司的传闻想必你也听说了。我想告诉你，这些传闻都是真的。公司目前真的很困难，所以我们不得已……"

"我明白。"事到如今，除了这三个字，傅佩嘉知道自己无论再多说什么，都改变不了公司的决定。

老板推给了她一个工资袋："公司真的有很大的难处，所以只多补了你一个月的工资。谢谢你这段时间为公司所做的贡献。"

"谢谢老板。"

在这个人为财死、鸟为食亡的世界里头，曾经那么亲密的枕边人为了钱财，可以用尽办法哄她开心，可以不动声色地与她父亲周旋数年让父亲放权，可以从从容容地在背后捅她数刀，将她扫地出门。而很多供应厂商不断前来追讨货款，几近破产边缘的老板能做到这个地步，真的已算仁至义尽了。傅佩嘉是真心实意感激的。

整理了一些私人物品，傅佩嘉与同事们一一告别。

江伟似乎极为不舍："佩嘉，我帮你留意一下身旁有没有公司要招人。"

"好啊。谢谢你。"傅佩嘉只当是同事间的客气话而已，并不当真。

或许是受的伤太重了，也或许是真的听了某个人的告诫，如今的傅佩嘉再无往日的单纯了。

这一年来，她已经懂得了，在这个世界上，每个人能依靠的也只有自己而已。

真正跨出了公司大门，走在熙熙攘攘热热闹闹即将过年节的大街上，傅佩嘉就开始发愁了。少了白天的这份工作，父亲的医疗费更是雪上加霜了。

接下来该怎么办呢？要重找一份稍微好些的工作，又要经过三个月的试用期，有父母支持的毕业生抑或有些积蓄想要换份工作的人是无所谓的。

但她不行。一个月少五千块钱，对山穷水尽的她无疑是压在骆驼身上的最后一根稻草，她完全会支撑不下去的。

回到家已经是下午了。傅佩嘉又疲又累地蜷缩在被窝里，把自己缩成小小一团。仿佛这样就可以抵御所有的痛苦烦忧了。

连日的担忧失眠令傅佩嘉似昏似睡了过去。

傅佩嘉是被电话吵醒的。起先她还在蒙蒙眬眬的状态，并不愿意接听。

但是电话一直不停地响，傅佩嘉只好强撑着睡意，胡乱抓了起来："喂？"

"傅小姐，是我，林护士。傅先生刚才出现了心跳暂停的情况，情况很危险，请你马上来一趟医院。"

傅佩嘉如被一桶冷水当头浇下，整个人重重地打了一个冷战："林护士长，我马上过去，马上过去。"

傅佩嘉匆匆赶到的时候，孙医生等人正对傅成雄实行急救。

"傅先生突然没有了心跳，具体原因不明。现在孙医生正在抢救中——"

而同一时间，得知讯息的李长信也立刻通知了乔家轩。

当时乔家轩正在一个宴会上，周旋于众人之间。自从傅氏破产，他出手兼并后，他每次出现，都是城中一大热门话题。

但大丈夫做事，何拘小节。既然做得出，他怎么可能会介意旁人那些议论呢？

乔家轩正执杯与城中名人，宴会的主人蒋正楠、聂重之等人闲聊，远远地便见自己的助理袁靖仁拿着手机过来："乔先生，李医生的电话。"

乔家轩朝众人说了句"不好意思"，便到一旁接听电话。

"好，我知道了。"他挂了电话，又站在那里怔了片刻，方抬步朝众人走去。

"不好意思。蒋先生，有点急事，我要先回去了。希望下次能有机会再来叨扰你。"

蒋正楠客客气气地说了几句场面话："既然乔先生有事，那我也就不强留了。"

上了车，袁靖仁尽自己职责地跟他汇报今日傅佩嘉的一切："乔先生，今天乔太太被那个公司开除了。"

后座的乔家轩眉头不为人知地一蹙："私家侦探怎么跟你说的？"

"说乔太太所在的公司，由于客户破产，资金周转出现了很大的问题，不得已之下，只好裁员节流……"袁靖仁一五一十地说完。

良久，都未再听见乔家轩的只字片语。

袁靖仁是洛海城中极普通的家庭出身，大学也普通得很。当年去傅氏应聘，也不过是抱着试试看的心态而已。谁知，在人才济济的一干应聘者中，他竟被乔家轩一眼相中，一跃成为他的助理，此后一直跟随他左右。这些年下来，他素来认为自己的眼力见并不差。否则也不可能待在乔家轩身边这么多年，直至今日当红的特助之位。

然而，他对 Boss（老板）与傅佩嘉之间的事情，却是全然不懂。

说 Boss 不在意傅佩嘉吧，但为何离了婚，都一刀两断了，还要派人一直暗中跟着傅佩嘉，每日大小之事，都要巨细无遗地知道。实在是太奇怪了。

比如今日蒋正楠举办的私人宴会。在洛海能得到邀请的，都是各行业的顶尖风云人物。洛海城中多少人眼巴巴地想要进宴会跟以蒋正楠为首的新一批财团掌门人搞好关系，以便混进洛海城顶尖的交际圈子。而 Boss 却因为李长信医生的一通电话，就火急火燎地从蒋正楠的宴会离开了。

自己这个 Boss 瞧着温和，嘴角经常若有似无地带着一抹笑意，袁靖仁却知这些不过是他的表面而已。真实的他则是个极冷淡的人，防备心极重，一般人根本无法亲近他。唯独对前妻傅佩嘉一人特别不同。

犹记得乔先生刚离婚后，所有有关傅佩嘉的事情都是由他负责接手的。而私家侦探的工作无非是跟着傅佩嘉，除了得知她行踪外，也预防她发生任何意外。那段时间，Boss 表现出一副完全不闻不问的态度。

而某一天，他正好有事情要汇报，提及傅佩嘉的时候，斟酌再三，觉得不好再用"乔太太"这个称谓了，便换了一个称呼开口："傅小姐——"

谁知话音都未落下，乔家轩便倏然抬头，凌厉地扫了他一眼，轻描淡写地说了一个字："谁？"

袁靖仁心头一凛，忙改口："私家侦探说乔太太搬家了——"

乔家轩的神色这才渐缓。

自打那次以后，关于傅佩嘉的大小事，袁靖仁再不敢有半分大意。

但若说乔先生爱傅佩嘉吧，为何要做出那么多的事情？傅成雄就傅佩嘉一个女儿，傅氏对乔先生来说，本就是唾手可得的囊中之物。何必要平白无故做这等凉薄恶人，让人唾弃非议呢！

城内很多世家婚姻都只是表面文章而已，人前给足妻子面子，人后左拥右抱的大有人在。差别只是在于有的被爆了出来，有的没有被爆而已。但Boss没有，他跟随乔先生多年，知他只有傅佩嘉一人而已。

可这若是不算爱的话，又是怎么一回事呢？

别说旁人看不懂，事实上连他这个如此亲近乔家轩的特别助理都百思不得其解。

袁靖仁一直记得乔家轩当年对他说的一句话："小袁，这个世界上聪明人太多了，我不需要你太过聪明，只要你办妥我吩咐你的事情即可。无论什么时候，什么地点，什么事情，你只需记得一点：你是我乔家轩的左右手，我们一荣俱荣，一损俱损。"

所以，袁靖仁这些年来一直谨守自己本分，Boss乔家轩吩咐什么，他便尽力去做什么。

乔家轩来到医院，远远地看到的便是魂不守舍地站在抢救室门前的傅佩嘉。

她呆呆滞滞地靠在墙上，右手揪着胸口处的衣服，仿佛根本支撑不住自己。通道上，病人家属医生护士来来往往，对她来说都不过是空气而已。

直到急救室的灯熄灭，孙医生与几位助理医师从里头出来，她整个人陡然一震，方似猛然清醒过来一般，跟跄向前："孙医生，我爸爸怎么样了？"

孙医生："傅先生目前已脱离危险了。但具体情况，还需要进一步观察。"

"孙医生按了好半天，现在总算稳定了下来。"孙医生的助手一一解释给她听，"自主呼吸微弱间断，所以我们现在重新给傅先生插了气管导管……"

傅佩嘉喜极而泣，迭声道谢。

只要父亲没事就好，哪怕依旧神志不清。但有他陪伴着她，傅佩嘉便觉得这漫漫人生还是有希望的。

听说人都是为了梦想而活着。

那么这一年多来，傅佩嘉的梦想便是希望父亲有朝一日可以苏醒过来。

而隐在转角处的乔家轩，将这一切点滴不漏地瞧进了眼里。

　　傅佩嘉担心父亲的情况反复，白天都留在医院陪伴父亲，连找新工作一事也分身乏术了。

　　这一晚，孟太太难得地没出去打麻将。她看着傅佩嘉耐心十足地陪孟欣儿做作业，哄她洗澡睡觉，很是赞赏。

　　孟欣儿入睡后，她把傅佩嘉叫到了客厅，倒了一杯玫瑰花茶给傅佩嘉。

　　"傅小姐年纪轻轻的，怎么会考虑从事这份工作呢？"

　　傅佩嘉垂眼苦笑，大大方方地坦承道："因为缺钱。"

　　"傅小姐并不是挥霍无度的人，是不是有什么困难？"

　　话都说到这份儿上了，傅佩嘉也就直言不讳了："因为我爸爸得了重病，每个月的花费不菲，所以不得已之下，我只好打两份工。"

　　孟太太眼底有几分动容："原来傅小姐这么不容易。"

　　"这是为人子女应尽的本分。"傅佩嘉想了想，方开口，"孟太太，最近我想再找一份白天的保姆工作，如果你有朋友需要的话，请帮忙介绍介绍。"

　　"这个容易。我明天就帮你问问我那群牌搭子，看谁家最近要换保姆。"孟太太一口答应了下来。

　　"谢谢孟太太。麻烦你了。"

　　孟太太饮了一口茶，似想起某事，拍了一下额头，"哎呀"一声，喜道："我倒是有一份临时的兼职工作可以提供给傅小姐。不知道傅小姐愿不愿意帮忙？"

　　"孟太太请说。"

　　"是这样的。春节期间我先生想带我和欣儿一起去度假。我怕一个人照顾不了欣儿，所以可否请你帮忙一起去？关于费用自然是全部由我们承担，而且我们愿意按三倍的工资支付你春节期间的加班费。"

　　这个提议对如今缺钱的傅佩嘉来说实在是很诱人。傅佩嘉沉吟了数秒，便做了决定:"去什么地方,去几日?"

"××岛。去十到十五天,相关行程还在私人定制中。"

傅佩嘉应了下来。

孟太太道:"对了,你有护照吗?如果没有的话,尽快去加急办一个。"

傅佩嘉点了点头:"好的。"

傅佩嘉考虑了许久,终于试着拨出了傅家原本的电话。傅氏破产后,连带傅氏名下的所有产业都被拍卖了,包括这一栋傅家原来的别墅。

后来,傅佩嘉从钟秘书口中得知,最后成交的买主便是乔家轩,据说他买下后便急不可耐地搬了进去。据说洛海城里人人都在背地里骂乔家轩:"吃相实在太难看了。连装修的时间都等不了。"

看来,他全盘接收了傅家原有的一切。

得知此消息的傅佩嘉不是不心碎的。但对此,她也无能为力。今日的买家不是乔家轩,也会是别人。那里早已不再是她的家了。

傅佩嘉抱着试试看的心态拨了电话。或许是她运气好,居然拨通了,那头有人接了电话:"喂,你好——"

寥寥数字,傅佩嘉已听出了是良嫂的嗓音:"良嫂,是我,佩嘉。"

"小姐。"良嫂惊呼出声。下一瞬,她赶忙压着电话筒,环顾了四周。空荡荡的大厅,只她一人,她方安心地压低声音道:"小姐,真的是你吗?"

"是我,良嫂。我有件事情想请你帮个忙。"

"小姐,你要良嫂帮什么忙,你尽管说。"

"良嫂,我的护照落在我原来的卧室里了。不知你可否帮忙找一下?"

"好好。屋子都还是原来的样子,一定能找到。小姐,你留个电话给我,我找到了就打你电话。"良嫂连声应下。

然而,良嫂并没有找到。

"小姐,我翻遍了床头柜,也翻遍了你以前住的卧室,甚至还翻了先生的书房,但就是找不到。"

她的护照这么多年，一直都是收藏在床头柜里。怎么会不在呢？

想来应该是乔家轩扔掉了吧。傅佩嘉顿了顿，道："没事，谢谢良嫂。我去补办一个吧。"

"小姐，要不明天下午你自己过来找？"良嫂压低声音补了一句，"下午的时候，家里都没有人。小姐你不用担心会遇到……"

良嫂是指乔家轩。

加急补办又要拍照，又要工本费，还要加急费，如今的她，总是想着能省就省。傅佩嘉踌躇了片刻，道："好。"

第二日下午，傅佩嘉顺顺利利地进入了傅家。

草坪如茵，一角的玻璃暖房鲜花团团盛开。傅家别墅的每个角落都是旧日模样，仿佛她只是出门购物了半天，如今返家而已。

景物依然，原来的主人却在医院昏迷，有可能随时都会离开。

傅佩嘉心头沉沉坠坠酸酸楚楚地发疼。

一跨入卧室，傅佩嘉便怔住了。床头那大大的婚纱照，新娘脸上幸福甜蜜的笑容，刺得她眼睛生疼。

移开眼，便见落地窗边的沙发椅畔，依旧搁了那本她未读完的书。那日下午，父亲在傅氏突发心脏病，被紧急送进了医院。之后的日子，她每天医院家里两点一线地来回，再没打开过这本书。

再后来，与乔家轩决裂，傅氏资不抵债，破产清盘，她被迫身无分文地离开。

傅佩嘉心如刀割，很想很想大哭一场。

但她不能哭。哭了，就等于向这个世界认输了。

傅佩嘉深吸了口气，白皙的小手握紧了拳头，方控制住在眼眶打转的泪水。她不敢再多瞧，径直来到了床头柜前，打开了抽屉。里面的一些小杂物依旧在，但护照果然如良嫂所说的，并没有在里头。

可她这么多年的习惯便是一直将其搁在里头的。

傅佩嘉一时也想不出个所以然来，只好在卧室的各处找寻。

打开门进了更衣室，整个人又是一愣。原来更衣室里头，满满的都是她的旧衣服，竟没人清理过。

真是一万个想不通。乔家轩为何没将她的照片、她的衣服清理掉？

然而，傅佩嘉也没时间多想，她匆匆忙忙地翻了一遍柜子，但没有任何收获。

不得已之下，她只好打开了与卧室相连的书房门。

那里，自打婚后开始就一直是他的地盘。

此时，百叶帘子微敞着，一地条状的阳光。

书房内也一如往日，半点变动也无。角落的长沙发，摆的是她亲手挑选的抱枕。从前的他经常把文件带回家，办公到深夜，怕吵醒她睡觉，偶尔也会在书房睡下。

傅佩嘉也会陪他工作。新婚宴尔，夫妻情浓，书房的每个角落，都有两人曾经恩爱的记忆。

只可惜，这些所谓的恩爱，都是他刻意哄她的而已。如今想来，每个片段都似血水里捞出来般，鲜血淋漓。

傅佩嘉摇了摇头，赶走脑中所有画面，仔细检查书桌的每一个抽屉。

最后，只剩了书房的保险柜。

傅佩嘉站立半晌，最后决定用原来的密码输入试试。

密码是她的生日，傅佩嘉一个数字一个数字地按了下去。只听"啪"一声，保险柜应声而开。

居然真的打开了。

那一瞬的傅佩嘉是错愕的。

除了两本搁在一起的护照，里面还搁了一对盒子。傅佩嘉的视线停顿在其上，一时移不开目光。

这盒子她并不陌生。是当年他求婚的婚戒盒。

都离婚了，乔家轩还这么重视地把这对婚戒盒子搁在这里做什么？傅佩嘉不解地拿起了盒子，准备打开来瞧瞧。

正当此时，传来了汽车驶入的声音。傅佩嘉一惊，来到落地窗边，透过帘子缝隙，她看到了乔家轩的汽车缓缓地停在了花园里。

傅佩嘉忙把自己的护照搁进了随身的包包里，匆匆关上了保险柜，再顾不得那两个戒指盒了。

良嫂急匆匆地推门而进："小姐，乔先生回来了。"

"我去卧室躲一下。"

良嫂一把拦住了她："小姐，卧室不行。乔先生一直都睡在卧室里。"

怎么会如此？乔家轩怎么还睡在当年两人的卧室里头？！傅佩嘉的手愕然停在了门把上，一时呆住了。

"小姐去三楼老爷的房间，乔先生从来不会跨进那里。"

时间也不容傅佩嘉多想，她快步来到了三楼。

三楼变动颇大，家具地毯之物俱已清空了，只剩四面墙壁，站在其中，空旷荒凉得叫人半点认不出是父亲原来的大套房。

大约越是等待越是心急的缘故。傅佩嘉都觉得几乎有一个世纪之久，良嫂才上来敲门："小姐，乔先生他们刚接了个电话进了书房，好像有事情要谈，估计一时半会儿不会出来。趁这机会，我从后门送你出去。"

傅佩嘉凝神屏气小心翼翼地沿着楼梯而下，在二楼处听见了乔家轩从书房传出来的声音："好。这件事情你去安排一下……"

好巧不巧，此时傅佩嘉的手机突然响了起来。她赶忙往楼梯转角一躲，在包里翻出了手机，手足无措地按掉。

乔家轩大约是听见了动静，从书房走了出来，朝她们所在的方位问了一声："谁在那里？"

傅佩嘉与良嫂两人面面相觑。乔家轩脚步声渐近，良嫂推了推傅佩嘉，示意她下楼。她自己则走出了转角隐蔽处："乔先生，是我。请问有什么吩咐？"

乔家轩眉头微蹙，若有所思地盯着良嫂瞧了数秒，摆手道："没什么，你去忙吧。"

乔家轩转身进了书房。傅佩嘉顿时松了口气，她放轻了脚步，蹑手蹑脚地下了楼梯，准备穿过客厅出门。

此时，从一楼厨房的方向转出了一个人，手里端了两杯咖啡。空荡荡的楼梯口，傅佩嘉根本无处可避，也避之不及。

一时间，两人四目相对。这女子衣着干练，有张大方美丽的脸，此刻她的眼底亦是惊讶一片。

傅佩嘉忽然记起来，自己曾经见过她。

离开傅家后，最初那段浑浑噩噩的日子，有好几次，她在街头走着走着，不知怎的就会走到傅氏大楼。

底楼的咖啡店，在店门口摆了三三两两的木质座椅。

那日下午也是，等傅佩嘉回神的时候，她已经站在咖啡店门口了。正犹豫着是要进去坐一会儿还是离开的时候，她忽然看到了乔家轩和一个女子相携从傅氏大楼出来。

乔家轩侧着脸和她说话，对她微笑，旁若无人。

傅佩嘉如被点了穴一般，呆立当场，傻傻愣愣地看着两人一起坐上乔家轩的车子离开。

此时，这个自信干练的女子瞄了一眼傅佩嘉和良嫂，很识相地垂下眼帘，退回了厨房。显然她已经认出了傅佩嘉是何人，却并不愿当场戳破。

"良嫂，这个人是谁？"出了后门，傅佩嘉还是忍不住问出了口。

良嫂躲避着她的目光，支吾了数秒，才道："陈小姐是……乔先生的朋友，偶尔会过来谈事情，顺便留在这里吃饭。"

那个刹那，傅佩嘉如醍醐灌顶，忽然明白了过来。过了好一会儿，她才找到了说话的能力："良嫂，谢谢你。只是不知道会不会连累你？"

良嫂拍着她的手宽慰她："小姐放心。东家不做做西家。反正我老早就打算走人了，只是我的用工合同没到期，不做要赔钱的。再过半年我也到期了，到时候就算让我留，我也不打算做了。"

良嫂递给了她一个早早准备好的行李袋子："小姐，这是我从你更衣室里整理出来的衣服，这些天正好穿。过些日子我再整理一些——反正更衣室那么多衣服，别人也发现不了。"

傅佩嘉不是不感动的："谢谢良嫂。"

"跟良嫂有什么好谢的。这本来就是小姐你自己的衣服。

"小姐，你瘦了好多。你要好好照顾自己。"挥手道别，良嫂不甚放心地再三叮嘱她。

那天夜晚，傅佩嘉再一次地失眠了。哪怕她不断努力，但脑中依旧不断闪过那个女子的脸。

明艳清丽，落落大方。她应该是乔家轩现在的女朋友吧。

这再正常不过了！以乔家轩的外在加上如今的财势，没有女朋友才不正常呢。

"嘉宝，你有双好看的眼，能清澈地映出整个世界。"他曾经这样对她说过。

那个女子亦有双黑白分明的眼，且自信满满神采飞扬，那是职场 OL（白领丽人）才有的从容自信大气。

哪怕到了如今，傅佩嘉发现自己居然还是会觉得很受伤，很难受。

黑暗中，她默默揪住了自己的睡衣。胸口某处，酸胀发疼，似有脓血要喷薄而出了。

如这一年来的每一晚，傅佩嘉拉过被子盖住了自己的头，在那里她可以把自己蜷缩成小小的一团。

仿佛这样，她就可以抵抗所有的寒冷与伤害！

那一通差点被乔家轩抓包的电话是江伟打来的，他告诉她，他朋友工作的公司有一个职位空缺，他推荐了她。希望傅佩嘉抽时间去面试一下。

江伟的这次推荐，不管是否成功，都叫傅佩嘉感激不已。

这年头，从来都是锦上添花易，雪中送炭难。

曾经跟随父亲的那些人里头，也只有钟秘书，这一年多来依旧忠心耿耿，三五不时地来医院探望父亲。

不过，这一次再见，傅佩嘉真有种恍如隔世之感。

一个月未见，钟秘书本来乌黑的头发已然全白了。钟秘书看出了她眼里的惊愕，淡淡苦笑："以前都定期去染发。跟在傅先生身边，见的人非富则贵，自然要注意形象。如今用不着了，也就随它去了。

"小姐，你也变了，变得成熟稳重。"

经历了那么大那么多的事情，她怎么能够保持不变呢？傅佩嘉不愿着墨在此上头，便转移了话题："钟叔，你最近怎么样？找到新工作了吗？"

"就我这岁数，也该退休了。"钟秘书道，"对了，我昨天去看过傅先生。护士说傅先生情况很稳定，如无意外，下个星期就可以转回普通病房了。小姐，这一年来，真的辛苦你了。"

"这是我应该做的。如果不是我，爸爸就不会接受他，也不会落到这步田地。这一切都是我造成的！"

这一年来，内疚悔恨犹如淬了毒的藤蔓，一直牢牢地缠绕着傅佩嘉，令她日夜寝食难安。

"小姐，你别这样自责，这事情不能怪你。连经历过那么多大风大浪的傅先生都没有看出乔家轩暗藏的狼子野心，可见他城府之深。

"再者，也是傅先生的病情这几年越来越严重的缘故。若不是如此，傅先生也不会轻易放权的，哪怕此人是小姐的老公。"钟秘书一再地宽慰她。

傅佩嘉垂眼盯着杯中的饮料，良久后，她沉沉抬眼："钟叔，事到如今，你有没有怀疑过父亲当年突发心脏病之事？"

钟秘书目光闪烁，支吾不言。

傅佩嘉便心如明镜了："钟叔，你果然早有怀疑！"

父亲虽有心脏病，但平日里保养得宜，又有私人医生在身边定期检查，全权负责父亲的身体状况。这些年来，病情一直控制得很好。

但是，父亲却在她婚后第二年发病了，且来势汹汹，令父亲不得不在家休养。

毕竟医学上有各种的可能性。当年的傅佩嘉亦从未有过其他想法，一直以为是父亲工作繁忙、操劳过度诱发了心脏病而已。

然而这一切发生后，偶尔午夜梦回，傅佩嘉都不禁怀疑父亲当年的病是否事出有因，甚至怀疑是不是乔家轩在里头做了什么。

她甚至上网查过资料，有很多药物会诱发心脏病。以当年乔家轩的身份，每天都有无数个机会可以在父亲的饮食里做手脚。

钟秘书长叹了一口气："可惜我怀疑得太晚了。傅先生昏迷后，我才发现太多事情都太巧合了，让人不得不怀疑啊。可是，一切都已成了定局，就算现在发现不对劲，也已经于事无补了。算了，小姐。都已经过去了，就不要再去多想了。"

钟秘书推给了她一个信封："小姐，我要回老家一趟，可能要住上一段时间才回来。前些天，我把洛海的房子卖了，这里有点钱，你拿着，以防有急用。只是我能力有限，加上小康——"

"钟叔，不用了。你现在没有工作，小康还在美国念书，各种开销都很大。这些你自己留着，以备不时之需。"

"小姐，你收下吧。这是我对傅先生的一点小心意。"

"钟叔，你来看爸爸，我已经很开心了。这钱我真不能收。"

"小姐——"钟秘书一再坚持。

傅佩嘉只好道："钟叔，这样吧，你先收着。要是我到时候真有急用，再来跟你拿。好不好？"

钟秘书无奈地点头。

"钟叔，等你回来，抽空多来看看爸爸，陪他聊聊天。或许他听到了你的话，某天会醒过来也不一定。"

"小姐，你放心。钟叔一定常来。"

打从傅佩嘉有记忆以来，钟秘书就常伴父亲左右。平日里父亲工作忙，她的很多事情都是由钟秘书代劳的。一直以来，钟秘书对她来说便如半个亲人。

虽然没拿钟秘书的钱，但他的这份心意，傅佩嘉深深感谢。

幸好吉人天相，一个星期后，父亲傅成雄就脱离了危险，转到普通病房观察。

这个月，急救费加上 ICU（重症监护室）的费用，起码要比往日翻一番。她再度捉襟见肘。

　　这些日子以来，每个月所需的费用仿佛就是一头噬人巨兽，不停在她身后追赶，随时准备将她拆吞下肚。

　　但傅佩嘉除了一日一日地熬，熬过这些，又能如何呢？

似 曾 识 我

Act Four

喧 嚣 /

美好的爱情永远只发生在童话故事里，
用来骗无数的单纯少女。

大年初一，傅佩嘉随着孟家三口来到了机场，准备飞往 × × 岛。

　　孟太太是个极好面子的人，给傅佩嘉订的机票同样也是头等舱。对此，傅佩嘉倒是明白的。一来，是因为她要随身照顾欣儿。二来呢，孟太太平日相处的那群人，最喜欢的便是相互攀比。

　　孟太太此番作为，日后可以作为在朋友们面前炫耀的谈资："我们家出游，连保姆也都是坐头等舱的。"

　　顺利地过了安检，傅佩嘉带着孟欣儿才入座不久，便见不远处，有一对男女在工作人员的带领下进了头等舱的候机室。其中的男子，身形挺拔，面容文雅。

　　傅佩嘉整个人似被雷电击中，陡然僵硬了。

　　怎么会这么巧？！

　　傅佩嘉的小出租房只有一扇极小的窗户。大年三十的夜晚，她站在窗口，透明的玻璃呵气成霜，她用手擦干净，不一会儿又雾蒙蒙的。

　　外头万家灯火，每家每户都合家团圆，热热闹闹地吃着年夜饭。只有她，形单影只，孤零零的一个人。

她不可避免地一再想起乔家轩。

心如刀割。

但傅佩嘉却怎么也想不到一个晚上之后的今天，她居然就看到了他本人。

而另一个长裙嫣然的女子，傅佩嘉依稀曾与之有过数面之缘，若是没有记错的话，她应该是谢氏珠宝的谢怡。

想不到会这么冤家路窄，在这个贵宾休息室相见。傅佩嘉下意识地侧过脸，不愿与他们打照面。

可她又禁不住地想，莫非谢怡目前也是他的女伴之一？

"傅小姐，叫人再帮我倒杯咖啡。"

"好。"傅佩嘉起身为孟太太服务。她太了解孟太太的这种心理了，她恨不得让头等舱候机室里的所有人都知道自己只是她的保姆而已。这样，方更显出她的尊荣高贵。

"佩姐姐，我想去洗手间。"

"好。"

洗手间内，长裙逶迤的谢怡目不斜视地与傅佩嘉擦肩而过，仿佛根本不认识她一般。假装彼此从未认识，不必看见那些人怜悯或冷漠的目光。这大约是目前与旧识最好的再遇模式了。傅佩嘉亦觉得大松了口气。

然而她才转过身，却只听谢怡讥讽的声音响起："想不到堂堂的傅大小姐如今连别人家的小保姆都肯做。如此能屈能伸，实在叫人佩服之至。"

傅佩嘉只作未曾听见，默默地牵着孟欣儿的手离开。

一到厅里，抬眼便看到了不远处的乔家轩打开了电脑，边饮着咖啡，边在工作。从傅佩嘉的角度，可见他眉如刀裁鼻如山峰的侧脸线条，干净清淡一如往日。

在那个瞬间，许多往事如一帧帧的褪色相片一一闪过脑海。

很多个灯光温暖的夜晚，她喜欢窝在书房陪伴他办公，两人各据一方，抬头能见彼此，低头则沉浸在自己的世界里。彼此陪伴又互不打扰。

所以乔家轩凝神专注的模样，傅佩嘉并不陌生。

有一次，也不知怎的，他忽然便叹了口气，合上了文件。

"怎么了？"

他拉着她的手，清清淡淡地道："每次都打扰我工作。"

"哪儿有！我明明什么都没说，什么都没做。你冤枉我。"

"反正我受影响了，"他的语气里似有薄薄的懊恼，"你在旁边，我就想抬头看你，根本没办法静下心来。"

别人都以为乔家轩对她说尽了甜言蜜语，她才会那么死心塌地，但他们都不知，他是从来不对她说情话的。所以他这句类似情话的话语一说出口，傅佩嘉一怔后，禁不住打心眼里微笑，歪着头甜丝丝地瞧着他："真的吗？"

回答她的是他悠长缠绵的吻。

那一晚，乔家轩自然没有再碰触文件。

傅佩嘉收回思绪的时候，谢怡已从洗手间含笑而来，她一撩长发，翩翩然在乔家轩对面入座。

谢怡十分温柔体贴，并不打扰乔家轩，只是不停地给乔家轩的咖啡杯里添加咖啡。

乔家轩抬头，对着谢怡悠然一笑。那个笑容如一把刀，血淋淋地插进了傅佩嘉的眼。她如盗贼般仓皇移开了自己的视线。

从前的乔家轩总是温和怡然。但偶尔沉默的时候，他的眼底总若有似无地带着些她不懂的东西。但那些，也总是一闪而过，快得叫人觉得是自己眼花了。

登机的时候，傅佩嘉又是提包，又是牵着孟欣儿，根本没有注意到其他。等她入座回神的时候，才发现乔家轩的位置赫然就在自己左边，与自己只隔了一个通道而已。她甚至不用转头，眼角的余光都可以看见他的外套，甚至是侧脸。

傅佩嘉突然觉得接下来的那几个小时恐怕会很难熬。

欣儿看了一集动画片便酣然入睡了。傅佩嘉细心地给她调整靠枕盖了毯子，收起了 iPad。她也试图让自己睡一会儿。

过了没多久，她听见乔家轩对一个空乘说："机舱的温度有点低，可否稍微调高一些？"

傅佩嘉知道自己再努力也没用。乔家轩在身侧，傅佩嘉整个人如临大敌，紧绷的神经无法放松，根本不可能入眠。

虽然已经过了一年多了，但他依旧拥有牵动她所有情绪的能力。

乔家轩从入座到现在，从没有转过头，往她的方向瞧一眼。

犹记得，她离开傅家的最初那三个月，她根本不能想起他。每每一念及，连张口呼吸都会掉下成串的泪珠。

那段世界坍塌昏天暗地的日子，傅佩嘉很庆幸自己终于熬过去了。

再过一段时间，也许她连心头牵动都不会再有了。

飞机开出一段时间后，开始颠簸了起来，起先还只是轻微晃动，但随即越来越厉害了起来。

空姐紧急广播告知："受到航路不稳定气流团影响，我们的飞机会持续颠簸一段时间。请大家在座位上坐好，系好安全带。在此期间，洗手间将暂时关闭，客舱服务也会暂停。谢谢您的合作。"

一段时间？要多久？傅佩嘉霎时间觉得头皮发麻。

傅佩嘉素来恐高，平时飞机飞得稳，如在平地，她不会有丝毫害怕。但一旦遇到如气流颠簸之类的，恐高的惊慌害怕便会倏然来袭。

忽然前面有人说了"有雷电"。傅佩嘉一听见雷电这几个字，顿时仓皇睁眼，转头朝窗外瞧去，想探个究竟。

她忽地堕入了一双黑亮如宝石的眼中，不由得呼吸一窒。只是那双眼，平平静静的，无半点别的情绪。

谢怡的声音弱弱地响起："乔先生，我怕——"

"放心，不过是气流颠簸而已。要是你害怕的话，靠在我肩上。"乔家轩口中宽慰谢怡，目光却牢牢地盯着傅佩嘉不放。

闻言，谢怡便娇娇弱弱地依偎上了他的肩头："怎么颠得这么厉害？还要颠多久？"

"不用怕，没事的。"乔家轩表情温柔，款款细语。

似有根细针，倏地扎入了心脏。傅佩嘉再度闭眼，用力抓着扶手，试图让自己在飞机抖动如空中落叶的光景里头尽量冷静下来。

飞机抖动了多久，傅佩嘉的胃就紧缩了多久。

这个世界，没有人保护她，那么只能自我保护。

若是她一个人的话，她完全可以吃半颗安眠药，在飞机上睡个昏天暗地。但如今她有工作在身，有孟欣儿要照顾，自然是不能的。

颠簸最剧烈的时刻，孟欣儿被惊醒了，"哇"一声哭了出来："妈妈，我怕，我要妈妈。"

"欣儿乖，没事的，佩姐姐在这里陪你。你怕的话，抓着佩姐姐的手。"

曾经有一次，两人也是去度假。在途中遇到这样的情况，她害怕得冷汗淋漓。他一手握着她的手，牢牢地与她十指相扣，一手将她搂在怀中："佩嘉，没事的，有我在陪你。"

他厚实有力的手，他坚定温柔的话语，他心脏有节奏的跳动声，具有一种安宁定神的力量。傅佩嘉的恐惧感在那一刹那奇怪地消失了。

那次后，每次登机，他都会提前准备好安眠药，盯着她服下才安心。

舍不得孩子套不住狼。后来才知道，那所有的温柔不过都是做戏而已。

傅佩嘉不知不觉露出一个叫人心碎的笑容。数秒后，她转过头轻声细语地安慰欣儿，同时也安慰自己："没事的。佩姐姐给你唱歌好吗？我们一起唱。"

两个人轻轻地从"兰花草"唱到了"哆来咪"，飞机虽然依旧抖动不已，但孟欣儿已渐渐放松。

此刻，飞机里又传来了一个男声："大家好。我是本次航班的机长商仲岩，本次航班由我执行飞行任务。本人经过严格的训练，有能力控制好状况，有能力将大家安全送到目的地。请大家不要惊慌，配合我们机组人员的工作。"机长的声音低沉淡然，似胸有成竹。

这是傅佩嘉有记忆以来颠簸得最厉害的一次。

不久后，飞机总算是穿过了气流团，结束了颠簸。

傅佩嘉第一时间去了洗手间，强撑到现在的她趴在小小的洗手池上，呕吐出了一摊清水。

记得那个人曾经对她说过："嘉宝，你有双好看的眼睛，能清澈地映出整个世界。"

可如今，镜子里头的那个人苍白憔悴，连眸子都是暗淡的，一点光亮也没有。

经过通道的时候，傅佩嘉扫到了谢怡柔若无骨的手臂，如菟丝花一般牢牢地缠绕着乔家轩："乔先生，刚刚摇得太可怕了。我的心到现在还吊在嗓子眼里……"

小鸟依人，我见犹怜，不过如此而已。

傅佩嘉垂着眼，缓缓而过，恍若未见。

××岛是个高端消费的私人度假小岛，不接待大型旅游团，所以并没有如流的人潮。

办理好入住，孟太太便吩咐她："傅小姐，你带欣儿去房间洗个澡午睡吧。"

"好。"傅佩嘉拖着行李箱起身。

此时，门口处有工作人员恭敬地引领着一对男女缓缓而来。

傅佩嘉整个人完全不可置信：不可能啊！怎么会有如此巧合的事情？

想着未来这些天要与乔家轩和谢怡在这个小岛共度，傅佩嘉的第一感觉便是想逃离。

可是，她逃不了。

一进房间，傅佩嘉便给欣儿洗澡。才将她哄入睡了，便听到房铃响起。

傅佩嘉拉开一看，是酒店的服务生。他朝她客气地欠身："傅小姐，你好。不好意思打扰您了。是这么一回事，本酒店的一位顾客拿错了一个箱子。酒店派我来询问一下，不知道是不是跟您的箱子弄错了？"

傅佩嘉微愣，她不禁想起了乔家轩方才手里拉着的箱子。

她与他的箱子，都是当年她亲自挑选的，本就是一对情侣箱。

当初甚至连设置的密码也是一样的数字。用的是她的生日。

"你出差的时候，每打开一次，就记一次我的生日。这样，你就永远不会忘记我的生日了。"她曾这样对他说。

那个时候，单纯的她还不知，这个世界上没有任何事物是可以"永远"的。

于是，傅佩嘉当着服务生的面，抱着试试看的心态，输入了自己的生日号码，只听"啪"一声轻响，密码锁应声而开。

一箱子的男士衣物，整齐分列。

哪怕已经分开一年多了，她还是可以清晰地分辨出这些衣物上满满的都是乔家轩的专属味道。

傅佩嘉只是有些不懂，如今身家丰厚的乔家轩为何还在用这个箱子，为何一直没有改掉以前设置的所有密码。

或许他只是用习惯了，懒得改而已吧。

傅佩嘉望着衣物怔了片刻，方抬头对服务生道："不好意思，确实是弄错了。可不可以麻烦你帮我把箱子换过来，送到我房间？"

服务生的表情有些为难："傅小姐，既然两位都找到了自己的箱子，不如你们两位当面清点物品？万一有什么问题，也可当面解决。"

服务生怕担责任的谨小慎微，傅佩嘉是可以体谅的。

这个世界上，每个人都不容易。

虽然傅佩嘉不愿面对乔家轩，但实在没必要为难一个不相干的旁人。

乔家轩的房间是顶级的套房，一入眼便是宽敞得可以望见无垠海水的客厅。大约是在洗澡的缘故，来开门的乔家轩身着浴袍，头发微湿，领口半敞。

夫妻数年，这样性感随意的他，曾经的傅佩嘉并不陌生。她垂下了眼，避开两人之间毫无意义的视线相接。

服务生说明了来意，建议两人当面清点物品。乔家轩只轻描淡写地说了一句"不用了"。

既然他说不用检查了，傅佩嘉自然不愿再多停留一秒，接过了自己的箱子，转身便离开。

电梯一点点地下行，傅佩嘉瞧着镜子里头反射着的自己，只觉胸口处似有东西一直卡着，闷闷的，胀痛难受。

那客厅静谧得很，她方才一直听见浴室的潺潺流水声。

说明那个套房里还有旁人。

应该就是谢怡吧。

"傅小姐，帮我去拿一份鲜榨的猕猴桃汁，谢谢。

"傅小姐，好像沙拉不错。我想要生菜，谢谢。"

孟太太浅笑盈盈地摆动着纤纤十指。每个指甲都由美甲师精心绘制而成，摆动间，明亮的钻和蝴蝶仿佛随时会飞舞起来。

当年，她也是如此，十指纤纤不沾阳春水，每个月必定要去做一款指甲，都是最新的款式。

"好看吗？"每次问他，他总是凝视数秒，含笑不语。偶尔也会摇头轻笑，淡淡地说："浪费几个小时，还不如去上门课，学些东西呢。"

"学什么呢？"

"学什么都好。"

"反正学了，你和爸爸也还是不会让我出来工作。学了也白学。"

乔家轩听后，便不再多言语了。

如今想来，这应该是他当时偶尔恻隐心浮现时候的好心建议。

傅佩嘉将生菜和沙拉酱装盘，捧给了孟太太。

这次出来，傅佩嘉发现了孟欣儿一个极大的缺点：吃饭的时候总是挑三拣四，不肯好好吃饭。

孟太太只有这么一个女儿，又因孟先生宠爱的缘故，从来也不肯好好责备教育她。

早餐便是如此，面对着一桌食物，一脸的不配合。傅佩嘉便哄她："欣儿，意大利面酸酸甜甜，是你平时最喜欢的味道。"

"可是我不想吃，什么都不想吃。"孟欣儿嘟着小嘴，一副"我最讨厌吃饭"的模样。

"早餐是必须吃的。不然以后会长不高哦。这样吧，佩姐姐去拿一点，欣儿先尝一口。如果觉得不好吃的话，就不吃。好不好？"傅佩嘉耐心诱导。

好说歹说的，小祖宗总算是答应了。傅佩嘉怕她反悔，赶紧去取了面，搁在她的面前："吃吧。"

孟欣儿用叉子吃了一口，总算是给面子地点了点头："酸酸甜甜的，还行吧。"

傅佩嘉这才松了口气。一早起床，帮欣儿梳洗换衣，又伺候两人吃饭，此时的她早已经饥肠辘辘。

她起身去了煎蛋处："双面煎。谢谢。"

话音刚落，只听身后有个低沉的声音缓缓响起："谢谢。单面，五分熟。"

那一瞬间，傅佩嘉似被毒蛇咬到脚一般，她指尖骤然握紧了白瓷盘，整个人反射性地向前倾了倾。

想不到乔家轩竟然连出来度假都这么早起。

往日，他倒是如此的，再晚睡也会早早起身跑步健身，神清气爽地吃了早餐，然后去上班。但当年是当年，现在的他大权在握，早不用那么辛苦地做戏了。

傅佩嘉很想掉头离开，但两人在同一家酒店，她还要住十来天，碰面的机会怕是不少。她难道为此就什么都不吃了吗？

把他当作从未认识的陌生人就好。是陌生人，就不会有任何情绪波澜的。傅佩嘉这样告诉自己。

她就保持了一个僵硬姿势，一动不动地在他面前。从乔家轩的视线，可以清楚地看到她白嫩好看的脖子上面沾了一丝断发。

他鬼使神差般地抬起了手，想替她拂去，但指尖在要碰触到她脖子的那一秒，乔家轩悚然一惊，整个人暮地清醒了过来：他在做什么！

乔家轩五指合拢，捏握成拳，默默地收回了手。

于是，两人就这样一前一后地站着，等候着厨师将鸡蛋煎好。

铲子碰到铁锅发出的清脆声响，鸡蛋遇到热油发出的滋滋之声，傅佩嘉都听得一清二楚。

她一动不动地保持着双手端着盘子的姿势，直到年轻帅气的厨师将鸡蛋搁到了她的瓷盘里，微笑迷人地跟她说了一声："Have a nice day."

傅佩嘉说了声谢谢，转身离开。

新鲜出锅冒着袅袅热气的煎蛋，十分诱人。然而，她已经没有任何胃口。

傅佩嘉勉勉强强地把鸡蛋咽了下去。

抬头，不禁一愣。乔家轩一个人坐在离她们不远处，并没有谢怡。

沙滩边风景十分好，一片蓝得发绿的海水，抬头便可看见海上的旭日。

由于旅途疲累，这一日安排做了休息调整。孟太太怕晒，一个下午都在房间里休息。

傅佩嘉亦与孟欣儿美美地睡了一觉。醒来已经是夕阳西下的傍晚时分了，欣儿兴高采烈地说想去沙滩上堆沙堡。

傅佩嘉欣然应允，给孟太太发了一条消息征得同意后，便带着欣儿下了楼。

孟欣儿光着脚丫，兴高采烈地拉着傅佩嘉在沙滩上追着浪潮，来来回回地跑了几圈。

后来累了，便找了个地方："佩姐姐，我们在这里堆沙堡吧？"

"好。"傅佩嘉把随身带来的塑料玩具递给了她，坐在沙滩上耐心地陪她挖沙堆砌。

欣儿古灵精怪，主意多多，一会儿便缠着傅佩嘉讲故事："佩姐姐，城堡里都住着公主。你给我讲一个故事吧。我最喜欢你讲的公主故事了。"

"好吧。"傅佩嘉随口现编了起来，"在很久很久以前，某个王国的雄伟城堡里，住了一个美丽的公主。有一天，公主在宴会上遇到了一个英俊的王子，公主一眼便爱上了王子。可是呢，国王不喜欢王子，不同意两个人交往。公主很爱王子，便离开了城堡去找她的王子……经历了千辛万苦，最后两人得到了国王的允许，便结婚了……"

"后来呢？"欣儿追问故事的结局。

"后来，两个人就幸福快乐地生活在了一起。"傅佩嘉失神地望着连绵不尽的碧海蓝天，这样回答欣儿。

海岛的阳光是如此炽热，晒在身上如在火堆上炙烤一般，可傅佩嘉却打心底里觉得冷。

美好的爱情永远只发生在童话故事里，用来骗无数的单纯少女。

高大的椰子树，数排躺椅，很多老外戴着墨镜悠然自得地在晒日光浴。

傅佩嘉自然不知道乔家轩也在其中。他一直默默地注视着她的一举一动。

欣儿在沙滩上待了好一会儿才肯回房。傅佩嘉又给她冲了澡，重新换了一身衣物。

孟太太见了，喜笑颜开："欣儿跟我真是心有灵犀，这一身裙子跟我恰好是母女装。"

一大一小，同款的吊带抹胸纱裙，长至脚腕。孟太太与欣儿穿着母女装，连傅佩嘉都觉得赏心悦目。

晚餐的地点是在落日的沙滩上，蔓延开去便是金光粼粼的海水。看着夕阳一点点地坠入海平面，实在是难得的美景。

用餐到了后半段，去洗手间的孟先生殷勤地陪了一男子过来，跟孟太太介绍道："实在是太巧了。想不到居然在这里遇到了谭先生。就是我常常跟你提起的五福那位年轻有为的谭在城先生。"

"呀！原来是谭先生，久仰大名。你好，你好。"孟太太热情地邀请谭先生入座。

傅佩嘉识相地起身："孟先生，孟太太，你们慢用。我先带欣儿回房了。"身为保姆，自然要会识人眼色，懂得进退。

第二日，一上游艇，傅佩嘉有些惊讶地发现昨晚那位谭先生也在。

孟先生和孟太太对这个叫谭在城的人十分热络。仿若从前，很多人里三层外三层地围着父亲，亲热得犹如亲朋好友。但后来，父亲一出事，这些人便作鸟兽散，连人影都再没瞧见。

在这个人为财死、鸟为食亡的世界里头，能让孟先生和孟太太如此殷勤备至的，无非是利益两字而已。

然而，谭在城的神色一直淡淡然。可见，此人向来是个众人捧着的中心。

不过这些都与她无关，傅佩嘉也不感兴趣。拿人工资，她做好工作就好了。所以，她亦步亦趋地陪着孟欣儿，尽职地陪她玩乐，照顾她的饮食，照看她的安全。

谭在城在甲板上与孟先生海钓，起身经过她们桌子的时候，忽然被桌上的国际象棋吸引住了。

他见傅佩嘉在教孟欣儿国际象棋，眉峰一挑，似有几丝惊讶。

如今的保姆都这么高素质的吗？！连国际象棋也精通。谭在城不禁饶有兴趣地正眼打量了傅佩嘉几眼，忽地发现她眉目清丽，自有一番素雅风韵。

谭在城欣赏了半晌，若有所思地开口道："原来傅小姐的棋玩得这么出色。要不，咱们来两盘怎么样？"

孟太太见状，忙不迭地替傅佩嘉一口应了下来："谭先生肯指教，傅小姐当然求之不得。"

谭在城是孟家贵客，傅佩嘉自然不可能说不，唯有微笑以对。

谭在城坐了下来，绅士地请傅佩嘉先行子。棋盘上，两人你来我往，厮杀不已。最后以傅佩嘉赢了一盘，输了三盘为结局结束。

谭在城不动声色地赞了一句："傅小姐好棋艺。有机会我必定再向傅小姐请教。"

傅佩嘉浅浅一笑，开始收拾棋盘。不过是游戏而已，何必太过认真呢。从前，她陪老爸傅成雄，也经常暗中输给他，哄他老人家一乐。

孟先生和孟太太不知其中原委，一径地夸赞谭在城棋艺高超。

这样的年纪，这样的容貌，能低调行事，知所进退，实在是难得。于是，谭在城在好奇之余，又不禁对傅佩嘉另眼相看了几分。

回程的途中，他们的游艇与另一艘游艇擦身而过。

穿着比基尼的谢怡如美人鱼，站在一身白衣，手执酒杯的乔家轩身畔。若是傅佩嘉的视力没有问题的话，她发现乔家轩似乎也留意到了他们船只的经过，投了目光过来。

隔了一片碧蓝海水，傅佩嘉与乔家轩的目光静静地交会，而后倏然错开。

是夜，酒店沙滩BBQ（烧烤）。

餐厅给他们这一桌配备了一个专门的BBQ厨师，负责烧烤今日海钓所得。

傅佩嘉用英文交代厨师给孟欣儿的烤鱼不能放辣以及煎牛排的熟度等各种注意事项。坐在对面的谭在城自然注意到傅佩嘉的英文流利，口音标准。

他忽然对傅佩嘉的兴趣越来越浓了起来。

谭在城命人开了一瓶红酒，含笑征求傅佩嘉的意见："傅小姐，来一杯怎么样？"

"谭先生，不好意思，我实在不会喝酒。"

"这样吧，来三分之一杯。傅小姐随意即可。今天晚上气氛这么好，不喝酒实在是太浪费了。"

孟太太自然瞧出了些眉目，连声道："是啊，傅小姐。今晚这么美的夜色，你陪我一起喝几口。"

谭在城和孟太太这样坚持，傅佩嘉便不好再拒绝下去了，她点了点头："好吧。"

胭脂一般的液体沿着酒杯壁沿缓缓地注入酒杯之中。不远处，有一道幽深阴郁的目光一直无声无息地注视着他们这一桌。

乔家轩看着谭在城优雅地朝傅佩嘉举起了酒杯，饶有兴致地一饮而尽。他看见了谭在城眼底兴致盎然的淡淡火花，那是一种男人都懂得的含意。

这个男人对傅佩嘉兴趣极浓。

若是傅佩嘉愿意的话，这个男人绝对不介意与她在这个岛上来上一段浪漫的异国几夜情。

这个念头乍一入脑海，乔家轩整个人便觉得心里火烧火燎的，异样烦躁。

他仰头一口气喝光了杯中之酒。然而，越喝心底挥之不去的烦躁却越盛。他解开两颗亚麻衬衫的扣子，松了领子，再度倒满酒，一口饮尽。

而坐在乔家轩对面的谢怡自然知道自己的身后坐了谁。她垂下眼，双手紧拧着桌巾，装作什么都不知。母亲说过，最聪明的女人便是看到当作没看到，知道当作不知道。

洛海城的名媛众多，父亲的资产不上不下，她要找门当户对的世家子弟，并不是没有。但绝大多数的第二代都并无什么本事，多半是每月拿着自家基金拨出的固定工资吃喝玩乐等死，虚度时光而已。

乔家轩在洛海城则是个异类。

不择手段夺得傅氏，又与傅佩嘉离婚的乔家轩是洛海城公认的心狠手辣、忘恩负义之人。却没有人会否认他征战商场运筹帷幄的才干与魄力。

在这个只看结果的社会里，谁会关注你流血流汗的发家过程？大家只会讨论你成功后的身家数字而已。所以，谢怡半点也不介意乔家轩的过去。城中哪个富豪名人在发家致富的路上，没有一星半点的过去呢！

她也不担心乔家轩对她也会如法炮制。一来她没什么身家，二来她又不是傅佩嘉那个单纯幼稚的傻子。

男人征服世界，而女人通过征服男人征服这个世界。谢怡一直对此深信不疑。而她谢怡看中的男人，便是乔家轩。

在洛海城里，能与乔家轩并驾齐驱的，她自信也只有她谢怡一人而已。

但经过这几日的相处，她敏感地察觉到了一些东西。乔家轩并不如旁人所说的，对前妻弃若敝屣。他偶尔不动声色的凝视，长时间的无声缄默，无缘无故的愣怔出神——乔家轩和傅佩嘉之间似乎有东西依旧在暗涌不已。

傅佩嘉把鱼块拆完了骨头，才递给了孟欣儿。牛排则切成了很小的块，以便孟欣儿可以一口吞咽。她很少允许孟欣儿喝饮料，开水和鲜榨果汁除外。

傅佩嘉从未有过任何做保姆的经验，但她从小是由保姆带大的，她亦懂得将心比心。她总是这样想：如果欣儿是自己的孩子，自己会怎么做。每个母亲都会细心耐心地对待陪伴孩子，想孩子之所想，急孩子之所急。于是，她也用这样的心对待欣儿。大约也是因为这样，所以素来挑剔的孟太太对她倒是颇为另眼相看的。

傅佩嘉瞧着孟欣儿樱花般的甜美笑脸，偶尔她也会想：如果那个时候她怀孕的话，那孩子也不过比欣儿小几岁而已。如今也应该会跑会跳会笑会闹了。

婚后那几年，傅佩嘉曾经很想很想要一个孩子。有他的鼻子，她的眼。他的下巴，她的眉。幻想着一家三口穿着亲子装，羡杀旁人的场景。每回想着想着，都会甜蜜地傻笑。

可是，那个时候无论她怎么努力，都未成功。当时自然十分郁闷难过。

后来，她却庆幸这个孩子从未到来。

这一晚，谭在城在与孟先生聊天的时候，不着痕迹地说了一句："傅小姐看着不像是做保姆的人。"

"听我太太说，她是因为父亲生病，需要一大笔治疗费用，不得已兼职保姆的。"

"哦，原来如此。"谭在城得到了自己想要的信息，端起了酒杯饮了口酒，并不在此话题上继续着墨。

孟先生是何等精明之人，他自然早已琢磨出了谭在城的意思，见谭在城转移话题，便借机道："谭先生，上次我们谈的那项合作怎么样？"

谭在城闲闲地饮了口酒："现在度假，咱们就别聊公事了。"

"谭先生说得是。等谭先生回五福再说，咱们来日方长。"

第二日，傅佩嘉在最早的用餐时间进入了餐厅，这个时间点，用餐人数寥寥可数。她心想这样应该可以避开乔家轩了吧。

但她一踏入，一眼便瞧见了坐在昨日同一位置的乔家轩。

竟然避无可避。

傅佩嘉只好视而不见，径直取了早餐，坐在了离他最远的角落。

傅佩嘉三口并作两口地吃完了早餐，才起身，她便瞧见了谢怡，一身牛仔色的吊带深V短裙，酥胸长腿一览无余，性感娇媚地踏入餐厅，顿时吸引了所有人的目光。

谢怡本是含着笑直接走向了乔家轩，但她眼角余光扫到一旁的傅佩嘉的时候却不由得凝滞了。但这停顿不过一秒甚至更短的时间，她再度微笑对着乔家轩时早已经消散无踪了，她拨了拨波浪长发，娇嗔道："怎么吃早餐也不叫我？"

乔家轩不疾不徐地用餐巾擦了擦手，优雅起身："我吃饱了。谢小姐你慢用。"

谢怡的笑容在乔家轩离开后，便倏然委顿了。她望着正消失在门口的傅佩嘉，容色诡异阴狠至极："乔家轩，你以为我谢怡真是吃素的。过河便想拆桥，没那么容易。"

事实上，谢怡是在机场过 VIP 安检的时候遇到乔家轩的。她便上前趁机寒暄了起来："乔先生，你好。"

乔家轩瞧了她半晌，也未记起来眼前的她是何许人也。

谢怡赶忙自报名字："我是谢怡。我爸爸是谢氏珠宝的谢世良。"

乔家轩这才客气冷淡地点了点头："原来是谢小姐。幸会。"

事实上，谢怡曾在好些个场合遇到过他。只是乔家轩素来忙于工作应酬，根本没有注意过她。

"谢小姐，你忙。下次再见。"乔家轩客气万分地招呼过后，便拖着随身的箱子离开。

难得可以如此偶遇，谢怡自然不肯放过这个大好机会："乔先生，不介意的话，可否帮忙送我一程？就前面的 × 航贵宾室。感谢感谢。"

乔家轩本是眉头微蹙地停了步伐，但在听到"× 航贵宾室"几个字后，随即转身落落大方地帮她拖了一个登机箱："谢小姐客气了。这是我的荣幸。"

见乔家轩居然真的愿意，谢怡自然是又惊又喜，踩着高跟鞋，婀娜多姿地走在他身后。走了数步，乔家轩忽然转过了身，似笑非笑地问道："谢小姐飞哪里度假？"

"××岛。"谢怡报出口，便捕捉到了乔家轩眼里一闪而过的讶异。谢怡是何等精乖之人，顿时便心领神会了，"莫非乔先生跟我同路？"

乔家轩但笑不语。

谢怡素来精乖，已知这是他的默认。她自然打蛇随棍上，笑吟吟地对乔家轩说："呀，真的是太巧了。那一路上请乔先生多多关照。"

就这样，两人来到贵宾室，遇见了傅佩嘉。

起先，谢怡也以为只是偶遇。但到了岛上，再度看到傅佩嘉，谢怡自然知道事情绝对没有这么简单了。乔家轩在利用她。

不过她并不介意。若不是如此，她怎么可能有机会如此接近乔家轩，并与他同进同出呢。

谢怡自信自己并没有哪里比傅佩嘉逊色的。时日一长，她相信乔家轩自会明白过来她的各种好。然而几天下来，她却一点进展也没有。

人前，乔家轩不介意她的亲近。但人后，他对她客客气气冰冰冷冷的，她根本无法靠近他。

一来二去，谢怡便知乔家轩在拿她做过桥板。不过，就算是过桥板，她谢怡也不是这么容易让人用了就抽走的。

小孩子最喜欢玩水，孟欣儿也不例外。来岛上的每天傍晚时分，欣儿都要去泳池游泳。作为保姆的傅佩嘉自然必须全程相陪。

这一日也是。两人在水里快乐嬉闹。

谭在城一眼便注意到了她。傅佩嘉在泳池仿若一条美人鱼，自由灵动。

哪怕傅佩嘉只穿了黑色连体泳衣，极简单的前后 V 领款式，十分保守，但那露出雪白后背的黑色连体泳衣绝美地勾勒出了她纤秾有度的身材，反比一众比基尼洋女更叫人心驰神荡。

傅佩嘉手把手地教孟欣儿游泳，姿势标准，宛若教练。

这个清新美好宛如新月的女子，叫人怎么看都不够。谭在城凝视着她，无法移开自己的视线。

而另一头躺椅上的乔家轩，只要微微抬眼，便可瞧见那道曼妙的身影。天边残阳如血，照着躺椅上形单影只的他。

游泳池里，孟欣儿的欢呼雀跃声，拍水声，一声声传入他耳中。

忽然，只听孟欣儿一声焦急的呼叫声传来："佩姐姐，你怎么了？"

傅佩嘉在游泳池里扑腾，正在通电话的谭在城已经察觉了不对。他忙把手机随手一扔，三步并作两步地跑了过去。

说时迟那时快，此时对面有一道身影已纵身一跃，"扑通"一声跳入了泳池，快速地游向了傅佩嘉。谭在城慢了他数步，游到了傅佩嘉身边。

谭在城："傅小姐，你没事吧？"

那人此时已经搂抱住了傅佩嘉。大约是不认识那人的缘故吧，这样亲密的姿势令傅佩嘉觉得十分尴尬，她神色古怪狼狈，挣扎着推开了那人，把手伸给了他："谭先生，我的脚抽筋了，麻烦你带我上去。"

谭在城礼貌地跟那人说了句"谢谢"，而后搂着傅佩嘉的腰，缓缓地游到了岸边。

傅佩嘉裹着浴巾，湿淋淋地向谭在城一再道谢："谢谢你了，谭先生。"

能有如此机会接近傅佩嘉，谭在城只觉得十分荣幸。

他并不知在这个过程中，泳池里有个人目光森冷地一直盯着傅佩嘉与他的亲密动作，双手捏握成拳，松了紧，紧了松，反反复复个不停。

第二日一早，为了能避开乔家轩，傅佩嘉特地选了餐厅快结束的时候去吃早餐。

一进餐厅，果然不见乔家轩。总算是避开了。傅佩嘉心中略松。

傅佩嘉端了煎蛋回座位。有人从转角处过来了，直直地撞向了她。这人像是故意似的。傅佩嘉想要退让，已是来不及。她被撞得没稳住，只听"噼里啪啦"一阵声响，端着的东西都撒在了地上，一片狼藉。

"喂，傅大小姐，你眼睛瞎了吗？？你看我的裙子，这还能穿吗？"

傅佩嘉不用抬头也知道这是谢怡的声音。以前的那个圈子里，她也曾听林又琪不止一次说起，说谢怡素来心高气傲，对家境不如她的女生，更是颐指气使，得理不饶人。不过她这样捧高踩低的人，无论在哪里都有。傅佩嘉不喜欢应酬，极少愿意陪父亲或者乔家轩出席各种场合，所以这些年间她与谢怡只不过有数面之缘而已。

然而今时不同往日。傅佩嘉不得不息事宁人，低头道歉："对不起，我不是故意的。"

　　"一句对不起就算了吗？那这句对不起也太值钱了。傅佩嘉，××牌子的定制款，想来你也知道价格的。这样吧，你赔我一件一模一样的定制裙，这件事情就算了。"谢怡今日是存心要女难堪，怎么可能如此轻易放过她。

　　"对不起，谢小姐。我实在赔不起。"傅佩嘉咬着下唇，实话实说，希望谢怡可以放自己一马。

　　"赔不起？那你跪下来，帮我把鞋子上的酱汁擦干净了。那么这件事情，我就当作没有发生过。你擦一次鞋子换一条六位数的定制裙子，这笔买卖对你来说实在是太划算了。"谢怡千娇百媚地站着，笑吟吟的，嘴里却说着与表情完全相反的羞辱话语，"怎么样？擦不擦？"

　　餐厅的人越来越多，似乎都在议论这边发生的事情。

　　傅佩嘉脸色苍白地抬头。只一眼，她便后悔做出了这个抬头的动作。

　　因为就这一眼，她便看到了在谢怡身后不远处的乔家轩。他缄默无声地瞧着这一切，脸上什么表情也没有。

　　早知道今日谢怡来者不善，但想不到她竟然会这么过分。但再过分又能怎么样呢，谢怡就是看中了她无人撑腰。从前的傅佩嘉身后有父亲，有傅氏，谢怡的父亲见了她都得客客气气恭恭敬敬地唤一声"傅小姐"，更别说见她父亲傅成雄了。

　　那时候，别说是一条定制长裙，一百条她也会轻飘飘地说一句："把账单寄给我。"

　　可如今，落魄的凤凰不如鸡。傅佩嘉一分一分地垂下了眼帘："好，我给你擦。"

　　"要跪下来擦！"

　　傅佩嘉不是没有期待的。但乔家轩冷如碎玉的眼神令她知道做人还是靠自己，千万不要期待别人。他绝对不会帮她的。

　　傅佩嘉正欲跪下来，忽然有人一把捉住了她的手臂："这件衣服多少钱，我帮傅小姐赔给你。"

傅佩嘉一怔后转头，入眼的是谭在城成熟稳重的一张脸。

他递了一张名片给谢怡："这是在下的联系方式。你若是方便的话，把账号和金额发给我，我收到后，必定第一时间安排人打款给你。"

谢怡一看他的名片，心下便有了计较。她拨了拨妩媚的长发，娇娇俏俏地微笑："谭先生，你误会了。我和傅小姐认识多年，刚才的事情，我不过是跟她开个玩笑而已。"说罢，她转头道，"傅佩嘉，对不对？"

既然谢怡见好就收，给了她一个台阶，傅佩嘉也就顺势而下了："对。"

谢怡此刻已自动转换成了一副优雅得体的名媛派头："英雄救美，谭先生好风度。今天很高兴能够认识你。"

闹剧结束，众人散去。

谢怡回房换衣服去了。而她身后的乔家轩则找了个临海位置入座吃早餐。

一场风波就此消散于无形。傅佩嘉甚为感激："谭先生，谢谢你了。"

她是发自肺腑地感谢，谢谢谭在城让她免于一场难堪。

谭在城微微一笑："都是朋友。傅小姐不必这么客气。

"傅小姐，吃早餐了吗？不介意的话，一起？"

难得谭在城不介意与一个保姆一起用餐，傅佩嘉自然更不介意了："好啊。"

只是傅佩嘉的胃口比昨天还差。一个才认识数日的人都愿意出手帮她。而他呢，曾经同床共枕数年的枕畔人呢，他从头到尾站在一旁冷眼旁观谢怡对她的羞辱和众人对她的指指点点。

世上还有比此更狼狈不堪，伤心欲绝之事吗？！

哪怕是傅佩嘉学会了漠然，但心头依旧痛苦窒息。

回房后，她坐在浴室的窗口，捂着心口，张着嘴大口大口地喘息。

真是没用。到了今时今日，还会为他所伤。

傅佩嘉，你真的是活该！

视线尽头依旧是无边无垠的沧海碧波。只是渐渐地开始模糊了。

旁人都觉得度假时光，倏忽如闪电，转眼便过。可对傅佩嘉来说，与乔家轩一起在这个岛上，每天都是一场煎熬，真真是度日如年。

　　幸好，还是熬过来了，明日便会返回洛海。此后，两人应该不会再见面了。

　　傍晚时分，傅佩嘉接到了谭在城的内线电话："傅小姐，晚上可否给我一个机会请你吃饭？"

　　谭在城最近这几日表现得太明显了，饶是傅佩嘉再愚钝也察觉到了不对劲，于是她想也未想便拒绝："不好意思，谭先生。晚上我要照顾欣儿。"

　　"这个你不用担心。孟兄夫妇说了他们今晚会照看欣儿的。"

　　"……"傅佩嘉一时词穷。

　　"那么就这么定了。晚上七点，我来接你去餐厅。"说罢，谭在城便利落地结束了通话。

　　拉开门的时候，谭在城的心脏猛地收缩了一下，一时失了神。今晚的傅佩嘉只穿了一件简简单单的无袖条纹曳地长裙，半长的黑发由于洗后未干，不似往日扎了丸子，蓬松微鬈地散在脖子一侧。

　　一种叫人心室的妩媚似迷香般迎面飞来。谭在城顿觉喉头干涩发紧，他略略平缓了呼吸，方恢复了过来："傅小姐，请。"

　　下行的电梯"叮咚"一声停在了两人面前。电梯门缓缓开启，有两张熟悉的面孔映入了眼帘。

　　真是人生无处不相逢。傅佩嘉仿若未见般不着痕迹地垂下了眼帘，拽起了裙摆跨进了电梯。

　　倒是谢怡，含着意味不明的微笑与谭在城打了一声招呼。

　　在这一过程中，乔家轩一直无波无澜地目光直视前方，但视线的余光却瞧见了她如云的长裙下摆因她的动作缓缓而动，犹如风儿翩然摇曳枝头之叶。

　　稍稍抬眸，是她白嫩修长的颈部线条，被丝绒般的黑色长发一映衬，说不出地娇俏诱人。

　　就这简简单单的一幅画面，乔家轩已觉血脉偾张，某处猛然一动，他垂在一旁的手不由得捏握成拳，暗暗调匀气息。

而此时，谢怡软弱无骨地靠向了他，生怕旁人不知道两人的亲密。

不知乔家轩是如何对他那位陈姓女友交代的。也或许，根本就不用交代，就如同那些年，他一句出差便 OK 了。

四个人静静地随着电梯下行。"叮咚"一声，电梯停了下来。谢怡挽着乔家轩翩然而出。她瞥到傅佩嘉也随之而来，眼光蓦地一冷。

谭在城拉开椅子，请傅佩嘉入座。随后，又十分绅士地替她在杯底倒了薄薄一层酒："傅小姐，随意。

"听说傅小姐照顾欣儿已经大半年了？"

"是。"

"听孟太太说你把欣儿照顾得很好。她很听你的话。"

"是欣儿乖巧懂事。"

餐桌上方有一盏小吊灯盈盈垂下，璀璨的灯光把傅佩嘉黑葡萄似的眼衬托得越发又大又亮。干净清澈的气质，恰到好处的眉眼，谭在城只觉自己百看不厌。

谭在城亦是一方人物。事业有成加上长相端正，身边从不缺乏各种可人儿的主动围绕。

但这几日，他着魔了似的，被傅佩嘉一颦一笑一举一动吸引所有注意。他已经有很多年没有这种心动的感觉了。

谭在城搁下了酒杯，沉吟了好一会儿，似在组织想说的话。顿了顿，他开口了："傅小姐，想必是知道孟太太的身份吧？"

孟太太的身份彼此心知肚明，谭在城绝对不会无缘无故在此时提及的。傅佩嘉缓缓抬眼："谭先生想要说什么？"

"傅小姐是个聪明人，我也就不拐弯抹角了。"

傅佩嘉静待他的话。

"傅小姐，虽然我认识你不过才短短十几天，但是我很欣赏你，对你很有好感。从见到你的第一眼，我就觉得你根本不是从事保姆一类工作的人。后来，我从孟先生口中听说了你的家庭情况，所以我想提出一个交易，一份工作，不知你愿不愿意接受？"

"什么性质的工作？"

谭在城见她面色从容，便缓缓地说了下去："你愿不愿意做我的女朋友？金钱方面，我绝对不会亏待你的。"

"女朋友"三个字，谭在城发音加重，傅佩嘉愕然之余，完全理解这三个字的不同含义。

"傅小姐，我知道我这个提议很突然，你一下子会觉得难以接受，但希望你考虑一下。你跟了我之后，你的事情便是我的事情。"

谭在城注意到傅佩嘉虽然一直不说话，但脸上绝无半点不悦之色。

这说明她会考虑这件事情，并把之作为她的选择之一。谭在城在商场打滚经年，阅人无数，心底自然了然。他优雅地转了转杯中之酒，一口饮尽，从容地取出了笔和名片，他"唰唰"地写下了一串数字后，将名片推给了她："傅小姐好好考虑一下我的建议，你可以给我电话，也可以直接来找我。这是我的私人号码。"

谭在城招来了服务生："帮我记账，6606 房间。"

谭在城离开后，傅佩嘉一直怔怔地盯着那张名片。

不可否认，谭在城的这个提议对如今身心俱疲的她真的有些诱人。钱，钱，钱，什么都需要钱。父亲的治疗费用，自己的吃住开销……一座一座的大山，快将她压沉了。

以前那个从来不愁金钱的傅佩嘉，早已经死了。如今的她，知道这个世界上，没有钱寸步难行。

傅佩嘉默默地将名片捏在了手心。

"答应他。答应他之后，这一切，你都不用再愁了。再不用看别人脸色，再不用对着医院的催款单心惊胆战，再不用求医院和房东宽限时日……"脑中有个声音不断地这样对她说。

"答应他。这位谭先生长得也不算差，成熟稳重，风度妥帖。你跟他在一起之后，或许就不会再想乔家轩了，你就会忘记他……"

很多很多的时候，傅佩嘉真的想用另外一个人去忘记乔家轩。哪怕那个人她无一点点喜欢，但只要能够忘记乔家轩，她什么都愿意做。

幸好，那样的念头，仅仅是不停闪过脑海。她并没有真正把它实施。

可这个谭在城，却莫名其妙地又勾起了傅佩嘉这个深埋在心底的黑暗念头。

明天回到洛海，又要面对医院的催款单了。从前的她浑浑噩噩，日子一天一天，不经意地从指尖挥霍而去。

可如今，每过一日，便离催款单近一日，她每天都活在朝不保夕的心惊胆战之中。

前些天，在医院的走廊遇到了李长信。他淡淡地道："傅小姐，聊几句？"

"好。"

李长信双手插兜，缓缓道："傅小姐可曾考虑过结束所有治疗？"

"李医生的意思……"

"傅小姐，我们医院的专家们曾不止一次会诊过，得出的结论是：傅先生醒来的可能性极小。哪怕醒来，他的身体各方面也存在各种医学上的不确定性。傅先生现在全部靠仪器在支撑，如果你同意的话，傅先生可以有尊严地离去……"

傅佩嘉猛然截断了他的话："不，我不同意。

"是他来让你对我这么说的吗？"

李长信盯着她停顿了片刻，目光是从未有过地严厉："傅小姐，不管你跟乔之间发生了什么，这是你们之间的事情。请不要怀疑我的职业操守。"

"对不起，李医生。我不应该这么怀疑你的。"

"傅小姐，作为朋友，我只是想专业地把情况分析给你听，让你做出一个最佳的选择。"

李长信从来不是一个爱管闲事之人，只是傅佩嘉与乔家轩的事情，他一路看在眼里，难免会对傅佩嘉有恻隐之心。再者，站在医生的专业角度，他个人认为傅佩嘉这番辛苦的付出，不一定会有相应的回报。

"谢谢你，李医生。但是我不会放弃治疗，爸爸是我唯一的亲人。只要我有一口气在，我都不会放弃治疗的。"

若不是自己这个不孝女儿，父亲怎么会落到如此田地？所以如今的所有惩罚，傅佩嘉都觉得是她应得的。

要是她答应了谭在城，一切问题便会迎刃而解了吧。

父亲日后的治疗便有了保证。自己或许也可以借由他，彻底地忘记乔家轩。

这个交易，她并不吃亏。

傅佩嘉怔怔地乘电梯而上，准备刷卡进房。忽然，隔壁房间有人开门，抓住了她的手臂，用力地一把将她拖进了房内，抵在了墙上。

傅佩嘉想放声尖叫。但下一秒，她闻到了那熟悉至极的味道，也看到了那个人。

一套白色细亚麻休闲套装，斯文俊秀的五官，平日表情淡淡的脸上竟然凶恶万分。

"叫什么？想把谁引过来？刚刚与你一起吃饭的那个男人？"

傅佩嘉心头一时紧得发疼。她别开脸，冷冷地喝道："放开我。"

乔家轩一探手，抽走了她手心里的名片，似笑非笑地扫了一眼："谭在城。

"怎么？走投无路，准备卖肉了吗？这金主挑得不错嘛，瞧着应该是有些身家的。

"不过，我倒是有一个更好的提议——"说话间，他的手缓缓地抚上了她光洁修长的脖子，唇角微勾，"今晚陪陪我怎么样？

"我们夫妻多年……你一直很喜欢的，不是吗？我记得你喜欢我这样吻你……"

回应他的是傅佩嘉狠狠甩出的一个巴掌。

傅佩嘉实在不敢置信，时隔一年多，他对她说的竟是这些无耻的话。

乔家轩的脸色一下子阴霾了下来，他一动不动地盯着她，十分高深莫测。数秒后，他摸了摸嘴角，忽地笑了。

他整个人猛地压了下来，凶狠万分地吻了起来。他用尽全力吸吮着，似沙漠里快干涸而死的人在最后时刻遇到了满袋的清水——从未有过的粗暴，急促，狂风暴雨般地要将她啃噬殆尽。

傅佩嘉骇然地倒抽了一口气，手忙脚乱地想推他。然而，他如一座山，根本无法撼动分毫。他的手毫不客气地一把撩起了她的长裙。她抬起腿集中力气去蹬他，然而全然无济于事，反而被他趁势捉住了腿，抬了起来……

乔家轩的气息又湿又重地扑在了她的脖子上，夫妻数年，傅佩嘉自然知道他已经蓄势待发。她不免愕然，如今的乔家轩有什么不是唾手可得的，怎么会对自己这个前妻情动得如此之迅速？

她的脸被乔家轩恶狠狠地扳了过来，他目光深深地盯着她紧蹙的眉眼，在狠狠欺负她的同时，都似不愿放过她的每一个细微表情。

长裙被撩至腰畔，下摆如花垂坠盛开，每个动作都荡起了波浪涟漪。在电梯里的时候，他就想这样做了。

这裙子，他是记得的。事发前一个月，两人的最后一次度假也是去了海边。两人住的是小木屋，三面蔓延开去都是漫无边际的碧蓝。

有一日清晨，她梳洗完毕正准备去餐厅。他睡眼惺忪地伸着手唤她："嘉宝，过来一下？"

她穿的便是这条条纹曳地长裙，娉娉婷婷地含笑走近，美得不可思议："怎么？改变主意肯陪我去吃早餐了吗？"

谁知他一把搂抱住了她，一阵天旋地转，她已被他压倒在身下。挣扎中，她呜呜咽咽地抗议："不许扯我的裙子……我第一次穿……"

那时，所有的一切都已经准备妥当了，只待一个最稳妥的时机而已。

乔家轩清楚明白得很，他拥有她的日子已经进入最后的倒计时了。

所以那些天，他每日都似火焰般，想要与她一起燃烧殆尽。

他尝过她所有的风情，知道她有多甜美。而如今，还有旁人在觊觎她的美，偏偏她半点不知，在那人面前巧笑倩兮——那人会像他这么沉溺其中吗？这念头方在脑海涌起，乔家轩便恼怒至极，他的动作越发凶狠了起来。

最后那一刻，他毫不怜惜地咬住了她的肩头，唇间逸出长长的一声叹息，似心满意足至极。

Act Five

匆 匆 /

撑着伞的人，每一个都行色匆匆地踏在返家途中。

/ 只有她，孤零零的一个人，无处可去。

傅佩嘉倏然睁眼。这才忆起，她已经随孟太太一家回到洛海了。这里是她租住的小屋，小小的屋子，床头的餐桌触手可及。

　　无声无息的黑暗中，傅佩嘉缓缓地抚摩上了肩头，那晚被他狠狠咬过的地方，齿印依旧未全部退去。

　　从前的他亦是如此，旁人瞧着，只觉得他是个再清淡温和不过的人，但事实上他另有霸道野蛮又随性之至的一面。因她深爱他，所以总是愿意让他这样那样地为所欲为。

　　那晚，趁他去洗手间沐浴的光景，她仓皇离去。幸好只在隔壁，欣儿也不在，所以衣衫不整的她并没有被任何人发觉。

　　第二日，她与孟家三人回国，便再没有看见过乔家轩。

　　如今的两人，一个在高高云端，一个掉落尘埃，差距如此之大，自然是不大可能会遇见的。

　　傅佩嘉偷偷摸摸地回了原先的傅家去接寄养在良嫂那里的"花木兰"。从交谈中得知，身为帮佣的良嫂过年放假，她只知道乔家轩出去度假了，但并不知乔家轩具体去了哪里。

至于那晚乔家轩为何要那样做，傅佩嘉怎么想也想不通。

不日，医院方面的催款单又如期而至了。

傅佩嘉不期然地想起了谭在城和他的那个提议。但她知道自己没有办法做到。

傍晚时分，傅佩嘉按时来到孟家，孟太太一打开门便笑吟吟地道："哎呀，这说曹操曹操就到。傅小姐来了。"

大厅里有男子的交谈声。走近了，傅佩嘉这才愕然瞧见，与孟先生一起聊天的人竟然是谭在城。

孟太太热情亲切地拉着傅佩嘉在沙发上坐下来，四人聊了片刻，孟太太便与孟先生借故离开："咱们去看看欣儿的作业做得怎么样了。傅小姐，你陪谭先生聊聊天。"

谭在城自然明白这是孟太太给两人创造独处的机会，待两人离开，便含笑道："傅小姐，难得我今天在洛海，不知道有没有机会请你吃顿饭？"

傅佩嘉微微笑笑，并没有拒绝。

一来，他是孟家贵客，她要在孟家工作下去，不看僧面也得看佛面。

二来，谭在城当日在谢怡面前帮过她，她欠他一份人情。如今不过是小小的一顿饭，她若是拒绝，也太不近人情了。

人经历过了世事凉薄，人情冷暖，便学会了凡事先看看再决定。

傅佩嘉也不例外。

谭在城把晚餐订在洛海会馆，面对一整个日月湖。这是洛海极有名的餐厅，宽敞大气的空间，寥寥可数的餐桌，精致可口的美食，洛海城中的老饕们无一不交口称赞。

这个餐厅最好的位置都是临湖的，用旧式的八骏图、松鹤延年等图案的木雕墙与大厅间隔开，形成数个相对隐蔽的空间。

春日杨柳垂枝，桃李娉婷；夏日可见满湖荷花，亭亭盛放；秋日可见碧波轻荡，云天一线；冬日则残雪印枯枝。波光浩渺里，桌面的水中倒影与禅意摆件，浑然天成地融为一体。端的是湖光山色与人亲，说不尽，无穷好。

但这样的位置，整个餐厅不过三个。谭在城并没有订到，他们的餐桌在东南一角。虽然偏了些，但依旧可见波光灵动的半湖美景。

傅佩嘉曾经来过这里多次。与父亲傅成雄，亦曾与乔家轩。

夏日，她喜欢吃这里的清烧虾仁，选野生虾将壳剥去，莹白如玉的，搁在碧绿的荷叶之上，冰凉爽口之余还带了几丝荷叶特有的清幽香气。

冬日，她喜欢喝这里的野生鲫鱼汤。这汤做法极为讲究，水用的是洛海麟山的天然山泉水。先选日月湖的几尾野生小鲫鱼熬汤，用文火将汤熬至奶白色后，便将小鲫鱼取出弃之。随后在汤内放入野生大鲫鱼继续熬煮。待肉熟汤已呈牛奶色，撒上碧绿的葱，鲜香扑鼻，端的是诱人至极。

这两个菜亦是乔家轩最喜欢食用的。

就这么一瞬，傅佩嘉心口突地一窒。她将目光轻垂，端起茶盏饮了口清茶，静待这一阵的难受窒息过去。

谭在城的话倒像在交代自己的一些事情："我有个儿子，比孟欣儿大数岁。只因我太太离世得早，养成了调皮顽劣的脾气，不喜欢读书，每天只喜欢玩手机打游戏。"

又说："五福亦山清水秀，半点不比洛海差。傅小姐有机会来五福玩几天。"

谭在城一直与她闲聊别的事，半句不提当日的建议。

不多时，两个服务生便将菜一一端了上来，其中便有鲫鱼汤。谭在城亲自盛了一碗，搁到傅佩嘉面前："这是这家餐厅最有名的一道菜，胜在取材天然，你尝一尝。"

上等的骨瓷碗，触手温润如玉。傅佩嘉接过，用汤匙缓缓拨动了。

从前，她亦会像谭在城一样，替乔家轩盛汤，在父亲傅成雄面前也不避忌。父亲瞧见了，意有所指地对乔家轩道："我这个女儿，是从小捧在手心长大的。如今，倒是懂得疼人了。"

父亲爱屋及乌，因为她，对乔家轩更为看重。

若不是她，所有的一切决计不是现在这个样子的。

她骤然推开椅子，对谭在城致歉起身："谭先生，不好意思，我去一下洗手间。"

谭在城点点头，若有所思地目送她起身而去。她并没有询问服务生洗手间在什么位置，径直而去。显然，她并不是第一次来。然而，这里是洛海城会员制的顶级食府。这其中已经十分耐人寻味了。

此时，餐厅最好的三个位置，都已经有客人入座了。其中一个，坐的是两个人，男的斯文怡然，女的简洁干练。傅佩嘉是认识的。

男的赫然是她的前夫乔家轩。而这个女子，是她在傅家别墅有过一面之缘的陈小姐。

良嫂说："陈小姐是乔先生的朋友。"

傅佩嘉不得不承认，这位陈小姐明艳大方，比谢怡顺眼一百倍。

从前林又琪跟她闲聊的时候，曾与她分析过男人心目中的贤妻。

一种呢，是才学不凡能力出众，可成为男人的左膀右臂，与他在商场并肩驰骋，开疆辟土，建立两人的商业王国。

另一种呢，是贤惠体贴，妥善照顾家里的一切，让男人无后顾之忧。当男人在外拼搏疲累而回的时候，可温柔地为他拂去一身尘埃，让他享受家庭温暖。

林又琪还这样说："当然，还有你这样的第三种，娶了你啊，至少可以少奋斗三十年，不，起码五十年。"

"去你的。那你是第几种啊？"傅佩嘉笑着用抱枕砸她。林又琪一个灵巧闪躲，抱枕落在了干净锃亮的地板上。

"我不像你有丰厚嫁妆，又没有什么能力，也不温柔体贴，所以我哪一种也不是。"一直承接傅氏电子订单的林又琪家，有一个小型的工厂，家境也算殷实，但与傅佩嘉这样的大富之家还是有很大差距的。所以，聊起这个，林又琪的语气难免有些失落自卑。

"但是我认识的又琪，长得美又心地善良，肯为朋友两肋插刀……她是最棒最美的女孩。"傅佩嘉极力安慰好友。

"是吗？"林又琪垂下眼。

"当然啊。还记不记得以前我们一起逛街，我被雨淋湿了，你当即就把你的外套脱给我。结果，第二天我好好的，你却感冒了。像你这样善良、总是为别人着想的姑娘，男孩子们都排着队追求你呢。"

良嫂含着笑敲门，送来了下午茶点。

"来，又琪，这是你最喜欢的千层蛋糕，你尝尝看。"傅佩嘉取了一块搁在林又琪的白瓷碟中。

午后阳光轻移，傅家花房内一屋子玫瑰花茶和蛋糕饼干的香甜味道。

如今想来，却觉得林又琪确实说得句句在理。而这个陈小姐，便是男子想娶的第一种人。她可以与深具野心的乔家轩在商场上共同进退，建功立业。他日亦可携手登上巅峰，俯视群雄。

他们是绝对的天作之合。

而她，从来都不是。

就像林又琪说的，娶她可以少奋斗很多年。所以，乔家轩设下计谋，诱哄她入局，并踩着她和傅氏，一步登天。

傅佩嘉在洗手间的镜子里看到了自己的苍白惨然，她用力抿了抿唇，试图让自己看上去气色好一些。

洗手间的走廊，蜿蜒狭长，有古色古香的喜鹊闹梅窗，散尽幽幽光线。明暗不一处，斜靠着一个修长身影。那人缓缓地抬脸，不是乔家轩是谁。

这是海岛那场亲密后，两人第一次面对面。傅佩嘉无声无息地避过他的视线，她一心只想尽快离开。

"这个姓谭的兴致倒是很浓嘛。"他伸手按在墙壁上，拦住了她的去路。

"对了，看在曾经夫妻一场的分儿上，我帮你打听过了。这个姓谭的，确实有几分身家，妻子早逝，留下一儿子，如果你不介意做后母的话，好好努力，这个机会还是不错的。"

这样尖酸刻薄的乔家轩是傅佩嘉从来未曾见过的。从前的他，素来挂了一张温和淡然的面具，喜怒不形于色。

两人不是应该老死不相往来，老死不再相见的吗？！为何这段时间，见面的机会越来越频繁了？

傅佩嘉只停留一秒甚至更短的时间，她仿若未听见，冷漠地想要绕过他。但她快，乔家轩动作更快，他探手捉住了她的肩头，一把将她固定在了墙上。

"怎么，就这么急着回去哄姓谭的高兴？！"两人不过数寸的距离，乔家轩那熟悉的气息湿湿热热地扑在傅佩嘉的面上，引发傅佩嘉心口处的一阵剧烈抽缩。

她偏过头，冷着一张脸，道："放开我。乔家轩，我们早已经没有半点关系了。"

"所以你爱哄姓谭的高兴是你的事情，与我无关，对不对？"乔家轩嘴角微勾，不疾不徐地把她的话头接了下去。

到了这个光景，哪怕不想与他在这里多做纠缠的傅佩嘉，也不得不说出了一个"是"字。

乔家轩搁在墙壁上的指节倏地收紧，脸上的笑意却微微加深了："是吗？这个也与我无关吗？"

他居然伸手一扯，将她圆形的领子拉至一旁，露出了那个已经结痂的牙齿印。他兴致盎然地瞧了数秒，忽然低下头去，张口又在原处狠狠地咬了下去。

傅佩嘉痛呼出声。她身后是墙，前面是他，根本避无可避，又推不动他。于是，她反射性地抬手，往他脸上打去。

"啪"的一声，他竟然又是不闪不避，生生受了这一巴掌。

"乔家轩，我第一次知道原来你是个神经病。你放心，我会当作被疯狗咬了一口。"

"疯狗！"乔家轩居然也不动气，不紧不慢，饶有兴致地在她耳边提醒道，"就算我是狗吧，你跟这条狗可是睡了好几年啊。而且当年你还很喜欢这条狗！"

傅佩嘉被戳到痛处，又气又恼，她自问是斗不过他的，便识相地抿了嘴，不想与他再多费口舌了。她恼怒地用力再度推开他，但是很奇怪，这一次她却轻巧地推开了。

傅佩嘉如被狼群追赶，匆匆而去。

她不知，身后的乔家轩牢牢地盯着她的背影，容色不喜不怒。好半晌后，他摸了摸自己发疼的脸，喃喃地重复她的话："乔家轩，你的确是个神经病！"

后半顿晚餐，傅佩嘉吃下的食物仿佛都堵在了喉咙里，吞咽都困难。

傅佩嘉其实已经准备好了，若是谭在城提及在海岛时那个提议的话，她就婉转拒绝了。

然而，很奇怪，一顿晚饭下来，谭在城却顾左右而言他，似已经完全忘记当时的那件事情了。

直到送她到家，谭在城才开口："傅小姐，不知道下次还有没有机会约你出来一起吃饭？"

他凝视着她，十分诚恳地道："傅小姐，我想我是喜欢上你了。我并不是一个会随便动心的人，但是不知为什么，你的很多方面，我都很欣赏。

"我很后悔那日对你说了那一番不尊重你的话。我想收回，因为从现在起，我想正式地追求你。"

谭在城这是在向她表白吗？傅佩嘉瞪着他，眼底有不小的惊愕。

谭在城自然也瞧出来了，真挚地道："傅小姐，我是认真的。

"我妻子前年因病去世，给我留下了一个儿子。所以你完全不需要有什么顾虑。

"你不必急着拒绝我。好好考虑一下，好吗？成为我谭在城的女朋友，以后你所有的事便都是我的事。"

傅佩嘉不声不响地听着，顿了片刻，她方答："好，我会考虑的。"

谭在城稳重妥帖，并不让人讨厌。多接触几次，多些了解，并无不可。

她总不能因为曾经在婚姻和爱情里栽了个大跟头，以后就不再尝试了。

一辈子这么长，总是希望以后还能有个人牵着她的手，慢慢一起走下去。

不过呢，人生有很多事情往往是出乎人的意料的。

如这一晚，傅佩嘉趁孟欣儿写作业的光景，进了厨房倒水。

孟先生趁孟太太不在，含着笑进来与她闲聊："傅小姐，听欣儿妈妈说最近欣儿的考试成绩进步很多。"

傅佩嘉搁下水杯，客气地转身道："欣儿很努力，很用功。"

"傅小姐太谦虚了，我知道这都是傅小姐你的功劳。傅小姐，谢谢你啊。"孟先生似笑非笑地抚摩上了她的背。

傅佩嘉悚然而惊，赶忙往后退了一步："孟先生，请自重。"

孟先生抓着她如丝般顺滑的头发，将其绕在指头上缓缓把玩，轻佻一笑："傅小姐想我怎么自重呢？

"傅小姐，咱们明人不说暗话。我们度假回来的前一晚，我亲眼瞧见你衣衫不整地从隔壁房间出来。那个度假酒店，随便一间客房都要你大半个月的工资。你自然不可能去开一间房的。到底如何，大家心知肚明，你也就不要在我面前假装清高了。

"你既然愿意卖给谭先生，那也不必急着拒绝我。听说你很缺钱，你放心，我出的价格绝对不会比谭先生低，而且谭先生、我太太也永远不会知道……"

傅佩嘉猛地一把推开了孟先生，夺门而出："请你别胡说八道。我跟谭先生一点关系也没有。"

屋外，整个洛海风雨大作，仿若在渡劫。

孟家的工作已经完了！

这几日，房东刘太太天天堵在房门口催她交房租。这个时间点她也没办法回去。

傅佩嘉站在沿街商铺的屋檐下，瞧着大雨滂沱的街道，忽然觉得一阵寒到骨子里的冰冷。

人行道上，撑着伞的人，每一个都行色匆匆地踏在返家途中。

可是，只有她，孤零零的一个人，无处可去。

不得已之下，傅佩嘉只好决定去医院过一晚。她坐上公交车，茫然地随着它在城市游荡。

公交车"咣当咣当"地开开停停，也不知道过了多久，傅佩嘉听到了一个熟悉的站名。她蓦地想起了那幢蓝色大楼里头的公寓。

那里不知道有没有人住？若是没人的话，她是否可以去那里住一个晚上？

一站的路程极快，也由不得傅佩嘉多做考虑，车已经到站了。傅佩嘉看着拥下车的人群，一咬牙，便跟着下了车。

仰头而望，曾经熟悉的窗户黑洞洞的，没有一点光。

傅佩嘉惶恐不安地打开门，屋内依旧如过往，地上薄薄淡淡的一层灰。

她大松了口气。看来主人很久没踏入这里了，她应该可以在这里避一晚。

那一晚，傅佩嘉担惊受怕地抱膝窝在沙发里。

从前，她在这里，用同样的方式，无数次地等乔家轩回来。然而如今，她一个人，孤苦伶仃，无片瓦遮头。

短短数年，人生天翻地覆。

只有沙发，柔软如絮，将她温暖地包裹其中，一如曾经。

眼眶渐渐酸湿，傅佩嘉仰起头，不让那凝聚在眼中的泪水滑落。

这个冷酷的世界，并不会因为她的哭泣而有半分改变。

凌晨时分，合眼浅眠的傅佩嘉骤然睁眼。

环顾四周，微亮的室内安静至极。

没有人回来，这个空荡荡的单身公寓里，只有她一个人而已。

第二天，傅佩嘉直接向孟太太提出了辞职。孟太太也不多话，把钱给她结清了。

傅佩嘉就这样结束了孟家的工作，连与孟欣儿说句再见的机会也没有。

她疲累地爬着长长的楼梯上顶楼天台。还未到租屋门口，便看到房东刘太太已经把她的东西都塞进了包里，横七竖八地扔在了一旁。花木兰缩在纸箱角落，一脸戒备。刘太太正吃痛地甩着手指，骂骂咧咧："你这只死兔子，居然敢咬我！看我不把你爆炒了……"

她抬头一见傅佩嘉，那简直是找到了目标，立刻双手叉腰，对着傅佩嘉摆好了开战的阵势："傅小姐，你可算是回来了，你欠的房租到底什么时候给我？

"傅小姐，我们也不是什么富裕人家。每个月都要靠这个房租补贴家用。我租房这些年，从来没见过你这样的年轻女孩子，每个月的房租都要我追在你屁股后面再三讨要。

"傅小姐，我惹不起你，我躲得起。从今儿起，这房子我不租给你了。你赶紧给我搬走——"

边上的租户探头探脑地出来，探究竟的探究竟，瞧热闹的瞧热闹。

确实是自己一再拖她房租，傅佩嘉反驳不得。看来刘太太心意已决，事已至此，再解释再恳求也已经没用了。傅佩嘉只好欠身道歉："对不起，刘太太，我也不是故意的。我实在是有不得已的苦衷。无论如何，很谢谢你这段时间对我的照顾。再见。"

说罢，她抱起了纸箱里的花木兰，拖着大行李箱转身而去。

刘太太站在门口处，若有所思地目送她的身影离去，她张了张口想唤住傅佩嘉，但最后还是没吱声。

傅佩嘉抱着花木兰的纸箱，拖着大行李箱，跌跌撞撞地下了楼。不远处是熙熙攘攘的十字街头，傅佩嘉疲惫地站在路边，一时茫然不知所往。这个世界，天大地大，可偏偏她一个人，连个遮风避雨的地方都没有。

"花木兰，我们又没地方住了，怎么办呢？"

花木兰窸窸窣窣地抓着纸箱板，自然不会回答她。

去住旅馆吗？哪怕是廉价旅馆每天也是要一定费用的。如今失去孟家工作的她，已经连父亲这个月的治疗费都凑不出来了。哪里还有什么钱去住呢。

再说了，越是廉价越是鱼龙混杂，三教九流什么人物都有。傅佩嘉不是不害怕的。

去医院陪父亲过几夜？或许是可行的。但这之后，医院里的流言蜚语估计会更盛了吧。过不了数日，估计"傅家千金穷得连房子也租不起，住在傅成雄医院病房里"的消息会传遍曾经的交际圈吧。

或者……去那个蓝色公寓。但倘若房主回来，她大概会被房主扭送去派出所吧。

乌云低垂愁云惨雾的天空，又开始稀稀疏疏地落下雨滴——连老天都容不得她多做考虑。傅佩嘉抱紧了纸箱，拉着旅行箱，在雨中奔跑了起来。

雨越来越大，密密匝匝地当头落下，渐有滂沱之势。

浑身湿透的傅佩嘉最终还是来到了公寓。反正派出所的人她一个都不认识，再丢脸也无所谓。

她用椅子挡住大门，把行李箱搁在门边，把花木兰放在沙发边触手可及之处，随时准备离去。

洗澡的时候，她抚摩到了肩头的牙印，已经淡化成了浅浅的小疤。她双手捂脸，缓缓地蹲了下来。

一连几个深夜，她都防备着在沙发上浅浅睡去，又惊吓着醒来。

房子的主人一直未出现。

某天晚上，傅佩嘉接到了一个电话，对方开口就骂她："大坏蛋，大骗子。

"为什么都没有跟我说再见就走了。你明明说好等我学校放假了要陪我去游乐园的。"小小的嗓音愤怒伤心至极。是孟欣儿。

不知为何，傅佩嘉奇怪地懂得她的那种愤怒难过，她轻轻道："对不起，欣儿，是佩姐姐说话不算话。你无论怎么对我生气，我都不会怪你。"

"我又见不到你，对你生气有什么用！大坏蛋！我以后再也不要见你了。我讨厌你，好讨厌你！"孟欣儿哽咽着挂了电话。

傅佩嘉怅然若失地握着已挂断的手机。良久，她才轻轻地道："欣儿，对不起。"

两份工作都没有了，傅佩嘉试着再找工作，但市场上反而是保姆的工作好找得多，且工资待遇也极为不错。都到了下一顿还不知道在哪里的地步，傅佩嘉也没有任何资格顾及什么颜面。做保姆就做保姆，她不偷不抢，靠自己的双手赚钱。

不过由于在孟家的工作经历，傅佩嘉选择了一份白日照顾老人的工作。

晚上，她则做各种兼职，赚点小钱贴补开销。

老人姓姜，性情古怪得很。由于跌了一跤摔伤了胳膊，所以请了傅佩嘉照看并料理三餐。

一开始，这个姜老头总是各种挑傅佩嘉的错。说她笨，老是看不懂他的脸色。说她照顾得不好，要茶偏偏给他水，要零嘴给他点心。

说傅佩嘉的饭菜做得差，讥讽她："傅小姐，我以为我昨天吃的菜已经是世界上最难吃的了，没有之一。结果吃了今天的菜之后，我发现，并不是。"

或者说："傅小姐，我饭吃完了，菜没动。"

抑或是："傅小姐，你做菜的味道真的是一言难尽。我本来很饿的，但看到你这桌菜居然一点不饿了。"

姜老头有个老管家叫蔡伯，却十分和蔼可亲，经常笑呵呵地在背后对傅佩嘉说："傅小姐，你千万别跟他计较。他一直就这个臭脾气，就当尊老敬老，让让他。"

傅佩嘉应了下来。一来她拿人工资工作，二来也知道自己的厨艺确实不好，便学习蔡伯买来的各种烹饪书籍。

姜老头瞧见了，又大为不满，冷哼几声："把我当作白老鼠。"

话虽然说得不好听，却还是愿意吃傅佩嘉做的菜。虽然吃的时候意见多多："这个炒茄子酱油放得太多了。还有，要放鲜酱油不是赤酱油。

"鱼蒸得太老了。蒸鱼最重要的就是火候！

"菜心不够脆！

"肉丸子必须要手剁的才筋道。

"熬鸡汤，做老鸭煲，食材最重要。一定要用两年以上的走地鸡走地鸭。那汤熬出来才金黄诱人……"

一来二去的，傅佩嘉也知道这个姜老头是刀子嘴豆腐心。

在姜老头的挑剔之下，傅佩嘉竟渐渐练成了一手好厨艺。当然，这是后话。

对于傅佩嘉把家里收拾得纤尘不染，姜老头倒是似夸非夸地说过一句：

"就这点还能见见人。"

蔡伯却总是和颜悦色地对她说："傅小姐，你甭听他的。他都不知道自己有多讨人嫌，也就咱们两个人能忍受他。"

姜老头听了，每每做出"暴怒"神情："你们两个造反了是不是？信不信我这就把你们一起开除了？！"

几十年主仆，蔡伯也不怕他的"威胁"："是啊，是啊，我们准备造反了。你再挑剔下去，就再找不到傅小姐这样的好保姆了，等着喝西北风去吧。"

或者说："快开除我。快开除我。我存的钱已经够我活到一百二十岁了。我正好退休享清福去呢。你以为我爱待在这里受你的气啊！"完全不甘示弱。

姜老头听后，每每气得吹胡子瞪眼，怏怏不乐却又拿蔡伯无可奈何。第二天，他继续乐此不疲地挑剔傅佩嘉。

一来二去，傅佩嘉也熟悉了姜老头的性子。她还从蔡伯口中得知姜老头的儿子英年早逝，只留下了一个遗腹子。如今这个孙子在美国念书，与姜老头关系很不好。这些年来，姜老头就与蔡伯待在这座空荡荡的大房子里。

不是一个人看书下棋，就是一个人作画听京剧伺候花花草草。除了每个星期五下午会有几个西装革履的人固定来找姜老头，进书房待一个下午外，整个姜家安静寂寥得只能用冷冷清清凄凄惨惨戚戚来形容了。

至于那几个人，蔡伯曾在无意中提过，说这些人负责老爷在外头的工作，会定期来做一些汇报。

说实话，傅佩嘉还有些同情姜老头。跌了一跤，手都打石膏了，却连个前来探病的人都没有。

这一日上午，傅佩嘉前脚才进姜老头家，蔡伯便愁眉不展地过来找她："佩嘉，明天是老头八十岁大寿。咱们总得准备点什么给他庆祝一下。"

"我看那老头啊，最想要的就是他孙子给他打个电话拜个寿。"

"唉，这个我也知道。可是这几天我总联系不上小少爷。"

也不知道老头跟自己的孙子到底是怎么回事，从蔡伯的只言片语中可以看出，老头的孙子自身出色得很，一点也不待见老头，也根本不稀罕老头的钱。

"都是陈年旧事了，不提也罢。老爷啊，唯一的心愿就是小少爷能够回洛海，时不时地能让他看一眼就成。"难得蔡伯唤老头一声老爷，可见他心事重重。

姜老头孙子的事情她是半点忙也帮不上的，唯一能做的是这一天傍晚下班，路过蛋糕店的时候给老头订了一个寿桃蛋糕。

第二天晚饭时分，与蔡伯两人一起捧给了姜老头，还给他唱了一首祝寿歌曲。

姜老头如常的一副不怒自威的表情，在两人的要求下，不甚情愿地吹灭了蜡烛。

蔡伯偷偷对傅佩嘉说："别看他板着张臭脸，其实心里头估计高兴坏了。"

傅佩嘉在蔡伯的极力邀请下，第一次留在了姜老头家用餐。

"多双筷子而已。你就陪咱们两个可怜的老头吃个晚饭吧。"

姜老头听了，发出数声冷笑："胡说八道，我姜立山可怜？说出去，也不怕整个洛海城的人笑掉大牙。"

"老头，今天你大寿。我跟佩嘉就忍你了！但你不能太过分，给你三分颜色就开染坊啊！"

姜老头哼了一声，不置可否。

"哦，对了。这寿桃蛋糕是佩嘉订的，你记得等下给她一个红包。反正你什么都不多，就钱多。"

"今天是我的寿辰，不是应该你们给我红包吗？"

"知道你这个土老财最精了。给！这是我和佩嘉准备的红包。"

姜老头喜滋滋地打开，一看之后，颓然放下："六十六块。你们打发乞丐啊！"

"嫌少啊，还我和佩嘉。"蔡伯作势要抢回红包，"六六大顺知道不？！"

姜老头赶紧藏到了中式外套的衣袋里，还小心翼翼地把衣袋的纽扣扣起："给我的就是我的了。"

"佩嘉，看到没？土老财是怎么发家的，这就是个典型。只进不出，才能发大财。"

姜老头一副"我就土老财""我就只进不出"的得意扬扬表情，半句反驳也无。

傅佩嘉低头微笑，很庆幸自己在离开孟家后，可以遇到这两个可爱的老头。

蔡伯有情有义，嘴上虽然天天嚷嚷着要退休，却从来不舍得真离开姜老头。姜老头也心知肚明，对老伙计信任器重，早已把蔡伯当成了姜家一分子。

蔡伯的话当然不过是调侃而已。当晚，姜老头分别给了蔡伯和傅佩嘉一个大红包，足够她支付父亲半个月的医药费了。

这一日，傅佩嘉将煎好的中药给姜老头端去，轻手轻脚地搁在他的书桌上。

姜老头左手用绷带挂在胸前，也不妨碍他右手作画。见了傅佩嘉进来，没好气地扫了一眼，嘀咕道："又是药。我又不是药桶，一天到晚地喝药。"说话间，一个不小心，一小滴凝在笔尖的墨汁坠落在了宣纸上。

"唉，好好的一张画又毁了。看你干的好事！早不端进来，晚不端进来——我为这幅画忙碌了一个上午。"姜老头心痛之余，便迁怒上了傅佩嘉。

傅佩嘉上上下下左左右右地瞧了一遍，伸手指了指："老头，墨汁这里加两只蜻蜓试试。"

姜老头斜着眼看她，没好气地道："说得轻巧，你画画看。"

姜老头向来得理不饶人，嘴贱得很。如今的傅佩嘉对他也有了一定了解，也不怕他，便从他手里取过了画笔。

"这可是你说的啊，画就画。"她低头凝神执笔，用清淡细腻的线条勾勒出了一只蜻蜓的轮廓。

姜老头瞧见，两条灰白的眉毛一掀，惊讶出声："原来你这丫头学过。"

傅佩嘉也不理睬他，全神贯注地将笔下的蜻蜓画好。

寥寥数笔勾勒出了两只飞舞追逐的蜻蜓，恬淡清浅，幽趣万千。这画似一下子活了起来。

"不错嘛。看不出来，你这丫头还藏着这一手。"姜老头赞赏不已。他随即沉吟着抬头，"喂，丫头，你这一手可不是一般三脚猫的国画老师教的。既然你们家有钱给你请如此好的老师，怎么会让你做保姆呢？！"

"家道中落，珍珠蒙尘。听过没？你这老头真是孤陋寡闻。"傅佩嘉也喜欢这个姜老头，渐渐地学会了跟他贫嘴，时不时地针锋相对。大约也只有在姜老头家里，她还有几分以前那个傅佩嘉的影子。

"真的假的？"姜老头瞅着她沉吟不已，似在掂量她所说的可信度。

"煮的。"傅佩嘉拿起了抹布，替姜老头打扫书房，工作之余不忘叮嘱他，"老头，趁热快把药喝了。凉了可是会伤胃的。"

傍晚时分，替姜老头和蔡伯做好了晚餐，傅佩嘉的工作就结束了。

姜老头若有所思地目送她出门，转头叫来了蔡伯："她姓傅？莫非是去年破产的那个傅家的女儿？"

蔡伯闻言倒是一怔："这可能吗？"顿了半晌，他见姜老头不说话，便谨慎地问了一句："要找人去查一下吗？"

姜老头失声而笑："查她做什么。"

"难得你跟那丫头那么投缘。要真是那个傅家的孩子，如今肯做这份工，倒也是难得。"

"我真心喜欢这丫头。是与不是，无关紧要。"姜老头喝了一口汤，搁下碗，又想了一会儿，道，"算了，你还是让人去查一下吧。"

"我看你啊，是睹人思人，是在想美国的小少爷了。要不，我去打个电话？"

"算了，打了他也不会接的。你何必多此一举，拿自己的热脸去贴他的冷屁股呢。"姜老头叹了口气，瞅着眼前的几个菜，一点胃口也无。

"小少爷总有一天会明白过来的。当年的事情，大家都不想发生的……"蔡伯一如既往地劝慰他。

姜老头无精打采地耷拉着肩膀，出神地瞧着窗外突如其来的倾盆大雨。

傅佩嘉这晚的兼职是某别墅酒会服务生的工作，要求所有工作人员必须在六点前到场。傅佩嘉一下公交车就遇到了大雨，也没办法，只好冒雨赶去了工作地点。

不幸中的万幸，赶在了五点五十九分到达了别墅场地。相关的人员都已经到齐了，已经开始在听负责人李钰讲解注意事项。

会场的空调开得十分暖，但换上了一身服务生制服的傅佩嘉却连连打起了冷战。她唯有暗暗祈求，千万别感冒。若是感冒的话，又要请假又要看病，少了几天收入，还要多一份医药开销。唉，人穷的时候，连场小病都是负担。

那晚，她再一次遇到了乔家轩。

在流光溢彩的水晶大吊灯下，人群攒动中，一个式样的黑灰色男士西装里，她竟一眼看见了他。

像是铁遇见吸铁石的本能，傅佩嘉从未出错过。

一年多后，再在这种衣香鬓影的场合看到他，只觉举手投足，冷淡矜贵，气势隐隐。

她亦见到了几个曾经有过数面之缘的商界大佬，只是他们谁也没有认出她来。也或者哪怕是认了出来，他们亦装作不认识。

毕竟，此一时彼一时。

父亲心脏病突发之初，病房内还挤满了各界人士的花篮。但不久，乔家轩从傅氏离职，傅氏紧接着资不抵债宣布破产，病房内便在一夕之间冷清了下来，从此再无人问津。

由此，傅佩嘉人生中第一次真正认识到了什么是树倒猢狲散，什么是人情冷暖，什么是一沉百踩。

傅佩嘉托着酒盘来回地穿梭全场，尽量避开乔家轩所在的位置。忙碌了一天，加上淋了雨，傅佩嘉有些头重脚轻，眼前的一切都有些飘飘浮浮。

人觉得疲倦的时刻，手上的托盘仿佛都有千斤重。傅佩嘉用尽力气方能捧得稳当。

早知道就不接这个兼职工作了。但她怎么可能早知道呢？

傅佩嘉转过柱子，忽然有人在背后重重地推了她一把，她猛地朝人群摔去，"噼里啪啦"声中夹杂着几声惊呼，傅佩嘉撞在了某个客人身上，手里的酒杯被撞落在了锃亮发光的大理石地面上，酒水全部洒到了附近几个客人的衣物上。

　　这么大动静，整个会场的目光顿时都集中在了这里。

　　"不好意思。对不起……"傅佩嘉向几位客人再三鞠身道歉。

　　"一句对不起就算了吗？"这个幸灾乐祸的清脆声音傅佩嘉可不陌生。她抬头，果然在某个白裙女子的身畔看到了谢怡。

　　傅佩嘉心底突地一沉。谢怡绝对不会轻易放过这种折辱她的机会。

　　傅佩嘉所料没错，事实上谢怡早就注意到了她，冤家路窄，她是存了心要令她难堪的。

　　从海岛回洛海那日，乔家轩脸上脖子上的那数道暧昧的红色抓痕，谢怡全部都看在眼里。虽然没有任何实质证据，但她知道乔家轩和傅佩嘉之间绝对发生过什么。

　　从海岛回来后，乔家轩再没有约她。甚至好多次，她主动去办公室找他，都被他拒之门外。显然，乔家轩真把她当过桥板，用了就想抽走。

　　所以，今晚谢怡与傅佩嘉冤家路窄，自然是准备把一肚子的怒气发泄在傅佩嘉身上。

　　在众目睽睽下，谢怡把酒杯中的红酒当头朝她淋下。谢怡根本不理会旁人的窃窃私语，她笑吟吟地附在傅佩嘉耳边道："我倒想看看今晚还有谁来救你。"

　　自然不会有人来救她。发间蜿蜒而下的红酒一点点地滑过脸与脖子，冰凉无声地滑进衣襟，引起了傅佩嘉一阵寒战。还有许多从发丝坠落在光洁锃亮的大理石地面上，一滴一滴地凝聚成红色小水滩。

　　傅佩嘉无波无澜地抬眼，对谢怡道："谢小姐，你满意了吗？如果不满意的话，请继续倒酒，直到你满意为止。我不介意，反正我已经跌到尘埃里了，还能再跌到哪里？"

　　"你以为我不敢吗？"见傅佩嘉居然如此不痛不痒，谢怡越发恼恨了，连声音都有些咬牙切齿。

白裙女子扯了扯谢怡的衣服，低声劝道："算了，咱们何必跟一个服务生计较呢，有失身份。再说了，今天是霍家的场地，不看僧面看佛面，不好闹得太过。"

谢怡见乔家轩在远处，依旧跟人寒暄，半点也没有想要过来解围的意思，已觉心头大为舒畅。再加上最近这数年新冒出来的霍家财雄势大，传说背景神秘，确实不便招惹。于是，谢怡冷哼一声，高冷地一拧头，姗姗离开了。

主管李钰得到消息，匆匆赶来："小傅，这是怎么回事？还不快跟客人们道歉。把这里整理干净。"

傅佩嘉再次跟周围的客人躬身致歉。若是在工作之初，面薄的傅佩嘉铁定觉得窘迫尴尬，无地自容。但如今的她，已经漠然了。她已如一台机器人。机器人是无知无觉的，自然也不会有任何的喜怒哀乐。

道歉完，她跪蹲了下来，一片一片仔仔细细地捡起了碎玻璃。随后，又有其他同事过来拖干净。一时间，大理石地面光洁如初，全然瞧不出方才的半分狼藉。

李钰在所在的公关公司向来负责服务生这一块，傅佩嘉在她那里兼职过好几次，虽然沉默寡言，但从不挑三拣四，什么活都会认认真真地完成。

曾经有一次，联系好了的某个钢琴弹奏师因为突发状况，来不及赶到会场。李钰正焦头烂额，不知如何是好之际，傅佩嘉过来对她说："李小姐，我会弹钢琴。如果实在没人的话，我可以试试。"

李钰当时也无其他法子，只好抱着"死马当活马医"的心态，对她说："那好吧。那你换件衣服上场。如果OK，我按钢琴师的时资给你结算今晚的工资。"

结果，居然真的会弹。李钰环顾四周，发现场上好几位宾客的表情还颇为欣赏陶醉。

李钰自认为是个粗人，也不懂好坏，对她而言，做好每一个公关策划，主人满意那就是满分。这件事情后，李钰便记住了傅佩嘉。一来二去，她发现这个斯文有礼的女孩，似乎很缺钱，只要有工作，她从不挑剔。

李钰把一切都默默地瞧在眼里，此后有什么兼职工作，总是会第一时间联系傅佩嘉。

此刻，李钰递了一套干净的制服给她："去换上吧。离结束最起码还要三个小时呢。"

傅佩嘉捂着脸，坐在洗手间的马桶上，指尖似有湿意。她方才捕捉到了乔家轩的目光，如海岛的那一次一样，他的目光漠然至极。瞧着她被谢怡欺负的模样，只一眼，他便执着酒杯仿若未见般地移开了。后来，他与旁人闲聊，他谈笑风生，他执杯畅饮，再没有瞧过她一眼。仿佛她只是一个陌生人而已。

在海岛那一夜的肢体纠缠，他湿重混浊的呼吸，他身体如热炭般的灼人温度……傅佩嘉一时间竟有种是自己幻想出来的感觉。

她弄不明白。既然他对她没有半分感情，海岛那夜为何要一而再地如此对她？

她不懂乔家轩，就像她从来不懂：一个人到底可以伤人到什么程度？！

大约是坐了片刻的缘故，傅佩嘉起身换衣的时候，只觉得眩晕不已。她扶着门，指尖的痛意才令她发觉手指上有被玻璃割伤的痕迹。

那蜿蜒在指尖的湿意，赤乌乌的，不是泪，而是血迹。

她怔怔瞧着，只觉脑中眩晕更盛了几分。

耳畔传来了交谈之声。其中一女子道："谢怡也太失大家风度了。这种场合跟一个服务生斤斤计较，也不嫌自己丢脸。"

另一个嗓音温柔，却饱含着淡淡的讽刺："她做的丢脸之事还少吗！"

有人顿时来劲了，饶有兴致地八卦道："快说说。"

那道温柔嗓音低了一些："没听过她最近追着那乔家轩跑吗？听说前些天，天天去乔家轩的办公室外，都被乔家轩的助理挡在门外。她本来就一肚子的气。今天是正好被她找到了发泄的人。"

"跟一个服务生有什么好发泄的？也不嫌失了身份？"

"你们都见过乔家轩的前妻没有？"

一时间，七嘴八舌的，有人说有，有人说没有。

"傅氏的傅佩嘉以前很低调，很少出席大小宴会。我只在一次慈善活动上见过她一次。那时的她妆容精致，衣着高贵，跟今天区别极大……"

有人蕙质兰心，一点即通，顿时便听出了蹊跷："跟今天？什么意思？莫非她今天在现场？"

"如果我没有认错人的话，方才的那个服务生与乔家轩的前妻傅佩嘉长得一模一样……"

几位名媛捂着红唇，纷纷惊呼："啊！"

"天哪！"

"不会吧！"

想不到自己竟成了这场讨论的女主角，傅佩嘉无言苦笑。唯有等她们补妆结束，傅佩嘉才默默地回到会场。

然而，傅佩嘉不知，等待她的还有另一场羞辱。

从洗手间出来后不久，便有一起工作的女服务生把傅佩嘉拉到一旁："听说有客人刚刚在洗手间丢了一枚戒指，诬赖是我们服务生偷的，都闹到李主管那里了。这些有钱人，个个都戴了有色眼镜看人，但凡不见什么东西，第一个便怀疑我们。好像我们没钱就一定没人品似的。"

傅佩嘉叹了口气，宽慰她："算了。清者自清，我们把工作做好，问心无愧就行了。"

那个时候，傅佩嘉还不知这个风暴是冲着她来的。

女服务生们被一个个轮流着唤了出去。最后轮到了傅佩嘉，她在会场的小厅看到谢怡和白裙女子的时候已知道事有蹊跷了。

果然只听李钰主管道："傅佩嘉，根据监控，这半个小时内所有进过洗手间的工作人员都已经配合过了。希望你也能配合我的工作，当着失主的面，让我搜一下身。"

傅佩嘉此时已知今天这事是谢怡冲着自己来的，是自己连累了大家。

于是，她点了点头："好。"

谢怡一副气定神闲、好整以暇的模样，傅佩嘉心里不免有些七上八下：莫非像有些电视剧里演的那样，自己衣物的口袋被人偷偷塞进了赃物不成？所以谢怡看上去这么胸有成竹。

搜身十分顺利，李钰主管摸完了最后一只口袋，对谢怡说："谢小姐，没有。"

傅佩嘉心头大石缓缓落地，但她松口气的同时却觉得奇怪，这么轻轻松松地过关，谢怡费心机设这个局干吗？

谢怡双手抱胸，笑笑道："我想没有一个小偷会这么傻，把赃物携带在身边。"

李钰眉头一蹙："谢小姐和高小姐的意思是……"

"我觉得此人很可疑，必须搜一下她的包包之类的。"

傅佩嘉没办法，只好带她们去了储物柜的房间。

中途，有一个西装革履的年轻男子过来："谢小姐，乔先生让我来找你，说有朋友想介绍给你认识。"

这个人傅佩嘉是十分熟悉的。他是乔家轩的助理袁靖仁，自打他进了傅氏，便一直跟着乔家轩工作。

谢怡闻言，喜形于色，她扫了一圈众人，眉飞色舞地踩着十寸的高跟鞋随着袁靖仁而去。

然而，不过片刻，谢怡便已经折返回来了，竟然还把乔家轩和酒会的男女主人也带来了。那女主人霍夫人注意到了傅佩嘉的存在，她的表情明显一愣。

当着众人的面，傅佩嘉打开了储物柜。她才把钥匙插入，便已察觉到了不对劲：这锁怎么是打开的？因放了随身的包包，所以她临走时特地仔细检查过，确定是上锁了的。

但箭在弦上，不得不发。傅佩嘉已经知道避无可避的最终结果了。

李钰当着众人的面仔细检查了她换下来的半湿衣物、包包等物，一个一个地翻开口袋，最后双手一摊，对谢怡交代道："谢小姐，都已经检查过了，还是没有。"

谢怡两人不禁脸色大变。

李钰："谢小姐，所有女服务生都已经当着你的面详细检查过了。要不，你再仔细想想，是不是把戒指放错了地方？"

谢怡回答得斩钉截铁："不会，我记得很清楚。"

这时，宴会主人霍先生淡淡开口道："谢小姐，高小姐，我有个提议，只是不知道可行不可行？"

谢怡道："请说。"

"今天谢小姐在霍家的场地丢了这枚戒指，是我们霍家的疏忽。这样吧，这次谢小姐这枚戒指的损失就由我们霍家来承担。谢小姐你看怎么样？"霍先生容色沉静，一席话说来掷地有声，有种叫人抗拒不得的威严。

谢怡知道自己得罪不起这位霍先生，沉吟数秒，客气地含笑道："既然霍先生这么说了，那么我就却之不恭了。谢谢霍先生、霍太太。"

精致貌美的霍太太见状，微笑着打起了圆场："既然事情这么愉快地落幕了，大家都回大厅继续 happy 吧。"

正走动间，众人忽然听得一个清脆的声响，有东西从谢怡身上滚了下来。那物体一直滚啊滚的，滚至霍太太等人面前。

霍太太弯腰捡了起来，捏在指间缓缓转动了一圈，道："若我没有记错的话，这枚应该就是谢小姐的父亲在 ×× 拍卖会上拍得的粉钻。谢小姐，你要找的，莫非是这枚戒指？"

一时间，谢怡与高小姐两人面面相觑，脸上青红交错，十分精彩。

高小姐倒也是个机灵人，立刻出声给谢怡打起了圆场："瞧你这破记性啊，把戒指随手一搁却忘记了。"

谢怡便顺势而下："哎呀，看来是我记错了。实在对不住大家。"

一场风波总算消弭于无形了。傅佩嘉大松了一口气。

否则，明日洛海交际圈最劲爆的话题便是："傅成雄的女儿在霍家偷了谢世良女儿的戒指。"

在这个一沉百踩的凉薄社会，多少人在眼睁睁地看她和父亲的笑话。

霍太太亲自带她来到了二楼的客房："傅小姐，你在这里洗个澡，休息一下。"

傅佩嘉拒绝了："谢谢霍夫人，我今晚还有工作在身。"

做人最要紧的便是要识相，千万不可把别人的客气当福气。

两年前，傅佩嘉与霍太太确实在餐厅有过一面之缘。那次也是乔家轩认识霍先生的缘故，所以双方客气地寒暄过数句而已。然今时今日，傅佩嘉实在想不出自己有什么地方值得霍太太如此殷勤以待。

霍太太转身进浴室取出了一个吹风机，递给了她："你头发湿了，再怎么也得把头发给吹干了再去工作。这几日，天气忽冷忽热的，可千万别感冒了。"

霍太太坚持得紧，傅佩嘉也就却之不恭了。

她才一伸手，霍太太便惊呼了起来："你的手在流血！"

"没事的，只是小割伤而已。"

"我让人取个医药箱过来。"

随之一起来的，是霍先生和乔家轩。傅佩嘉一时也没个防备，骤然看到乔家轩，整个人顿时便是一愣。

霍先生开口："听说傅小姐受伤了，要不要我让人送你去医院看看？"

"不用了，只是小伤口而已。谢谢霍先生。"

听傅佩嘉如此说，霍先生知情识趣得很，拉着霍太太便告辞了："那傅小姐休息一下，我们先下去招待客人了。"

乔家轩却没有与他们一起离开。

霍家的私人医生打开了医药箱，取出了医用镊子和酒精棉球等物，替她清理伤口。酒精擦过裸露的伤口，傅佩嘉吃痛，不禁缩了缩手。

乔家轩一直悄无声息站在一旁，仿若一件摆设。直到此时，方出声道："让我来。"

他弯下腰，接过了那人手中的镊子。

傅佩嘉整个人却如触电般，猛地将手缩到了身后。

这种无声却坚定的拒绝，彼此都懂。

一时，两人便僵持住了。

过往的乔家轩，每一步都是算计，每个示好都是沙盘演算后的糖衣剧毒，入口封喉。如今的她，何德何能敢受他如此之款待。

再说了，倘若他真对自己还有半分情意的话，就不会允许谢怡数次当众折辱自己了。

傅佩嘉缄默地垂着眼帘，把视线定格在自己鞋尖，等着乔家轩离开。

可一秒，两秒，一分钟，两分钟，视线里头乔家轩的黑色皮鞋并未移动半分。

傅佩嘉实在不懂，他待在这里做什么！如今还要做戏给谁看？

还是她的手受伤流血，令他看得津津有味？！

霍先生是洛海城前几年突然冒出来的一个隐形富豪，背景神秘，无人得知。传说他身家丰厚，资产不可估量。霍家客房亦低调奢华，头顶一盏进口欧洲古董水晶小吊灯，光华四射。

傅佩嘉头发湿漉漉的，灯光下似缀了钻石，闪烁不已。乔家轩眼睁睁地看着数滴凝在她发梢的红酒滑落下来，悄无声息地坠入了她脚下白色的地毯中。

乔家轩深吸了一口气，转身把镊子交还到那人手里："麻烦你了，请继续。"

"吧嗒"一道关门声传来后，傅佩嘉才缓缓抬眼，瞧着那道长长的房门，怅然失神。

曾经不过在餐厅有过一面之缘的霍太太也会对她施以援手。而他这个数年的枕边人呢？只是静站一端，冷眼旁观旁人一再欺她辱她。

那些年十指相扣，轻声细语，温柔相拥，肌肤相亲的时光，是假的吗？是她的梦一场吗？

倘若有一分是真的，那为什么好好的一切，他一转身，这一切便说不见就不见了？

有很多时候，傅佩嘉真的分辨不了。

"好了。傅小姐注意伤口这几日尽量不要沾水。"

傅佩嘉这才回神道谢。因还有工作在身，不好耽搁太久，她匆匆吹干了头发出来，便准备下楼继续服务生的工作。

可一打开门，她一眼便看到了走廊里的乔家轩。

他如石像般地站在走廊中间，目光深邃地瞧着她。

傅佩嘉面无表情地与他擦身而过。

傅佩嘉完全沉浸在自己的世界里头，自然未察觉到乔家轩的目光一直追随着她，甚至在两人擦肩时，他垂着的手，手指微动。若不是自制力惊人，乔家轩早已经抓着她，离开这个宴会了。

那晚的酒会持续到了凌晨时分，面对众人好奇的探究的八卦的各种目光，傅佩嘉都木然以对。

晚会结束的时候，傅佩嘉累得趴在洗手间直喘气。

她换下工作服，去工作组织方那里领了三百元钱。薄薄的三张票子，捏在手里，轻飘飘的，无半点重量。

但为了这三百元钱，她忍受了谢怡的百般侮辱。

霍太太含笑站在门口，似在等她："傅小姐，外头正下雨，我让司机送你回去。"

傅佩嘉再三婉拒："谢谢霍太太。不麻烦你了，我自己回去就可以了。"

霍太太不得已，只好道："那好吧，那我们下次再见。"

"再见。"

霍太太目送着傅佩嘉远去，心生不忍，不由得叹了口气。

"怎么了？累了是不是？"霍先生温柔相问。

霍太太好看的红唇一努："你瞧瞧，看着怪可怜的。"

"家家有本难念的经。人家夫妻的事情，人家自己会解决的。"

"夫什么妻？整个洛海都知道他们早已经离婚了。"

"小傻瓜，很多事情都是不能看表面的，你没看到乔家轩的眼神，一直追着他前妻跑吗？"

"若是姓乔的有半分良心，他也不会任别人这般欺负她。从今晚开始，你少跟乔家轩来往。我对他意见大得很。你们男人真没几个是好的。"

这是典型的"城门失火，殃及池鱼"。霍先生不得不为自己申辩："方才我不是已经出手帮忙了吗？"

霍太太歪头想了想，这才消了些气，娇嗔一笑："我就知道后来谢怡她们藏好的戒指会掉出来是你捣的鬼。"

似 曾 识 我
Act Six

阴 霾 /

/
这目光是毫无温度，也毫无情绪起伏的。
她看他，就像在看一个根本不认识的陌生人。

霍家室外，细雨连绵。这里离那个蓝色公寓并不远，都是大马路，虽然是半夜了，但安全应该是无虞的。傅佩嘉决定小跑回家。

冷雨随风吹来，冰冷地打在裸露的脖子上，傅佩嘉将外套拢紧了些，把双手挡在头顶处，朝自己暂住的地方飞奔而去。

不过片刻，雨势陡然变大，大滴大滴的雨点子弹般铺天盖地地射下来。不时有车子在身旁呼啸而过，溅起一片水花。

傅佩嘉并不知一路上一直有辆车子在跟着自己。有双眼睛将她所有的狼狈凄惨都一丝不落地瞧了进去。

最后，那辆车子在她身边停了下来，乔家轩在后座探出脸来，沉声道："上车。"

傅佩嘉转头，瞧了他一眼。

这目光是毫无温度，也毫无情绪起伏的。她看他，就像在看一个根本不认识的陌生人。

而后她收回视线，加快了脚步奔跑了起来。快得叫人以为后面有食人兽在追赶。

她不用旁人可怜，更加不用乔家轩可怜。傅佩嘉心里默默地这样想着。

然一回到屋子，傅佩嘉已头重千斤，昏沉不已了。

她赶忙洗了热水澡，给自己煮了姜茶。希望把感冒的症状压下去。

可是，最后并没有成功。

那一夜，由于几度淋雨浑身湿透，加上这一年多积累的所有疲累在同一时间袭来，傅佩嘉骤然发起了高烧。

她晕晕乎乎地躺在沙发上，只觉得整个世界不停地在她面前天旋地转，傅佩嘉陷入了一片黑暗之中。

醒来已经是第二天的清晨了，花木兰趴在地板上舔舐她的手。

傅佩嘉似被人抽去了所有的骨头，连抬手都软绵无力。她用尽了吃奶的力气，挣扎着从沙发上起身，强撑着给蔡伯打了电话请假。

蔡伯很是关心，再三叮嘱："你生病了就好好休息。放心，还有我，老头饿不死的。"

傅佩嘉喝了几口水，强迫自己吃了几口早已经干掉的面包。又把冰箱里的胡萝卜全部取出来，搁在花木兰的纸箱里。

这么动了动，身上所有的骨骼便齐齐地跟她叫嚣抗议，吃进去的面包不多时又全部吐了出来。

傅佩嘉扶着大理石台缓缓地倒了下去。

在倒地的那一瞬，她忽然觉得自己要死了，甚至再度涌起了"就这样昏过去，永远不再醒来的话好像也不错"的念头。

这样的话，她是不是就可以解脱了？！

再也不必看到不想看到的人，再也不必挣扎着努力生存，再也不用每月为父亲的医疗费用发愁了。

傅佩嘉微笑着缓缓闭上了眼睛。

傅氏出事后，有一段时间，傅佩嘉浑浑噩噩，仿若游魂，完全不知道每一天是怎么过来的。经常站在大桥上，俯视着下面的水波，就想纵身一跃。看到电线杆，想撞上去。看到车子飞速行驶而过，她都想挺身上前。甚至连握着水杯，她都会想把杯子砸了，然后用碎玻璃在手腕上狠狠地划几道口子……

幸好每每这些念头涌起的时候，她就会想，如果她不在了，父亲怎么办呢？

是昏迷中的父亲，支撑着她熬过人生最黑暗的时光。

蒙眬中，她似感觉有东西湿湿的在舔她的脸。是花木兰。

傅佩嘉想抬手摸摸它，可是她连动动手指的力气也没有了。

她再度陷入一片黑暗中。

也不知过了多久，她仿佛觉得有人在身边，给她擦拭额头，给她物理降温，喂她吃药。甚至那人还捧起她的手，一再亲吻她那被玻璃割伤的指尖。

她知道自己在做梦，侧了侧头，迷迷糊糊地叫了一声"花木兰"。

再度睁眼，已经是下午了。她的额头上什么东西也无。周围没有水杯，没有药。但是，手上竟然在挂点滴。

下一秒，傅佩嘉惊愕地发现她竟然在医院里。

"我怎么在这里？"傅佩嘉问护士。她的喉咙里像是搁了石块，每个字都粗粝沙哑。

"是李长信医生安排你住院的。你发烧感冒没有及时治疗，已经转为肺炎了。必须住院治疗观察。"

李长信医生怎么知道她住的地方呢？

过来探望她的李医生被她一问，抬手搁在唇边咳嗽了一声，道："正巧我有事给你打电话。当时你已经烧糊涂了，说话前言不搭后语——哦，对了，我打电话给你是因为最近美国某家顶级医疗机构研制出了一款新药，正在寻找相关的病人免费提供药物，傅先生的病正合适，所以想征询一下你的意见。"李长信不着痕迹地将话题巧妙移开。

"可新药还在试验阶段，副作用不明，会不会有什么问题？"傅佩嘉问出了心中的顾虑。

她果然把注意力全放在了与她父亲有关的新药上。见方才的问题已被带过，李长信暗中也松了口气，道："傅小姐，我仅提供一些消息给你。具体是否要接受，你可以好好考虑一下再答复我。"

以父亲目前的病情，放手一试又何妨呢。反正父亲昏迷不醒，已成植物人，还不如死马当活马医，说不定会出现奇迹什么的。

傅佩嘉觉得是可行的。

"那新药这件事情就麻烦你了，李医生。对了，我还有一件事情想要拜托你一下。"

"请说。"

"我有只小兔子，这几天我住院，可否麻烦李医生你帮我照看一下？"

"好。"李长信很爽快地一口应了下来。

除了道谢，傅佩嘉实在也无其他可以表达。

一天要挂很多袋盐水消炎，傅佩嘉一边咳嗽一边靠在病床上，看着盐水一滴滴地滴进塑料小管，然后顺着管子流进自己的身体。

大约是由于李医生安排入住的医院，所以医院方面给了她一间单人病房，还给她安排了一个看护——勤姐。

傅佩嘉心疼费用，这么一住院，这个月父亲的治疗费肯定是不够了。便找了个机会，支支吾吾地跟责任护士商量说："我想换三人或者多人一间的那种病房。"

"我们医院的床位实在不够，连过道的加床都住满了。如果你想换床位的话，我给你留意着。不过啊，你这间房还是李医生特别申请来的呢，别的人想住都住不进来呢。"

傅佩嘉听后，也就不好再多说什么了。

看护勤姐是个中年妇女，白白圆圆的一张脸，总是笑眯眯的，很是亲切："傅小姐，你好好睡一下。休息好了，病也就好大半了。

"傅小姐，医院的饭菜口味一般，又油腻，怕你的肠胃接受不了。医院的弄堂里有一家潮州粥店，我以前看护的病人都爱吃那里的粥。要不，我去给你买一碗尝尝？"

傅佩嘉确实没有什么胃口，听了看护的话，便点头同意了。

第一回，买的是熬得稀烂的白粥和两份少而精致的小菜。傅佩嘉瞧着清爽，便就着小菜吃了起来，等搁下筷子的时候，不知不觉竟吃了大半的粥。

勤姐瞧见了，喜滋滋地道："我就说那家粥店不错吧。明儿一早，我再去给你买。"

第二天早上买的是皮蛋瘦肉粥，味美料足。

这是傅佩嘉素来最喜欢的粥。但勤姐怎么可能会知道？是误打误撞的巧合，还是……

傅佩嘉不免沉吟了起来。

吃了几顿粥后，这一日中午，勤姐又推荐了一家饭店，说那里饭菜干净又实惠，最重要的是味道好。有了粥店的这一推荐，傅佩嘉自然欣然同意。

勤姐出去了片刻，很快便买回来了两菜一汤："这是他们送的例汤。"

热气腾腾粒粒分明的米饭，配了一个碧绿的菜心，一个精致时令小炒。附送的例汤也鲜甜可口得很。

傅佩嘉只觉得有了些食欲，喝了大半的汤，也吃了半碗米饭。她搁下了碗，不动声色地赞了一句："这家饭店倒是实诚，例汤里的料都好足。"

勤姐愣了愣，赔笑道："看，这回我还是没介绍错吧。这家是出了名的良心餐馆，童叟无欺。

"傅小姐，你再多吃几口。"她见傅佩嘉搁筷子，劝道，"病人啊，最重要的是吃饭。多吃点饭菜，增强抵抗力，病也好得快些。"

"我饱了。勤姐，麻烦你帮我收拾一下。"

勤姐利落地整理了起来："傅小姐，你等下睡一会儿。下午又要雾化，又要挂点滴，就休息不成了。"

勤姐提了袋子，一路走出了住院大楼，到了停车场，停在了某辆豪车边。

车子里等候着的人按下了车窗，露出了一张俊美清冷的脸。他的腿上有一只白色的宠物兔，竖着耳朵，两只眼睛圆溜溜的，不停转动。

勤姐打开了傅佩嘉用过的餐盒给他过目："乔先生，乔太太她中午吃了半碗饭。菜吃得不多，不过汤喝了大半。

"还有，乔太太今天的热度已经退了，不过还有些咳嗽。"

"我知道了。等下还是老时间，你在这里等我。"

车窗在勤姐面前缓缓闭上。她正要转身，车窗却又暂停了，乔家轩不甚放心地又叮嘱了一遍："记住，千万别在她面前露出马脚。她的性子倔得很，知道了肯定是不肯吃的。"最后一句话，语调却是极轻，勤姐竖起耳朵方听清。

"好的，乔先生。"勤姐目送乔家轩的车离开，心里头却极为纳闷：这位乔先生吧，明明每天送饭送菜，却从不敢踏入病房半步。瞧着模样是极为关心这位乔太太的，但他所做的这些事情却不敢让乔太太知道。再三关照她，不能透露半点端倪。

莫非这位乔先生做了什么对不起乔太太的事情？

看着乔先生的模样就是个不差钱的。这年头，不差钱的夫妻吵架无非是为了两件事情，一是小孩，二是女人。他们没有小孩，那么肯定就是为了别的女人。

勤姐从来不是什么医院看护，她是乔家轩从家政公司请来的特级保姆，工资是他们家政公司里头最高的，按日结算。她出入各种家庭，也见多了很多家庭类似的问题。

勤姐越想越觉得在理，进了病房又看到傅佩嘉憔悴苍白地靠在床头，怔怔地看着窗外。不免物伤其类，越发对她关切了起来："傅小姐，别吹冷风。万一再着凉，这热度可又要起来了。快躺下休息休息。"

所有的一切，傅佩嘉自然全都蒙在鼓里，半点不知。对勤姐的精心照顾，她自然不胜感激。

在医院做了数日的治疗，这一日，医院又安排了做影像检查。既然都住进来了，傅佩嘉也配合得很，只求身体早些恢复健康，早日出院。

这一日，她由护士陪着做完检查回房，才一推开门，只见病房内站了一个西装革履的男子。那人听见了动静，缓缓转身，竟然是谭在城。

傅佩嘉没个预料，自然愕然万分："谭先生，你怎么在这里？"

"刚刚打你的电话，是你的看护接的。说你生病住院了，所以我就来看看你。"谭在城摊了摊手，言简意赅。

住院的这几天，别的病号再怎么样，都有个家人朋友同事来探望。门口的迎来送往招呼声，走廊上不时的热闹喧哗声，越发把她的病房衬托得凄凄惨惨。病中的傅佩嘉,不是不孤单寂寞的。

所以难得看到一个朋友,哪怕她跟谭在城连朋友都算不上。那一瞬间,傅佩嘉还是有些小欢喜的。

"医生怎么说?"

傅佩嘉只说小病不碍事。

两人闲聊了几句,谭在城忽然道:"傅小姐,听说你从孟家辞职了。"

傅佩嘉笑而不答。想必谭在城永远不会知道自己从孟家辞职的真正原因。

事实上,在这些日子里,在每一个煎熬难挨的时刻,傅佩嘉有过好几次想拿起电话打给谭在城的冲动。可每次触摸到了按键,她就告诉自己,开弓没有回头箭。一旦拨通这个电话,她就再没有机会回头了。

谭在城在医院坐了近一个小时,中途看了几次表,接了数个电话。

临走时,他旧事重提,十分认真地对她说:"傅小姐,给我个机会,做我的女朋友吧。我会好好照顾你的。"

不得不承认,在此时此刻此地,谭在城这句"我会好好照顾你"对生病中的傅佩嘉来说,很是诱人。

很多很多时候,孤单的傅佩嘉很想找个人,哪怕只是说几句话也好。

傅氏宣布破产清算后,一无所有的傅佩嘉拖着行李来到了林又琪家。素来热情可亲待她犹如自家女儿般的林伯母在客厅接待了她,冷冷淡淡地抛下了一句话:"又琪出国了,这段时间不在洛海。"

"出国了?那又琪什么时候回来?"明明前几天她还跟林又琪通过电话,林又琪并未提过她近期会出国。

"回国时间不定。要不这样吧,等又琪回来我让她打你电话。"林母一副端茶送客的姿态,傅佩嘉不是不懂。但她一时间实在没有地方可以去。

林母见她还不肯走,便起身道:"我正有事要出去一下,你爱坐就再多坐一会儿。"

好像怕傅佩嘉赖着不走似的,她头也不回地离开了,把傅佩嘉晾在了客厅。

傅佩嘉只觉得脸皮火辣辣地发烫。她自然一秒也多待不了，便抱着花木兰，拖着笨重的行李箱走出了曾经熟悉如自个儿家一般的林家。

此后，自然是再也没有接到过林又琪任何电话。

后来细细回想，其实傅氏出现危机后，林又琪与她的联系就少了很多。只是那时她沉浸在乔意轩带给她的巨大伤痛之中，并没有察觉罢了。

林又琪断了与她近十年的闺密感情。失去一切的傅佩嘉，在伤心欲绝之余，在面对社会冷酷人情冷暖后，一夜之间长大了。

当时莫孝贤正在美国攻读医科博士，还要利用课余时间打工赚学费，他自己每天都忙得昏天暗地的。自己联系他，除了诉说苦楚给他增添负面情绪外，还能干什么呢？

一来，莫孝贤没有理由负担她的伤心痛苦，接收她的负能量。因为她把他当成好友，所以更加不能这么做。

二来，经历了林又琪一事，傅佩嘉也害怕了。她怕身边的人，个个都似林又琪般虚情假意。她不愿意联系莫孝贤，这样的话，她心里头反而还有个念想，觉得自己至少还有莫孝贤这么一个朋友。

此后，傅佩嘉自动自觉地换了个号码，也再没有联系过曾经认识的任何人。

人经历太多世事变故、人情冷暖后，难免如惊弓之鸟，对人性都产生了怀疑。

面对谭在城的提议，傅佩嘉轻轻地道："谭先生，谢谢你的好意。只是有些事情是没有办法勉强的。"

谭在城却只笑笑道："这个答案我早预料到了，不过我向来是个很有耐心的人。并不急于得到你的答案。而且我很有信心，时间久了，你会了解我，会有改变的。

"不管怎么样，咱们应该可以算是朋友了吧。所以你得答应我，别再无声无息地消失了。"

无声无息。谭在城形容得真是贴切。如今的她，哪怕某天真的从这个世界消失了，怕也是无人会关心的。

第二日中午时分，谭在城又捧了一束花来了，含笑相问："今天怎么样？"

　　傅佩嘉慢慢坐直了身子："谭先生，实在太麻烦你了。我只是小病，不碍事的。"

　　谭在城只是淡淡地挑了挑剑眉，以退为进："傅小姐，你若是不喜欢看到我，就直接告诉我，我放下花就走。"

　　傅佩嘉总不能直截了当不加修饰地拒绝他，只好违心道："没有。"

　　谭在城顿时露出一个含义不明的微笑："没有就好。"

　　他打开了自己带来的保温瓶："这花旗参麦冬龙骨汤，生津润燥，清热化痰，很清肺。你肺不好，我倒一碗给你喝。"

　　"不用，不用。怎么好意思麻烦你呢。"

　　"医院里的伙食怎么能吃呢！"他端着碗轻轻吹气，也不递给她。傅佩嘉伸手欲接："我自己来吧。"

　　此时，看护勤姐进来了，看见两人，视线停顿在两人拿着的碗上，明显一愣："呀，傅小姐，你朋友今天给你送饭啊？"

　　傅佩嘉看着她的表情，心中忽地一动。她慢条斯理地喝了几口汤，方抬头道："对了，勤姐，那家童叟无欺的饭店叫什么名字？早上隔壁房还嚷嚷着医院的饭菜难吃，你把那家店介绍给大家吧。独乐乐不如众乐乐。"

　　勤姐的表情闪过一丝惊慌，支吾道："哦……就在医院西大门边上的……巷子……叫……叫……"

　　她拍一下额头："啊哟，叫什么来着，瞧我这记性。这一时半会儿的，我也想不起来。要不，我回头想到了再告诉你。"

　　这样的反应就是答案。傅佩嘉心如明镜。

　　谭在城看她喝完了一碗汤，抬腕看了看表，起身道："我约了人，到时间了，要走了。晚上我再来看你。"

　　"不用了，谭先生。我已经恢复得很好了，就不麻烦你了。"

　　"你不想看到我的话，就直接告诉我。"谭在城从从容容地微笑，还是那句话。

　　又不能直言不讳地打他的脸，傅佩嘉讷讷道："没有，没有……"

"没有就好。"谭在城赢下了这一局，很是愉悦地离开了。

傅佩嘉呆呆愣愣地瞧着他的背影远去，一时间也不知道自己怎么就会落入这种"拒绝都难"的局面。

下一瞬，傅佩嘉转头看到了他搁在病床柜子上的手机。她抓了一条披肩围在身上，起身去追谭在城。

她喊住了正在电梯口等候的他："谭先生，你的手机。"

谭在城讶然地转身接过，顿了顿，他温柔地凝视着她说："我等下再过来陪你。"

他的眼底有些不知名的东西在闪动。这一刻，傅佩嘉忽然有些相信他说的话了。她缓缓地垂下睫毛避过他的目光，客气地婉拒："谭先生，真的不用了。我已经好得差不多了，后天就可以出院。"

一来，她和谭在城实在没有熟到那个地步。二来，傅佩嘉是怕的。她怕自己有一天撑不住了，真的会答应谭在城。

"那我明天来，后天呢，再接你出院。"

"……"傅佩嘉没想到再度拒绝不成，反而稀里糊涂地把自己给绕进去了，她正不知怎么办的时候，只听"叮"一声，电梯到达了这一层。

谭在城替她拢紧了身上的披肩，细心叮嘱道："回病房吧，这边冷。"

电梯门缓缓地合上，谭在城的脸消失在其中。傅佩嘉颓然转身。

蓦地，她看到了不远处的某个熟悉身形。

医院走廊的灯清清亮亮，视线之内一览无余。乔家轩的脸却是凝在了阴影之处，瞧不清任何表情。

傅佩嘉缓步而行，径直越过他后，方停住了脚步："乔家轩，你不必猫哭耗子假慈悲。我傅佩嘉就算要人可怜，也轮不到你来可怜我。"

"我不懂你的意思。"

"雇勤姐一天需要多少钱？"

乔家轩不作声，也不反驳。

傅佩嘉便落实了心中所有揣测："以后不要再白费心机了。已经吃下去的，我没办法吐出来。但这样的事情，绝对不可能再有下次。我今天就让勤姐离开。"

身后，是一直站在原地的乔家轩。

傅佩嘉不知乔家轩为何要浪费时间这样做，莫非如今的她还有什么可利用之处吗？！

她是永远都弄不懂乔家轩的。

从前肌肤相亲日夜相对，她都从未弄懂过。如今，她是更加不会懂了。

也不想去懂了。

所谓吃一堑长一智。现在傅佩嘉学会了躲避，离乔家轩远远的。

这样，应该不会再受到伤害了吧。

大病初愈，傅佩嘉再度生龙活虎。

她去姜老头那里重新开始工作，蔡伯关切不已。听她说全好了的时候，蔡伯松了口气："年轻就是好，恢复得这么快。"

姜老头则恶毒地在一旁吹胡子瞪眼："看来一时半会儿的还死不了。快去厨房给我炖鸡，我中午要喝虫草鸡汤。"

但午饭的时候，姜老头却嫌恶地大皱鼻子："好好的一只土鸡，炖成这样。你自己喝，明天我要喝花胶炖排骨汤，记得给我好好炖。"

也不知怎的，傅佩嘉却知道姜老头的虫草鸡汤还有花胶排骨汤等等都是为她炖的。

这个看上去可恶古怪的姜老头，令傅佩嘉感受到了亲人般的温暖。

而在那个主人从未回来过的小公寓里，病愈后的傅佩嘉开始与花木兰一起睡在了大床上，就这样一点点地占据了整个屋子。

也不知道是不是曾经居住过的缘故，她的睡眠好了一些，虽然仍旧会不时地从冷汗涔涔的梦中惊醒，然后睁着眼到天亮。但频率明显有所减少。

这段时间，谭在城若是来洛海出差的话，必定会来见见她，约她一起吃个饭喝个咖啡之类的。很显然谭在城改变了策略，以退为进，耐心十足。

但是，傅佩嘉心如止水。

或许是受过的创伤太重，她还未恢复。也或许是，经历过这么多后，她再不复往日的单纯无知，学会了保护自己，再不会轻易动心了。

　　这日傍晚，谭在城的车子等在她楼下，见傅佩嘉下班回来，他便推门而出，笑吟吟地唤住了她："傅小姐。

　　"有一家新开的餐厅听说评价很不错。我已经订好位置了，今天我们试试他们的特色菜怎么样？"

　　"我晚上有一个兼职……"傅佩嘉极力婉拒。

　　谭在城："兼职也要吃饭。我难得来洛海一趟，你就陪我吃顿饭吧。不如这样，吃完饭我就送你去工作的地方。"

　　"那……好吧。"

　　谭在城订的位置不错，透过落地玻璃窗，可见苍茫夜色里蜿蜒不断的车流。

　　已经快两年了，傅佩嘉疲于奔命，未曾好好地看过洛海城的风景。

　　有人曾在相遇之初说过，清风朗月都是有钱人的东西："你看看山脚下的洛海城，多少贫民，不过片瓦遮头，每日忙着工作，养育子女，为了生活疲于奔波，哪里有什么闲情逸致观赏夜景呢？再说，城中高楼林立，哪怕你抬头瞅上半天，也看不见一颗星子。"

　　如今，她总算是深有体会。

　　耳畔似有谭在城的笑声："在想什么呢，这么出神？"

　　"哦，我在欣赏洛海城的夜景。"

　　"确实很美。不过，我们五福也不差——不知道傅小姐愿不愿意抽空来我们五福玩玩？"

　　彼此都知道这个邀请代表了什么。

　　此时，服务生端了餐上来，傅佩嘉便借机把话题转到了食物上，不着痕迹地避过了这个问题。

　　用餐期间，有服务生推着一个蛋糕，唱着生日快乐歌，缓缓地走向了角落里那一桌。

　　傅佩嘉也不免朝那个方位看了一眼。那寿星正含笑抬头。傅佩嘉似被利剑劈中，一时怔住了。哪怕餐厅灯光昏暗暧昧，可那熟悉的轮廓，她一眼便认出了是乔家轩。

傅佩嘉猛然记了起来，今天是乔家轩的生日。

视线尽头处的乔家轩缓缓微笑，侧头对着陈云西说了几句话。下一秒，陈云西笑靥如花。

远远望去，他们两人就像是傅佩嘉曾经在某个园林水池里看到过的鸳鸯，头碰头地在一起絮絮低语。

他们的背后是洛海灯光闪烁的半城夜景。

这一切，美好得如同一幅色彩斑斓的油画。

谭在城随着她的目光，亦瞧见了乔家轩，不由得蹙眉道："这个寿星怎么看着有几分面熟，好像在哪里见到过。"

谭在城的事业都在五福，在洛海准备发展的项目也尚在规划阶段，并未真正踏足洛海交际圈，所以并不认识乔家轩，自然早把在海岛上与乔家轩的数面之缘忘得一干二净了。

刀叉在瓷盘上发出了清脆声响，傅佩嘉将切下来的鱼块放进了嘴里。香味四溢的鱼块，她尝不出半分味道。她整个人像是上了发条，机械式地嚼了几下，然后囫囵吞枣似的咽下。再切一块，放进嘴里，再吞下。如此反复。

谭在城见状倒是笑了："难得你这么喜欢这里的菜。下次一定要再来。"

傅佩嘉努力地微笑，努力地将食物咽下。没有人知道，她的喉咙口似被落闸了般，所有的食物都被堵在了那里。

不多时，她终于吃完了最后一口。傅佩嘉如释重负地搁下了刀叉，歉声对谭在城道："谭先生，不好意思，我失陪一下。"

进了洗手间，傅佩嘉便趴在马桶上，"哇"一声把强撑在喉咙里的所有食物都吐了出来。

犹记得两人在一起后，他过第一个生日，她重视极了。因为他喜欢吃川菜，她便在林又琪的帮助下找到了一个川菜大厨，从未进过厨房的她专门跟某个名厨学了整整一个月，做了一桌他最爱的川菜。

这辈子，她从未这般穷尽一切心思地对待一个人。连父亲都没有。

林又琪对她摇头叹息，很是无语："傅佩嘉，这样的傻事，也只有你肯做。"

"这有什么？不过做顿饭而已。家轩给我做过很多顿啊。"

"以你的身家，哪怕端坐着，也有的是乔家轩这样的人蜂拥而至。"

"家轩他不是那样的人！"傅佩嘉不明白，为什么身旁的人多少都戴着有色眼镜看乔家轩。

林又琪定定地瞧着她半晌，忽地叹了口气："佩嘉，你完了，你真的爱上乔家轩了。"

对此，林又琪总是百思不得其解："这个叫乔家轩的有什么好的，长得也就那样，没家世也没地位。说是国外回来的，工作能力不错。可这么大一个洛海城，他这样的人，随便一抓就有一大把。真不知道你看上他哪一点。"她转过话头，又鼓励说，"不过吧，你喜欢最重要。"

傅佩嘉自己也解释不了。

感情之事，从来只讲究缘分两字。

她一直记得他第一眼看到那一桌子川菜时眼底的感动和他的唇落在她额头的灼热温度。

他的那一句"佩嘉，谢谢你"，仿佛微风，吹过经年岁月，犹在耳边，热辣辣地灼痛着她。

回到餐桌才入座，便有服务生上来："先生女士你们好，今晚本餐厅所有的费用都由过生日的那桌客人包下了。请问你们还需要点些什么吗？"

谭在城淡淡地道："帮我们谢谢那位先生，并祝他生日快乐。只是无功不受禄，我们还是自己买单比较好。"

谭在城在桌上放下了钱，起身体贴地为傅佩嘉穿上了外套。

而两人不知的是，角落的乔家轩面无表情地看着两人相携而去的背影消失在了门口，他不露声色地收回视线，仰头一口饮尽杯中之酒。

谭在城送傅佩嘉去了兼职的工作地点，车子停下后，他轻轻地叹了口气，道："傅小姐，看着你这么忙碌，我有点心疼。"

这一次，傅佩嘉并不像往日一样急着下车，她垂下眼，缓声道："谭先生，其实你不用在我身上浪费时间。我并不值得你这么做。"

谭在城瞧着她，一字一顿，极为认真地道："傅小姐，值不值得由我说了算！"

这个世界上就是有太多精明世故的美女了，懂得利用自身的美貌和风情兵不血刃或者奋不顾身地去得到一切自己想要的东西。

但傅佩嘉不是。

单单是这一点，谭在城已觉珍贵无比了。所以，他想要好好珍惜她。

"而且我有的是时间和耐心。我相信，我们来日方长。"谭在城自信得很。

傅佩嘉说服不了谭在城，只好无奈下车了。

听说要忘记一个人，最好的办法是借着另外的人来彻底忘记。

其实，谭在城并不比乔家轩差半分。谭在城成熟稳健，举手投足，自有一种独特的魅力。

但傅佩嘉办不到。她根本无法想象她与旁人在一起的画面。她一再地跟自己说："这是因为自己受伤过重，未曾痊愈。等伤口好了，我是可以接受别人的。"

那晚，做完兼职回到公寓，傅佩嘉便疲累万分地坐在了花木兰的窝前。

花木兰像感应到她的不开心似的，一直不停地蹭她的手。傅佩嘉抱起了它，来到了窗前。

"花木兰，今晚我又碰到他了，他和那位陈小姐在一起。

"今天是他的生日，陈小姐给他制造了一个惊喜……

"花木兰，他们瞧着可真幸福啊……"

傅佩嘉也不知道自己絮絮叨叨了多久，说了些什么。直到花木兰舔舔她的手，她才回过神来。

窗外，不知何时开始，淅淅沥沥地下起夜雨来。

傅佩嘉默默地将花木兰放回了窝里，取了一些干草喂它。花木兰一有吃的，便低头忘乎所以地啃了起来。

有的时候，傅佩嘉真的羡慕花木兰。若人也能如此，那该有多好。

可是，不可能。

人的记忆力太好了，曾经发生的，永难忘怀。

呆看花木兰半晌后，傅佩嘉又再度忆起了这个月迫在眉睫的治疗费用。

她取出了这个月攒着的现金，点了一遍又一遍。这个月生病住院花费了不少，哪怕再去跟蔡伯预支工资，也不过六千多块，离父亲的治疗费用还差一大截。

该卖的东西都已经卖完了，除了良嫂给她的一些换洗衣物，她已经一无所有了。

傅佩嘉疲累地以双手捂脸。她真的快要坚持不下去了。

爸爸，你何时才能醒来？

在乔家轩包场庆祝生日的时候，她却在为几千块钱发愁。

若说没有一点恨意和不甘，那绝对是骗人的。可是，恨又有什么用呢？除了让自己难受外，什么帮助也没有。

傅佩嘉能做的不过是尽量不要去想起乔家轩，不要因他而一再地影响自己目前已渐平静的生活。

她放下手抬头的时候，忽然整个人骇住了。

门口处，赫然靠着乔家轩。他不知道在那里站了多久，脸色绯红，目光迷蒙地瞧着她。瞧着模样好似喝醉了一般。

她真是糊涂。也或许是她实在走投无路了，才会轻易地相信这里与他无关。

乔家轩忽地大踏步朝她走来，傅佩嘉一惊，她正欲抱起花木兰往外逃，可乔家轩并不给她这个机会，一把拽起她的手便拖着她进了浴室，趴在洗漱台上大口大口地呕吐了起来。

在傅佩嘉的记忆中，乔家轩是从未醉过酒的。哪怕在不得不饮酒的场合，他都是客气地点到为止。

但此时的他，看样子是真的喝醉了。

吐过后的乔家轩似乎也疲乏至极，他堂而皇之地往床铺一躺便睡了过去。整个过程中，他的手却牢牢地扣着她的手不肯放。傅佩嘉怎么挣扎，都无法挣脱。

他只命令式地吐出了三个字："不许动。"

傅佩嘉的眼前便是乔家轩的脸，俊眉高鼻，她无一不熟悉。

旁人不知，以为自己是被他哄骗得手。事实上，无论是当年的热恋时光还是后来短短的婚姻岁月里，他一直霸道得很，从来都把自己吃得死死的。

有那么短短的一瞬间，傅佩嘉以为自己做梦了。过往很多很多的事情，仿佛不过是她的噩梦一场。

然而几秒后，她就清醒了。她知道，这绝对不是梦。

乔家轩的狠心绝情，早已让两人成陌路了。

但很奇怪，如今已取得傅氏所有一切的他，在沉睡时都眉头微蹙，似乎并不怎么快乐。

他似乎从来都不快乐。

很久以前，她曾经很想让他脸上的笑意延伸到眼底，每天过得快快乐乐的。她曾经很想挽着他的手慢慢地走，慢慢地变老。她曾经很想为他生一屋子的孩子，跑来跑去的吵闹不已，唤他爸爸唤她妈妈。

那些曾经，如今想来，不只整个洛海城，怕是连空气都在嘲笑她愚蠢不堪。

傅佩嘉垂下睫毛，凄楚苦笑。

待她睁开眼的时候，却忽然一惊，原来乔家轩不知何时已经醒了。他漆黑的眼，深深沉沉地盯着她，叫人想起在暗夜里盯着猎物伺机而动的狼。

下一秒，乔家轩扣着她的手用力收紧，傅佩嘉整个人便不由自主地跌了过去，她的手下意识地去推他，落在了他的肩膀上，隔了薄薄一件衬衫，只觉热得烫手。她触电般地缩了回来，第二个反应便是用手去打他。乔家轩根本不理会她的小打小闹，他自顾自地捧起了她的脸，似不认识一般怔怔地瞧着她。

那目光真真是古怪至极。

傅佩嘉被他瞧得腿软，只好移开视线，用手无声却固执地推着他。

乔家轩忽然便凑了过来，温柔地含住了她的唇，舌尖轻轻地探了进来，深深地吻了起来。

他给她的感觉也很奇怪，珍视凝重，仿佛她是他失而复得的珍宝。他那般小心翼翼，生怕她再度消失一般。

傅佩嘉呜咽着摇头，但怎么也挣扎不过。她狠了心，唇齿猛地一合，用力地咬着他的唇。他竟也不躲不闪不避，任她咬噬。最后，傅佩嘉尝到了他唇上铁锈一般的腥甜，终于是松了口。

叫人意外的是，她放过他，他却反而把自己的手递到她唇边，目光痴缠："嘉宝，你咬，用力咬，狠狠咬——"

乔家轩疯了！他本来就是个疯子！

傅佩嘉不愿跟一个喝醉酒的人多做纠缠，她撑起了身，就欲往外跑，连床脚边的花木兰都来不及顾上了。此刻的她，只想马上逃离这里，远离乔家轩。

但乔家轩并不给她这个机会。她一旋身，他抓着她的手臂便用力一收，傅佩嘉瞬间跌在了床铺之上。

这一次，他强势至极，根本不让她有半分躲闪，傅佩嘉躲到哪儿，他吻到哪儿，夫妻数年，他知道她所有的弱点，傅佩嘉根本抵挡不住，终究还是败下阵来……

傅佩嘉匆匆地整理了自己所有的物品，抱着花木兰的纸箱，第一时间离开了公寓。她甚至没有转身再多看一眼沉沉睡去的乔家轩。

但没想到乔家轩的助理袁靖仁会在医院找到她："乔太太，乔先生说只要你愿意，你可以一直住在那个公寓里。"

傅佩嘉低着头，拿着小毛巾在给父亲擦手，一根手指，再一根手指，指缝指尖……她充耳未闻，仿佛天地间只余下替父亲擦手这一件事情而已。

袁靖仁等了许久也不见她开口，便又轻轻地唤了一声："乔太太。"

傅佩嘉终于直起了身子，她把脸对着袁靖仁，面无表情地道："你回去告诉他，我不需要他的施舍。那房子，我是不会住的。"

袁靖仁应了声是。他在心底默默地叹了口气。

今天乔先生是午后才去办公室上班的。袁靖仁接到内线，推门进去的时候，他正侧身站在落地窗边，静然出神。

他也不好打搅，便在一旁等候。好半天后，乔先生才开口："去问一下私家侦探，她现在在哪里。还有，让她搬回那个公寓。"

袁靖仁愣了愣才明白过来。

在来见傅佩嘉之前，袁靖仁便知道这是个不可能之举。傅佩嘉看着娇娇柔柔的，性子却倔得紧，绝不是个轻易服软的，更不可能对乔先生低头。

这一年多来，袁靖仁奉乔家轩之命找私家侦探跟踪傅佩嘉，她吃了多少苦，经历了多少人情冷暖，旁人不知，袁靖仁怎么会不知道？但凡傅佩嘉愿意求人，傅成雄在生意场上的这些朋友，总有一两个是愿意帮些无伤大雅的小忙，以成全自己"雪中送炭"的美名的。

然而，傅佩嘉并没有。

她咬着牙，用自己赢弱纤瘦的肩膀挺到了现在。

有些时候，袁靖仁都不免对她起几分敬佩之意。但如今乔先生说话了，再难办也得办。

既然傅佩嘉答复了他，他这个传声筒便准备回去尽自己的责任去了。才拉开门，只听傅佩嘉漠然至极的声音从身后传来："还有，以后别叫我乔太太。我不是乔太太已经很久了。"

偏偏去汇报给乔先生的时候，乔先生抬手抚着唇角某处的伤口，缄默了半天，才道："她还说了什么？"

袁靖仁支支吾吾地把傅佩嘉那句"我不是乔太太已经很久了"说了出来。闻言，乔先生脸色顿变，连手都握成了拳头。

袁靖仁悄悄地退了出来，默默地叹了口气。傅佩嘉这句话也是陈述事实而已，乔先生至于这么激动吗？！再说了，当初不是您要跟她离婚的吗？！

唉，自己是真心弄不懂 Boss 的心思。这可是助理的大忌啊。

无论做什么工作，无论怎么辛苦，她都不会要乔家轩一分施舍的。傅佩嘉这样告诉自己。

但现实总是很残酷。摆在她面前的是这个月的费用。

蔡伯前两天才给她涨了两千的工资，这样一来，傅佩嘉反而不好意思再跟他开口先预支下个月的工资了。

可是除了蔡伯，她又可以跟谁筹钱呢？

钟秘书或许可算一个。但他如今身负儿子留学的费用开销，且又失业了一年多，经济也不宽裕。一两个月的费用或许是可以支持的，但长此以往，哪怕有心也无力。

就在傅佩嘉为了钱一筹莫展的这一天，她意外地接到李钰的一个电话。

李钰客套了两句，便开门见山地道："佩嘉，我有件事情想要你帮个忙。"

"李经理，你有什么尽管说，只要我能办到。"

李钰便将事情娓娓道来："那我也不浪费时间拐弯抹角了。是这样的，我有一个朋友最近开了家咖啡店，晚上想找一个钢琴演奏。正巧我听过你的弹奏，觉得你挺合适，就推荐了你。咖啡店的地址我发你，如果方便的话，你去和她见个面。"

"好的。谢谢你，李小姐。"想不到平时瞧着冷漠古板的李钰如此古道热肠，傅佩嘉十分感激。

"是朋友需要。我推荐你不过是举手之劳而已。"

傅佩嘉一再道谢。

她为了得到这份工作，特地在家里桌子上画出了琴键，一有时间就对着桌子弹奏，连续练习了一个星期。

在李钰的推荐下，傅佩嘉只弹奏了两曲便获得了这个工作机会。

从前的无忧时光里，父亲曾要求她必须学会一种乐器一种绘画，其余爱好则随她。乐器方面当时她选了钢琴，绘画则选了冷门的花鸟画。以为不过是作为消遣而已，但想不到家中巨变后，她如今靠着弹钢琴有些许的收入，得以糊口。

咖啡店生意火爆，内部人事简单，傅佩嘉的工作也颇为顺畅，工资待遇也很是不错，偶尔客人觉着她的弹奏好，还有额外的小费收入。加上在姜老头这里的工作也很开心，按时拿到的两份工资完全可以支付父亲的医药费和她的日常开销了。

只要她好好工作，从今以后，她每个月不必再为钱发愁了。

傅佩嘉渐觉生活里有了阳光。

人生犹如抛物线，坠落低谷之后也会慢慢向上。这大概就是所谓的"时来运转"吧。傅佩嘉相信以后会越来越好的。

似 曾 识 我

Act Seven

倏 然 /

乔家轩，如果可以，
希望我们这辈子永远不见！

然而，哪怕运气好转，很多事情很多人却不是想避开就能轻易避开的。

　　这一晚，傅佩嘉如常地按时来到咖啡店。一进店里，同事宛玲正候在一旁，唤住了她："佩嘉，今天有一桌预订。打电话来的人说，今晚她哥哥要向女朋友求婚。请我们帮忙弹奏一首求婚曲子。"

　　"好。"

　　傅佩嘉弹奏了几曲后，宛玲过来了，附在她耳边道："佩嘉，那桌预约的客人已经来了。这曲弹完后，你随便再弹一首，然后就进入今晚的主题。店里会调暗灯光，具体你以灯光为准。"

　　对这样的安排也了然于心了，傅佩嘉便点了点头，表示知道了。

　　虽然自己经过的路途荆棘密布，但傅佩嘉依然相信这个世界上有美好的人和事，有美好的爱情与婚姻。

　　那一刻，她很真挚地为那对情侣祝福。

　　傅佩嘉缓缓闭眼，凝神静气。再睁眼时，她已经心境安然了。

　　傅佩嘉轻巧地在琴键上落下了纤纤十指。玲珑剔透的音乐，像一股寂寂幽幽的泉水缓缓地流淌在这个安静的空间里头。

是德彪西的《月光》。

连傅佩嘉自己都愕然不已，时隔近两年的时间，再度弹奏这首曲子，她居然熟练如初。

曾经一度，她以为自己这辈子都不会再弹奏这一首《月光》了。

婚后第二年，两人去纽约度假。乔家轩那两日也不知怎么了，有些小感冒，病恹恹的，异常地沉默寡言。

两人便窝在自家公寓里头。乔家轩吃了几粒药，便昏昏睡去了。

她陪着小睡了片刻，醒后便去了客厅。无聊之下，打开了钢琴，随意弹奏了起来。

那是云卷云舒的傍晚时分，她心里亦是宁宁静静的，弹奏的便是德彪西这首清新纯净的《月光》。

结束后，她起身，忽然看到了站立一旁的乔家轩。他的目光炽热古怪，怔怔地瞧着她，如中邪了一般。

她被他瞧得低下了头："怎么了？"

他笑了笑，将她耳畔的碎发拨到耳后，低低地说了一句："看你。"

"看我做什么？"

"什么也不做，就是看你。"

普普通通的几个字，从他嘴里轻轻说出，热热的气息喷在她耳畔，有种说不出的旖旎暧昧。

脖子处麻麻痒痒的舒服又难受，傅佩嘉无力地推了推他："不是说晚上约了朋友吃饭？快到时间了。"

"好，我这就去换衣服。"话是这么说，可是他依旧站着，不动也不走。

"要迟到了……"她的话都未讲完，乔家轩的吻已经落了下来，缠绵滚烫的，令傅佩嘉知道发热的人不止她一个。

这么多年过去了，她竟然还记得他的吻在脖子处的灼热温度，和那个傍晚微风吹拂纱帘荡起的幅度。

灯光缓缓暗了下来，眼前的黑暗将傅佩嘉拉出了回忆。她忙收敛心神，弹起了一首 *Marry You*，心中暗暗祝福此次的求婚顺顺利利。

弹了一半，傅佩嘉不经意抬头，朝店中唯一的亮光处含笑望去。

下一秒，她看清了那桌人的容貌，指下猛然漏了数个节拍。竟然又是乔家轩和陈云西，另外还有一个扎马尾的女生背对着她，不知是谁。

如今在咖啡店里求婚的情侣也不少，甚至有一次某个男生包下整个店求婚。所以，这首 *Marry You* 的谱子傅佩嘉自然早已经背得滚瓜烂熟了，平时弹起来也不费吹灰之力。

可此刻，她的手指像是被绑了铅石，每个音符都弹得吃力至极，毫无任何流畅可言。

乔家轩要再度结婚了。很好，不是吗？

从今往后，彼此再无半点关系。

一曲终于结束了。

宛玲匆匆过来："好像求婚出了点问题，你再弹奏几遍。有什么情况，我随时通知你。"

那天晚上，傅佩嘉弹奏了一遍又一遍的 *Marry You*，直到宛玲告诉她，那三位客人已经结账离开了。

回到家，傅佩嘉虚脱一般地蹲在地上，与花木兰静静对峙。

她的十根手指已经麻木到疼痛的地步了。

是夜，傅佩嘉躺在被褥里浮浮沉沉，不争气地一再想起从前那个阳光绚烂的清晨，她指尖的钻石，与他眼里的阳光。

"佩嘉，嫁给我，好不好？

"快说好。"

傅佩嘉骤然睁开眼，从睡梦中惊醒了过来。

小小的出租屋，黑漆漆的一片。

她赤着足下床，瑟瑟地把毛茸茸的花木兰抱在怀里，汲取一点暖。

她会忘记乔家轩的。

一定可以。

日子还是要继续，工作也是。

每一天傍晚，傅佩嘉从姜老头那里出来，便搭公交车去医院，然后再去咖啡店工作。途中会买点食物果腹。

咖啡店的同事们都十分友善，厨房的毛大厨经常烹制私家小吃给大家，美其名曰"试吃新品"，经理丁瑛也总是睁只眼闭只眼，有时还跟他们一起做白老鼠。

这一日亦是。一进门，宛玲就拉她入座："毛大厨正试做几款比萨。你等下一定要给个意见。每次你试吃后觉得好的食物都很热卖。"

纯粹是运气而已。傅佩嘉每次吃过后，不过是实话实说地给出自己的评价和意见。至于毛大厨怎么改进，怎么调整，她完全不知。但说来也奇怪，确实是她觉得好吃的，顾客也会大加捧场。

宛玲她们就老笑话她是金舌头，怂恿她去跟丁经理要求加工资，因为她在店里打的是两份工。

傅佩嘉从来只是淡淡微笑。曾经坠入深谷的她，对如今的工作生活已经很满足了。

如果从此能够就这样平平淡淡、无波无澜地过下去，已经是老天厚待她了。

半晌后，毛大厨端上了热气腾腾香味诱人的比萨，趁店里没人，所有工作人员都围拢了上来。

"这款三重奶酪金枪鱼比萨不错。那个水果比萨也不错……这几个口味都很好……"毛大厨出品，宛玲向来很是捧场。

毛大厨的目光探向了傅佩嘉："佩嘉，你的意见呢？"

"虽然我并不是一个特别爱吃辣的人，但就这四款比萨来说，我个人最喜欢这款麻辣鸡丁比萨，浓浓的芝士搭配嫩滑的鸡丁、爽脆的花生，鲜辣浓郁，很适合现在很多人无辣不欢的口味……"

"我和佩嘉一样，也是最喜欢这款麻辣鸡丁的。"

傅佩嘉和同事们针对毛大厨最新出品的四款比萨分别给出了各自的意见。片刻后，陆续有客人上门，傅佩嘉就开始入座弹奏。

谁知一曲弹奏完毕，有人轻轻鼓掌。傅佩嘉抬头，瞧见了正含笑凝望着她的谭在城。

"傅小姐，每次看到你，都会给我不同的惊喜。我很好奇，下一次的惊喜会是什么？"

原来谭在城与洛海的几个朋友约了个地方一起吃晚餐，司机送他到了洛海最清幽的环湖路。他站在那餐厅门口，无意中转头，便遇见了一个惊喜。

透过干净通透的落地玻璃窗，远远只见傅佩嘉侧脸低垂，凝神弹奏。钢琴的上方有一盏水晶小吊灯。她坐着的身后则是一个书架，除了书和摆设外还搁了数盆绿萝，在细心呵护下，长势极好，浓浓的一团深绿从高处蔓延而下，形成了绝美的背景。而傅佩嘉，就在这幅风景中，恬静美好。

谭在城站在街旁，心头簌簌牵动。

他也不知道自己怔怔地站了多久，最后他推门而进，找了个视线颇好的位置入座，也不打扰傅佩嘉，只在一边静静地欣赏。

"可以请你喝一杯咖啡吗？"

傅佩嘉点了点头："我只有半个小时的休息时间。"

"那就半个小时。"

两人闲聊了几句。其实一直是谭在城在说，或者在问。

谭在城只觉不过片刻，傅佩嘉看了看时间，已道："我快要到弹奏时间了。"

"好，你去弹奏。"谭在城根本不想动。

"你不是说和朋友约了吃饭吗？"

此时谭在城的手机又响了起来。他无奈地按掉，恋恋不舍地起身："我这就要过去。"

长街一侧，有一个在路边摆摊的卖花人，身边摆了各式含苞欲放的鲜花。

谭在城的视线停留在了一丛红玫瑰上，弯腰取了一枝，低头嗅了嗅，从皮夹里取了一张钞票递给老板："不用找了。"

因为是路边生意，老板进的玫瑰都是普通品种，这一张钞票够买他这一大丛玫瑰了。老板自然眉开眼笑，连声道谢。

谭在城穿过马路又进了店，把花轻轻地搁在桌上。

傅佩嘉抬头。

"这回我真的走了。"说罢，他便毫不迟疑地往外走。一直到门外，也未再回过头来。

大红的玫瑰花欲放未放，在绿叶衬托下，有种我见犹怜的楚楚风韵。

傅佩嘉一动不动地盯着，瞧得时间久了，只觉一种腻人的头晕目眩。她撑着桌子正欲起身，忽然有个高大身影挡住了她的视线。

乔家轩施施然地在她面前的沙发上入座，他面无表情地盯着那一朵玫瑰花，嘴角嘲讽地上勾："看来那位谭先生志在必得？"

傅佩嘉的视线越过他，虚虚地落在他的身后，根本当他不存在。

两人就这样隔着桌子，冷凝相对。

"傅佩嘉，你要是敢答应那个姓谭的，我绝对不让你好过。"乔家轩双手抱胸，淡漠冰凉地吐出了这句话。

闻言，傅佩嘉似听到了天底下最好笑的笑话一般，她露出了一个明媚大笑，而后终于是将视线讥讽地定格在了他身上："不让我好过？乔家轩，你现在哪只眼睛看到我很好过了？

"乔家轩，我们早已经离婚了。知道离婚的意思吗？就是从此以后，男婚女嫁，各不相干。这个意思就是我爱和谁一起，就和谁一起，你管不着。

"就像你要和旁人结婚一样。你的一切，与我无关。"

乔家轩一直眉眼不动地听着，傅佩嘉说完后，他忽然抬手摸了摸自己的嘴角。

傅佩嘉的目光骤然一顿。这个伤疤彼此都不陌生，是在公寓那晚她留下的。

乔家轩黝黑的眸子里闪着一抹奇怪的光亮："谁告诉你我要和旁人结婚了？"

还需要别人告诉她吗？他当着她的面堂而皇之地在这里向陈小姐求婚。

傅佩嘉垂下眼帘，盖住了眼底一闪而过的所有情绪。缓了缓，她轻轻地开口："乔家轩，你知道的。以前，我只跟你一个人在一起过。"

从前，单纯幼稚的她以为爱上了就是一辈子，结婚了便是要永远地在一起。她爱他，所以便允许他在她的世界里头，称王称霸，肆意妄为。

　　她口口声声地唤他乔家轩，淡然地无一星半点的情绪起伏，仿佛唤一个完全不认识的人。从前，她从来不会这样叫他。

　　"爸爸昏迷不醒傅家出事后，我一个人伤心欲绝，自暴自弃……最初的时候，我真的有过想找一个男人上床的疯狂想法。那个时候，我疯了一样地想忘记你，忘记过去。只要能忘记你，我真的什么都愿意做……"

　　乔家轩脸上那点若有似无的笑意已然僵硬。

　　"有一晚，我真的想要那么做。于是，我穿得很性感地去了酒吧。那天晚上，有很多男人请我喝酒，他们眼里闪着火热的光——我知道他们想要什么，只要我点头，立刻就有很多个男人带我去开房。"

　　有关这一切，他安排去跟踪保护她的私家侦探都曾经巨细无遗地跟他汇报过。然而，如今真的从她的嘴里知道，她想去诱惑旁的男人的时候，乔家轩那种想揍人的冲动顿时再度浮了上来，甚至更盛。

　　"但最后我还是没能这么做。

　　"我告诉自己，傅佩嘉，乔家轩不爱你，没有关系。

　　"他从来没有爱过你，也没有关系。

　　"你可以自己爱自己。

　　"你要好好的。会有更好的人来爱你。"

　　傅佩嘉羽睫轻垂，一一道来。她的声音低低缓缓，表情轻描淡写至极。然这清清淡淡的几句话，听到乔家轩耳中，却如同雷霆万钧。

　　乔家轩忽然有一种强烈的直觉：他要永远地失去傅佩嘉了。

　　这个念头甫一入脑，乔家轩胸口便是一阵凌迟般的慌张疼痛，他不由得把手握成了拳头。

　　"谭在城一直希望我成为他的女朋友。我考虑了很久，觉得答应他也不错。人与人之间，是用心处出来的。或许相处一段时间后，发现他很适合我也不一定。就算不合适，也无所谓。他不会天天在洛海，一个月只来几天，我忍一下就过去了。这个世界上，很多很多的人都不是因为爱而在一起的。别人能做到，我傅佩嘉自然也可以。"

乔家轩终于有了反应，他双手抱胸，嗤声冷笑，极尽恶毒嘲讽："傅佩嘉，你还真是恬不知耻。"

闻言，傅佩嘉木然地抬起了眼，嘴角似弯未弯："这有什么可耻的。一个愿打一个愿挨，两相情愿。比如你，陪着我玩了几年，我不是付了一个傅氏给你？只不过，我付的金额是天价而已。"

此话一出，乔家轩的笑容一瞬间冻结在了嘴角，他目光锐利地直直盯着她，整个人有种让人毛骨悚然的森冷。

"乔家轩，请你放过我吧。离我远远的，别在我身边出现了。"

傅佩嘉再没有多瞧他一眼，也不想再与乔家轩多做纠缠，她拿起了玫瑰，让宛玲帮忙跟丁经理请了个假，便离开了。

"我叫乔家轩。

"嘉宝，你有一双清澈的眼，纯净得能够映出全世界。

"我从来没有喜欢过你，半分也没有。

"我与你在一起，我费尽心机地讨好你，哄你开心，让你爱上我，包括我对你说的每一句话，都是有目的的。这一切，都是为了傅氏。

"傅佩嘉，你忘记了吗？是你来到我家，脱了衣服，主动爬上我的床的。只要是个男人，谁抵挡得了这种诱惑。

"记住了，下次不要再这么轻易地相信别人。被人卖了，还在帮人数钱。"

热闹喧哗的街头，傅佩嘉一个人静静地泪流满面。

她和乔家轩之间的一切，由她主动开始，如今也终于由她亲手结束了。

傅佩嘉魂不守舍地穿过马路。忽然，耳边有尖锐刺耳的急刹车声传来。有车子在她身畔几厘米处"刺"一声停下，傅佩嘉一惊之下，双腿一软，跌坐在了地上。

另一厢，咖啡店的乔家轩被这尖锐的刹车声惊得猛然转头，他霍地起身冲了出去。

车主惊吓后回神，怒气冲冲地下车："喂！你怎么走路的！也不看看红绿灯就乱穿马路……"

傅佩嘉手撑着粗粝的地面，挣扎着起身："不好意思，对不起。"

本欲破口大骂的车主细瞧了傅佩嘉一眼，却见她满脸是泪，一时也不由得愣了愣，后面的话倒也有些不好意思骂下去了，顿了顿，余怒未消地说了一句："过马路最基本的是要看红绿灯吧。"

傅佩嘉抬手擦了擦脸，讷讷道歉："不好意思……"

"你这样子过马路，很容易出事的。下次注意了。"见她哭得如此凄惨，估摸着是遇上什么事了，男车主也于心不忍，不由得软下了语气。

"对不起，对不起，给你添麻烦了。"

车主递过来了一张名片："这样吧，我现在赶时间。如果你有什么不舒服之类的话，去医院检查一下，费用方面我都愿意承担。"

"我没事……"

此时，乔家轩冲到她前面，搂抱起了她，低头查看她的身体，一再迭声发问："哪里受伤了？我们马上去医院……"

傅佩嘉稳住了自己，抬起手推开了乔家轩，把脸对着车主，歉声道："我没事。不好意思，耽误你时间了。你去忙你的吧。"

车主见乔家轩护犊子的模样，觉得也不是一个好惹的，所谓三十六计走为上计，便道："既然如此，那我先走了。你最好还是去一趟医院，检查一番，要是有什么费用，你就打我名片上的电话找我报销。"

车主发动车子，汇入了车流之中。

傅佩嘉缄默无声地转过了身，正欲离开。这时，她衣兜里的手机响了起来。

傅佩嘉滑开了接听键，另一头传来了林清急促的声音："傅小姐，我是叶氏医院的林清。请你立刻来一趟医院……"

熙熙攘攘的街头，冰冷的恐惧感如游蛇般沿着背脊一寸一寸地爬上来，傅佩嘉重重地打了一个寒战。

不，不会的！父亲不会有事的。

傅佩嘉六神无主，胡乱地伸手，试图拦截一辆一辆飞驰而过的汽车。然而，那些车子都鸣着刺耳的喇叭，在她身畔呼啸而过。乔家轩一把拽住了她的手臂，喝道："你疯了吗？这是在干什么？"

他的语气惊慌失措，好像亦被她的疯狂吓到了似的。

可若不是他的话，父亲怎么会成现在这个样子？

傅佩嘉用尽力气狠狠一甩，可是他握得极牢，她根本无法甩开。恐惧惊忧愤怒厌恶等一时俱涌上了心头，傅佩嘉也不知怎么了，冲口而出："乔家轩，你少在这里假惺惺地做好人，离我远点！我告诉你，我傅佩嘉这辈子最后悔的事情就是遇见你，最恶心的事情就是嫁给你。乔家轩，如果时光可以倒流的话，我宁愿去死，也不会跟你在一起的。"

那一刻，一切的委屈痛苦颠沛流离似都喷涌而出了，傅佩嘉真真是酣畅淋漓。

乔家轩则似被子弹击穿心房，骤然扭曲了脸色。

身旁车流涌动，两人之间却似被人用胶水固定住了一般。

好半晌后，乔家轩终于一点一点地松开了她的手。

两人面对面站着，咫尺之隔，却如天涯之遥。

也不知道过了多久，傅佩嘉听见乔家轩的声音很缓很慢地在身后响起："现在根本拦不到车。你去哪里？我让司机送你。"

傅佩嘉根本不愿理睬他，一心只顾着招手拦车。她就算爬着去医院也不会坐他的车子。

然而，就是没有一辆车肯停下来载她一程。

这时候，乔家轩的司机接到电话，已经将车子开了过来。乔家轩抬步上前。

马路上孤零零地躺着一朵玫瑰，那妖艳媚俗的红，刺得乔家轩的眼睛生疼。他不动声色地一脚踩了上去，用力地将它踩了个稀巴烂。而后，他拉开了车门，默默地站立一旁。

两人在马路上静静地僵持着。

一秒，两秒。一分钟，两分钟。傅佩嘉似能听见秒针每一秒走动的声音。

每一下都像刀片血淋淋地划过傅佩嘉的心脏。

傅佩嘉是害怕的。她怕自己再迟疑下去，倘若父亲有什么万一，她可能连他最后一面都见不到……如果成真，自己将会终生遗憾。

傅佩嘉咬着唇再三挣扎，终于是朝乔家轩走了过去。在上车前，她弯腰捡起了一片玫瑰花瓣，将其缓缓握在掌心后，方跨进了车子。

乔家轩的脸色不觉微变。

一路上，傅佩嘉都低眉敛目，如若禅定般盯着掌心里头的那片玫瑰花瓣。

白嫩掌心，红色花瓣，如沾血的利刃，再度扎疼了乔家轩的眼。他有一种想抬手扫去那花瓣，再踩个稀巴烂，让它尸骨无存的冲动。

车子因为红灯而暂停下来。为了缓解这种冲动，乔家轩打开了车窗，大口地呼吸着外头的冷冽空气。

天空不知何时开始下起了雨来，目光所及的马路上已经晕开点点湿润的痕迹。

曾经也有这样的光景，两人在红绿灯路口等候，她问他为何不快乐。他只说累。

那一晚，是两人第一次牵手，满满一车子的甜蜜。

可后来，真相血淋淋地被揭穿后，她才知道，所有她曾经认为的甜美与爱意，不过是他的逢场作戏而已。

她捧着一颗赤诚真心，却被他狠狠踩踏在脚下。且还不只如此，他还利用她的爱，获取他想要的一切，还把父亲害得成了植物人。

父亲现在不知道怎么样了，会不会……

念头一触及，傅佩嘉便全身发冷，她环抱住了自己，试图令自己冷静一些。

乔家轩眼角的余光自然是将她的动作都瞧了进去，他随即关上了车窗，抬手假意咳嗽了一声，吩咐司机："把温度调高一些。"

傅佩嘉的心浮浮荡荡的，牵系父亲的病情，只觉每一秒都过得如一年般漫长。

她是害怕惶恐的。事实上，她也无数次地想过，万一父亲不在了，那该怎么办？但那也仅仅是想想而已。事情真正地发生，很多时候跟想象完全是不一样的。

这个世界上，太多的事情她都无能为力。她唯有祈求上天仁慈一些，让父亲就这样过下去也好，哪怕一辈子不清醒过来。

这样子的话，至少在这个冷冰冰的世界上，她还有父亲陪伴着。

可是她怕，她怕这么小小的一个卑微愿望，上天也不愿意满足她。

到了叶氏医院，司机一熄火停车，傅佩嘉便第一时间推开了车门。

在跨出车门的那个瞬间，傅佩嘉缓缓地合拢了放着玫瑰花瓣的手掌，她握着拳头背对着他，一字一顿地说："我会答应谭在城。

"乔家轩，如果可以，希望我们这辈子永远不见！"

后面什么声息都没有，仿佛根本没有人存在。

傅佩嘉跌跌撞撞冲到了父亲病房所在的楼层，才到门口，门突然从里面被人打开了，孙医生等人走出来，差点与她撞个正着。

傅佩嘉猛地收住了脚步，惊慌害怕得不敢发问。她只觉自己似一尊龟裂了的冰雕般，小小的风吹草动都会让她碎裂成块。

但是很奇怪，孙医生却对她温和一笑，他说："傅小姐，恭喜你！傅先生已经醒了，你现在可以进去看他。"

幸福来得太突然。毫无防备的傅佩嘉被砸晕了，她瞪着双眼，茫然地看着孙医生，一下子根本没反应过来。

似 曾 识 我

Act Eight

决 绝 /

他与她之间，一切到此为止。

再没有以后了。

傅佩嘉迷迷瞪瞪地转头，瞧见了数位住院医生的鼓励笑容，其中一个说："傅小姐，是真的，傅先生醒过来了。我们刚给他做了几项初步检查，目前情况……"

　　后面的话传入傅佩嘉耳中不过是嗡嗡之声，浑然听不真切。她不敢置信地伸手触碰到了门，顿了好几秒，方用力地一把推开。

　　傅成雄正怔怔地望着墙壁，神色苍白枯槁。

　　是真的！爸爸醒过来了。傅佩嘉喜极而泣，飞扑至床边："爸爸。"

　　傅成雄语气虚弱至极："佩嘉，爸爸是不是心脏病又发作了？"

　　傅佩嘉拣了一些话哄他，让父亲放宽心。过了好半天，傅成雄环顾四周，却奇奇怪怪地问她道："家轩呢，怎么没陪你一起来？"

　　傅佩嘉不禁一呆："爸爸，你说谁？"

　　"家轩啊。公司里头很忙是不是？爸爸在医院，担子都落在家轩身上……"

　　傅佩嘉惊住了。

　　得知此情况，匆匆而来的孙医生和他们团队的助理医生，当即安排给傅成雄做了详细检查。

对傅成雄的失忆症，孙医生根据其专业分析，对傅佩嘉说了这番话："我们目前只得出两种推测，一种可能是先前傅先生一度中断呼吸导致的脑损伤所致；还有一种可能是傅先生服用的新药的副作用。"

这不是应该发生在八点档男女主角身上的故事吗？怎么会发生在父亲身上呢？

但对这个事实，除了愕然接受外，也别无他法。

钟秘书反而劝慰她："小姐，这样也好。至少傅先生还不知傅氏目前的情况——你知道，傅先生的心脏病是受不得刺激的。"

傅成雄有关傅氏和乔家轩的所有问题，一开始都是由随叫随到的钟秘书挡着："这不是傅先生您住院了吗？乔先生坐镇傅氏，大事小事一大堆，忙得不可开交。"

又说："七岛不是有个项目跟方氏合作吗？方氏可得罪不得，乔先生代表您去七岛见方黎明先生了，得过几日才能回来。

"美国那边有个项目出了点问题，乔先生从七岛直飞美国了。"

傅成雄哪怕身体虚弱，需要静养，但时日一久，有再好的托词，他难免还是会起疑心的。

这日，钟秘书找了傅佩嘉，十分为难地对她说："小姐，这么下去也不成。傅先生从来就不是个好糊弄的主儿。咱们得另想办法了。"

傅佩嘉也遇到过类似情况。

父亲傅成雄问起乔家轩的时候，她又找了个理由搪塞他。傅成雄只淡淡地扫了她一眼："是吗？"而后便不再言语。

父亲虽然病着，但长年居于上位的气势依旧在。傅佩嘉当时心底就"咯噔"了一下，她知道再这样下去也瞒不了父亲多久了。

可除了一日拖一日地骗下去外，又能有什么好办法呢？

隔了不过数日，钟秘书便愁眉苦脸地跟她摊牌了："小姐，我实在没本事再瞒着傅先生了。唉，这件事情除非那个姓乔的肯出面圆谎，否则早晚要被拆穿。"

傅佩嘉只得好言劝慰，让他帮忙再拖一阵。

"小姐，不是我不肯帮忙。我估计最多只能再骗傅先生一个星期。

"小姐，要不我们试着找找那个姓乔的……"钟秘书打量着她的神色，小心翼翼地说道。

傅佩嘉不说话。

但她不得不承认，目前摆在她面前的只有两条路，向父亲吐露实情或者去求乔家轩帮忙。

可是，就算是她愿意求他，乔家轩便会答应吗？

不会的。她何德何能可以让他帮忙呢？

再说了，就在父亲醒来的那晚，她信誓旦旦地对他说："乔家轩，如果可以，希望我们这辈子永远不见！"如今，又叫她如何开口呢？

傅佩嘉颓然地将脸埋在掌心之中。

从前，父亲昏迷不醒，为了父亲的医药费，为了生活下去，她每天忙得像只陀螺，转个不停。但那个时候，她是有动力，有盼头的。她心心念念地盼着父亲有一日可以苏醒过来。

可如今父亲是清醒了，他却早已经不记得傅氏被乔家轩掏空破产一事了。

若是别的病，她或许可以坦然地把一切相告。

偏偏父亲得的是心脏方面的疾病，根本受不得刺激。

很显然，摆在她面前的，无论哪一条都是死路。

踌躇再三的傅佩嘉终于拨通了袁靖仁的电话："袁助理，我想要见他。能帮我安排一下吗？"

袁靖仁自然知道这个"他"所指何人，他挂了电话便进了办公室跟乔家轩汇报此事。

那一瞬，乔家轩的脸色简直比墨还黑数分。

袁靖仁自然知道为何。乔先生的手机号码从来未曾变动过，但傅佩嘉舍近求远，迂回曲折地打了他的电话，是摆明了要跟他分清楚河汉界。

乔家轩沉默了半晌，说："你让她来办公室见我。"

傅成雄在医院苏醒且失忆的事情，乔家轩知道得一清二楚，所以他知道傅佩嘉所为何来。

袁靖仁应了声"是"，转身离去。还未到门口，忽然听见乔家轩的声音从身后响了起来："哦，对了，湖边别墅那里的保洁工作是不是有人定期在做？"

湖边别墅是乔家轩去年购入的一栋小别墅，在日月湖边，位置极佳。当初与设计公司沟通的时候，Boss当场给了设计公司一张他亲自设计的图纸，只说："我要一个家。舒适温暖，让我待在里面，每天都不想离开。"

乍见那张图纸，袁靖仁也惊愕不已。平时忙得不可开交的Boss，哪里来的时间自己亲自设计呢？再说了，他应该也没学过这方面的东西。

那个瞬间，袁靖仁不由得想起了公司内的一则传言，说Boss准备与执掌公司法务部的陈小姐结婚。

空穴来风，未必无因。莫非Boss真准备结婚？可他冷眼旁观Boss跟陈小姐的相处，冷静理智有余，完全不是陷入热恋的状态。当年，Boss对傅小姐可不是这样的。他曾在无意中撞见过Boss和傅小姐在办公室里亲热的画面，Boss把傅小姐按在沙发里炽热缠绵，火花四溅的情动模样，与他清冷的外表截然相反。

后来屋子正式开始施工，Boss全程参与各种装修事宜，每个细节他都极为讲究，甚至连浴室的瓷砖都是他亲自开车去采购的。

亲自设计装修虽然有成就感，但跟Boss在工作中产生的实际效益来比，那简直是地下和天上之差啊。

这还是自己那位在商场上被称为"逐利秃鹰"的Boss吗？！袁靖仁自然纳闷不已。

然而，装修好后至今，一直都是空置着，也不见他入住。

此时，袁靖仁也不知Boss好端端的为何会突然问起这个，他据实回禀："是的。"

"好，我知道了。"乔家轩打开了手边搁着的文件，再无其他吩咐。

这一日，傅佩嘉才跨进集团大楼的大厅，袁靖仁已经在等候了。

一分钟后，整个集团员工的微信群跟疯了似的，吃瓜群众之间瞬间传遍了"傅小姐来了""傅小姐去顶楼了""傅小姐去乔总办公室了"的消息。

袁靖仁客客气气地引着傅佩嘉来到了办公室前，推开了两扇高大气派的木门。而后，他便知情识趣地替两人轻轻地关上了门。

从前父亲中式复古的办公室如今已经重新装修过了，换成了简洁利落的灰色风格。这一切，无一不冰冷地提醒着傅佩嘉，这里早已是乔家轩的天下了。

乔家轩端了杯咖啡站在玻璃窗前，正一小口一小口地缓慢饮着。大约是听见了动静，他收回了远眺的视线，优雅怡然地转过身来。

两人隔着一个办公室的距离，静静地四目相对。

事到如今，两人之间也没有客套的必要了。傅佩嘉移开视线，把目光定在他身后的玻璃幕墙上，直截了当地把来意相告："乔先生，今天我来……是有一件事情想请你帮忙。"

傅佩嘉其实并无一点把握。

但为人子女的，总是想着要竭尽全力。她也不例外。

她无法告诉父亲，他努力了一生的心血——傅氏早已经被乔家轩夺去了，如今更名为曾氏。

这样的结果，无疑是再杀死父亲一次。

傅佩嘉做不到。所以今日她来求乔家轩。

即使乔家轩不答应帮忙，她失败了，也没什么可损失的。至少她努力过了，日后也不会有任何后悔遗憾了。

事实上，在来之前，傅佩嘉来来回回地想过无数次。

哪怕乔家轩答应了，对她来说，其实也不过是饮鸩止渴而已。

然而，在这个时候，她实在是需要这杯慢性毒酒。挨过一日算一日。或许在这段时间里，父亲的记忆可以恢复也说不定。也或许，父亲身体康复情况理想，哪怕最后知道了实情，也承受得住。

只要有时间，一切都还有转圜的余地。

傅佩嘉是这么想的。

乔家轩表情淡淡地听她说完，漫不经心地把办公桌上的一串钥匙推给了她："这是我一所房子的钥匙。"

傅佩嘉蹙着眉头不解地望向了他，曾经清澈如山间小溪的眸子如今布满了荆棘防备。

乔家轩从鼻子里冷哼了一声，不痛不痒地道："这个世界上没有免费的午餐，你哄我高兴一次，我便帮你瞒住你父亲一次。

"你放心。我给你的条件绝对不会比姓谭的差，而且我还会附赠你一份哄傅成雄的免费服务。"

傅佩嘉完完全全瞠目结舌。

她从未想过时至今日，乔家轩会提出这种交换协议。

乔家轩见她不答，便徐徐地踱步过来，停在她身畔："这个交易，你划算得很。

"这个世界上，除了我乔家轩，没有别人可以帮你去哄你父亲。

"哦，对了。记得去把你那些工作都辞了。

"还有，离那个谭在城远一点，别再跟他有任何联系。你我交易的这段时间，我不希望你与其他任何男性有关系。

"你可以好好考虑一下再答复我。十天半个月，或者一两个月半年都OK。我有的是时间，可以慢慢等。只是不知道傅成雄能不能等？"乔家轩勾唇微笑，好整以暇地给傅佩嘉下了一剂猛药。

"只要你答应，我当天即可履行协议。"

他笃定她会接受他所有的条件。

事实上，傅佩嘉连半分讨价还价的本钱也没有。

至于乔家轩为何要这么做，傅佩嘉根本不懂。

她问他："为什么？"

乔家轩眉目不动地俯视了她片刻，冷冷地在她耳边吐出几个字："就凭我高兴。"

傅佩嘉从来不曾真正认识过乔家轩。

此时此刻亦是！

是要父亲生或者死？只在她的一念之间。

傅佩嘉不知道自己盯着那串钥匙盯了多久，她终于闭了眼，缓缓吐出了那个"好"字。

人在屋檐下，不得不低头。乔家轩说什么她便做什么。

房子的地段极好，推门开窗便可见整个日月湖的美景。屋前的草坪，青翠可人。屋内，是白色和原木为主的底色，配了各种绿植和各色的抱枕，给人十分舒适可人的感觉。

客厅的一角还摆放着一架黑色钢琴。傅佩嘉的视线在其上停顿了一秒，甚至更短的时间，她便移开了。

乔家轩亲自提着她的行李箱径直上了二楼，为她打开了卧室门。

温馨大方，有附属的衣帽间，傅佩嘉抱着花木兰，看到的第一眼便知道这是主卧室。落地玻璃窗边是一组小沙发，亦可见一汪青葱碧绿的湖水。

如果这是一间牢笼的话，也是一间很多人梦想中的牢笼。

衣帽间极大，四分之一的柜子挂了男式衣物和配饰，另外四分之三的柜子里早已经挂满了各种颜色各种款式各种牌子的女式服装。

不得不承认，自己那寥寥可数的几件黑白灰的廉价衣服挂在其中显得十分突兀滑稽。

这一过程中，乔家轩远远地靠在墙上，一直静静地注视着她的一举一动。等她结束，他方开口："走吧。"

傅佩嘉转头，不解他这个"走吧"是准备去哪里。

乔家轩像是瞧出了她的疑惑，不咸不淡地抛下了寥寥数字："去医院。不是想要我去见你父亲吗？！"

在这一点上，乔家轩倒是个说话算话的。甚至为了做足戏份，效率极高地将父亲的病房换到了叶氏医院里顶级的套房。

两人推门进去的时候，傅成雄正坐在轮椅上，背影萧索地在窗口远眺出神。

乔家轩的手轻轻地落在了她的肩头，傅佩嘉条件反射地骤然一缩。然乔家轩并不给她任何后退的机会，他强势地揽着她跨入了病房："傅先生。"

傅成雄似是一愣，好一会儿方缓慢地转过头："哦，家轩，你从美国回来了。那边的收购案怎么样了？"

"回傅先生，一切都很顺利。"

"七岛方氏那边呢？"

"傅先生您放心，关于七岛的合作项目，我已经和杜维安都谈妥了。若是你不放心的话，过些天我把文件拿来给你过目。"乔家轩做足了戏份，简短扼要地一一做了汇报。

在来之前的车子里，傅佩嘉自然早已经和乔家轩"串供"过了。所以乔家轩面对着傅成雄，对答如流，完全挑不出一丝破绽。

乔家轩在病房里待了个把小时，袁靖仁的电话便"适时"地拨过来："乔先生，时间差不多了。有个饭局今晚你必须出席。"

"傅先生，公司里还有事，我先走了。你好好休息，我过几天再来看你。"

"好，你和佩嘉都回去吧。我也累了。这些天佩嘉很辛苦，你要好好照顾她。"傅成雄疲倦地摆手。

乔家轩不动声色地垂眼："爸，你放心。我会的。"

第一次的碰面很是成功。父亲傅成雄显然没有半分怀疑。

傅佩嘉整个人大松了一口气。然下一瞬，她想到还有另一个难关正等着她，并没有什么好值得庆幸的。

要如何才能够接受已成陌生人的乔家轩再度成为自己生活中最亲密的人？

傅佩嘉实在不知道。

入夜后，乔家轩进了一门之隔的书房，便未再踏入卧室。

时间不断地流逝，每一分每一秒的转动都似走在傅佩嘉焦灼不安的心头。

熬到了午夜十二点，傅佩嘉败下阵来。她取过了睡袍，进浴室沐浴梳洗。

出来的时候，不禁微愣，乔家轩已在卧室内了，正蹲在沙发一角喂花木兰干苹果片。

他仿佛早预料到她会答应，所以连花木兰的饮食起居都全部安排好了。跟着她一直吃干草啃胡萝卜艰苦度日的花木兰，如今各种零食都齐全，物质生活瞬间从清贫提高到奢华档次。

而床头柜上，则搁着一杯热气袅袅的牛奶。

婚后那几年，只要乔家轩不出差，每晚都会雷打不动为她热一杯牛奶，端至她面前，看着她喝完。他说："热牛奶有助睡眠。"

正望着牛奶发愣失神间，乔家轩已经起身了，他把脸对着她，毫无情绪波澜地道："把牛奶喝了。"

既然是命令，傅佩嘉不得不从。她默默地端起杯子，"咕咚咕咚"地将牛奶一饮而尽。

但是热牛奶不起任何作用，傅佩嘉半分睡意也没有。

从医院出来后，乔家轩便带她去了一家餐厅。两人全程没有任何交流地吃完了晚餐。此时此刻，所有强迫自己咽下的食物都堵在喉咙处，好似随时准备破喉而出。

傅佩嘉觉得自己要窒息了。

事实上，傅佩嘉很希望自己可以窒息过去。那么接下来无论发生什么，她都不会有感觉。

可是没有。非但没有，她甚至还透过半掩着的浴室门，清楚地听见里头的花洒渐渐沥沥的声音，听见流水从排水管里轰轰而下的声音，听见乔家轩打开吹风机吹头发的声音，听到他拉开门出来的声音。

半晌后，她身畔的床铺重重一沉，乔家轩在她身旁躺了下来。

傅佩嘉如临大敌，整个人瞬间绷紧成了块石头。

然而，乔家轩安安静静地躺在一旁，什么动作也没有，甚至都没有触碰到她。也不知过了多久，她听见他的呼吸声渐渐均匀了起来。

傅佩嘉原以为乔家轩不会放过她的。

然而，他竟然就这样睡着了。

乔家轩也不知自己这一觉沉沉地睡了多久。等他醒来的时候，天色犹半明半暗。身畔的人正安安静静在蜷缩在床沿一侧，长睫轻合，呼吸轻缓，像一只乖巧温驯的小兽。

乔家轩不知自己凝望了多久，他慢慢地俯过身，轻轻地把唇落在了她的额头。

那个瞬间，时光静谧，仿若停住了脚步。

他握起她搁在一旁的手，把玩了半晌，方不紧不慢地与她十指相扣。

灰蒙蒙的光线里，指尖传来她的温度，证明她在。她真的在他身畔。

她的眉眼，她的唇，她的一切，他都触手可及。

乔家轩心口处盈满了涨涨的心酸满足。他觉得这种感觉，像是隐隐约约的幸福。

很多很多的时候，乔家轩会问自己：为什么傅佩嘉会是他杀父仇人的女儿？

乔家轩一直记得，他第一次遇见傅佩嘉，是在老板黄民仁家举办的一个宴会上。当时的宴会是为了把回国准备接手家族生意的黄品优介绍给整个洛海商圈而举办的。

那也是傅佩嘉在洛海交际圈的第一次亮相。

在衣香鬓影的场合，并不缺少洛海世家子女。可当傅佩嘉挽着傅成雄的手从门口缓步而来时，不只他愣住了，整个窃窃私语的会场都坠入了数秒的安静。

原来傅成雄的女儿竟是个如此精致纤丽的可人儿。且她还是傅氏企业唯一的继承人，娶了她的男人，绝对可以少奋斗几辈子。

黄民仁见了，便对身边的几位朋友打了声招呼，带了夫人儿子热情万分地迎了上去："傅兄，你可算是来了。本来是准备罚你三杯酒的，不过啊，今晚看在侄女的面上，就饶了你吧。"

傅成雄呵呵微笑，对女儿介绍道："佩嘉，这是你黄世伯、黄伯母。"

"黄世伯、黄伯母好。"傅佩嘉乖巧致意，嘴角边两个时隐时现的小酒窝，在璀璨奢华的古董水晶吊灯衬托下，仿若缀了两颗钻石，盈盈发光。

黄民仁夫妇连声道好，黄夫人更是亲亲热热地拉起了傅佩嘉的手："真是又乖又漂亮。"

黄品优身着顶级定制的手工西服，礼数周到地向傅成雄欠身致意："傅世伯好。"而后他侧过脸，风度翩翩地对着傅佩嘉微笑："佩嘉，你好。很高兴认识你。"

"佩嘉，这是你黄世伯家的哥哥黄品优，跟名字一样，真正品学兼优，毕业于牛津大学，获得经济学和管理学学士学位。毕业后就在高盛任分析师，十分出色。如今在你黄世伯的再三要求下，辞职回来帮你黄世伯管理公司。以后有机会的话，你一定要跟品优好好学习学习。"傅成雄这一番隆而重之的介绍，给足了黄民仁夫妇面子。

黄民仁顿时笑得见牙不见眼："傅兄谬赞。傅兄谬赞。"

黄夫人则笑眯眯地说："佩嘉，品优刚从国外回来，你有时间的话，带他去看看洛海新城的变化。"她转头露骨地对傅成雄道："咱们多制造些机会，让孩子们多熟悉熟悉。"

看来老板夫妇对这位傅小姐很是满意。不过，到底是对斯文有礼的傅小姐本人满意，还是对她要继承的财富数字满意，抑或两者兼而有之呢，怕也只有他们自己最清楚了。

"好。好。佩嘉啊，还有半年就洛大毕业了，接下来有的是时间。"傅成雄一口应下。

"爸。"傅佩嘉娇嗔不已，粉扑扑的脸叫人想起三月盛放的樱花，团团簇簇，灼灼其华。

黄品优望向她的含笑眸光里，有种叫人一目了然的志在必得。乔家轩在不远处瞧得一清二楚，他执起酒杯，一口饮尽了杯中之酒，嘴角缓缓勾勒出了一个冷笑。

"佩嘉心思单纯，瞧，这么几句话就害臊了。让黄兄和大嫂见笑了。"

自家儿子一表人才，傅佩嘉眉目如画，站在一起，真如一对璧人。黄夫人越瞧越觉着满意："傅先生，现在跟我们以前那年代不一样了，要尊重孩子们的意见。否则啊，我倒是想直接把佩嘉认下了。"

　　傅成雄哈哈大笑："大嫂，不瞒你说，这平日里啊，无论多大的投资案，我都可以一锤定音，拍板决定。但就这个女儿的事啊，我是做不了主的。"

　　"爸！"傅佩嘉的抗议声似是夏日沁凉的夜风，轻柔如水地传到了乔家轩的耳中。乔家轩不是不惊讶的。傅成雄这样坏事做尽之人，怎么会孕育出清雅灵气的女儿。

　　可见连老天也欺善怕恶。

　　乔家轩隐在酒会的黑暗场所，骤然捏紧了手中的酒杯。

　　当时，他见傅成雄意气风发地在宴会上与众大佬寒暄，便暗中退了出来，到了花园一隅。

　　面对着星空夜海，他方平复了心情，却猝不及防地与傅佩嘉相遇了。

　　这些年来，乔家轩一再地问自己，如果知道那一次的相遇会造就后来一切纠缠的话，他还会不会出现在那个地点？

　　可是，他自己都回答不了。

　　如果他没有与傅佩嘉相遇，便不会有利用她一步步接近傅成雄的计划。虽然他还是会报复傅成雄，但他绝不会这么快成功，且赢得这么彻底。

　　但如果他没有与傅佩嘉相遇的话，如今他又在哪里？后来又与谁在一起，过着什么样的日子呢？很多时候，连乔家轩自己都无法想象。

　　最初的乔家轩，在遇见傅佩嘉之后，便定下了暗中接近她的计划。他根据私人侦探的调查所得，一步一步地接近傅佩嘉，心中只有满腔仇恨。

　　事实上，每一次的相遇，都是他有心为之的。机会从来只留给准备好的人。这个世界上，哪儿来那么多的偶然和巧合呢。

　　随着了解的深入，他如抽丝剥笋似的一点点地发现傅佩嘉的美好。她就如童话里头的公主，在傅成雄的层层保护之下，纯净得如一汪清泉，不沾染这个险恶人世的半分尘埃。

　　乔家轩也曾矛盾挣扎过，曾经不止一次地告诉自己：放过她吧。她是无辜的。

可心底却又有一个恶魔一再地叫嚣反对：为什么要放过她！凭什么要放过她！谁让她是傅成雄的女儿，当年如果不是傅成雄的话，你们曾家怎么会分崩离析？父亲又怎么会跳楼而亡？你又怎么会寄人篱下，落魄流离，挣扎求生？再说了，傅佩嘉她生来就是你的。

是啊。傅佩嘉生来就是他的。

他早在七岁那年就已经认识傅佩嘉了。那时，她初降人世。那时，他的名字是曾东廷。

温婉秀气的母亲抱着刚出生的傅佩嘉，笑吟吟地对他说："东廷，看，佩嘉妹妹是不是长得很可爱？妹妹长大以后，给你做老婆好不好？就像妈妈是爸爸的老婆一样。"

"我不要。我不要。她长得好像一只猴子，这么丑，我不要她做我老婆。我喜欢我们班林恩敏，我以后想要林恩敏做我的老婆……"他童言无忌的可爱话语逗得产房里的四个大人哈哈大笑。

"不要也得要。谈阿姨怀孕的时候，爸爸和傅叔叔已经约定好了，要是生下来的是个妹妹，长大了就嫁给你做老婆。"父亲曾伟岩如此说。

"我不要她做我老婆。她好丑，丑死了！"瞅着妈妈怀里又红又皱的傅佩嘉，曾东廷都快急哭了。

可如今的她，自然饱满的白皙额头，如蝶翼般卷翘的浓密睫毛，花瓣一样淡雅自然的脸，一颦一笑间都透着叫人窒息的清新甜美。

怕也只有他，才能硬着心肠不动情。乔家轩一步一步地暗中策划布局，单纯如水的傅佩嘉自然完全在他掌控之中。

当年提出分手是他的一个险着。他赌傅佩嘉已然对他动了真情，要下一剂猛药。

那一次是两个人一起吃晚餐，傅佩嘉说："家轩，要不，你来我爸的企业……"

他借机冷着脸起身离开，对她说出了分手两个字。

果然如他所料，傅佩嘉对他已情根深种，他的以退为进，令两人的关系跃进了一大步，进入了实质性阶段。

到了此时，傅成雄再反对也没用。傅成雄这只狐狸聪明一世，糊涂一时。他不知他越是反对就越是把傅佩嘉推向了他。

在一次与父亲的剧烈争吵后，傅佩嘉拖了个箱子来到了他家。两人开始在他的小屋同居。

再后来，他计划的每一步都进行得十分顺利，他顺利地求婚，顺利地与傅佩嘉结婚，顺利地得到傅成雄的信任，最后成功地让傅氏破产，也令傅成雄受刺激昏迷不醒。

他利用她，终于成功复仇了，夺回了他应得的。

但很奇怪，当他站在傅氏总裁办公室，从落地玻璃窗前俯视大半个洛海城的时候，乔家轩却半点欢欣喜悦也没有。

他得到了这一切，意味着他要永远地失去傅佩嘉了。

这个清甜可人，带着太阳光束般融融笑意的傅佩嘉，从此以后便会从他生命中消失了。

他与她之间，一切到此为止。

再没有以后了。

一想到此，乔家轩便觉得自己心口一阵阵地发疼。

可是，这一切是早已经注定了的，没有人可以改变。乔家轩对自己这么说。

当晚，他在办公室坐了整整一夜。而他亦知道，傅佩嘉在家里等了他一个晚上。

事情总归是要有个了断的。或早或迟而已。

于是，他开车回到了傅家。

傅佩嘉呆呆滞滞地坐在客厅的沙发上，听得动静，缓缓地转过了头来。见了他，她露出了一个如释重负的温柔笑容："家轩，你回来了？"

他无视她这虚弱惶恐的笑意，残忍地选择截破她："你一直在等我，想必是有事情要问我吧？问吧。"

傅佩嘉脸色骤然发白，片刻后，她勉强微笑："也不急这一时半会儿。

我去给你放洗澡水，你休息一下，我们再谈好不好？"

"不必了，咱们开门见山吧。你想问什么，只要你想知道，我都会告诉你。"

傅佩嘉嗫嚅退缩了许久，终于是讷讷地说出了口："钟叔叔说……"

所有的事情，乔家轩都直认不讳："不错，钟秘书对你说的，一切都是真的。不只如此，甚至连股市上傅氏的负面新闻都是我命人散播出去的。"

傅佩嘉完全无法接受这个事实。

乔家轩怕自己会心软，他用尽了所有的自制力强迫自己离开。

傅佩嘉跑上前，从背后用力地抱住了他："家轩，我不信。我不相信你会这么对我，这么对我爸爸。你告诉我，你是骗我的。好不好？"

她抱得那么紧，体温透过薄薄的衣衫传过来，一寸寸地浸透他的皮肤。

乔家轩内心也是挣扎不已的。有那么一瞬间，他几乎要心软了。

可是，事到如今，一切都已经回不了头了。

为了复仇活着奋斗着，一切为了复仇，为了复仇的一切。这是乔家轩这些年来所有的动力和目的。所以纵使再不舍，他也只能朝着复仇的这个目标，踩在尖钉密布的不归路上，一步一步，鲜血淋漓地走下去。

他硬起心肠，缓缓地拉扯开她的手："我没有骗你，这一切都是真的。

"还有一件事情，事到如今，我也不必瞒你了，"说到这里，他停顿了片刻，深吸了口气后，方一字一字地说，"我从来都没有喜欢过你，我接近你，从来都只是为了傅氏。"

乔家轩就这样一刀挥下，否定了两人之间所有的过往，也刻意地切断了彼此所有的退路。

他用这种毫无退路的方式强迫自己往前走，无法再回头。

傅佩嘉似被利剑穿透般，一点点地松开了环抱着他的双手："不，我不相信……我不相信，家轩，你为什么要这么骗我？你有不得已的苦衷，对不对？"

她眼里含着的泪滴本凝结在睫毛处摇摇欲坠，到了此时，终于是沿着脸颊缓缓地掉落了下来。

乔家轩眼睁睁地看着那滴泪珠无声无息地坠了下来，跌落在了光洁的大理石地面上，应该是毫无声息的。乔家轩却听见那滴泪"吧嗒"一声坠到了他的心上，似硫酸腐蚀般，"刺"地引发一阵剧烈疼痛。

乔家轩无比痛恨这种不受自己控制的感觉。

他一直以来不过是贪恋傅佩嘉给他的温柔而已。乔家轩告诉自己，人是习惯性动物，一切只是自己习惯了而已。傅佩嘉一旦离开，他就会恢复原状的。

对，一定会如此。

"事到如今，我还用得着骗你吗？

"傅佩嘉，你忘记了吗？是你来到我家，脱了衣服，主动爬上我的床的。只要是个男人，谁抵挡得了这种诱惑。"

他残忍地一再补刀，眼睁睁地看着血色从她脸上消失殆尽。她不敢置信地看着他，仿佛看着一个十恶不赦的魔鬼。

大仇得报，他拿回了属于他的曾氏，他应该心花怒放、欣喜若狂才对。

然而，乔家轩却半点复仇的快感都没有。他看着傅佩嘉的伤心模样，总觉得自己的心像被人生生地挖走了一块似的，整个人空落落地疼。

他本欲摊牌，把傅成雄曾经做过的恶事坦然相告，若他是魔鬼的话，那么傅成雄就是撒旦。他们两个都不是什么好东西！

可傅佩嘉怯弱无助的模样就像已开裂的花瓶，仿佛只要轻轻一碰她整个人就会碎成渣。她已到极限，根本无法再接受另一个重大打击了。

于是，他把嘴边的话吞了下去。顿了半晌，他双手捏握着拳，开口对她说："傅佩嘉，经过这一次教训，要记住了，下次不要再这么轻易地相信别人。不要被人卖了，还在帮人数钱。知道吗？"

在泪流满面肝肠寸断的傅佩嘉面前，乔家轩已经无法再多待一秒了。他怕自己会控制不住，怕自己会忍不住答应她所有的请求。

傅佩嘉跌坐在地上，眼睁睁地看着他离开，在他身后无声无息地哭泣。

这是一种比撕心裂肺的号啕大哭更叫人心碎的哭泣方式。

这一切的一切，乔家轩都知道。

他在门外停留了良久，可始终没有转过身。

两人之间，从遇见的最初，便已注定最后的结局。从来没有半点退路。

他转身又有什么用？

乔家轩一直以为自己会忘记傅佩嘉的。

这个世界，有一半是女人。何况他身边一直有一个出色的陈云西。他会忘记傅佩嘉的。一定可以。

他这样自信。

可是，三个月后，乔家轩便发现这是一件很困难的事情。他总是在不经意间，心口收缩着想起傅佩嘉，不分时间，不分地点。

甚至每每看到与她一样的发型，相仿的身形，相像的眉眼，雷同的笑容，甚至肖似的声音，他都会情不自禁地被吸引住目光，直到确定那些人都不是她。

他疯魔了似的，不受控地在每一个女子的身上寻找她的影子。

这几年，他早已习惯了每天早上傅佩嘉送他出门，回家时她已经在等待的日子。而如今，他推开门，一屋子的空荡冷清。

没有她的房子，只是有着四面墙壁的房子而已。不是家。

乔家轩冷静地一再告诉自己，是自己还未习惯而已。

时间久了就不会如此了。

但是，又过了两个月，他还是一样的症状。他如中邪了一般，只要一听她的名字脑中便会一瞬间空白，然后就会整个上午、下午无法静下心来工作。

那段时间，他甚至吩咐袁靖仁，别再在他面前汇报傅佩嘉的任何事情了，只说："让私家侦探保证她人身安全就行了。其他的事情以后不要再来烦我了。"

刻意地遗忘，加上再无任何交集，有一阵子乔家轩觉得自己真的忘记了。他开始了与陈云西在办公室里同进同出，甚至经常共进午餐的日子。

行事利落、杀伐决断的陈云西在法律界素来是一个铁骨银钩的厉害角色。简直可以说是另一个翻版的自己。乔家轩素来是欣赏的。

两人的相处亦波澜不惊。就如同高手相遇，一招一式，彼此都了若指掌，自然见招拆招，缠斗起来亦如行云流水，云淡风轻。

本来，日子应该就这么一日一日地过下去了。到了一定地步，他便会向陈云西求婚，结婚，生子，事业上互相扶持，生活中互相照顾，一起携手到老。

这是乔家轩对自己下半生的完美规划。

某日，陈云西因公出差，袁靖仁与下属知道他爱吃川菜，便在某家创意川菜店安排了一次聚餐，想给他一个惊喜。

乔家轩才愕然地发现这一天竟是他的生日。

下属们跟他说"生日快乐"四个字的时候，他脑中一下子闪过的却是傅佩嘉的脸，两人在一起后他过的第一个生日和她亲自下厨做的一桌菜。

犹记得当时，他漫不经心地尝了一口，随意问她："哪儿买的？"

"好吃吗？"她的眸子黑黑亮亮，叫人想起天边那些璀璨闪烁的星子。

"还不错。"

得到他的肯定，傅佩嘉顿时笑得像一只偷腥的猫。乔家轩自然瞧出了蹊跷，似笑非笑地搁下手中筷子："到底怎么回事？快快从实招来。"

"我做的，这几道菜都是我做的。"她仰着小小巧巧的下巴，斜着眼瞧他，一脸的傲娇。

当时的他愕然之余表现出来的那份动容，确实有几分是真实的。他没料到，从小养尊处优的傅佩嘉会为他这么做。就像他从没料到，像傅成雄这种恶人可以养出傅佩嘉这样心地善良、恬静温柔的女儿。

可如今，傅佩嘉已经不在他身边了。此后也不会再出现在他生命里。

以后的以后，傅佩嘉会拥有没有他乔家轩的人生。她会成为别人的妻，生下别人的子女。

他乔家轩对她而言，不过是午夜时分的一场噩梦而已。醒来后，再没有一丝痕迹。

那一刻，面对着下属们一张张含笑祝福的熟悉面孔，乔家轩的心脏却像是突然被匕首刺了一刀般狠狠地缩成了一团。

乔家轩第一次意识到自己真正失去了什么。

他喝得酩酊大醉，人事不知。

第二天酒醒，乔家轩收拾干净自己，驱车来到了叶氏医院。

听说一个人只有在自己喝醉的时候，才知道真正爱的人是谁。

如今，乔家轩终于知道何谓玩火自焚，自食恶果。

原来在这一场所谓的复仇游戏中，他早已经在不知不觉中爱上了傅佩嘉。

他怎么可能会爱上她呢？！

与她在一起的日子，他每一天都在告诫自己：不可以！乔家轩，你可以爱上这个世界上的任何一个女人，但那个人，绝对不可以是傅佩嘉！

十个月之后，再看到曾经夜夜相拥的傅佩嘉，乔家轩只觉恍若隔世。

她剪短了一头温婉长发，眉眼清减。

他坐在车子里，痴了一般地看她走进医院，又走出医院。

她沉沉静静的，好似完全变成了另一个人，脸上再无往日里温暖明媚的笑容了。

乔家轩很清楚地知道，从前的傅佩嘉是他亲手扼杀的。她的笑容，也是他亲手抹去的。

当天晚上，他再度让私家侦探巨细无遗地汇报工作。他急切地想要知道她每天在什么地方，做了些什么事，见了什么人。

他亦知道她的经济状况。可是，他一直狠着心肠冷眼旁观，从不施以援手。

要他出钱救杀父仇人傅成雄，他委实办不到。

他不知道要拿傅佩嘉怎么办，如同他不知拿自己怎么办一样。

若不是谭在城，乔家轩觉得自己应该会一直藏在暗处，隔着不远不近的距离默默地关注着她的一切。

他一直在强抑着自己不再走近她。

傅佩嘉对他来说是个火坑，自己再跳下去的结局是什么，乔家轩再清楚不过了！

可是谭在城的出现，令他所有的克制努力都破了功。

谭在城对傅佩嘉的饶有兴趣，谭在城对傅佩嘉的志在必得，令乔家轩吃味不已的同时，也第一次真正意识到他根本无法将傅佩嘉拱手让给旁人。

她怎么可以在不断扰乱他的同时，自己却轻轻巧巧地脱身与谭在城在一起呢！

乔家轩完全无法想象傅佩嘉把曾经给他的那些掏心掏肺的爱去给别人的画面。若是有一个人对傅佩嘉做着所有他曾做过的事情——单单一想，他便觉得整个人要发狂了。乔家轩根本接受不了。

不，绝对不行，她是他的！

傅佩嘉从生下来的那一刻起，便注定是他乔家轩的。

于是，从那时起，一切都开始失控了。

如果两人在一起注定是种沉沦的话，那么就沉沦吧。

似 曾 识 我

Act Nine

逃 避 /

人生总是如此，
太多的东西，你越想珍惜，
它消失得越快。

乔家轩去了楼下客卧，梳洗出来，遥控打开一整面客厅的窗帘。日月湖上白雾袅袅，恍若仙境。

　　他闭目深吸了口气，只觉得今天早晨的空气格外清新甘甜。

　　这一觉，不知为何，傅佩嘉睡得极沉，哪怕乔家轩在身畔，她都没有半夜惊醒或者其他。

　　但醒来后，脑中依旧有些挥之不去的昏睡之感。傅佩嘉揉了揉额头正欲起身，下一秒，她看到了站在卧室窗前远眺风景的乔家轩。

　　他徐徐转过头，与她的视线碰了个正着。

　　不知是不是刚睡醒的缘故，他的目光深邃如无垠之宇宙。

　　"早餐已经准备好了。"

　　他的话，不轻不重，但语气是命令式的。

　　傅佩嘉下楼的时候，白衬衫黑长裤的乔家轩围着围裙从开放式的厨房里转过身，手上端着两个盘子。

　　白瓷盘中，简简单单的一份早餐。是他亲手做的一份鸡蛋火腿起司三明治。他曾经说这是天下无双独一无二的乔氏三明治。

婚后的乔家轩但凡有不加班的休息日，最喜欢的便是带她出去走走，或者去郊外湖边野餐。他负责搭帐篷，提前准备好这种乔氏独一无二的三明治，她则负责水果和小蛋糕之类的。他钓鱼的时候，她便捧着一本书陪伴在侧，或是去帐篷小憩。两人经常早上出去，每每日落才返家。一直到后来她父亲生病，他工作渐多，才放弃这项休闲活动。

那时候的天空总是湛蓝无比，云如杂草，在两人的头顶聚聚散散，来来去去。

所以傅佩嘉吃过好多次，味道并不差。

事实上，乔家轩的厨艺十分好。从前，只要他肯下厨，她每回都吃得津津有味。

然此时，面对面坐着的两人，身边只余一室静默僵凝的空气。

傅佩嘉慢条斯理地吃着，完全食不知味。

乔家轩饮完了杯中的最后一口黑咖啡，取过沙发上的西装外套，转过头说了一句："我去上班了。"

如从前一样的交代话语，令傅佩嘉握着热牛奶杯的手不觉一顿。

从餐厅的落地玻璃窗望去，可以看见他上车绝尘而去的画面。良久后，傅佩嘉缓缓地收回视线，取过白瓷盘，把上头几乎未动的三明治直接倒进了垃圾桶。

去了姜老头那里，又去了医院，再赶去咖啡店工作，等傅佩嘉回到了别墅的时候，已是半夜时分了。

室内灯光大亮，从落地玻璃窗望去，可见乔家轩认真办公的模样。他领结微松，袖子半卷，冷静睿智中有几分旁人瞧不见的慵懒颓废。

奇怪的是，他并没有去楼上的书房，却在长长的餐桌上摊开了许多的文件。

不可讳言，这种回家有温暖灯光有人等候的感觉，对孤单寂寞彷徨无助了近两年的傅佩嘉而言，若说没有一丁点喜欢的话，那绝对是骗人的。

倘若这个人不是乔家轩的话，她想必是会更加欢喜。可又隐隐觉得，若那个人不是他，换作旁的人，哪怕是谭在城，傅佩嘉都无法想象。

这是一种非常幽微怪异的感觉。

傅佩嘉在冷风中呆立良久后，方缓慢地迈进了草坪小道。

听见她开锁进屋的动静，乔家轩抬起头。那个瞬间，傅佩嘉瞧见了一抹微光在他眼中划过，但随即便消失了，快得让人觉得只是灯光反射的错觉而已。

傅佩嘉垂头换鞋，不着痕迹地避开了他的视线。

如今的她，一有任何动静，便如刺猬般竖起尖锐的利刺，对他更是戒备不已。乔家轩是心知肚明的。他顿了顿，不急不缓地开口吩咐道："我饿了。你把食物加热一下。"

仿佛这是天经地义理所当然之事。

厨房的大理石台上有两份咖喱牛肉饭，白色瓷盘触手冰凉。

难不成他还没吃晚饭吗？傅佩嘉沉吟着把饭搁进微波炉里加热。忽然，她的视线一顿，看到了边上搁着的一束粉紫色的玫瑰。包扎精美，在灯光中蓬蓬盛开。

从前的那个人，在她生日或者纪念日的时候，偶尔也会带花回来送给她。因为次数极少，所以她每次收到都会觉得欣喜不已。

而如今，两人什么也不是。这束花显得特别突兀怪异。

数分钟后，"叮"一声，微波炉结束了运转。一时间，满屋子里充满了咖喱的香味。

这是傅佩嘉喜欢的菜色。平日里她工作兼职忙，来不及做饭，便会在星期六大采购，买一些蔬菜和牛肉，自己熬一锅咖喱。晚上下班或者夜里加班回来，饿了，便把冰箱里的咖喱浇一勺在冷饭上，放进微波炉里旋转两分钟。

每个饥肠辘辘的时刻，咖喱的美味胜过天下美食。

只是面对着的人是乔家轩的时候，傅佩嘉难免有些食不下咽。

乔家轩倒像是饿坏了，一勺一勺大口地吃着，很快便吃完了。

傅佩嘉早已经在咖啡店试吃过一些食物了，所以只吃了一半，便已觉得饱了。她搁下了勺子，准备收拾碗筷。

不料，乔家轩也不说话，伸手便取走了她面前的盘子。傅佩嘉眼睁睁地看着他低头就着她用过的银勺，三下两下地便帮她吃光了剩下的盘中餐。

开放式的厨房，长而宽大的餐桌，桌上的透明花器里插了几朵花边洋牡丹，簇簇拢拢堆堆叠叠地盛开着，满目韶华。

从乔家轩的位置，只要轻轻抬眼，便能看到不远处那个低头刷盘子的纤细身影。

很快地，傅佩嘉便刷好了盘子，又整理干净了厨房，便轻手轻脚地上楼而去。

她不在。客厅便似乎在一瞬间空旷清冷了下来，那种薄薄的寒凉一点点地围拢了过来，将他团团包裹。乔家轩试图让自己凝神静气，重新投入工作，但是他根本做不到。他整个人心里空洞洞的，心浮气躁不已。

乔家轩恨恨地一把推开文件，转身望着蜿蜒而上的楼梯台阶，胸口起伏不定。

卧室里，傅佩嘉站在窗边，头抵在玻璃上，默默地拽着透明的纱帘。窗外的日月湖黑洞洞一片，唯一可见的是湖对面住户的星火灯光。

听说一盏灯便是一个故事。但应该不会有与他们这样雷同的故事吧？！

离婚后的前夫前妻，没有一点爱地住在一起。

忽地，傅佩嘉察觉到了身后有人在靠近，正欲转头，乔家轩已经强势地把她固定在了落地玻璃窗与他之间，她完全无法动弹。

他抓住她的手臂，缓缓地吻在了她的耳畔。

傅佩嘉僵着身子推了推他，乔家轩似忽然恼了，他张口便恶狠狠地咬住了她的脖子。傅佩嘉吃痛，禁不住"啊"一声轻叫了出来。

也不知怎的，她的这一声呼痛令他瞬间又开心了似的，他松口发出了一声轻笑，但转头又咬了下去。

这次不一样。这次他咬得很轻，密密麻麻来来回回地在她脖子上啃噬。

第二天，可想而知脖颈处有一片啃噬齿印。但幸好，都没有上次在海岛时那么深，要足足一个月方才退去。

乔家轩已经去上班了。一楼餐厅，孤零零地摆着一份早餐，照例是牛奶和三明治。边上有一张银行卡和一张字条：我的工资卡，里面的钱用来支付家庭开销。

家庭开销这四个字却叫傅佩嘉怔然了许久。

她与他，一起住在这个屋子里，算是家吗？

自然不可能是。

关于两人之间，到底算什么，何时会结束，傅佩嘉亦不知。

说不定父亲过段时间就恢复了记忆。那么，两人之间也就结束了。

过一日算一日。虽然每一日都似在油锅里煎熬，但除此之外，傅佩嘉根本没有旁的半点法子。

数日之后，傅佩嘉便发现乔家轩连家政阿姨也没有请，除了早餐他负责外，屋子里所有的家务，洗衣打扫，买菜做饭，各种交费，她都必须亲力亲为。

至于姜家的工作，傅佩嘉起先是不肯辞的。

一来，经过这么多事情的她，发觉这个世界上靠山山会倒，靠人人会跑。一个人还是靠自己最牢靠。二来，她喜欢在姜老头家的工作，在他和蔡伯两个人面前她可以很放松地做自己，她喜欢与他们相处。他们默默地尊重她关心她，投桃报李，所以她也用了十二分的心在工作上。

乔家轩听后，只扔下一句话："你有两个选择，辞去工作或者结束我们之间的协议。"

这哪里是选择？傅佩嘉根本没的选。

她向姜老头和蔡伯辞职的那天，蔡伯愕然极了，迭声发问："好好的为什么辞职？是不是嫌弃老头给你的薪水太低了？还是觉得太辛苦了？"

蔡伯都未待她开口解释，便急道："傅小姐，你要是觉得薪水低，你有什么要求就尽管提。这个蔡伯能做主，保证能让你满意。要是你觉得太辛苦，蔡伯就再找一个家政，分担一下你的工作。"

"没有。蔡伯，我不觉得辛苦，也不觉得薪水少。"

"那是为什么？"蔡伯皱眉想了想，便"恍然大悟"了，"我知道了。肯定是那老头子又惹你生气了吧？你甭管他。他呀，就那张臭嘴惹人讨厌。其实啊，处久了你就知道，他是刀子嘴豆腐心……"

傅佩嘉听了不由得微笑，她摇头说："没有啦，是我自己的原因。我父亲醒过来了，我要照顾他，实在分身乏术，没办法继续再工作下去了。"

蔡伯听了这句话，便知道说再多挽留的话都没用了。

姜老头得知后，托着茶盏用茶碗盖拨了拨碧清的茶，好半天才说了一句："这天要下雨，娘要嫁人，都是没法子的事情。去吧。"

最后一天在姜老头那里的活，傅佩嘉干得认认真真，还写了一张明细单给蔡伯，什么物品放什么地方，什么时间段让老头子服什么药，以及老头子的各项喜好一一列了出来，十分清楚明了。傅佩嘉衷心希望接手的保姆可以尽快地进入工作状态。

"老头，我走啦。你要记得每天量血压，准时吃药。"

姜老头专注于山水画，头也未抬。

"老头，谢谢你这段时间对我的照顾。"傅佩嘉真心实意地道谢。

姜老头手里的画笔笔锋一顿，但他恍若未闻，什么话都没有。

傅佩嘉前脚才跨出姜家大门，蔡伯就从后面喊住了她，硬塞给了她一个厚厚的信封："老头叫我给你的。他让我交代你，有空回来看看他。还有，万一在外面遇到了什么难处，就给我们打电话。

"记住了啊。有什么难处就给我和老头打电话。"蔡伯重复这一句话的时候加重了几分语气。

傅佩嘉走过那条幽深僻静的马路，转身的时候，蔡伯还站在门口目送她，见她转身，朝她挥了挥手。

傅佩嘉不是不感动的。

在这个冷漠无情的世界上，别人对你不好，是本分。对你好，那是情分。

傅家出事后，傅佩嘉经历许多人情变幻，所以蔡伯和姜老头给予的温暖，她倍觉珍贵。

只是很多的感谢她不知要如何表达，也唯有常记心间而已。

从咖啡店辞职那一天，傅佩嘉弹奏完毕，同事宛玲便含笑过来，指着角落里的谭在城对她说："那位先生又来了。"

自打送出那朵玫瑰花后，谭在城只要在洛海，总是隔三岔五地过来小坐。一来二去，宛玲等同事也免不了打探。傅佩嘉实话告知，只是朋友而已。但宛玲等人却是怎么也不信。

每次谭在城一出现，她们便露出"心照不宣"的微笑。傅佩嘉再解释也没用，也唯有随她们去了。

谭在城双手抱胸，一副若有所思的沉默表情。

傅佩嘉唤了他一声："谭先生——"

谭在城陡然回神，定睛瞧见了傅佩嘉，面上才缓缓露出了一丝笑意："傅小姐，你到休息时间了吗？"

这时，宛玲送了两杯咖啡和一些小点心过来，轻轻地搁在桌上，而后含意不明地微笑离开。

"谭先生，从明天开始我就辞职了。所以今天，请你一定要给我个机会请你喝杯咖啡。"

谭在城表情愕然："好好的为什么要辞职？不是说在这里工作得很开心吗？"

这里头的曲折原委，根本无法对一个外人说清。傅佩嘉只好垂眼，苦笑不语。

谭在城忽然轻声道："是因为你前夫，对不对？"

傅佩嘉愕然抬眸。谭在城他怎么可能知道乔家轩的存在？！

谭在城瞧出了她眼底的疑问，坦承不讳地道："不错，我终于知道你是谁了。我也知道你的前夫是现今曾氏的乔家轩。"

"洛海城说大是大，但说小也小。场面上的人物也不过这些而已。会遇见也不是一件特别难的事情。

"我和他交谈过几句。"

谭在城点到即止。他并没有告诉傅佩嘉，在昨晚的一个宴会上，乔家轩执着酒杯过来，道："谭在城先生，是吧？"

眼前的人虽然很面熟，但谭在城确定自己是不认识他的。他沉吟不过一秒，对方已经自报家门了："在下是乔家轩。我有一件事情想请谭先生帮个忙。"

　　原来此人便是洛海城中大名鼎鼎的乔家轩。真是百闻不如一见。

　　谭在城欠了欠身："不知乔先生要我帮什么忙？"

　　他们这个圈子里，想要刻意地认识结交某些人，向来的规矩都是通过交情不错的朋友代为引见的。朋友的朋友都是自己的朋友。如此一来，有什么商业上的合作也可以互为援引。绝少有这样子大大咧咧上前来做自我介绍的。除非不是同一个财富阶层的，找不到可以代为引见的朋友。但今日能拿到帖子出席城中段家宴会的人，身家背景都是经过精心挑选的。如此一来，那么眼前的这个人就是所谓来者不善，善者不来。久经商场的谭在城明白这个理，所以客气礼貌中带有不小的防备。

　　乔家轩唇角微勾，单刀直入："谭先生，请你离我的女人远点。"

　　谭在城皱着眉头道："你的女人？不好意思，乔先生是不是弄错了？或者这中间有什么误会？"

　　"谭先生最近追求的那位——傅佩嘉，就是我的女人。谭先生是五福人，所以，想必不清楚我和她的关系吧？！"

　　骤然听到傅佩嘉的名字，谭在城呼吸停滞了一秒，好一会儿，他才不露声色地缓缓开口："乔先生与她到底是什么关系？我愿闻其详。"

　　乔家轩浓密的眉梢轻轻一挑，答非所问："看来谭先生很在乎她？"

　　"如果我说是的话，乔先生又准备如何呢？！"谭在城不甘示弱地回击，两人的目光在空中撞击出了微妙火花。

　　"窈窕淑女，君子好逑，这是应该的。只是我的女人，谭先生还是离远点比较好。"乔家轩刻意地停顿了数秒，方吐出了后面的一句话，"这是我对谭先生的忠告！

　　"至于我和她的关系，估计整个洛海城无人不知，无人不晓。谭先生想要知道的话，随便问一下场上的任何一个人即可。"

　　乔家轩是夺了妻家的财产而一举晋升洛海富豪圈的。他妻子的家族是鼎鼎大名的傅氏——傅氏？傅佩嘉？谭在城第一次将这两个名字联系在一起，脑中似闪电般地划过一些事情，他似被大桶冰水浇头而下，整个人不由得一震。

乔家轩霸气地扔下这几句话便转身了。走了数步，他又站定了脚步，轻描淡写地道："对了，听说谭先生最近在洛海，有块地正在审批中——化工方面，事关国家最关心的环保问题，政府最是慎重不过了。谭先生，你说是不是？"

谭在城不禁一凛。这个姓乔的果然是有备而来，绝对不可小觑。

当晚，谭在城便得知了傅佩嘉的真实身份，便是整个洛海城狗血故事的女主——傅氏千金，破产离异。他也终于知道自己为什么会觉得乔家轩面熟了，因为自己曾经在××岛，与乔家轩打过几个照面。

之前傅佩嘉给他的神秘不解之感，终于都一一解开了。

"佩嘉，无论你是谁，你过去怎么样，那些都已经过去了。"谭在城停顿了一秒，道，"上次说过，想请你去五福看看。现在春暖花开，五福莺飞草长，正是一年中最好的时间。"

如果自己拥有选择权的话，傅佩嘉觉得自己可能真的会考虑。

然而，如今的傅佩嘉实在不知道怎么去解释这一团混乱和自己的不得已。

谭在城等了良久，可傅佩嘉一直紧抿着唇，从他的角度只看见她线条好看的眉毛和苍白清丽的脸。

原先他还是有过期待的，觉得乔家轩不过是在虚张声势而已。很多男人都有类似的心态，属于自己的东西宁愿毁掉也不愿轻易让给别人。再说了，以乔家轩与傅佩嘉的关系，傅佩嘉怎么可能还与他有任何牵扯呢。

但此刻傅佩嘉的表情却叫他明白了过来，乔家轩说得半分不假。两人到今时今日依旧没有断干净。

"对不起，谭先生。"

谭在城虽然早料到了这个答案，但他总是不甘心。自打妻子去世后，傅佩嘉是唯一叫他动心的女子。遗憾离开前，谭在城问道："佩嘉，我一直在想一件事情。如果我不是以最初的方式认识你接近你的话，你会不会就有可能接受我？"

傅佩嘉很认真地想了想，摇了摇头："因为我一直重伤未愈，所以根本无法接受任何人。"

那么重的伤，想必这辈子都很难痊愈吧。

未承想，隔了不过两日，乔家轩居然改变主意同意她在咖啡店里继续工作，条件是："只能白天工作，星期六星期天必须配合我休息。"

这家店又不是她开的，她能想什么时候上班就什么时候上班？再说了，咖啡店最忙碌的就是星期六星期天这两个休息日以及每天夜晚时间。

不过，难得乔家轩同意，傅佩嘉忙抱着试试看的心态，与咖啡店的经理丁瑛商量。

丁瑛听后，只说她考虑一下。

结果破天荒地，过了两天她居然答应了下来，同意傅佩嘉的工作时间调整为星期一到星期五，每天下午工作半天，按时薪结算工资。

这样一来，每个月的收入自然是少了很多。但总算是给自己留了一条退路。有个万一，自己好歹也还有份工作可以养活自己。

历经世事后，傅佩嘉懂得了凡事都要居安思危，未雨绸缪。

这一日，父亲傅成雄又问起了乔家轩。傅佩嘉便打电话征询袁靖仁："明后天乔先生能安排一个小时到医院吗？"

袁靖仁："乔太太，我查一下日程再回复你。"

求人办事矮一头，傅佩嘉这些天来，也只好对袁靖仁口中的"乔太太"这三个字妥协了。袁靖仁爱怎么唤她就随他去吧。

但等了好半天，袁靖仁也没有回复她。她再打电话追问，袁靖仁回她说："乔太太，乔先生说知道了。"

这样是有时间呢，还是没时间？傅佩嘉一头雾水。

傅佩嘉并不知道，袁靖仁才汇报了她这句话，乔家轩冷厉如刀刃的目光便扫了过来。袁靖仁站在一旁等了好一会儿，乔家轩却只对他说了一句：

"出去吧，我知道了。"

傅佩嘉当年在傅家，傅成雄疼得如珠如宝，不放心女儿开车，出入都有司机接送，所以傅佩嘉并没有学会驾驶。

搬入湖边的房子后，袁靖仁得过乔家轩的吩咐，曾转告过傅佩嘉："乔太太，乔先生给你安排了一辆车和一个司机。如果你要用车，随时和我联系。"

但从搬入至今，傅佩嘉从来都没有用过车。她宁愿每日坐公交车辗转穿越整个洛海城去医院，去咖啡店工作。

乔家轩知道，傅佩嘉竭尽全力地想要避开他，与他划清所有可以划清的界限。

那天傍晚，傅佩嘉回到屋子，乔家轩已经在了，也不知谁惹了他，素来淡淡然的一张脸墨黑如炭。

他在生气!

如今的乔家轩，面对她的时候，是喜是怒，清晰可见。再无当年温温和和的那张假面具了。

也对。如今大权在握身家丰厚的乔家轩又何必遮掩自己的情绪，在她面前继续做戏呢?

现在的她，不配。

厨房的大理石台上，搁着他打包回来的数个食物盒，还有一束半开半合的杏色玫瑰。

也不知乔家轩是什么想法，每天下班都会带一束花回来。前日是黄色文心兰，昨日是粉色克罗威花。

傅佩嘉也不想招惹他，便默不作声地打开袋子，把饭菜一一倒进瓷碟中，放到微波炉里热一下。

不过片刻，就把他买来的三菜一汤都弄好了。

乔家轩依旧埋头在文件中，半点动的意思也没有。傅佩嘉便去了楼上的洗衣房收衣服，准备折叠好了搁在衣柜里。

一堆的衣物，还在整理的时候，忽然只见乔家轩笔直地朝她走了过来，下一秒，他便劈头盖脸地吻了下来。

第二天，更衣室一地凌乱的衣服，傅佩嘉唯有重新再洗一遍。

只是乔家轩前一晚为何会生气，傅佩嘉半点也不知。而她也没有任何兴趣想去探知。

傅佩嘉起来得晚，下楼的时候，乔家轩已经准备好了早饭。他自己是培根煎蛋，而傅佩嘉的则是熬得稀烂的皮蛋瘦肉粥。

两人也不说话，就着餐厅明媚的阳光和餐桌上盈盈盛放的杏色玫瑰，吃完了早餐。

乔家轩端起咖啡杯，饮光了最后一口咖啡。沐浴在阳光下的傅佩嘉，头发随意扎成了一个丸子，露出白皙光洁的好看额头，蓬松慵懒。

她专注地喝着面前的粥，一直未抬头。

从前的从前，早餐的时候，她会不时地给他添咖啡，会抬头对他甜蜜微笑。那个时候，窗外洒进的阳光都不及她的笑容灿烂温暖。

可乔家轩知道，那样毫无保留地爱着他的傅佩嘉早已消失了。

如果不是他，她还待在自己那个澄净明亮的水晶世界里头，单纯如白鸽。在那里，别人对她"微笑"，她也对别人微笑。别人对她"好"，她也对别人好。别人对她"真心"，她也对别人真心。在她的天地里，没有任何的心机设局，没有任何的利益纷争尔虞我诈。

记得有一次，林又琪心情不佳，半夜打了电话过来，她便想赶去安慰。

"又琪的爸妈吵架了，吵着要闹离婚。又琪很不开心——我想去陪陪她。"

他拦住了她："都这么晚了，今晚就别跑这一趟了。乖乖地睡觉。明天一早我送你过去。"

"你不懂，如果不是特别难过，又琪是不会打这个电话的。如果易地而处的话，又琪肯定也会为我这样做的。

"她爸妈吵架这件事情是不值得我大半夜跑去他们家，但又琪她值得我这么做！

"她是我最好的朋友。"她无比认真地对他说。

然而，傅氏破产后，她惶惶如丧家之犬，拖着箱子去了林又琪家，却被林家扫地出门了。

这一切，乔家轩都一清二楚。

林又琪父亲的小工厂素来与傅氏有合作，因有傅佩嘉这一层关系，林又琪在傅家出入自如，在傅成雄面前嘴甜地装巧卖乖，暗中不知给自己家带去了多少实质利益。

傅成雄出事，傅佩嘉对林家来说，自然就没有任何利用价值了。

也只有傻傻的单纯的她，一直真心把林又琪当作自己的闺蜜，最好的朋友。

如果不是他乔家轩，她或许永远不会知道林又琪接近她是别有用心。

如果不是他，她就会嫁给黄品优或是类似门当户对的世家子弟，成为名媛贵妇，有傅氏在其身后为其撑腰，有傅成雄护她周全，有巨额财产在手，哪怕不识人心，一直纯真如婴孩，她也会安稳无忧地过完这一生。

事实上，他才是刽子手，亲手把她从云端推下，活生生地杀死了那个纯净美好不染半分尘埃的傅佩嘉。

思及此，乔家轩顿觉万剑穿心。

下一秒，他霍地起身，不发一言地离去。

片刻之后，傅佩嘉听见车子发动的声音，她缓缓地转头，只瞧见了车子绝尘远去的影子。

餐桌上的白瓷盘中，搁了他吃了一半的煎蛋。他分明没吃饱。

好好的一顿早餐，傅佩嘉隐约觉得乔家轩似乎生气了。

可他好端端的为什么又生气了呢？！傅佩嘉哪里弄得明白？

就像她弄不明白乔家轩在外面明明有别的女人，甚至不止一个，为何还会对自己这个前妻如此热情如火。每天下班都雷打不动地按时回来，好似这里真的是他的家一样。

除了陈小姐、谢怡外，她还看到过另外一个清纯白净的女生。

当时她从医院出来，在坐公交车辗转去咖啡店的路上，隔着公交车的玻璃窗，她看见乔家轩旁若无人地牵着一个女孩子的手臂，从一家很有名的甜品店里出来。他还体贴地为那女孩子开门，手里提着外卖的甜品盒子。

两人也不知说些什么，远远望去，只见乔家轩含笑的眉眼一片温润宠溺，神情轻松愉悦。

这样的乔家轩，是她从未认识的。

后来，公交车到了十字路口，一个转弯后，傅佩嘉便什么都看不见了。

陈小姐的自信大方，谢怡的妖娆妩媚，那个女生的娇俏可人，每个都自有风情。傅佩嘉虽不至于自惭形秽，却是费解不已的。

以乔家轩如今的身份地位，还纠缠她这个前妻做什么。

只是她从来不懂乔家轩。而如今，她更不可能弄懂了。

她的罩门落在乔家轩手里，无论他想怎么样，她受着就是了。

除了这样外，她又能如何呢！

两人住在一起后，对傅佩嘉来说，最欢喜的事情便是乔家轩出差。哪怕仅仅是两三天，她都觉得大松一口气，偷得数日一个人的清静时光。

这一日是星期六，傅佩嘉买了一大堆的材料，按度娘上的各种步骤，制作"佛跳墙"。她曾经答应过父亲的，只要他醒来，她就给他做他最爱的佛跳墙。

所需材料实在太多，她也只有精简了。至于钱方面，既然乔家轩给了她卡，她也就不娇情了，当用则用。

第一次取钱的时候，她看过里面的金额，并不多。第二次取钱的时候，存入的金额跟第一次所查询到的是一样的。看着样子，倒真有几分像工资卡。

足足忙了一个下午，把提前发好的鱼翅刺参等海物熬煮去腥，又把鸡鸭肚子蹄膀汆熟，最后把材料一一在罐底铺叠，倒入花雕，注入早已熬好的上汤，撒入少许调味料，盖上罐盖搁在灶上用细火熬煮。

她第一次做，海物又极腥臭，傅佩嘉忍了又忍，最后还是没忍住，趴在台盆上呕出了一些清水。但由于曾经对父亲有过承诺，她戴着口罩熬了下来。

　　一直忙碌到下午时分，她提着保温瓶去医院探望父亲。

　　"老爸，看我今天给你带什么好料来了？"

　　傅成雄用鼻子嗅了嗅，乐呵呵一笑："闻着倒像是佛跳墙。"

　　"哇，老爸，你好牛！"傅佩嘉笑眯眯地打开盖子，盛了一碗出来，递到他面前，"你尝一口，味道怎么样？"

　　傅成雄尝了尝，问道："在哪家买的？料是不错，不过也太偷工减料了，少了好几种料。"

　　"你猜猜。"

　　"福满轩？"

　　傅佩嘉摇头晃脑："不是。"

　　"洛海会馆？"

　　"也不是。"

　　傅成雄又猜了一个，傅佩嘉依旧否定。

　　"整个洛海统共也不过三四个地方能做这道菜。你倒说说，到底是哪里买的？"

　　傅佩嘉用手指点了点自己的鼻子，傲娇不已。

　　傅成雄嗤声笑了："你做的？老爸才不信呢。你啊，撒谎也不打草稿。从小到大，你都没进过厨房，连棵青菜都烧不熟，哪里可能会做出这么复杂的菜式。"

　　老爸从来不知，有一年乔家轩生日，她立志要做一个入得厨房的女友，让乔家轩刮目相看，便暗中托林又琪的母亲帮忙找了一个四川厨师，学做川菜。

　　整整一个月，她天天和辣椒、花椒打交道。到了后来，都觉得自己成了爆炒的佐料，终于在切了N次手指，失败许多次后，成功地做出了一小桌的川菜。

　　这么傻的事情，这辈子，她只为他一个人做过。

　　然而，到了最后他还给她的，只是令她鲜血淋漓的几句话："我从来都没有半点喜欢你……

"你忘记了吗？是你来到我家，脱了衣服，主动爬上我的床的。只要是个男人，谁抵挡得了这种诱惑。"

哪怕已过了这么久，但每次想起，傅佩嘉的心口都像是被人用刀片凌迟一般，痛不可抑。

"想蒙你老爸我，没门！虽然老爸最近病了一场，可精明着呢。你这丫头可骗不了我。"

傅佩嘉努力微笑，也不驳他。只要老爸喜欢就好，至于是买的还是她做的，根本不重要。再说了，万一他细究，她还必须说更多的谎来圆这个谎。

父亲吃完后，傅佩嘉拧了热毛巾，蹲下来给他擦手。她如往日般，用热毛巾托着父亲的手，一根手指一根手指地慢慢擦拭，细心温柔。

傅成雄忽然道："佩嘉，爸爸生病的这段时间，真的辛苦你了。"

就这么简简单单的一句话，傅佩嘉顿时便酸红了眼眶。她垂下头，暗暗地吸了一口气把眼底的泪水逼了回去，方含笑抬头："没有啦。我一点也不觉得辛苦。"

傅成雄无言地摸了摸她的头发，扯开了话题："你看，爸爸的头发有点长了，等下给爸爸理一下头发呗。"

"好。"傅佩嘉自然一口答应下来。

父亲卧床昏迷那段时间，她为了节省开支，也为了方便，从某宝上买了一套简易的理发工具，试着给父亲剪头发。反正昏迷中的父亲没啥讲究，再加上男士的发型简单，一来二去，她也成了熟练工。

傅成雄照她的指示乖乖地在轮椅上入座，傅佩嘉用了洗发露给他干洗，轻柔地按摩头部。她边洗边调皮地问："爸爸，舒不舒服？"

傅成雄缓缓闭上眼，说了一声："舒服。"隔了数秒，他又说："爸爸现在是不是一头的白发？"

"还好啦，只有几根而已。"傅佩嘉睁眼说着瞎话，哄着父亲高兴。

"傻孩子，爸爸老了呀，当然是满头白发，不用骗老爸。"

"爸爸不会老的。爸爸在我心里永远不会老。"

傅成雄又叫了她一声"傻孩子",顿了好半天才又开口:"佩嘉,人总是会老的。爸爸也总有一天会离开你的。就像花开会花落一样,无须嗟叹。"

傅佩嘉心里头酸软一片,用手搂抱住了父亲的脖子:"不,爸爸,我不许你老。"

傅成雄缓缓抬手,拍了拍她:"傻孩子。"

"反正我不许你老。没有我的同意,老爸你就不许老,不许离开我,抛下我。"

"好,好,好。你不许爸爸老,爸爸就不老。你不许我离开你,我就不离开你。"傅成雄慈祥地微笑。

窗外的天空碧蓝如洗,云团清晰。

如此安详美好。

傅佩嘉真的想让时间停止它的脚步。

一辈子就这样与父亲待下去。

然而,人生总是如此,太多的东西,你越想珍惜,它消失得越快。比如时间。

给父亲理好了头发,又陪父亲说了会儿话,不知不觉,窗外日影静移,太阳已经到了落山时分。

回到与乔家轩两个人住的房子的时候,整个空间悄无声息。

看来乔家轩出差依旧未回来。她还是一个人。

空荡荡的屋子,空荡荡的大厅。佩嘉觉得放松的同时又有种说不出的幽微空虚之感。

在洗衣房收了衣物,又折叠好搁进衣帽间。忙忙碌碌了一天,她也有些饿了,便下楼准备炒个蛋炒饭随便果腹。

忽然,傅佩嘉在楼梯处停住了脚步。

客厅门口摆放了一个方方正正的行李箱。傅佩嘉轻轻侧头,果然看到客厅落地玻璃窗前风尘仆仆的乔家轩。

下一秒,他结束了通话,转过身来,深深湛湛地望进了她的眼。

数日不见，乔家轩的眉目淡淡，瞧不出什么表情。

罐中剩下的那大半的佛跳墙自然全部落入了乔家轩的腹中。只是他也没说好吃或者不好吃。不过看他的脸色倒是不坏的。

那一晚，傅佩嘉洗澡出来，床头柜上照例已有一杯热牛奶在等候着她了。

傅佩嘉轻轻地触碰着杯沿，静了良久，方拿起杯子，缓缓地一饮而尽。

似 曾 识 我

Act Ten

不 舍 ╱

╱ 留得一日算一日。偷得片刻是片刻。
人生，不过是一天一天再一天而已。

白天彼此沉默以对，夜晚却又亲密纠缠。这种混乱不已的日子，两人居然过了一日又一日。甚至于在可预期的时间里，还要这般地过下去。

　　这一日的傍晚时分，来了两个衣着精致的少妇敲门："你好，是乔太太吗？"

　　傅佩嘉也无法多加解释，只好站在门口沉默微笑。

　　其中一位道："乔太太，你好。我是你们隔壁的，我家先生姓宋。我和韦太太是小区业主委员会的，我们每年会定期举办一些活动。这个星期六下午，我们小区组织了一个义卖活动，每个业主捐一件物品出来，供大家拍卖，所筹得的款项是为了帮助残疾孩子用于治疗和学习。

　　"这是一个很有意义的活动，希望你和乔先生有空能来参加。"宋太太双手捧上了白色的爱心请柬。

　　如此有意义的活动，且她们亲自上门殷勤邀请，傅佩嘉自然是无法当面拒绝，只好说："我们尽量去参加。"

　　"请你们一定要来参加。让我们大家为那些可爱又可怜的孩子尽一份力。"

那请柬搁在木几一角，与书本杂志放在一起，傅佩嘉也没有跟乔家轩提及。他自然不可能会参加，更不可能与她一起参加。

而她去买了颜料画纸画笔等各种用具，利用乔家轩不在的时间偷偷地画了一幅花鸟画，准备捐给业主委员会，供他们拍卖用，以尽自己的一份小小心意。

小时候父亲要求她学的才艺，想不到如今竟样样都派上了用场。

转眼便到了星期六这一天。早餐时分，乔家轩奇奇怪怪地开口："今天有什么特别的事吗？"

傅佩嘉被他问得一愣，而后摇了摇头。事实上她根本已经把募捐活动的事情忘记了。

乔家轩也不再言语，吃完了早餐，待她收拾完，便打开了电脑，在餐桌上开始工作。

傅佩嘉自然是不能理解的。

老是放着好好的书房不用，把餐桌当办公桌。她还在一旁洗洗刷刷，整理大理石台，也不怕被她打扰。

不过，不懂归不懂，傅佩嘉是绝对不会问出口的。

这些日子，两人一直就是这么过来的。几乎从来无交流，却能相安无事地过下去。偶尔想想都觉得是人类奇迹。

傅佩嘉轻手轻脚地收拾好，便去了洗衣房，分门别类地把衣物洗好，然后再晾晒。

这一待就待了许久，下楼梯的时候，听到门口处的交谈声："你是乔先生吧？"

"是。"

这个耳熟的女声，是那日来邀请她的宋太太。傅佩嘉猛然想起了今天下午的社区活动。

"你好。我是你们隔壁的，我家先生姓宋。今天下午两点社区有个募捐的小活动——乔太太前几天答应我们会出席的，请你们下午尽量早点来参加。"

"好的，宋太太。我们一定准时参加。"

乔家轩这么一个大忙人居然愿意与她一起出席社区这种小活动。占用他日理万机的宝贵时间，没有任何宣传版面，对他本人以及他公司没有任何宣传的作用，对乔家轩这种精明商人来说，完全是亏大本的买卖。

傅佩嘉自然是惊愕不解。但她当时还不知，接下来的数个小时，她惊讶的地方还多着呢。

两人去的时候，已有不少业主带着孩子来参加了。他们俩便找了一个毫不起眼的角落坐了下来。

不多时，主持人上台开场了："很感谢大家今天下午来参加这个活动。一共有四个节目，每个家庭至少要参加两个。等下请大家务必踊跃参加……

"赢家没有奖品，但每一个项目排名最后一位的家庭则要多出几分力。除了必须认购物品，还有——"主持人指了指身后四摞高高的儿童书，"把这几摞书带回去。负责在这些赠送给小朋友们的书上写上励志的言语。"

乔家轩与她参加了其中的两个节目。

第一个节目是单人项目，男士射击气球。分三组参加，每人各十枪。

第一组有一个任先生，射击特别好。在众多人都脱靶的情况下，一连打中了八个气球。众人纷纷叫好不已。

两组下来，任先生一直稳居第一的位置。

乔家轩被分在第三组。他起身上台前，漫不经心地在傅佩嘉耳边说了一句："看我的。"

乔家轩从容上前，在指定位置一站。他的站姿明显与旁人不同，双脚分开与肩同宽，两腿自然伸直，上身稍向后方倾斜。

那一瞬，傅佩嘉忽然有种感觉，他说的话不假。

果然，他一开枪，便技惊四座，枪枪命中，不费吹灰之力地连下十个气球。

傅佩嘉都有些目瞪口呆。乔家轩回来站在她身畔，嘴角带了一点似有若无的笑意："我以前在国外参加过射击俱乐部。"

他这是在跟她解释吗？傅佩嘉觉得不是。应该只是乔家轩随口一说而已。

但下一秒，傅佩嘉心头泛起了针扎似的密痛。他从未提及这些事情。可见过往的他，对她隐瞒了无数的秘密，从未有一分是真心相待的。

最后，这个项目自然是乔家轩拿到了第一。

第二个活动是两人三脚。也不知是哪个人提议的，这种游戏好像一般都是亲子玩得比较多。但既然组织方决定了，所有参加的家庭就必须按规则参赛。

这种活动最讲究的便是默契，需要彼此信任，协调合作。

然而，这偏偏就是他们最缺乏的。

短短的几步路，傅佩嘉便重心不稳地往前扑去。正当落地的那个千钧一发的刹那，有一双手臂接住了她。是乔家轩，以人肉垫子的方式抱住了她。

傅佩嘉整个人趴在了乔家轩身上，额头处抵着的是他的唇，在呼与吸之间，吐出湿湿热热的气息。

这个姿势，实在是暧昧至极，让人无限遐想。傅佩嘉面红耳赤，挣扎着狼狈起身。

玉一样光泽剔透的脸泛着娇羞红晕，叫乔家轩蓦地想起两人的初吻。

她纯白如纸，什么都不懂。他放开她后，又再度吻了她的额头，对着气喘吁吁的她说："小傻瓜，下次记得要呼吸。"

珍宝一样美好罕见的她，值得被珍惜被呵护。

可是，他带给她的，却是噬心蚀骨的痛苦。

"别动。"乔家轩近在咫尺的脸再度靠近了几分。在傅佩嘉发怔的光景，乔家轩竟然趁她不备，偷偷地在她唇上蜻蜓点水地啄了一下。

傅佩嘉愣住了。

众目睽睽之下，他与她公然表演……她只觉得全身血液俱往头上涌去，脸上烫得简直可以煎蛋了。

傅佩嘉瞪着他，但乔家轩似乎浑然不觉有任何尴尬，他搂抱着她起身，神色如常地探手取走了她发上沾到的枯草："有脏东西。"

这一场比赛，自然是输了。且输得叫面薄的傅佩嘉脸红了整整一个下午。

活动的最后一个节目，是拍卖活动。每个家庭都量力而行，各自捐了一些物品出来。

主持人："顾太太捐的这条项链非常精致，请大家踊跃出价。"

看中的人三三两两地举起家庭号码牌。

三轮过后，主持人一锤定音："由十二栋鲁太太拍下了这条项链。

"接下来呢，是二十六栋乔太太亲手画的一幅辛夷双雀花鸟工笔画。虽然本人不懂绘画，但也觉得好漂亮。这幅作品刻画精工，用笔遒美，花鸟静动之态，赫然跃于纸上，显得生机盎然。"

戴着白手套的两个工作人员在主持人的讲解中，把傅佩嘉的花鸟画缓缓地在众人面前展开。

辛夷花色泽鲜美，依次盛开，两只雀鸟翩然立于枝头，野趣十足，一片春暖花艳之景。

底下众人毫不吝啬地发出一阵赞叹之声，纷纷举手准备竞拍。

身旁的宋太太顿时对傅佩嘉钦佩不已，喜笑颜开地对她说："呀，乔太太，想不到你绘画技艺如此高超。我们委员会经常有这一类的活动。到时候务必请你多多帮忙，绘制几幅花鸟画。"

傅佩嘉自然一口答应："这是我的荣幸。有任何需要，你都可以跟我说。"

乔家轩环顾四周，面上不露半分，心情却欢喜愉悦。他亦第一次明白了"与有荣焉"四个字的真正含义。

在众人的惊呼声中，乔家轩用社区有史以来的最高价格拍下了傅佩嘉的花鸟画。

傅佩嘉愕然不已。

后来某日，在自家的草坪前遇到隔壁的任太太，她甚是羡慕地对傅佩嘉说："乔太太，真羡慕你们这些新婚小夫妻。哪儿像我们，都到了左手握右手的阶段了。"

傅佩嘉不懂为何在那些不知两人过往的外人面前，乔家轩表现得犹如新婚丈夫，对自己情浓不已。

事实上，两人在家里的冷淡模式，根本不是众人想象的样子。

活动尾声，组织方给每个家庭都发了一个绿色小盆栽。傅佩嘉选了一个小竹篮的多肉植物。

傍晚时分，湖色薄暮，乔家轩捧着一大摞的图书和那幅辛夷双雀图，而傅佩嘉环抱着种满多肉的小竹篮，与众人挥手告别，在暖黄色的夕阳光线里，两人慢步回家。

如往日的每一个傍晚，傅佩嘉回到家便下厨做晚餐。

乔家轩把画挂在了自己的书房，出来后便端坐在餐桌前，认认真真地为孩子们在书籍上写下鼓励的话语。此刻的他，解开了白衬衫顶端的扣子，袖子半卷，清冷禁欲气息敛去了不少，显露了旁人极少见到的温和怡然。

餐桌的上头有一盏造型简洁的吊灯，发出橙黄色的光。乔家轩就被包裹在这一团暖熏光芒里头。

傅佩嘉偶尔回头，看到的便是这个画面，她的目光不知不觉地发起怔来。

怪不得谢怡会一而再、再而三地与她为难，怪不得他能吸引陈小姐和许多其他的人。

傅佩嘉不得不承认，乔家轩身上确实有一种让人怦然心动的魅力。

所以，从前的她才会深陷其中，无法自拔。

第二天上午，傅佩嘉整理屋子，拿起多肉小篮子摆在花架上的时候，不经意便看到乔家轩昨晚连夜给孩子们写好鼓励话语的书籍。

在一种好奇的冲动之下，傅佩嘉缓缓地掀开了扉页，只见乔家轩熟悉的清瘦字体："每天叫醒你的不只是清晨的太阳，还有心底的梦想。好好加油，只要努力，你一定可以实现它。"

这寥寥数字，如锋利的尖刀刺破了这些天来的暧昧迷雾。

乔家轩的梦想是什么呢？

是世人眼里的成功吧。而她，是他的捷径。所以他踩着她做垫脚石，得到了他想要的一切。

过往对傅佩嘉而言，犹如一支布满倒刺的利箭，插在心脏之中。时间久了，早已与心脏的血肉融为了一体。平时浑然不觉，但每次只要一想起，便似有人握着箭羽狠狠地往外一拔。

撕心裂肺，血肉模糊。

在乔家轩的棋局里头，她从来都不过是一颗棋子而已。

她所认识的乔家轩，所走的每一步都是算计，他从来不会把时间轻易浪费在那些无用的人身上。

而如今的这一切，他究竟又是为了什么呢？

莫非她还有什么值得他算计的不成？

从未有过的心浮气躁，令傅佩嘉再也无法待在这个充满乔家轩气息的屋子里了。

她茫然地来到门口，上了一辆不知去往哪里的公交车。等傅佩嘉回过神的时候，她竟然不知不觉来到了傅氏大楼附近。

傅佩嘉按铃下车，站在了傅氏大楼的马路对面。

抬头仰望，是叫人闭眼的刺目阳光。楼顶傅氏集团的招牌早已经改成曾氏集团。

为什么会改成曾氏而不是乔氏呢？

傅佩嘉不是没有过疑惑的。但傅氏是两人的禁忌，两人从不提及，傅佩嘉自然也不会傻得去问乔家轩。他爱改成赵氏钱氏孙氏，这是他的事，与她何干。

就在傅佩嘉静静凝视的时候，大楼里出来了数人，为首的正是乔家轩。

袁靖仁恭敬地为乔家轩和陈云西拉开了车门。乔家轩上了驾驶座，亲自驾着车子离去。

傅佩嘉收回视线的那个刹那，看到了那辆从眼前经过的熟悉车子，还有两人正在款款交谈着的含笑脸庞。

她下意识地侧过了身子。

或许她这个动作根本就是多余的，陈小姐在旁，此刻的乔家轩怎么可能有时间注意到她。

扪心自问，一身职业套装的陈小姐与乔家轩站在一起，如偶像剧中的CP（情侣，夫妻）般叫人赏心悦目。

傅佩嘉不知自己在原地又站了多久，方失魂落魄地沿着街道一路走去。

最后，她来到了洛海城最繁华的商业地段。十字路口满是如潮的人流，对面大型商场的门口有一个巨大屏幕，不断地播放着广告。

当她站定的时候，正好有一家三口从马路对面过来。粉雕玉琢的小宝贝骑在父亲的肩头，搂抱着父亲的脖子，低头在父亲耳边说话，父子两人嘻嘻直乐。年轻的母亲则眉目盈盈地凝视着他们，嘴角幸福洋溢。

傅佩嘉沉浸在自己的思绪中，起初只是惘然地瞧着那一家三口，钦羡他们的幸福。数秒后，她陡然忆起了某事，整个人顿时如坠入了冰窖。

傅佩嘉的手覆盖住了腹部，骇然不已。

不！这不可能。

当年婚后，她与他努力了那么几年，甚至看遍了洛海城中的所有妇科圣手，都未能成功。如今怎么可能这么轻易就怀孕了呢？！

再说了，她一点症状也没有。她什么都能吃，除了给父亲做佛跳墙那一次，半点没有电视剧里动不动就恶心想吐的感觉。

肯定是因为最近父亲失忆等事情引起的情绪起伏太大，"大姨妈"才会姗姗来迟的。

对！一定是这样！是自己想太多了，自己吓自己而已。

她绝对不可能会怀上乔家轩的孩子的！

傅佩嘉这样宽慰自己。

傅佩嘉回到家已经极晚了，乔家轩如往日般在楼下等她。

糟糕！冰箱里没有多余的菜了。晚餐怎么办？傅佩嘉正纠结不已的时候，视线忽然顿在了餐桌上。

居然摆着三菜一汤。

乔家轩眉目淡淡地对她开口："我饿了，吃饭吧。"

乔家轩的厨艺从来都不错。这次亦是。

但傅佩嘉心头有事，再美味的佳肴，她都味同嚼蜡。

傅佩嘉一连几日的神思恍惚，乔家轩都默不作声地瞧在眼里。

这一晚，傅佩嘉坐在角落里给花木兰喂食，乔家轩则闲适地靠在沙发上一边饮酒一边翻文件。

忽然，透明一样的安静里头响起了"咕噜"的饥饿之声。傅佩嘉慢了半拍才反应了过来，是从自己腹部传出来的。

最近这几日，她一直胡思乱想魂不守舍的，一点食欲都无。今晚的晚餐也是如此，不过是拨着饭粒，勉强吃了几口而已。

乔家轩愣了愣，随后搁下了手里的文件，起身进了更衣室，取出了一条披肩给她道："走，我带你去一个地方。"

穿过了大半个洛海城，车子最后停在了一个极简易的馄饨店前。店家见了两人，热情地招呼起来："两位好，现包的鲜虾馄饨，一碗各要几个？"

薄如蝉翼的面皮里，满满的都是新鲜饱满晶莹剔透的虾仁。后来，傅佩嘉才知道这是洛海最地道的"鲜虾馄饨"。

傅佩嘉小口小口地吃得极慢。

两人用餐的光景，门口停下了一辆车，一个气宇不凡的男子推开车门，帅气地走了进来："老板，帮我打包四十个带走。"

"好嘞。聂先生，怎么这么晚还过来？"

"还不是家里那位想念你们这里的馄饨味道了，嫌弃我做得不正宗。"那位聂先生状似抱怨的话里满满的都是宠爱。他的目光扫过了乔家轩和傅佩嘉，不觉停顿了下来："原来乔先生也在啊。"

乔家轩起身，与聂先生寒暄了几句。

等他回来，却见傅佩嘉不在座位上，过了好一会儿，她才苍白着一张脸从洗手间出来。

"怎么了？"

"没什么。"傅佩嘉低眉垂目答他。

乔家轩自然知道这不过是敷衍而已。但他知道自己再追问，也不会从她口中得到什么的，便索性不再开口了。

回家的路上，乔家轩接了一通电话。也不知对方说了什么，他的语气骤然紧张了起来："怎么这么不小心！我马上过去，陪你去看医生。"

那边又说了几句，他断然拒绝："不行。"

"乖了，听话，必须去医院。"乔家轩的最后几句话，语气温柔宠溺无比。

这个过程里，傅佩嘉一直侧头默默地瞧着车窗外的路灯如流星般地在眼前飘飘荡荡，明明灭灭。

"你在这里下车，我有点事情要出去一下。"乔家轩简单地对她说了这两句话。

傅佩嘉站在小区的大门口，出魂似的看着乔家轩急匆匆地掉了个头离开。

从认识到现在，这些年来，她从未见过他如此惊慌失措的模样。

显然这个人在他心目中的地位是不同凡响的。

傅佩嘉忽然觉得身上凉凉的，没来由地打了一个冷战。

傅佩嘉垂下眼，视线默默地落在自己的腹部。好半晌后，她伸出手，缓缓地覆盖住了此处。

时已半夜，小区里的路灯昏暗不明。傅佩嘉的身影在路上拖得长长的，宛若一抹幽魂。

当夜，乔家轩并未回来。

她不知电话那头的人是谁。陈小姐？谢小姐？或者是旁的人？

事实上，是谁又有何区别呢？！都与她毫无干系。

傅佩嘉知道自己不应该去想的。可是，有的时候，脑细胞仿佛被人操控一般，她总是会不受控地想起，然后思绪纷呈。

她在卧室里眼睁睁地看着夜色一点点地亮堂起来。这才愕然发现自己竟然一夜未眠。

傅佩嘉忽然觉得自己不能再这样下去了。

她可以忍受很多的东西，没有钱支付父亲的治疗费，挤在只能放一张床一张小桌的出租房里头，每天兼职很多份工作，甚至做各种工作受各种气。这些辛苦，她都可以忍，可以熬。它们都不会让她有这样子的窒息难受，这样子死过去又活过来，反反复复地折腾。

于是，第二日一早她便去了医院，敲开了孙医生办公室的门，再一次详细询问了父亲的身体情况。

孙医生："傅先生的病目前状况很稳定。这段时间你们家属照顾得很好，他的各项机能都恢复得不错。但傅先生的身体，是需要一直静养的。不能劳累，不能受刺激。要保持开朗愉悦的心态……"

傅佩嘉听后，默不作声了半晌，轻轻地问："孙医生，我父亲会不会恢复记忆呢？"

孙医生只简明扼要地表示："傅小姐，我只能说在医学上存在各种可能性。"

傅佩嘉六神无主地回了父亲所在的病房。从虚掩着的门，她隐约听见了有人在说话。

钟秘书的声音在傅佩嘉推门而进的那个刹那便戛然而止了，他顿了一秒，微笑道："小姐，你来了啊。傅先生刚聊起你和乔先生呢。"

父亲坐在轮椅上，有些疲倦地歪着头。

傅佩嘉心疼地蹲在他面前："爸爸，是不是累了？我扶你上床睡一会儿。"

钟秘书见状便过来帮忙一起搀扶。才躺下不过片刻，傅成雄的鼾声便已经起来了。看来父亲是真累了！

傅佩嘉与钟秘书退了出来，轻轻地带上了房门。

"钟叔，真的谢谢你。这些天要不是有你的话，我真不知道要怎么熬过来。"

"小姐，你太客气了。傅先生对我有恩，若不是傅先生提拔我做他的秘书的话，我哪里会有现在的生活，小康又怎么可能在美国念那么好的学校？这些都是傅先生给的，做人要懂得饮水思源的。只是我没什么本事，帮不了你和傅先生什么忙。"

大难临头，夫妻都会各自飞。钟秘书不过是父亲手下的一个拿薪水度日的打工仔而已，能做到如此地步，可见其心地宽厚。经历这么多世事的傅佩嘉是感激不已的。

但她想跟他聊的则是乔家轩的问题："钟叔，其实我们这样瞒下去也不是办法。乔家轩要是以后不肯帮忙的话，也是要拆穿的。我想……等爸爸身体恢复得再好些，索性把情况跟他挑明了……"

直到傅氏出问题摊牌那日，傅佩嘉才真正意识到，她从来就未曾真正认识过乔家轩。所以如今，哪怕再度日夜相对肌肤相亲，她都打心眼里对他防备不已。

钟秘书叹了口气："小姐，我知道你的难处，但如今也没有办法，只有拖一日是一日。咱们不能眼睁睁地看着傅先生再次发病，是不是？你知道的，傅先生这个病一旦再受到大刺激，那是要出人命的啊！"

傅佩嘉缄默了。

钟秘书从来没有问过她，为什么乔家轩愿意帮她。而傅佩嘉自然也未提及她与乔家轩之间的交易。彼此心照不宣，但从不点破。

拖得一日是一日。可这每一日对傅佩嘉来说，都是一种架在火上炙烤的煎熬。

旁人说伴君如伴虎。虽然乔家轩不是皇帝，但他亦一样地喜怒无常，难以捉摸。傅佩嘉只觉得好累。

这一天晚上，乔家轩回来得极晚，傅佩嘉蒙蒙眬眬地已近入眠了。

沐浴后的乔家轩在她身边躺下，把手轻轻地搁在了她的腹部。

他什么也没有做，只是五指张开，温柔地覆盖在上头。他的掌心明明炙热如炭，傅佩嘉却仿若冷水浇头，一刹那便睡意全消。

他从另一个女人那边回来，还可以肆无忌惮地与她同床共枕。可是，她却什么都不能做。她连甩开他的手都不能。

无声无息的安静空间，乔家轩每一下呼吸都清晰可闻。傅佩嘉强忍了半晌，缓缓地侧过了身子，用背对着他。

身体出现的状况其实只要去一趟医院验一下，就什么都清楚明了了。但傅佩嘉总是不敢，她有一种十分害怕惶恐的感觉。因为她不知道如果揣测成真的话，她应该要怎么办。

所以她总是不断地告诉自己，不会的，是自己弄错了而已。当年那么努力都没有，如今怎么可能如此轻易中奖呢。

然而，乔家轩不经意的这个动作，却令傅佩嘉意识到该来的终究要来，这事是拖不下去的。

傅佩嘉终于咬牙进了药房，买了三根验孕棒。

第一次，是两条红线。

傅佩嘉木木地瞪着它，脸上的血似被人一下子抽尽了。

第二次，还是两条红线。

第三次，依旧是两条红线。

傅佩嘉悄无声息地抱着自己的膝盖坐在洗手间的地上，如一座塑像，一直瞪着眼前排列着的三根验孕棒。

无论花木兰怎么过来蹭她舔她，她都纹丝不动地保持着这个静止的动作。

这是她生命里头的第一个孩子。

她曾经一度心心念念地盼望着他的到来。

可如今，他真的来了。她却没有办法要他了。

傅佩嘉缓缓地把手搁在自己的腹部，感受着皮肤微凉的温度。良久后，她闭眼，呓语般地对孩子说了一句"对不起"。

第二日傍晚，傅佩嘉与父亲告别出了医院大楼，她忽然便是一愣。目光所及处，有人推开车门下车，缓步朝她而来。修身得体的白衬衫加西服装扮，清清冷冷的一个人，不是乔家轩是谁？

乔家轩不声不响地伸手取过了她的保温汤壶和包包。

他不会是特地来接她的吧？傅佩嘉有不小的错愕。

两人无言无语地上了车，路过一家餐厅，乔家轩突然就找了个地方停车。

一道蔬菜沙拉，两道蘑菇浓汤，一道色香味俱全的烤牛排便端了上来。

"今天的主菜是烤牛排，还有两道甜品。请慢慢品尝。"服务生把他们点的菜一一送上。

牛排外包裹的酥皮松软香脆，牛肉配上特制的酱汁，鲜嫩美味，真是入口即化。

甜品也叫人惊艳。小巧的柠檬布丁，甜酸可口，也正好解了牛肉的油腻。

她觉得好吃，腹中的孩子是不是会有和她一样的感觉呢？

傅佩嘉涌起了这个奇怪的念头，心头顿时一阵剧痛。傅佩嘉再无法多吃一口下去，她停止了手上的动作，忽然有一种很悲伤很想落泪的感觉。

傅佩嘉怕乔家轩看出异样，便深吸了口气，试图平复自己的心绪。

好一会儿后，傅佩嘉抬头，却只见乔家轩若有所思的目光正怔怔地停留在自己脸上。因她的抬头，他便不动声色移开了视线。

这一顿饭下来，两人照例是一句交谈也没有。

如今两人之间，又有什么可聊的呢？

她被迫与他在一起，每一天都如坐针毡，度日如年。

傅佩嘉一直在等乔家轩再度出差。他不在洛海，她也好去把这件事情了结了。

然而很奇怪，一连两个星期，乔家轩都没有任何动静。且每日都会去咖啡店接她回家，甚至还开始亲自下厨。

无论是西式或者中式，乔家轩做得都十分入味。且荤素搭配均匀，膳食合理。

他穿着白衬衫，卷起袖子围着围裙，干净利落认真做菜的专注模样，总让傅佩嘉不知不觉地怔怔失神。

偶尔的偶尔，她有种时光倒流回到蓝色大楼那个小公寓的错觉。

那时候，她总是喜欢陪着他。他看文件忙于公事的时候，她便窝在沙发里用耳机看自己的剧，看各种流行资讯。连他做菜的时候她也喜欢在一旁陪着他，喜欢从背后牢牢地抱着他，不松手。

他难免会嫌弃她："菜要下锅了。离远点，小心被油溅着。"

"不要。我喜欢抱着你。"热恋时光里，她总是想要每分每秒地腻着他。

"小傻瓜。"

此时，凝视着乔家轩做菜的背影，傅佩嘉心里一阵翻涌，似心脏被人一把狠狠抓住，揪得喘不过气来。

傅佩嘉悄无声息地起身来到了落地窗前。

窗外的日月湖，此刻湖色含烟，白雾袅袅不已。

"宝宝，现在是春天哦。到了夏天，日月湖里头会有满湖的荷花，秋天的时候……"傅佩嘉抚着腹部，温柔地喃喃低语。几句之后，她的眼泪已经不争气地往外流了。

　　因为她知，肚子里的这个孩子永远不会有机会看见这些美景。

　　稀里糊涂地再见林又琪那天傍晚，乔家轩说来接她，傅佩嘉演奏结束后便找了一个靠窗的位置，点了一杯饮料等他。

　　落地玻璃窗外的洛海城，薄暮渺渺，此刻正华灯初上。忽然，有一个陌生又熟悉的声音在她耳边响了起来："佩嘉——"

　　傅佩嘉转头，瞧见了烈焰红唇衣着性感的林又琪。

　　"佩嘉，好久不见了。最近好吗？"

　　曾经无话不谈无事不分享的亲密闺密，隔了两年，如今俏生生笑吟吟地站在面前，与她寒暄。傅佩嘉却觉得陌生至极。她怔了怔后，方客气地弯起一个浅淡笑容："真的好久不见，你什么时候回国的？"

　　林又琪踩着十寸的高跟鞋袅袅婷婷地走了过来："我回来已经快一年，一直想找你，想不到今天居然这么巧在这里遇到了你。给我一个电话号码吧，有空我们一起聚聚。"

　　"不好意思。我最近很忙，恐怕没有时间聚。"时间不是用来浪费在不值得的人身上的。经历挫折后，傅佩嘉方才懂得。

　　林又琪大约是没想到傅佩嘉会如此斩钉截铁地 say no（说不），神情也不禁一愣。但她很快便敛下了，含笑道："行，那等你有空的时候我们再约。"

　　"不用了，又琪。我想我们之间没什么可聊的。"傅佩嘉觉得有些话彼此心照不宣，实在没必要说破。所以她客气地点到即止。

　　林又琪似不认识她一般盯了她许久，忽地大笑了起来："傅佩嘉，你算个什么东西。别给脸不要脸！

　　"你还以为自己是傅氏的千金大小姐，人人都要争相讨好你，以你的喜好为中心吗？！我告诉你，当年要不是我爸妈让我接近你讨好你，让我做你的好朋友，我才不会恶心自己去捧你的脚丫子呢。

"傅佩嘉，你除了爸爸是傅成雄外，你有什么地方强过我的？！论学习功课，我门门都比你出色，论身材容貌，我也胜过你。可是为什么那些男人就那么喜欢你，连看我一眼都不屑。

"傅佩嘉，你知不知道，当我在报纸上看到你们傅家破产，你和乔家轩离婚，我心底有多痛快？当时我就在想，从此以后我就再不用去做你的什么闺密，每天要顺着你的意思，对你奉承拍马，委曲求全。

"那一天，你来我家，当时我就在楼上的房间，我看见你在门口按门铃，是我让我妈下去打发你走的。我知道你没有地方可去，想要住在我们家。你知不知道你拖着行李箱垂头丧气地离开的样子像什么？像一只在阴沟里爬来爬去的低贱的老鼠！

"看到你当时的落魄模样，我真是痛快至极！我做梦都能从梦里头笑醒过来……"

"……"

傅佩嘉缓缓闭眼。从前的那些年，她真的是蠢笨如猪啊。她与林又琪近十年的相处，竟从来不知道，林又琪对她有如此滔天恨意。

片刻后，她再睁开眼眸时，声音里头无悲亦无喜："谢谢你今天告诉我这一切，再见。"

林又琪恨恨地又盯了她数秒，方转身离去。但她走了数步，似想到了什么，转过了身道："哦，对了，听说莫孝贤从美国回来了。他跟你联系过吗？"

傅佩嘉表情微微一滞。林又琪是何等厉害的角色，瞬间便心领神会了："哈哈……原来他都没有找过你。"

"傅佩嘉，我真是太可怜你了。"林又琪在畅快至极的大笑声中离去。

傅佩嘉目送着林又琪这个曾经亲密无间的闺密慢慢远去，庆幸地发现自己再无半分当初拖着行李从林家出来时那种心灰到骨子里的感觉。

大浪淘沙，林又琪这样的朋友，她傅佩嘉根本不需要，也要不起。

傅佩嘉第一次意识到，那件事情的发生对她并不全然是坏事。至少她现在有了识人的能力。

咖啡店外停着一辆车子，林又琪一上车，便被人猴急地拥抱住，按在了车椅上动手动脚起来。隔着落地玻璃窗，傅佩嘉远远地看到那人，隐约是个头发灰白的老头。但只一眼，车门便已经严丝合缝地关上，车子绝尘而去。

早已经是不相干的人了。林又琪与谁在一起，跟她又有什么关系呢？！

数秒后，傅佩嘉波澜不惊地收回视线，吸了一口自己面前的猕猴桃汁。嗯，酸酸的，极合她现在的胃口。

这两年来，她从未跟莫孝贤联系过。且她已经换了号码，哪怕莫孝贤想联系她也不可能。但或许，莫孝贤也从未想过要联系她。

"以后离她远点。"乔家轩的声音慢条斯理地在她身后响起，"你这个所谓的闺密可不是什么单纯善良之辈，你跟她在一起，吃亏死你。"

傅佩嘉触电般地抬起眼睛奇怪地望向他。

乔家轩这是在关心她吗？莫非如今都流行做贼的喊捉贼吗？论吃亏程度，她这辈子还能吃更大的亏吗？

傅氏的事情后，她失去了所有。这一切不都是拜他所赐吗？！

"据我所知，她当初就背着你曾经和黄品优不清不楚过，估计也曾做过黄家百亿媳妇的美梦。不过，想要成为建业黄家的媳妇，他们家的那点底子根本是痴心妄想。而黄品优精明着呢，对她这样投怀送抱妄想飞上枝头的女人素来是不玩白不玩，到手后不久就把她踹了。"

乔家轩一字一句地道："还有……如果说当年我们在一起的时候，你这个闺密便曾经不止一次在私下里想要勾引我，你做何感想？

"这个世界上，有很多的人都见不得你比他们好，比他们幸福。所以，你要长些心眼，带眼识人。人心是隔肚皮的！"

真相原来比认知的更为惊人。

傅佩嘉再次被上了血淋淋的一课。

"不过，她现在也只是表面瞧着光鲜而已。她父母的工厂已经倒闭了，她为了维持一直以来的物质享受，心甘情愿地做了别人的情妇。"看着傅佩嘉惊讶万分的眼神，乔家轩补了一句，"对。刚刚车子里那个老头子，我们都叫他刘总，在洛海城是出了名的好色，据说名下情妇不下十数人，但只要肯听话，能哄得他高兴，他出手还是很大方的。"

至于乔家轩为何会知道得如此清楚，很多年后，傅佩嘉方知，林又琪家里破产一事，与乔家轩是脱不了干系的。

又一个星期过去了，乔家轩仍旧未有任何出差的安排，每日照例是给她带回来一束花或者一个小盆栽，每晚下厨做饭。

傅佩嘉倒有些心慌意乱了起来。乔家轩从来都是个精明人，再拖下去，万一他察觉的话……傅佩嘉有些不敢想象那个画面。

她唯一知道的是，若是乔家轩知道孩子的存在，她与他怕是会更加纠缠不清了。

然而，偶尔的偶尔，某些光景，傅佩嘉也会有"如果乔家轩知道会怎么样"的想法涌起。每每只是一闪而过，傅佩嘉便拒绝自己去深想。

因为她知道，这个秘密她会深藏。乔家轩一辈子都不会知晓。

这日，傅佩嘉如常地推开了病房门，她看到了一个坐在病床前与父亲聊天的身影。

此时是午后，阳光从窗口热烈地照进来，叫人晃眼。那个人背着光，傅佩嘉一时瞧不清他的脸，隐约只觉得身形高大。

那人听见了动静，缓缓转过身来："小公举。"

这个世界上会打趣着叫她小公举的，从来只有一人。傅佩嘉脱口而出："莫孝贤！"

莫孝贤望着她舒舒朗朗地微笑："我回洛海了。"

认识莫孝贤那年，是在洛海御南私立高中。两人不过是同班同学，坐的位置很远，本没什么交集。

不过对莫孝贤这个人，傅佩嘉倒是不止一次听林又琪聊过的，说什么是成绩十分出色，以全市第一名的成绩被校长招揽而来的，以拿全额奖学金的方式在学校读书。而他出身的家庭，则是非常贫穷困苦的。

当时傅佩嘉跟随的国画老师，是个清高孤僻却有真才实学之人。生活并不宽裕，住在城北一处三教九流混杂之地，楼下则是一条热闹的马路。

到了晚上，道路的两旁都是小摊贩，支了电灯在卖各种廉价物品，自然而然地形成了一个热闹夜市。

有一晚，傅佩嘉背着布包从国画老师家下课出来，穿过夜市。忽然，她的目光与某双熟悉的眼睛在空中交会。傅佩嘉愕然地停住了脚步，对面那个赤着胳膊摆摊的男孩子竟然就是他们班的莫孝贤。

这时候，他身旁的一个妇人从布袋里取了一个饭盒出来，递给了他。莫孝贤冷冷地瞧了她一眼，转头接过饭盒，一屁股坐在地上，旁若无人地埋头大吃了起来。

都已经晚上九点多了，他不会现在才吃晚饭吧？傅佩嘉瞧了片刻，正犹豫着要不要上前跟他打声招呼的时候，司机打了电话过来："小姐，这么晚了你怎么还不出来？要是再不回去，傅先生会责备我的。"

父亲只有她一个女儿，从小便对她的一举一动关注得很。每回出来，司机又兼了保镖的责任，所以司机尽责之余又诚惶诚恐，生怕一个不小心，会出现意外状况。

"我马上就到。"于是，傅佩嘉便打消了与莫孝贤打招呼的念头，转身出了夜市。

第二天，在学校遇到莫孝贤，两人四目相对后，如平日一样擦身而过。

不久后，在某次闲聊中，傅佩嘉从林又琪嘴里得知他没有父亲，从小与母亲相依为命长大。

"听说这个莫孝贤一人打好几份工。有人见他暑假在工地搬砖头，也有人看到他在麦当劳打临时工，可成绩居然还这么好，今年又拿了学校的全额奖学金……"素来心高气傲的林又琪，对莫孝贤倒是另眼相待的。

傅佩嘉自然也不免诧异，这么忙碌的莫孝贤，偏偏还是他们班的学霸。太没天理了吧。

上回遇到的那个眉目憔悴、头发半卷的中年妇人，应该就是他母亲吧。

说来也奇怪，自打第一次遇见以后，在接下来傅佩嘉去国画老师那里上课的日子里，居然会经常碰到。一来二去，傅佩嘉发现莫孝贤是个极孝顺的孩子，天天帮母亲吆喝卖东西，招呼客人，忙得不亦乐乎。

　　或许是上天注定了她和莫孝贤有成为好友的缘分。

　　有天晚上，她如常从画画老师那边下课，经过小摊的时候，忽然只见前头一阵人头涌动。有些小摊贩不知发生了何事，议论纷纷："不会是莫大姐又晕过去了吧？咱们去看看，有啥可以帮忙的。"

　　"莫大姐这病本就该去医院好好治疗的，但她还强撑着每天摆摊……"

　　"唉，莫大姐还不是为了孝贤这孩子。"

　　傅佩嘉因为听到莫孝贤的名字就挤上去一瞧，果然看见了莫孝贤的母亲晕倒在莫孝贤的怀里，莫孝贤惊慌失措地一个劲在唤："妈……妈……"

　　"快叫救护车！"

　　"我来拨电话。"

　　"大刘已经在打了……"大伙一阵手忙脚乱。

　　她挤开众人上前："莫孝贤，等救护车来也需要一些时间。我们家的车子就停在马路出口处。你快把阿姨背起来，我们马上就可以送她去最近的医院。"

　　莫孝贤果断地听从了她的建议，在众人的帮助下把莫母送到了叶氏医院。

　　傅佩嘉发现护士让莫孝贤交住院押金的时候，莫孝贤面有难色："你稍等片刻，我先打个电话。"

　　她便偷偷地拽过了护士，刷了父亲的附属卡，替莫孝贤预交了住院的押金费用。

　　半点不知的莫孝贤还在角落里打电话向街坊邻居借钱，结束通话后，他跟护士打着商量："护士小姐，我手头没那么多钱，可不可以先交一半？"

　　护士忙着做记录，头也未抬："刚刚跟你一起来的女孩子已经帮你付了住院押金。"

莫孝贤愕然不已，而此时的傅佩嘉早已跟他告辞，离开了医院。

隔了好几日，莫孝贤才来学校上课，两人擦肩而过的时候，傅佩嘉听见了他轻轻说了一句："谢谢。"

莫母进医院后，莫孝贤来上课的时间都很难保证。傅佩嘉某次去看莫母时，她便把自己的课堂笔记留给他。

不久后，莫母终究还是因为癌症末期，医治无效而去世了。也就在那个时候，莫孝贤父亲那边的亲属找到了他，以监护人的身份强行送莫孝贤去了美国的寄宿学校。成年后的莫孝贤则按自己的喜好选择了医学专业，并半工半读完成自己的学业。

不过，有关这一切，莫孝贤只轻描淡写地在去美国前对傅佩嘉提过一次。

他明显不愿多说，傅佩嘉也就不多问了。

"这么多年来，我从未忘记过我妈当年病痛求医的困难经历，所以在大学我选择了医学专业。我希望通过自己的努力，有朝一日，可以帮助更多像我妈那样需要帮助的人。"当年在选择医院专业时，他曾对她说过这番话。

这一晃，已经十年光阴了。

莫孝贤毫无征兆地突然出现令傅佩嘉觉得温暖不已。

傅家出事后，围绕在父亲身边的人都作鸟兽散了。傅佩嘉到那时才发现，所有她曾经认为的朋友都不是什么真正的朋友。

傅佩嘉接过了莫孝贤递过来的饮料罐，握在手里："我以饮料代酒，恭喜你学成归来。接下来，鹏程似锦，宏图大展。最重要的是，苟富贵，勿相忘啊！"

莫孝贤微笑着给了她一个"摸头杀"。

两个饮料罐子轻轻碰撞，发出了"叮"一声好听的声响。

"佩嘉，你们家发生了那么多的事情，为什么不告诉我，为什么要跟我断了联系呢？"莫孝贤终于回归正题，开始质问她了。

傅佩嘉一时词穷，她苦笑着回避道："又不是什么值得宣扬的好事情，有什么好说的。"

"如果说我很想听呢？你愿不愿意把一切原原本本地告诉我。"

"事实上跟外面流传的版本差不多。我父亲昏迷后不久傅氏破产，我跟他离婚。然后不久前，我父亲醒了过来，却失忆了。狗血遍地，如此而已。"这惊心动魄百转千回的两年在傅佩嘉口中浓缩成了短短数句话。

"这两年你一定过得很辛苦。"莫孝贤心疼地揉了揉她的发，怜惜不已。

莫孝贤的一句话，勾起傅佩嘉深埋着的心酸过往。她无声无息地红了眼眶，对着莫孝贤微笑道："还好啦。至少我学会了不少东西，长大了不少。"

听说长大，便是一个人可以含着眼泪微笑。

如果以这个标准衡量的话，傅佩嘉觉得自己应该可以达标了。

然而她不知，她的这个笑容，却叫莫孝贤心碎。他怜惜地将她拥入怀中："小公举，我回来了。以后不管发生什么事情，我都会陪着你。所以，在我面前，你根本不用伪装坚强。"

这一句话，似一把箭瞬间射中了傅佩嘉的心脏，叫她再度湿润了眼眶。

原来并不是每个人都是因为她父亲的财势而接近她的。至少莫孝贤不是！

或许莫孝贤永远不会知道这句话对她的意义。但傅佩嘉知道自己会永远感激！

莫孝贤转开了话题："对了，佩嘉，我告诉你一个好消息。洛海有好几家医院在跟我联系，希望我能去他们那里工作。其中就有这家叶氏医院。

"现在我可以决定了。答应他们来这里工作。"

"谢谢你。"

"谢我做什么。"

傅佩嘉含笑不语。一切都尽在不言中。无论何时何地，都是有个熟人好办事。莫孝贤愿意选择叶氏医院，其中一个很大的因素肯定是自己的父亲在这里，他多多少少都存了想要照应的心理。

下一瞬，傅佩嘉忽地察觉到了莫孝贤肢体的僵硬。她抬头，只见他中邪似的一直看着前方。

傅佩嘉缓缓地转头，她看见了不远处的乔家轩。不知是不是她眼花的缘故，他面无表情的脸此刻竟有几分扭曲。

莫孝贤眼里蓦地冒出了一股火，直冲对方而去："乔家轩，你来这里做什么？"

乔家轩一动不动地瞧着眼前的两个人，好一会儿后，他好整以暇地笑了："你是哪位？还有，请问你以什么身份质问我？"傅佩嘉与乔家轩相恋结婚的这几年，莫孝贤都在国外求学工作，乔家轩只知有这么一个人存在，却从未真正见过面。

"这个你不用管。"对深深伤害过傅佩嘉的人，莫孝贤针锋相对，丝毫不假辞色。

"至于我为什么会在这里，你可以问你怀里的这个人。若不是她求着我，我是绝对不会踏入这里半步的。"乔家轩似笑非笑地说完后，把脸对着傅佩嘉，道："傅佩嘉，我数一二三，你过来，否则以后我不会再踏上这层楼。你知道我说得出做得到。"

他不动声色地凝视着脸色渐白的傅佩嘉。

下午时分，乔家轩如常在办公室办公，袁靖仁敲了门进来："乔先生，外面有个叫宁榕的人想见你。"

乔家轩从文件中抬头，脑中飞速运转，但一时根本想不起来这个叫宁榕的人是何方人物。

"他说他是孤儿院的。以前你和乔太太经常去看他。"

记忆陡然回笼。是小榕，傅佩嘉一直照顾的一个孩子。

乔家轩沉吟了数秒，吩咐道："叫他进来吧。"

"乔叔叔好。"

两年多未见，眼前的小榕已经长成了眉清目秀的白衣少年。

乔家轩其实知他为何事而来，便道："好久不见了，小榕。你是为了孤儿院的事情来找我的吧？"

"是。"小榕也不隐瞒，"乔叔叔，你可不可以不要把我们赶走？"

"小榕，并不是我要赶你们走。收回孤儿院土地这个决定，是公司董事会一致通过的。乔叔叔我虽然是公司的决策者，但也必须尊重所有董事的决定。"

"但如果孤儿院的土地被收回的话，我们孤儿院所有的孩子就都无家可归了。乔叔叔，请你帮忙跟你们所有的董事说一下，让他们不要赶我们走，好不好？"

"小榕，这个决议已经通过了，无法再更改了。我想我帮不了你。"

小榕脸上的失望之色一览无余。他垂着头，准备转身离去。走了数步，他突然想起了一事，扭过头对乔家轩说："乔叔叔，还有一件事情，我很想请问你一下。不知道你方不方便回答？"

"你问吧。"

"请问你有没有佩姐姐的联系方式？"

乔家轩缓缓地靠向了椅背，好一会儿，他答非所问地道："这样吧，小榕，你先回孤儿院。关于收回土地的事情，这个星期我们再开个董事会讨论一下。"

"真的吗？谢谢乔叔叔，谢谢乔叔叔。我马上把这个好消息告诉院长。"本已经绝望的小榕此时骤然听到这个消息，不免又惊又喜。

那个孤儿院，早些年傅佩嘉一直照料有加。特别是小榕这个孩子，她每每提起，总是怜惜不已，甚至还与他说过这样一番话："家轩，等小榕长大了，我们送他出国留学，好好培养他，好不好？"

她的善良美好，他一直是知道的。

可是，他还是狠着心肠伤了她。

若是她知道如今他要把孤儿院的土地收回，要把所有的孤儿都赶出孤儿院，她想必会更恨自己了吧。

想到此，乔家轩无端端便烦躁了起来，再没办法静心办公了，抬手看了时间，便驱车来到了医院，谁知竟然看到了傅佩嘉与旁的男子相拥的痴缠画面。

没有人知道乔家轩此刻安静表象下如岩浆般剧烈喷涌的醋意，他不动声色地瞧着莫孝贤，实则心中恨不得一把卸了那双揽着傅佩嘉的手臂。

乔家轩漫不经心的笑容在傅佩嘉看来，却是十分触目惊心。她知道乔家轩说的是真的。他真的做得出来。

于是，她对莫孝贤轻轻地道："过几天我再跟你解释。"

见她果真听话地朝乔家轩走去。莫孝贤一时无法理解地愣在了原地："佩嘉——"

一路上，乔家轩的脸色硬得像块铁。

车子最后停在了自家的车库。乔家轩坐在驾驶座上良久未动，不说话，也不离开。

小小的空间里，空气渐渐僵凝成了大石，仿佛随时随地都会迎头砸下来。

总不能与他在车子里耗着。傅佩嘉轻轻地解开安全带，准备推开车门下车。

就在她推开车门的那一秒，乔家轩霍地探出手，抓住了她的胳膊，雷霆万钧地俯身过来。他恶狠狠地吻住了她的唇，野蛮粗暴，仿佛恨不能用力一咬，好将她在自己的唇齿间嚼个粉碎。

最后，他一把推开了她，从后备厢里取出了一个购物袋，便冷着一张脸，进了屋子。

这表情倒是有几分像从前的吃醋。

当年两人暧昧阶段，傅佩嘉不得已之下，在父亲傅成雄的安排下与黄品优吃过数次饭。曾经有一次，她与黄品优一起去听音乐会，因为关机了，并未接到他的电话。

为此，乔家轩足足冷淡了她一个星期。起先她还不知是为何，后来才后知后觉地明白过来："家轩，你是不是不喜欢我和黄品优出去？"

"是。我非常不喜欢，不只黄品优，任何男人我都讨厌。"乔家轩第一次在她面前毫不遮掩自己的醋意。

当时的傅佩嘉只觉得甜蜜不已，搂抱着他的手臂，轻轻道："那我下次再也不和别人出去了，好不好？"

他仍是不解气，回答她的便是这样子暴烈邪虐的热吻。

不过那都是演技而已。

如今的傅佩嘉则是有自知之明，乔家轩对她这个前妻可没什么醋可吃。

唇间被他咬过之处依旧热辣辣地发疼，大概被咬破了吧。傅佩嘉抬手摸了摸，果然在指尖看到了一点浅浅的红。

傅佩嘉进屋后，怔怔地瞧着大理石台上那一小袋一小袋的食材，最后缄默无声地系上了围裙，准备做菜。结果，才拿起刀，乔家轩就从楼上下来了。

他劈手就取走了她手中的刀，切了几下，似才想起一事，他伸开双手，顿了顿，见傅佩嘉没反应，他才出声："围裙。"

傅佩嘉一声不吭地替他穿上了同款的男士围裙。但系好后，乔家轩却依旧未动，双臂依然保持着张开的姿势。

傅佩嘉的目光扫到了他的袖口，醍醐灌顶般地反应了过来，便低头替他解开了袖扣，认认真真地卷起了袖子。一折，再一折，一直卷至手肘上方，方停止。

乔家轩似乎这才满意些许，表情微缓，开始利落地洗涮切，有条不紊地下锅起锅。

摆盘的时候，他特别用心，低着头，一丝不苟的认真模样，宛如在处理世间最紧要之事。

这夜的晚餐是核桃虾仁、蜜汁火方、云耳秋葵炒山药，还有一个瘦肉莲藕汤。每道菜都十分精致诱人，好似在诱惑用餐的人尽量多吃一些。

虾仁嫩滑，莲藕汤鲜甜，火方入味，山药软糯，每一道菜都很对傅佩嘉的胃口。

傅佩嘉吃了足足一碗饭才搁下筷子。剩下的菜自然又都进了乔家轩的胃里。他向来都是如此。人前可以斯文优雅慢条斯理地品尝美食，但在傅佩嘉面前，他从来都不作掩饰，大口吃饭，风卷残云。

等她收拾的时候，瓷盘里都已经空空如也了。

如常地洗涮干净，再收拾好大理石台面，傅佩嘉准备上楼回房。这一过程中，乔家轩一直待在客厅，在她身后不远处。

一转身，只见餐桌上的白瓷盘里，干干净净地搁着一个已经切好的橙子。乔家轩轻轻地推到了她面前。

这是示意她吃的意思。傅佩嘉并没有太大的食欲，不过今晚见他脾气古怪，她也不准备惹他，便拿起来品尝了一块。

甜中带酸的口感瞬间让她皱眉眯了眼，但同时亦调动了她的味蕾。这是傅佩嘉近来最喜欢的口味。

不知不觉便把他切的橙子吃了个精光。

大约是吃饱了的缘故，乔家轩的面色有所好转。

这一晚，两人相安无事。

傅佩嘉平平静静地对莫孝贤讲述了父亲傅成雄醒来后的事情，唯一隐瞒的只是自己目前的身体状况。

莫孝贤表情幽深莫名，不作声地听完一切后，他方正色道："佩嘉，离开乔家轩。

"你与乔家轩在一起，是刀刃上舔蜜，绝对不会有什么好结果的。

"佩嘉，别在同一个坑里摔两次。

"伯父终有一天会知道所有事情的。他一样受不了这个打击。"

"我知道。但不是现在。"傅佩嘉怕。她怕父亲受不了，怕再度失去父亲。

"佩嘉，你可以让伯父慢慢地了解这件事情。但是，你必须离开乔家轩！"这几个字，莫孝贤说得斩钉截铁，没有半分商量余地。

"佩嘉，我下面的话你听了可能会很伤心，但是我必须说完。

"你跟他在一起这么多年，发生了那么多的事情，但凡乔家轩真的对你有一星半点感情，他都下不去那个重手。但是，他下手了，他夺走了傅氏，他得到一切后毫不犹豫地与你离婚，说明了什么？说明他真的从来没有爱过你。他所做的一切都是为了夺得傅氏。虽然现在我不知道他为什么会提出那样的条件，帮你哄伯父，但我相信他绝对是别有用心的，他不会毫无目的地帮助你的。"莫孝贤残忍地一一道出了自己的疑虑。

"佩嘉，在这个世界上，就是有这么一种人，他们所说的每一句话，所做的每一件事，所走的每一步，都是有目的而为之的。而乔家轩，不折不扣就是这种人!

"佩嘉,你自问还能再承受一次打击吗?"

傅佩嘉眉目低垂,不言不语。

从莫孝贤的角度,可以见她卷翘的羽睫轻颤不已。

但他知道这件事情必须由傅佩嘉自己决定,于是他说:"佩嘉,你好好考虑一下我刚才的话。我是绝对不会害你的。"

傅佩嘉知道莫孝贤的话句句在理。她知道莫孝贤是为了她好。

但是,说是一回事,真正做起来却又是另外一回事情。更何况她现在……她的内心踌躇不已。

与此同时,乔家轩奇怪极了,依旧保持每天五点准时来接她回家下厨,星期六星期天雷打不动地陪她去看父亲。那日在医院遇见莫孝贤的事情对他来说仿佛根本就未发生一样。

而另一厢,莫孝贤则正式开始在叶氏医院任职了。

莫孝贤特地打电话邀请傅佩嘉用餐,以庆祝找到了工作。他在电话那头幽幽地说:"佩嘉,你知道的。除了你,根本没有什么人可以分享我的这份喜悦。"

莫孝贤父母双亡,如今学成归来,却孑然一人。偌大的洛海,除了自己外,连个一起吃饭的人都没有。

不是不可怜的。

这天,两人约在了中午用餐。傅佩嘉到得晚,一入座,莫孝贤便微笑道:"佩嘉,我给你点了份香煎银鳕鱼。我记得你以前很喜欢。"

从前,两人唯一的一次一起吃饭,是他去美国留学前,特地来跟她辞行。

十年了,他依然清楚地记得那天她点的便是香煎银鳕鱼。

"谢谢。"傅佩嘉想不到时隔多年,莫孝贤还记得自己的这个喜好。

工作日的中午时间,这家洛海著名的餐厅顾客并不多。所以,两人点的餐不过片刻便由服务人员送了上来。

金黄诱人的鱼块,摆盘精致地搁在傅佩嘉面前的时候,明明应该是没有腥味的,可只瞧了一眼,她便开始觉得胃液翻涌不已。

很奇怪，为什么这段时间乔家轩做的菜，从来不会令她反胃呢？

傅佩嘉不解的同时强抑着自己，缓缓地拿起了刀叉，切了一小块，送进了嘴里。

对面的莫孝贤也开始开动，他吃了数口后，问出了此行的目的："佩嘉，上次我跟你说的事情，你考虑得怎么样了？"

胃液已经涌上了喉头，傅佩嘉骤然推开椅子起身，朝洗手间而去。

莫孝贤蹙眉望着她匆匆离去的背影，下一秒，他的目光蓦地凝结在了白瓷盘里的鱼块之上，脸色突变。

直到傅佩嘉从洗手间回来，莫孝贤方若有所思地抬头："佩嘉，你知道我是医生，对不对？"

傅佩嘉闪避开了他的目光。莫孝贤便知自己心中的揣测半分不假。

"如果这样的话，你更应该早点离开乔家轩。

"佩嘉，我就举例说明一件事情。如果乔家轩知道你肚子里怀了他的孩子，但是，他告诉你他不要这个孩子，到时候，你准备怎么办？"

傅佩嘉唇上的血色因为他这句话，褪得半点不剩。

不得不承认，莫孝贤残忍却精准地刺中了她的软肋。

她不敢让乔家轩知晓此事，其中一个很害怕的原因便是这个。

她怕最后得到的是这么一个残酷结果。

"他不知道。你不敢告诉他对不对？"

莫孝贤停顿了好半晌，才开口："佩嘉，我有个朋友是妇科医生，不如我们去她那里检查一下，无论你的决定最后是什么，你都可以顺便听一下她的建议。"

傅佩嘉想了想，终于是点了头。

在傅佩嘉的心中，总希望有那么一丝侥幸：或许验孕棒出错了也说不定。若是错了的话，那是极好的。她就不必如此痛苦挣扎了。

但一切都没有往她希望的方向发展。

不知内情的李从彦医生对她绽放出了很真挚的笑容："恭喜你，你的宝宝已经两个多月了。

"你看，这个就是你的宝宝。"

仪器屏幕上的显示其实一片模糊，胎心却强劲有力，每一声"怦怦"的跳跃都锤子似的砸在傅佩嘉的心上。

这是她的宝宝。傅佩嘉痴痴地瞧着，心里甜蜜又酸楚。

莫孝贤："从彦，如果她不想要这个孩子的话……"

李从彦好看的脸有一秒钟的僵硬，但她很快便恢复如初了，严谨认真地道："如果是这样的话，我建议尽快进行手术。"

"佩嘉，刚刚从彦的话，你听到了。孩子已经很大了，如果再拖下去，对你的身体伤害会很大。

"如果你决定了，从彦随时可以帮你安排手术。"

从李从彦办公室出来后，傅佩嘉一直不声不响。

傅佩嘉搁在桌上的手莹白如玉。莫孝贤凝望了许久，终于伸出手，缓缓地覆盖住了她的手："佩嘉，如果你不舍得这个孩子，想要留下他的话，还有一个办法，你可以考虑一下。"

莫孝贤的语气认真怪异，傅佩嘉徐徐抬眼："什么办法？"

单傅佩嘉这一句问话，莫孝贤便已知道她的心意了。他说："你如果想要把孩子生下来的话，应该要考虑孩子的出生以及户口问题。"

傅佩嘉沉默下来，脸上的表情渐渐隐遁。

莫孝贤不觉握紧了手掌。记忆中的傅佩嘉，那双清澈好看的眸子，无论什么时候都是亮晶晶的，灿若星子。

莫孝贤家境贫寒，所以打小便成熟懂事，知道帮辛劳的母亲分担，亦知道要努力学习取得好成绩让母亲一展欢颜。

他以学校第一的成绩初中毕业后，御南私立高中开出了极优厚的条件延揽他入校，除了高中三年的奖学金，甚至愿意提供他每个月的生活费。

在任何地方都有阶级之分，御南私立高中亦是。家庭贫穷的他，与学校的环境格格不入。班里的男同学都瞧不起他，而他也对他们没有任何好感。在莫孝贤眼里，那些人不过是一群米虫而已。

他冷眼观察，发现这群人经常欺负一个叫林永华的同学。家庭资产在这里属于中下等的林永华唯唯诺诺的，胆小如鼠，从不招惹任何人。但在那群自认为高人一等的男生眼里，林永华的胖便是一种原罪，时不时地便有人找他的碴儿，用各种语言辱骂他。

某日放学后，林永华又无缘无故地在楼梯角落里头挨了一顿打。

他正从楼梯下来，瞧了个分明，但莫孝贤并不想多事，让自己未来高中三年在这里很难熬。他装作什么都未发生一般地迈步离开。

走了不过数步，身后忽然有个好听的声音响了起来："林永华，给。你的额头破了，擦一下。"

他停住了脚步，微微侧头，看到傅佩嘉递了一块洁白的手帕给胖子。林永华瑟缩在角落，一时并不敢伸手接。

傅佩嘉对他温柔微笑，塞到了他手里："拿着吧。"

真是爱管闲事的家伙。莫孝贤冷冷一笑。

但很奇怪，从那次开始，莫孝贤发现自己总是不由自主地会去注意傅佩嘉的一举一动。

记忆最深刻的一次，是他进教室的时候，傅佩嘉坐在自己窗口的位子上安安静静地看书。九月的阳光，热烈如瀑布，她便身处那一片光晕里头，看不清容貌。

莫孝贤也不知道自己怎么了，骤然间心跳漏了一拍，而后"怦怦怦怦"不受控制地又开始狂跳。

他自己都吓了一跳，反射性地捂着胸口。但是不起任何作用，他的心就是乱得像是小猫爪子下的琴键，完全没有章法。

后来，他才知道那种莫名其妙的感觉叫作"喜欢"。

可是如今，佩嘉她整个人总是灰灰败败暗暗沉沉的，如一只受了伤的蜗牛正躲在自己的壳里无声地舔舐自己的伤口，再无半分记忆中灵动飞扬的影子了。

这一切，都是乔家轩这个王八蛋造成的！

"佩嘉，我有个提议。你想听吗？"

"你说。"

"佩嘉，你可以考虑和我假结婚。"

傅佩嘉的表情如五雷轰顶般地惊诧。

"这样一来，所有问题就迎刃而解了。至于你父亲那边，有我来负责解释。你放心，我会想尽一切办法尽量不让他受到刺激。

"佩嘉，你知道我的，无父无母，根本不需要跟任何人交代。最重要的是，佩嘉，我会好好照顾你和孩子。"

"为什么要这么帮我？这对你不公平。"

"因为你值得我这么做。"莫孝贤一字一顿，无比认真，"你还记得吗？有一年，我妈在夜市累昏了，是你帮着我一起送到医院。你知道我没有钱交医药费，便帮我代交了迫在眉睫的住院费用。我妈当时才能得以治疗。如果不是你的话，我妈妈那一次或许就已经离开我了。"

从那时开始，莫孝贤便发誓要一辈子对傅佩嘉好，以报答她的恩惠。

莫孝贤送她到了小区门口，离开前郑重地再度叮嘱："佩嘉，这件事情，无论你的决定是什么，都宜早不宜迟。你要尽快做决定。"

她明白莫孝贤话里的意思。对自身身体出现的变化，她其实是最了解的。

傅佩嘉抱着花木兰坐在卧室的地毯上，内心挣扎不已。

她知道莫孝贤今天说的这番话，每一个字都是为她好的。

可是，她实在不知道要拿肚子里的孩子怎么办。难道她真的要残忍地把孩子像垃圾一样处理掉吗？

傅佩嘉想到这个念头便不由自主地发抖。

不，她做不到。

傅佩嘉双手捂脸，呜咽摇头。

"花木兰，要是你能告诉我该怎么做的话，那该有多好。"

花木兰的回应只是用舌头舔着她的手。

那一夜，乔家轩很晚回来。带了薄薄酒意的他推门而进，径直进了浴室。

可就这么短短的时间，傅佩嘉的鼻尖却闻到了一股忽然而至的玫瑰淡香。

这是陌生的香水味道。

傅佩嘉又一整夜失眠了。

第二天，趁天光微亮，她取了脏衣服去洗衣房。忽然，她在白色衬衫上看到了什么，她缓缓地伸出两根手指拿了起来。

是两根长而微鬈的染色长发，丰盈润泽，发质极好，傅佩嘉甚至可以想象出它的主人散着一头长发时的美丽模样。

而她的头发，不过及肩而已。

那一天，在明亮柔软的阳光里，浑身冰冷的傅佩嘉终于做了一个决定。

当袁靖仁接到私家侦探电话的那个刹那，他也不管乔家轩在与重要的客人开会，急匆匆地推门而进："乔先生。"

乔家轩捏着电话的手，因为用力而关节泛白："我马上过去。我不管你用什么办法，给我拦着她。"

他起身，抱歉地对合作方道："段先生，不好意思。我有件急事，必须要出去处理一下。下面的会议，我就交给周副董全权负责了。不好意思，请你见谅。"

段先生见他脸上虽如常从容，但眼底却是一片毫不掩饰的焦灼，与印象中那个凡事冷静睿智的乔家轩完全是两个人。显然他确实遇到了一件很重要的急事。段先生便颔首道："乔先生，你忙。"

乔家轩就这么匆匆而去。

而与莫孝贤在排队的傅佩嘉简直不敢相信自己的眼睛，她竟然在民政局的婚姻登记处看到了乔家轩。

乔家轩并不走近他们，只是远远站着，不轻不重地开口问她："傅佩嘉，我只问你一句话。你真的确定你以后不需要我去哄傅成雄了吗？"

他的脸隐在门口明暗不一的光线中，完全看不到任何的表情。

莫孝贤上前一步，挡在傅佩嘉面前，与他冷然对峙："乔家轩，你给我听好了，佩嘉她从此以后跟你没有任何关系。"

乔家轩不置可否地挑了挑眉毛，从鼻子里轻轻哼了一声："是吗？你可以替她回答吗？"

傅佩嘉侧脸不语。

一时间，大厅里所有办公人员以及前来办理手续的人都保持了一种静默却暗窥的状态，连说话交流都刻意地轻声低语，小心翼翼了起来。

莫孝贤握住傅佩嘉的手，道："佩嘉，他骗得了伯父一时，也骗不了伯父一辈子。在医院里，你还可以过滤新闻报纸，但要是出院后呢？该知道的事情，伯父迟早会知道的。"

乔家轩的视线利刃一般地落在了两人相握的手上，数秒后，方抬眼对莫孝贤冷哂一笑："莫先生，有句古话说得好，做人做事，切记别咸吃萝卜淡操心。我与傅佩嘉之间的事情，跟你没有半毛钱关系。"

"佩嘉的事情，每一件都与我有关。既然你在这里找到我们，就应该知道我们是为何而来的。"莫孝贤抬起了手，亮出了晶亮的戒环："这是我和佩嘉刚刚挑选的婚戒。怎么样，款式不错吧？"

乔家轩星眸微微一眯，森冷地盯了片刻，忽然轻轻地笑了。他漫不经心地对着傅佩嘉，一字一顿地道："傅佩嘉，你觉得我会让你怀着我的孩子去跟别的男人结婚吗？你也太高估我乔家轩的肚量了！"

傅佩嘉的脸色悚然变白。乔家轩怎么会知道的？他不可能会知道。

她断然否认："你弄错了。我根本没有怀孕。"

"弄错了？傅佩嘉，我们一起这么多年了，你别告诉我你的肚子是因为吃东西吃撑的。"

乔家轩一副笃定万分的样子。

原来他一直知道。怪不得，他最近一直不出差，为她下厨，甚至连那件最讨厌的事情都不再强迫她了。只有自己这个傻子，以为可以瞒天过海。可事实上，她从来都被他骗得团团转。

"傅佩嘉，要是我记得没错的话，再过一个月就是你父亲傅成雄的生日。岳父大人六十岁寿辰，我这个做女婿的不出现，不知道你会对他怎么解释？"

"乔家轩，你要不要脸，你一再地拿傅先生来要挟佩嘉。是男人的话，就别老威胁一个女人！"

乔家轩从从容容地双手抱胸："莫先生，我就喜欢拿傅成雄来威胁她，你又能怎样？！这是我和她之间的事情，与你何干呢？至于我是不是男人，自证是没用的，你不如问一下佩嘉这个人证，她是如何怀上我的孩子的？"

"你！"莫孝贤气急败坏，可偏偏拿他一点法子也没有。

乔家轩居然无耻地在莫孝贤面前说这些下流话，傅佩嘉无比窘迫，脸上瞬间红得几乎要滴血："乔家轩！"

乔家轩状似"无辜诚实"地耸肩："我说的难道不是事实吗？！"

他很快收敛了笑容，把脸对着莫孝贤，不疾不徐地道："哦，对了。听说莫先生刚刚入职叶氏医院，前途无量。若是有这么多空闲时间的话，莫先生还不如多为自己的病患操心为好，别吃饱了老是想别人的女人。这年头，男人还是以事业为重的好。"

"佩嘉，我们走。别理这个疯子。"

"傅佩嘉，你跟他走一步试试？"乔家轩散在空气里的每一个字都平平静静的，半丝怒气也无，却硬生生地截住了傅佩嘉的脚步。

傅佩嘉眼睁睁地看着乔家轩气定神闲地朝她踱步过来，最后停在她身畔，道："你知道我的手段的，冷血无情，卑鄙无耻，心狠手辣，什么都做得出来，对不对？"

在大厅的一众吃瓜群众看来，乔家轩淡淡含笑地附在傅佩嘉耳边，似恋人般地款款细语。这画面暧昧美好，叫人赏心悦目。但只有傅佩嘉一人知道，乔家轩的声音像千年寒冰，森冷骇人到了极点。

"哦，对了。我现在就准备与佩嘉一起去见傅先生。莫先生不是想摊牌吗？择日不如撞日。走吧，咱们坐一辆车去。"

莫孝贤望着傅佩嘉，表情犹豫不定。

乔家轩便知自己以退为进这一招奏效了，他嘴角的笑意更是加深了："佩嘉，既然莫先生不肯去，那么我们走吧。袁助理在医院陪爸爸，等我们过去呢。"说罢，他的手强势地揽住了傅佩嘉的肩。

袁靖仁是他的心腹，绝对不会无缘无故在医院的。她若是不肯走，下一步怕是想走都没那么容易了。

这一局，若是输了，代价有可能是父亲的一条命。她赌不起！

傅佩嘉无计可施之下，只好与乔家轩一起离开，留下了莫孝贤和一屋子望向莫孝贤的"怜悯"目光。

一进车子，乔家轩忽然便探手过来，一把捉住了她的手腕。傅佩嘉被他脸上阴沉凶狠的表情吓到了，不敢动弹。

下一瞬，乔家轩拔下她手指上的钻戒，猛地一挥手，将之远远地扔出车窗外。而后，他冰冷无声地发动了车子。

凝结一样的死寂弥漫在车子里，叫人窒息。

一路上，乔家轩搁在方向盘上青筋凸起的双手松了握，握了松，显然他一直在努力控制着些什么。

最后，他把车子在路边停下，目视着前方的马路，好半天后方缓缓开口："傅佩嘉，我要这个孩子。你告诉我，你怎么样才肯把孩子生下来？"

他的意思是他想要这个孩子。他居然会想要留下这个孩子！这与傅佩嘉一直以来的想象完全不一样。

那一刻，惊讶错愕不解同时冲上了傅佩嘉的心头。她抿着苍白的唇，隔了好一会儿，轻轻问他："为什么？"

乔家轩沉默数秒，回答她的只是僵硬的几个字："就凭我高兴，我乐意。这孩子你想生也得生，不想生也得生。"

傅佩嘉从来不懂乔家轩，这一次依然不懂。他以为把孩子生下来，就如同养条宠物狗，或者养只花木兰吗？！那么轻轻巧巧，完全不当一回事。

"不过孩子在你肚子里，你要是不情不愿的话，有的是方法让他消失。

"现在轮到你回答我的问题了。告诉我，你怎么才肯把他健健康康地生下来？"

乔家轩屏住呼吸等待了许久，傅佩嘉却一言不发。

她的沉默如大石一般沉沉地压在乔家轩的心头，慢慢地，他似乎"明白"了过来，两条浓眉痉挛似的抽动："傅佩嘉，莫非你为了要跟莫孝贤结婚，就铁了心不要这个孩子？！"

傅佩嘉依旧不言不语不辩驳。

她这样子对乔家轩来说无异于另一种默认。乔家轩半晌没说话，只觉得心里凉得透底，一双黑眸倏然阴沉了下来。

"傅佩嘉，我警告你，若是你敢动这个孩子，你就等着给傅成雄收尸吧。

"还有——"他顿了顿，脸上露出了一丝狰狞，"你想跟莫孝贤结婚，等下辈子吧！"

她是他的。生下来那一刻，母亲就告诉他，她以后就是他的妻。

但傅佩嘉长时间地无声缄默，令他所有的尖锐语言都似打在了棉花之上，不见半分杀伤力。

乔家轩修长的身子忽然迫向了她，深黑无边的眸子里有两团火焰在跳跃："若是你真有想跟莫孝贤结婚的心思，我发誓我也一定毁了莫孝贤。他这么一个踌躇满志前途大好的青年，要是毁了，是不是有点太可惜？"

这一次，傅佩嘉终于是有了些许反应，她一点点地抬起黑白分明的眼："什么意思？"

该死的！她居然这般在意莫孝贤。比他以为的还要更加在乎！乔家轩只觉得胸口郁闷发狂，但他面上不露半分："既然你这么关心莫孝贤，我们倒是可以再做一个交易。"

傅佩嘉的眼底满满的都是防备："交易什么？"

见傅佩嘉开始着急了，乔家轩反而好整以暇，他缓缓一笑，一字一顿地道："你知道莫孝贤为什么回国吗？他在美国顶尖医学院学习，进入最好的医院工作，好端端的为什么会回国呢？"

傅佩嘉看着他的目光从未有过地尖锐："乔家轩，你到底想说什么？请你一次性说完。"

"莫孝贤在医学院毕业后，曾经在美国顶尖的约翰逊医院工作了一年。高薪高职，又受人尊敬。我实在想不通他为什么要离开。于是，我让人花了些时间在美国做了个详细调查，终于让我知道了原因。"

身为男人的直觉，见到莫孝贤的第一眼，乔家轩便知此人是个劲敌。

所谓知己知彼，方能百战百胜。当天晚上，他便已经让袁靖仁安排去调查莫孝贤在美国的一切了。

功夫不负有心人，他终于拿到了他想要的。

"莫孝贤是因为一个医疗事故被医院开除的。当然医院为了自身的名誉着想，让他自己主动离职。

"我知道你不会相信。这是所有的调查资料，你可以一页一页慢慢地看。"乔家轩探手从后座上取出了一个文件袋递给了她。

傅佩嘉并不肯接："我没兴趣。"

乔家轩静默了片刻，终于掀开了自己的底牌："我们今天既然把话都说到了这份儿上，那么我也就开门见山地把我的条件告诉你。

"只要你肯把孩子生下来，健健康康地生下来，我给你我手上一半的曾氏股权。"

乔家轩这句话似是巨石投入湖面，震起无数涟漪。傅佩嘉不可置信地抬头瞧着他，仿佛瞧着一个完全陌生之人。

他费尽心机才好不容易得到的傅氏，居然愿意如此轻轻巧巧地把手头一半的股权让给她？这完全不可能！莫非其中有诈？

乔家轩似看出了她的疑虑："如果你不信，你可以找个你信得过的律师来跟我签订一份协议。

"我不只不为难莫孝贤，我还会一直帮你哄傅成雄，直到你不需要我的那天。

"你好好考虑一下，这个交易你很划算。有了我手头一半的股权，哪怕日后我反悔，傅成雄恢复了记忆，也不至于气得一命呜呼。"

傅佩嘉一直一直沉默，最后只问了一句："那我什么时候可以离开？"

闻言，乔家轩的双手不觉又握成了拳头："等孩子生下来后，只要你愿意，你随时可以离开。"

她或许永远不会知道，这个孩子，是他处心积虑得来的。

可是，她竟然敢带着他的孩子去嫁给莫孝贤。他真心佩服她的大胆。

乔家轩打出了自己手上所有的牌，威胁恐吓加利诱，为的就是让傅佩嘉乖乖上钩。

如此一来，傅佩嘉绝对会更加恨他。

可除了这个，他又有什么办法可以把她继续留在身边，让她乖乖地生下孩子呢？！

恨就恨吧。

留得一日算一日。偷得片刻是片刻。

人生，不过是一天一天再一天而已。

乔家轩的话软硬兼施，完完全全让傅佩嘉明白，如果她不把孩子生下来，会有什么后果。

傅佩嘉并没有打开文件袋，她把所有的资料都给了莫孝贤。只翻了一页，莫孝贤便霍然变色："佩嘉，这些资料是谁给你的？"

说明这是真的，半分不假。

事实上，以她对乔家轩的了解，他从来不做无把握之事。

莫孝贤着急地向她解释原委："佩嘉，这台手术根本不是我主刀的，我当时只是个助手而已。但出事后，院方为了维护医院和那位医生的声誉，便把所有责任都推到了我这个亚裔医生身上。我只是一只替罪羔羊而已。"

傅佩嘉轻轻地握住了他的手："我相信你。因为相信，所以我更不能嫁给你。"

如羊脂玉一般白皙剔透的手指牢牢地握着他的手掌，莫孝贤一时不由得痴了。

"为什么不能嫁给我？"

"因为我很了解乔家轩，他心狠手辣，绝对不是嘴上说说，他真的什么都做得出来。"

"佩嘉，我没关系的。不能当医生，我就去找与医学相关的工作，或者与医学无关也无所谓。这个社会上，太多人的工作都是与学习的专业不对口的。可是，你绝对不能答应他！"

"佩嘉，别再让乔家轩左右你的人生了。他那么心狠手辣，不择手段，你和他再在一起，我根本无法想象他会怎么伤害你。"

身边能如此维护她的人，除了莫孝贤，恐怕已经没有了。可正因如此，她更加不能害了他。

傅佩嘉摸着细腻的杯沿，顿了数秒，轻轻地道："孩子在我肚子里已经两个多月了。在这两个多月的时间里，我有很多次机会可以不要他的。可是，我一直没有这么做。

"你以为我只是舍不得肚子里的孩子而已，没有其他吗？"

莫孝贤被这个问题问住了，一时作声不得。

傅佩嘉闭上了眼，低微地道："其实，我一直爱着乔家轩。"

莫孝贤猛然摇头："佩嘉，你不必骗我。我是不会相信你的话的。"

"事实上，我也希望这不是真的。那样的话，我就不会如此煎熬难受了。"

傅佩嘉的话轻轻幽幽，仿若天边的雾气，在空中转瞬即逝。莫孝贤却全身冰凉地反应过来，她说的每个字都是真的。

傅佩嘉她一直爱着乔家轩。

只有爱一个人，才会心甘情愿地为他生孩子。很多年前，母亲曾亲口跟他这样说过。

母亲还告诉他，她与他父亲，彼此真心相爱。

他是她和他父亲爱的结合体。

从 心 /

在这个世界上，最难争取的便是人心。
我们常常连自己的心都无法掌控。

莫孝贤顺利地开始在叶氏医院工作。看来乔家轩遵守了他说的话，并没有从中捣鬼。

忙碌的工作之余，莫孝贤总是会不时地打电话问她："他对你好不好？"

"嗯。"傅佩嘉每每这么回答。

"嗯，算是好呢，还是不好呢？"

傅佩嘉不禁莞尔，事实上她自己也不知乔家轩对她，算不算好。

如今的乔家轩每天准时回家，负责下厨做羹汤。甚至连整理等许多家务都开始一手包办。旁人若是不知情，铁定以为他是二十四孝好老公。

除了那日的口头威胁，竟挑不出半点错。

甚至偶尔的瞬间，连傅佩嘉都有一种"两人似乎就是尘世里的一对平凡小夫妻"的错觉。

但幸而，这种错觉只是一闪而过而已。

如今的傅佩嘉，面对乔家轩早已经学会了波澜不惊。

她与他之间，是永不会有任何将来的。她也永远不会忘记，父亲是如何躺在医院的。

两人之间，因为协议开始，他日也会因为协议而结束。

他当日说得很清楚，她哄他高兴，他便哄她父亲高兴。

她从来都只是他的工具，最初的时候用来得到傅氏，后来用来消遣，如今用来生孩子。

从来都是！

可就算是这样，为了父亲，她还是要熬下去。

这晚，乔家轩做了一道"橙香排骨"，酸酸香香的，很对傅佩嘉的胃口。她就着排骨吃了整整一碗饭。

搁下筷子，只见对面的乔家轩眼中微含了一点笑意，似满足至极。但随即便隐去，快得叫傅佩嘉觉得自己应该是眼花了。

应该是自己眼花了而已。

睡前，乔家轩照例端了杯热牛奶过来："下个星期，我要出差几天。我让良嫂到这里来照顾你，好不好？"

傅佩嘉神色淡淡，什么话也没有。

身为工具，有质疑他的权利吗？！肯定是没有的。

既然没有，她答应与不答应，又有什么区别呢？

良嫂见了她，欢喜极了，拉着她的手，上上下下地打量她："小姐，你怎么越来越瘦了？你放心，有良嫂在，一定把你养得胖胖的。"

傅佩嘉微笑："好。"

过了不久，把乔家轩和傅佩嘉两人的一切默默瞧在眼里的良嫂，欲言又止地问她："小姐，你不要嫌我多事。你跟乔先生，这到底算怎么回事？"

傅佩嘉垂眼苦笑："我也不知道。"

良嫂叹了口气："良嫂老了。真的弄不懂你们年轻人之间的事。怎么看着，乔先生好像回到以前似的，对小姐很不错。

"浪子回头金不换。虽然乔先生的所作所为确实是很过分，但他要是真的知道错了的话，小姐看在孩子的分儿上，就原谅他一次吧。"良嫂不知其中具体情况，语重心长地劝慰傅佩嘉。

傅佩嘉自然无法如实告诉她，与其说乔家轩是对她好，还不如说是对肚子里的孩子好。他只是在意孩子而已。

事实上，自打傅佩嘉搬进乔家轩的住所，乔家轩便请了数个私人看护，二十四小时轮流照顾傅成雄。但傅佩嘉依旧每天提了良嫂熬的汤去看父亲，与他说说话。

偶尔也会买汉堡可乐顺路去看莫孝贤。身着医生白袍的莫孝贤，有一种咄咄逼人的帅气。听说，他已成了医院里护士们的心头大爱，晋升为叶氏医院的首席钻石单身汉。

令傅佩嘉奇怪的是，乔家轩如此在意她肚子里的孩子，可她居然还能为自己争取到继续在咖啡店工作的机会，只是工作量减少至一周工作一天。

犹记得那一日，乔家轩让她辞去咖啡店的工作。她抱着花木兰背对着他，不吭声。

乔家轩在她身后站了半天，最后无可奈何似的说："好吧。一个星期可以工作一天。"

傅佩嘉闷闷地讨价还价："三天。"

"一天，这是我的底线了。而且，如果有任何不舒服的话，必须立刻停止工作。"

他的声音不紧不慢，但傅佩嘉有种奇怪的认知：这应该真的是乔家轩的底线了。

这一日，傅佩嘉刚进父亲病房不久，与父亲聊了数句，便听到莫孝贤的声音在房间里响了起来："伯父最近的身体恢复得不错。"

转头，果然见一身白袍的他，含笑站在门口，自信耀眼。

傅成雄对傅佩嘉道："这位莫医生人很好，天天都上来看我。"

"伯父，这是我应该做的。我与佩嘉是十多年的老同学了。"

傅成雄相当讶异："你跟我们佩嘉是同学？"

"是啊。在御南私立高中那会儿。"

"爸爸，他好棒的。每年都是我们学校的全额奖学金获得者……"傅佩嘉把莫孝贤当年在学校的丰功伟绩一一道来。

难得遇到一个女儿的朋友，又是医院的医生，如此出色，傅成雄显得兴致颇高，与莫孝贤相谈甚欢。

莫孝贤亲自送傅佩嘉乘电梯下楼："医院旁边有个很不错的蛋糕店，有几款蛋糕很不错，得到我们医院吃货们的一致推荐。要不要试试味道？"

最近的傅佩嘉对甜食一点抗拒力都没有。

莫孝贤推荐的巧克力蛋糕，苦中微带一点甜，不似其他巧克力蛋糕，吃几口就觉得腻歪了，确实十分赞。

微风拂面的午后春光里，傅佩嘉坐在叶氏医院的草坪长凳上大快朵颐。

"别动。"

猝不及防，傅佩嘉只能眼睁睁地看着莫孝贤伸手过来，用指尖温柔地给她擦拭嘴角："这里沾了巧克力。"

忽然，两人身后响起了一个熟悉的声音："傅小姐、莫医生，你们好。"

是李长信医生的声音。傅佩嘉含笑转头，却在李长信身边见到了已出差数日的乔家轩。

傅佩嘉脸上的那抹笑意瞬间僵凝住了。

乔家轩是下午四点多的飞机抵达洛海国际机场的。上了袁靖仁来接他的车，便拨了电话回家，良嫂说傅佩嘉去医院看父亲了。

乔家轩便吩咐司机直接去医院，准备接了傅佩嘉一起回家。

到了医院走廊便偶遇了李长信，两人许久不见，便边走边闲聊数句，谁知一个拐弯便瞧见了傅佩嘉与莫孝贤坐在草坪长椅上说说笑笑一起吃蛋糕的场景。

他们身后，是渐斜的夕阳。

傅佩嘉在微笑，柔美恬静。

这样的笑，这样的温柔，从前她只给他。可如今，她对着的人，却是莫孝贤。

乔家轩双眼微眯，冻住了所有表情。

李长信抬手至唇边，假意咳嗽了一声打破了这个尴尬局面："莫医生，你们科室十九床那个病人的会诊情况，我想跟你了解一下。"

"好。"莫孝贤起身把手里的纸袋递给了傅佩嘉，并亲昵地揉了揉她的发丝，"知道你最近变成了馋猫，所以给你多买了。多吃点，别再瘦了！我可是会心疼的。"

莫孝贤的目光挑衅似的扫过乔家轩，而后离开。

乔家轩站在原地，看着傅佩嘉抱着纸袋依依不舍地目送莫孝贤离开的模样，只觉得自己的眼睛简直要滴出血来了。

他冷冷地瞥了她一眼，转身便回了车子。

傅佩嘉不声不响地跟了过来。

两个人在后座各据一个车门，一如往常地疏离安静，叫人窒息。

已近下班高峰，车子在街道上寸步难行。也不知是不是车子时停时动的缘故，傅佩嘉只觉方才吃下的美味巧克力甜腻腻俱涌上了喉头，她捂着嘴，叫唤道："停车。"

前头的司机见乔先生两人上车后泾渭分明地坐在后座，便知有些不对头。特别是乔先生的脸色，怒气隐隐，相当难看。

所以这一路上，司机一直小心翼翼地紧绷着神经，生怕自己一个不小心踩到地雷。此时，他一听傅佩嘉的话，赶忙踩下刹车，把车子稳稳地停在路畔。

傅佩嘉趴在路边垃圾桶处，哇的一声，一时吐得翻江倒海，脸色都泛白了。

司机从后视镜中见乔先生追着下车，一手搂着傅佩嘉纤细的肩头，一手抚着她的背，晦暗阴霾的神色渐渐转为了如水般温柔。

司机顿觉松了一口气。

乔先生这个 Boss，除了冷淡内敛寡言外，给工作人员的待遇福利等方面却是没有什么可挑剔之处。他与袁助理虽然跟着乔家轩久了，但对乔先生和傅小姐的事情，却实在是丈二和尚摸不着头脑。

这离婚了，却又住在一起，如今瞧傅小姐的模样，分明跟自家老婆怀孕的时候一模一样——这到底是怎么一笔糊涂账啊？！

他也曾经按捺不住，私下里问过一起工作多年的袁助理。然身为 Boss 心腹的袁助理也只对他摊摊手，做"万分苦恼"状："老夏，Boss 的其他事情我还可以揣摩揣摩，但在这件事上，我跟你一样都是一头雾水。反正咱们是拿工资办事，Boss 叫我们往东，我们就往东，叫往西就往西。"

　　第二天傍晚亦是，傅佩嘉对着良嫂做的菜，味同嚼蜡地拨着饭粒吃了几口，便匆匆地进了洗手间，趴在洗手盆上吐了又吐。但一天下来没吃什么食物，呕了半天不过是胃里的酸水而已。

　　良嫂在外头紧张不安地敲门："小姐，你没事吧？"

　　单单一个直起身子的动作都仿佛透支了自己所有的力气，傅佩嘉在洗手间待了片刻，方扶着腰打开了门。

　　乔家轩候在门口，见她出来便伸手扶住了她。苍白憔悴的傅佩嘉无声无息地侧过身子，避过他的手。

　　傅佩嘉似受了伤的小动物般蜷缩在偌大的床上，良嫂自然又是心疼又是不舍，在她床头急得直搓手："小姐，你想吃什么？你告诉我，我给你做。"

　　傅佩嘉咬着唇，摇了摇头，好一会儿说："冰箱里不是还有巧克力蛋糕吗？我想吃。"

　　良嫂支吾了数秒，方实话告知："乔先生已经把它扔了。"

　　傅佩嘉侧着头，疲倦地道："那我什么都不想吃，我睡一下。"

　　良嫂无奈地出来，对乔家轩说："小姐说想吃巧克力蛋糕，但是家里没有。"

　　乔家轩侧着脸半天，忽然便往外走，不过片刻，良嫂便看见他的车子驶了出去。

　　几乎丝毫未动的一桌菜，良嫂瞧着不免叹了口气。但她不过是个打工的，能说什么呢。便如常地把该倒的倒掉，把该收拾的收拾了。才刚收拾好厨房，乔家轩就风风火火地回来了。

　　良嫂见他奇奇怪怪地取出了两个白瓷碟。正在诧异间，便见他从打包的纸盒中取出了两块巧克力蛋糕，认认真真地将蛋糕摆放好。并取出了冰箱里的草莓和猕猴桃，切成了块状。随后，在千层巧克力蛋糕上摆了颗草莓和几块猕猴桃做装点，另一块巧克力熔岩蛋糕旁则用了一个樱桃做点缀。

两份蛋糕被他这样一摆弄，显得更可口了几分。

原来乔先生刚刚出去是给小姐买蛋糕的，乔先生的样子看上去好用心。在那一刻，良嫂也不知怎么了，她突然有一种"乔先生很爱小姐"的感觉。

"良嫂，你把这里收拾一下就下班吧。"

良嫂骤然回神，应了下来。

第二天，良嫂上班时，厨房里已经熬好了一锅小米粥。而昨晚那两块摆盘精致的蛋糕却是丝毫未动地搁在大理石台上。

乔家轩一边扣着袖子一边缓步从楼上下来，吩咐道："良嫂，你记得把粥用小火熬着。还有，不许说这粥是我熬的。你知道她的性子。"

"好。"

傅佩嘉起来后，勉勉强强地吃了几口粥便搁下了。良嫂不说，她自然什么也不知。

"小姐，你这样不吃不喝，孩子的营养怎么能跟上呢？无论什么，多少总得吃一点啊。

"或者你好好想想，有什么特别想吃的。吃了，总归是有点营养的。"良嫂苦口婆心，一劝再劝。

傅佩嘉也不知怎的想起了麻辣火锅。从前，只因乔家轩喜欢，所以她总是陪他去吃。自打傅家一事后，几乎有两年的时间，她从未再踏入过任何火锅店铺。

此时此刻，她竟一想起那个辣味就欲流口水。

良嫂得知后，便偷偷地告诉了下班回家的乔家轩，又说："怀孕的人就是这样的。其实也不是妈妈想吃，有的时候是孩子想吃。"

"是吗？"乔家轩听后，神色温柔得紧。

良嫂："小姐很辛苦。最近我瞧着，脚都有点肿起来了。"

"我知道。"乔家轩几不可闻地叹了口气。

"乔先生，我知道我不该说这样的话，可是我还是忍不住。你要对小姐好点。现在的医疗条件比我们以前是好了很多，但无论在哪个年代，女人生孩子都不是件容易的事情。乔先生，你要多疼疼小姐。"

乔家轩半天不说话。良嫂以为他生气了，但偷瞧他的神色，却见他怔怔的，不见半丝怒意。良嫂在这里一段时间，每日观察两人，只觉乔先生对小姐仿佛情根深种似的，在意得很。但为何当年会对小姐那般绝情？良嫂思忖良久，总是没有答案。

乔家轩进了卧室，取了件外套替她穿上："走吧。"

傅佩嘉不明所以。

"去吃火锅。不是说想吃吗？"他温柔细语，拉着她的手，不由分说地扶着她出了门。

两人就这么来到了一家连锁品牌的火锅店。一进门，满屋子的鲜辣味扑面而来，勾得傅佩嘉垂涎欲滴。

此时正值晚上用餐高峰，火锅店里人流如织，排队叫号的人早已经挤满了等候区。

店员叫了一个号码，不远处有对小情侣喜笑颜开地站了起来，挥着手里的号码纸："这里。"

乔家轩环顾左右，当机立断地上前，一把拦住了他们："两位好。能跟你们商量个事情吗？我老婆怀孕了，今晚她特别特别想吃火锅。她是孕妇饿不得，所以可不可以请你们帮个忙，把你们这个等位号码转卖给我，你们重新再排队？五百块 OK 吗？"

老婆？傅佩嘉被这两个字唤得茫然失了神。不过她知道是自己多想了而已。这种情况下，乔家轩不过只是脱口而出，随便说说而已。

那对小情侣从来没遇到过这样子的状况，两个人面面相觑，一时竟不知道怎么反应。

乔家轩一看似乎有戏，便赶紧趁热打铁，立刻从皮夹里取出了一沓现金塞了过去，顺势取走了男生手中的号码："谢谢你们。"他转头对呆立一旁的店员扬了扬手："A36 号两人位在这里。"

店员大约也没遇到过如此情形，顿了顿，方从目瞪口呆中回过神，堆起了笑招呼道："两位里面请。"

那对小情侣到了这时方意识到自己居然用等位号码赚了钱，男生看了看手里的钱，张嘴惊呼："呀，这里有八百多块！要不咱们别吃火锅了，上次你不是说想吃××餐厅的牛排吗，这钱够咱们吃两次了。"

女方乐滋滋地说道："好，听你的。"

小情侣手挽着手离开，留下了一众呆若木鸡的等位客人。

而另一厢，入座后的乔家轩体贴地给她调作料，给她烫菜涮肉。

"慢慢吃，小心烫。"

傅佩嘉不由得一阵恍惚。

从前的她并不爱吃火锅，每次都是因为他喜欢，所以才去的。那时候，她坐在他对面，殷勤周到地为他烫各种菜，小心翼翼地搁到他碗里，看着他大快朵颐，都觉得是一种幸福。

想不到如今角色居然调换过来了。傅佩嘉心中茫茫然的，一时说不出是什么感觉。

幸好火锅诱人的香味调动了她所有的味蕾，她夹起了面前的牛肉，小口小口地吃了起来。

麻辣鲜美的调料，唇齿留香。只是味道略有些辣……傅佩嘉皱着好看的眉，呼呼地吐了吐舌头，片刻后，也顾不得辣了，又夹了片莲藕埋头继续吃。

看样子，确实是想吃想得厉害。听说怀孕的女人最嘴馋了。可她从未对他说过想要吃什么。乔家轩心头顿时抑郁发紧，但转念一想，如今她愿意跟良嫂说便等于跟他说。这么一来，心情又好了些许。

于是，他快速地吃了数口垫垫肚子，然后继续"烫菜工"的工作。

难得吃一次火锅，傅佩嘉胃口极好，一点反胃的迹象也没有。她不经意地抬头，便见乔家轩脸色一闪而过的惊讶。

吃得饱饱的，心情自然也好了数分，傅佩嘉心满意足地上了车子，眉目之间还带着些许的隐约笑意。

乔家轩见她如此，亦欢喜不已，握住了她搁在一旁的手，道："你喜欢吃的话，咱们过两天再来。"

傅佩嘉的回应只是默不作声地轻轻抽出了自己的手，侧过脸，装作凝视车窗外华灯万盏的流丽夜景。乔家轩早已经习惯她无声的抗拒，也不以为意。

这一片安宁静谧最后是被乔家轩的电话铃声打破的。乔家轩拿起瞧了一眼，便挂掉了。那头却十分执着地一再拨过来。乔家轩似有些不耐烦，直接关了手机。

他把傅佩嘉送回了家，站在门口处，并不进屋："我有事要出去一下。你早点睡。"

良嫂已经回去了，空荡荡的客厅，除了她，只有一室清亮的灯光。

所有吃下去的美味食材似变馊了般都堵在了喉咙口，傅佩嘉蓦地捂着嘴进了洗手间。

全部又吐了个精光。

整个人似虚脱了一般，傅佩嘉在洗手间的地上坐了许久，才有力气起身。

落地玻璃窗外的湖面，黑洞洞的一片。

此刻的乔家轩在哪里，与谁在一起呢？傅佩嘉知道自己不应该去想的。可是越是抑制，越是会想起那重复响起的手机铃声。

她无意识地抬手在透明的玻璃上划来划去，也不知自己重复这个动作重复了多久，她定睛去瞧的时候，发现自己竟然在玻璃上写满了乔家轩的名字。

用手胡乱擦去，可下一瞬，傅佩嘉的手却停住了，她缓缓地露出了一个比哭还凄惨万分的笑容。

真的可以像这雾气里写的名字似的擦干净，明天一早起来，什么都消失了吗？

不可能的。

她那日对莫孝贤说她一直爱着乔家轩，每一个字都是真的。

多讽刺啊。他算计她，利用她，从她父亲手里夺取傅氏，得到一切后，利落干脆不带一丝犹豫地与她离婚。

世界崩塌，天塌地陷一般的绝望愤恨里头，她却还是无法忘记他。

傅佩嘉疲累万分地蜷缩在沙发里头，抚了抚肚子，低而微弱地唤了一句：

"宝宝，谢谢你，谢谢你陪着我。"

可是，这段陪伴是有期限的。

再过几个月，她便会失去他了。

这个念头令傅佩嘉每晚撕心裂肺地辗转难眠。

乔家轩一直到天蒙蒙亮才回来。

他蹑手蹑脚推门而进的时候，傅佩嘉如往日般地侧身而睡，似睡得极沉。但眼皮之下，青青如苔藓。

他站在床畔凝视许久，缓慢地伸出手拂过她眼下的泛青之处，仿佛想将那抹疲惫拭去。

指尖下，她的肌肤温温软软。乔家轩露出了一个苦涩却温柔的笑容。旁人若是瞧见，定会以为自己眼花了，洛海城公认的心狠手辣忘恩负义之人，脸上居然会出现这种令人揪心的笑容。

这些日子以来，他自以为是的幸福事实上都是偷来的。

她的心不甘情不愿，他从来都知道。

在这个他亲手设计的家里，两个人仿若洛海城的平凡小夫妻般，柴米油盐酱醋茶地过着普普通通的小日子。

他负责赚钱养家，她负责貌美如花。

从前的他不懂得珍惜，可如今，乔家轩真的想这样一天天过下去，直到天荒地老，两人都白发苍苍。

所以，他刻意地不避孕，疯了似的想要一个他和她的孩子。她的生理期，他素来了如指掌。于是，孩子就在他的刻意为之下如愿以偿地到来了。

偶尔，乔家轩甚至会涌起一种对未来的可笑奢望：当某一天，傅佩嘉得知了所有的真相，因为有孩子的存在，她或许可以原谅他。

没有人知道，也没有人会相信。

他在很久以前，便已经深深深深地爱上了傅佩嘉。

若是从前所有的算计都是为了复仇的话，如今的乔家轩所走的每一步，都是因为爱。

由于失眠，傅佩嘉第二天便起来得晚了，洗漱后下来一看，乔家轩竟然在客厅搭了一个野餐帐篷。

良嫂对傅佩嘉嘀咕道："乔先生捣鼓了一个上午，也不知用来做什么。"

到了午饭前，乔家轩终于把帐篷搭好了。良嫂问他："乔先生，你弄这么大一个东西做什么？"

乔家轩笑了笑，温柔闪烁的目光落在傅佩嘉未见半分隆起的腹部："今天天气很不错，我们一家三口下午去湖边野餐。"

一家三口？他们能算一家三口吗？傅佩嘉怅然不已。

他们只是暂时居住在一起的人而已。按照协议规定，几个月后，等孩子一出生，她便会离开了。

然而，下午的野餐并没有成行。因为乔家轩接了一个电话，便匆匆地出去了，直到深夜时分方才回来。

傅佩嘉越来越消沉消瘦了。

良嫂看在眼里，着急不已，她什么都不能做，唯有不断地给傅佩嘉熬汤。炖补品。

这天，傅佩嘉午睡后醒来已经快傍晚时分了，她愕然地发现餐桌旁坐着一个好看的女生，正津津有味地吃着炖盅里的燕窝。

这女生傅佩嘉是知道的。她曾在公交车里隔着车窗玻璃见过，乔家轩曾牵着她的手一起出了甜品店。

那女生见了她下来，好看的长眉一挑，似笑非笑地道："哎哟喂，燕窝不错哦。不过不好意思啊，我已经吃完了。"

"对了，我自我介绍一下。我叫宋贝贝，是乔家轩的亲妹妹。"

乔家轩何时冒出了一个亲妹妹？傅佩嘉的表情泄露了这份惊诧。

宋贝贝一丝不差地瞧在了眼里，甜滋滋地一笑，心情极好地道："不会吧？都到这份儿上了，难道我哥都没有告诉过你他有个亲妹妹吗？！"

确实没有！

宋贝贝的话如利剑，刺破了这些天来乔家轩所营造的暧昧迷雾。

那一刻，也叫傅佩嘉心凉地明白，乔家轩以前说的那些从没有喜欢过她的话都是真的，半分不假。

如他真的有半分喜欢她的话，怎么会连有个亲妹妹的事情都从未告诉她？

而如今他哄她，对她好，一切都不过是为了她肚子里的这个孩子而已。

"别看我姓宋，我跟我哥可是同父同母的。"

宋贝贝推开椅子，走向了傅佩嘉。傅佩嘉这才注意到她左手手臂上包扎了绷带，似乎受伤了。而更令人惊愕的是，没有人搀扶的她，一步一跛。这么娇美可爱的女孩子怎么会是个跛子？

傅佩嘉这么一愣怔，宋贝贝便已瞧出了端倪。她顿时一恼，冲傅佩嘉嚷嚷道："看什么看，有什么好看的。没见过跛子吗？！"

傅佩嘉移开目光，并不言语。世界上有哪个女孩子会不介意自己的外表呢？

"怎么不说话，同情我是不是？傅佩嘉，我宋贝贝可不需要你的同情。我反过来还同情你呢！被人白白骗了几年，玩了几年，还把自家的产业葬送了。我看这全世界啊，除了你傅佩嘉这个蠢货外，还真找不出第二个人来。"

这个宋贝贝牙尖嘴利得很，与沉默内敛的乔家轩完全不同。

宋贝贝笑吟吟地在傅佩嘉的身畔停了下来："知道我哥是怎么对我和云西姐说的吗？他说，他跟你在一起，只是为了傅氏。从来没有喜欢过你。

"知道我大哥为什么还会跟你住在一起吗？那是因为他还没玩够你！"

哪怕一直知道这个事实，但从一个陌生人口中娓娓道来，依旧叫人心碎不已。

傅佩嘉脸色泛白地看着她饶有兴致地左转转右瞅瞅，打量着屋子里的各种摆设。

"我明天就搬来这里住了，你识相的话就尽快离开。不然的话，本小姐我可不是个吃素的。

"还有，我告诉你哦。我大哥喜欢的人一直都是云西姐，这里本来就是我哥和云西姐结婚用的房子。要不是你肚子里的孩子，我哥和云西姐早就应该结婚了。"

清清脆脆如出谷黄莺的嗓音，吐出的每一字却都仿若毒针，字字都扎在傅佩嘉的胸口。

"哦，是吗？"到了这个时候，傅佩嘉也明白了过来，这个叫宋贝贝的人是故意来找碴儿的，且还准备搬过来长期找碴儿。傅佩嘉索性在沙发上懒懒地坐了下来，准备节省体力，长期"应战"。

宋贝贝被堵住了，她哑然了数秒，恶狠狠地道："傅佩嘉，你就嘚瑟吧，我看你能嘚瑟几个月。反正我哥跟云西姐也达成协议了，等你孩子生下来后，婚礼照旧举行。云西姐大度得很，她说过她不介意抚养这个孩子。"

傅佩嘉缓缓地垂下睫毛，凝视着地面半响，方道："他们的婚礼，与我何干？这是乔家轩的房子，既然你是他妹妹，你爱住便住。"

傅佩嘉淡淡然的无所谓模样令宋贝贝恼火不已，她觉得自己的千斤重拳仿佛都打在了棉絮之上，半点杀伤力都无。

"傅佩嘉，我要是你的话，就会马上离开……"

"贝贝！"乔家轩出现在了大门口，神色严厉地打断了她的话，"你怎么在这里？"

"怎么，我就不能来这里吗？"宋贝贝反唇相讥，"你把她藏在这里，以为就可以瞒着我和云西姐吗？！"

"贝贝，到我书房来。"乔家轩的语气隐忍。

"你怕什么？有什么是她不能听的吗？"

"给我过来。"乔家轩截断了她的话，不冷不厉的嗓音却让宋贝贝知道他已经动怒了。

宋贝贝只得快快地跟随乔家轩进了书房。

窗外不知何时下起了淅沥的雨，湖面上涟漪顿起，圈圈点点，连绵不已。傅佩嘉盯着瞧了许久，只觉开始头晕目眩。

乔家轩进卧室的时候，看见她一如往日般地侧身缩在沙发上，她双眸轻合，一副入睡了的模样。纤长有致的睫毛浓密地盖了下来，在眼下形成了一排浓重的阴影。

这些日子，她晚上睡得并不好。乔家轩蹲了下来，温柔细心地替她揉捏肿胀的腿脚。

侧头而睡的傅佩嘉睫毛微动。但她没有出声，只静静地装睡。

这一切都是假的。乔家轩对她所有的好，不过都是为了她肚子里的孩子而已。等孩子出生后，他便要跟陈小姐结婚了。哪怕一直都知道，但从宋贝贝嘴里说出来却还是深深地刺伤了傅佩嘉。

乔家轩一直全神贯注地低着头，整个人仿佛都沉浸在手指的动作上，浑然不觉。

夕阳的光线，无声无息地透过玻璃，在卧室里散落一地。

四月的阳光这样好，风景这样美，傅佩嘉却觉得这样寒冷。很多假面的温柔，不是给她的，她宁愿不要。

第二天，宋贝贝大大咧咧地搬了大包小包进来，正式地登堂入室。

此后，良嫂每天无论炖什么补品都没有用。因为这大部分的补品都是被宋贝贝吃光的。

乔家轩似乎拿这个妹子也没啥法子。宋贝贝完全我行我素，赶也赶不走，说了也不听，一副"我就赖在这里，你拿我怎么样"的模样。

但宋贝贝对乔家轩还是有所顾忌的。乔家轩在的时候，她基本隐忍不发。但乔家轩不在，她可从来不会对傅佩嘉客气。

她打开手机里陈云西与乔家轩的各种合照硬塞给傅佩嘉看："你看看，这就是云西姐。她可是我大哥的左膀右臂，负责我大哥整个集团公司的法务部。真真正正的办公室 OL，能力出众，漂亮大方，优雅得体……

"傅佩嘉，在我大哥心里，你连云西姐的一根头发都比不上！"宋贝贝的每句话都饱含致命毒液。

"你看看，我大哥跟云西姐在一起，是不是就像一对璧人？金童玉女、天作之合、CP 之类的，我觉得就是说他们两个。你说呢？"

一张照片里，身着白衬衫的乔家轩神态慵懒地坐在沙发里，陈云西则站在沙发后，灿笑若花。

另一张，两人在宽大的书桌前，乔家轩端着一杯咖啡，视线落在正埋头于文件的陈云西身上，素来清淡的脸上带了一抹若有似无的笑意。

还有一张照片的背景大约是达成了某项合作，乔家轩与某合作方正在微笑握手，一身干练套装的陈云西站在乔家轩身畔，专注深情地凝视着他。

都是些抓拍而已，却真实准确地反映出了两人平日里的相处状态。

温软怡然，情意绵绵。

而自己，不过是乔家轩的工具而已。傅佩嘉在自己的舌尖尝到了酸涩不堪的味道，方才喝下的热白开仿佛都是掺了醋的苦汁。

"问你话呢，傅佩嘉。"

傅佩嘉每每闻若未闻，冷淡以对。但她对缠人的宋贝贝亦十分头疼，抱着多一事不如少一事的念头，除了不得已的吃饭时间，还有一个星期一次的工作外，其他时间基本不愿踏出房门。

"你不说话，我就当你同意我的说法了啊。"

宋贝贝明显是来找碴儿的。每天变着法子折腾傅佩嘉。不是在饭菜里偷偷加盐加醋，让傅佩嘉无法入口，就是抢乔家轩带回来的各种吃食。

或者，傅佩嘉午睡的时候，她制造各种噪声，肆无忌惮地捣乱，透着小孩子般天真的邪恶，却准确无误地表达了她对傅佩嘉的厌恶。

傅佩嘉日益沉默。

反正只要是能让傅佩嘉不舒服的事情，宋贝贝就会大做特做。连乔家轩带傅佩嘉出去吃饭，宋贝贝都会寸步不离地跟着。

这一晚，是乔家轩固定带傅佩嘉出去用餐的日子。傅佩嘉最近嗜酸又嗜辣，所以乔家轩便订了一家改良式川菜馆。

三人才入座不久，忽然便见宋贝贝笑吟吟地朝门口处的来人挥手："云西姐，这里。"

陈云西转过身，瞧见了他们三人，眼底瞬间闪过几抹诧异尴尬。

"贝贝，不是说你一个人吃饭无聊吗？"陈云西责备她的同时，已不着痕迹地向乔家轩解释了一切。

宋贝贝"嘿嘿"地笑："云西姐，来都来了，就一起吃顿饭呗。虽然你跟大哥天天在公司共进午餐，但偶尔也要一起来吃浪漫晚餐啊。大哥，你说是不是？"她拉着陈云西在乔家轩身畔坐下。

乔家轩不答。一瞬间，空气都安静得诡异。

陈云西含笑道："我还有工作呢。你们吃吧，我先回去了。"

乔家轩这时才淡淡开口："工作是永远做不完的。来都来了，就一起吃个晚餐吧。"

既然乔家轩都这么说了，陈云西也就不坚持了，点了点头："那好吧。"

宋贝贝与陈云西极熟，一直旁若无人地拉着陈云西聊天。宋贝贝想起一事，突然问道："云西姐，公司的高管每年八月份不是有一次集体度假吗，今年你想去哪儿？我记得前年你说想去澳大利亚，大哥就把那次旅游的地点定在了澳大利亚呢！去年呢，你说想去北欧，最后公司所有高管都去了北欧……"

乔家轩脸色已经有些不好看了，傅佩嘉则一直垂着眼。四周的氛围真正是古怪到了极点。陈云西只好淡笑道："其实都是公司的决定，与你大哥无关。"

"那还不是大哥一句话的事情。"

虽然一直知道乔家轩和陈云西之间的关系，但这么面对面，听着宋贝贝诉说着他们之间的亲密，有好几个瞬间，傅佩嘉的心脏恍惚出现了几次滞顿收缩，隐隐约约地抽痛。但是，她一再告诉自己：这些都与你无关。

幸好不久后，菜一个个地端了上来，令气氛稍稍缓和了一些。

宋贝贝还嫌不够热闹，一个劲地直说："哇，大哥点的这些菜可都是云西姐最喜欢的菜。"

"这些都是这家餐厅的特色菜而已。"乔家轩沉着脸解释道。他注意到傅佩嘉从头到尾端坐着的姿势，眉目都不曾牵动过分毫。

"云西姐，来，多吃点。这都是我大哥为你点的。"宋贝贝不停地给陈云西添菜，完全把傅佩嘉当作不存在。

"好了，不要再夹了，碟子里都搁不下了。你自己吃。"

"云西姐，你放心，我会照顾好我自己。倒是你啊，该怎样就怎样。

千万别客气啊，咱们可是一家人。"宋贝贝的话每一句都意有所指。

傅佩嘉低着眼睑，一小口一小口地吃着面前的菜。旁人看来，只觉她似乎胃口不错。

中途，乔家轩起身接了个电话，而陈云西离开去了洗手间。

趁此时机，宋贝贝得意扬扬地问傅佩嘉："我云西姐是不是美貌与智慧并存，优雅大方知性得体？怎么样，自惭形秽了吧？！"

"嗯。"傅佩嘉这样答她。

"我告诉你，云西姐还是美国××大学法律系的高才生呢。"

"哦。"傅佩嘉应了一声，把嘴里的菜细嚼慢咽地吃下。

"知道不？等你生下孩子，我哥就跟云西姐结婚了。"

"嗯哼。"

宋贝贝努力了很久，得到的就是几个"嗯哦"。宋贝贝暴怒了："傅佩嘉，你就这点出息。怪不得被我哥欺负成那样，离婚了还给他生孩子……"

傅佩嘉终于有了些反应，她停下了手里的筷子，长而卷的睫毛似被狂风刮过的小草，柔弱地颤动了几下。但这也只是几秒的光景，她随即又恢复了原状，缓而慢地继续进攻桌上的香辣牛肉。

宋贝贝瞧在眼里，觉得自己已输这一局。她磨着牙恶狠狠地道："小样，你别得意。我告诉你，我有的是本事整你。"

她起身一把拉起了傅佩嘉："我们走吧。"

傅佩嘉愕然不解地瞧着她，不明白宋贝贝的意思。

宋贝贝拿起她的包塞给了她："我准备回家。至于你，去哪里都成，别在这里做电灯泡碍着我大哥和云西姐就成了。"

事实上，傅佩嘉根本食不下咽，所有强迫自己吞下去的东西此刻都堵在了喉咙口，随时都有喷涌而出的可能。宋贝贝把她赶走的举动，对她来说简直不亚于救星。

餐厅旁边就是一个大型的购物中心，傅佩嘉便随着人流来到了里头。她不知道要逛什么，便搭了手扶电梯一直往上。

最后是橱窗里的童装吸引了她的注意。她缓缓地走进了那家童装店。

各式各样萌到极点的小服装，小巧精美的各种玩具，无不叫她有一种购买的冲动。

大约是见了她很是感兴趣的模样，工作人员便走上前来，含笑道："我们这个牌子的童装每一款都十分有特色。这里的每一款衣服，包括毛绒玩具、小汽车等都是我们设计师为她家里的一双儿女亲自设计的。衣服面料都是纯天然的，对孩子无刺激，穿起来特别舒适。

"您是要买女孩的衣服还是男孩的衣服？多大的孩子？"

傅佩嘉顿了顿才回答："我也不知道是男孩还是女孩？"

"哦。要送给还未出生的孩子是吗？"傅佩嘉的肚子并未显怀，工作人员根本瞧不出半分异样。

傅佩嘉点了点头。

"如果不知道性别的话，我推荐你买这一套爬爬衣。白底彩点，或者蓝底白点，无论男女都可以穿。你看，是不是特别可爱？这里还有这个配套的白色长耳朵小兔……"

真正是呆萌得让人移不开眼。傅佩嘉决定买下来，她用自己的钱付了账，把小衣服和小兔子都塞进了随身携带的包包。

出了店铺，傅佩嘉站在商场走廊上茫然不知接下来要去哪里。环顾四周，商品满目，人声喧闹。而她却不知怎的，只觉自己站在落雨的荒原似的，身上凉凉的，一连打了数个冷战。

她缓缓抱紧了怀里的包包，极轻地道："宝宝，妈妈好冷……好难受。"

乔家轩找到傅佩嘉时，她正双手紧搂着包包，呆呆怔怔地坐在商厦休息处的角落里出神，脸色雪似的苍白，恍若一只被遗弃的宠物。

乔家轩悬着的心终于缓缓地落了下来，但随即却涌起了一阵没来由的心疼，他跑上前去，一把搂住了她："好好的吃个饭，跑这里来做什么？"

傅佩嘉猝不及防，身子一颤，缓缓抬头。乔家轩望着她的漆黑眸子里似有残留的惊惧担忧。

他居然抛下陈小姐来找她。估计是担心肚子里的孩子吧。

傅佩嘉在心底无声苦笑。

"才吃了那么一点，饿不饿？这商厦八楼有一家意大利面，要不要再去吃一点？"

傅佩嘉照例是不言不语。乔家轩便牵着她的手起身，一手去取她怀里的包包。傅佩嘉侧身避开了他的手不让他碰触，乔家轩笑笑，只道："好。你爱自己拿就自己拿。"

乔家轩拉着她，搭了电梯径直来到了餐馆。

入座后，乔家轩接过了服务生的菜单，一口气点了两份意面，还有比萨、鸡翅、甜品。傅佩嘉有些目瞪口呆，莫非他刚刚在川菜餐厅吃的都是空气不成？这么不经饿。

傅佩嘉自然不知，乔家轩打完电话后回来，见傅佩嘉和贝贝都不在，以为她们都只是去洗手间了。等了片刻，陈云西回到座位，方知不对劲。他立刻拨了傅佩嘉的电话，但是傅佩嘉的手机关机打不通。打给了宋贝贝，宋贝贝只说傅佩嘉表示吃饱了，就走了。

乔家轩想知道得再具体一些，宋贝贝便一问三不知了。

傅佩嘉一个孕妇，能去哪里？乔家轩顿时心急火燎的，也顾不得陈云西和买单的事了，冲出餐厅四下寻找。

他忽然十分懊恼，自己为何要结束私家侦探的工作。否则，此时只要一通电话，他便可知道傅佩嘉的位置，不必像一只无头苍蝇般乱冲乱撞。

乔家轩给她点的那份是热辣意大利面，服务生端上来后，乔家轩亲自拿起了刀叉，卷了面吹凉了些许，送到她嘴边："吃吧。"

方才在陈小姐面前，他仿若避嫌，并没有任何亲密动作。如今陈小姐不在，他又做出这种旁若无人的亲密动作。

傅佩嘉心里似浸了冰块，整个人冰凉到了极点。她侧过了头，抱紧了包包，似抱紧了自己唯一的温暖依靠："我不饿。"

"那就吃几口。"乔家轩的话虽然温和，却有种不容置疑的坚持。

傅佩嘉知道乔家轩"不达目的誓不罢休"的性子，只好道："我自己来。"

"好。"话虽这么说，乔家轩的手却一直保持了喂食的动作，傅佩嘉只好张口把叉子上的意大利面吃了，这才顺利拿过了自己的刀叉。

傅佩嘉不得已，只好寥寥地吃了数口后，才搁下了刀叉。乔家轩便把一份红丝绒奶酪蛋糕推给了她："听说这家餐厅这个口味的蛋糕评价不错。"

傅佩嘉很奇怪他是怎么知道的。不过她是永远不会开口发问的。所以她不知，乔家轩近段时间最关注的其实已经不是工作了，而是各种美食 App 和洛海美食点评网站。他每日里最想做的事情，便是希望能哄得她多吃一些食物而已。

红丝绒与极致奢华的白色奶酪霜，单单颜色就十分亮丽诱人。傅佩嘉叉了一小口送进了嘴里，湿润蓬松的蛋糕和醇厚迷人的奶酪霜在舌尖打转，口感丰富，令人回味无穷。

见她不声不响地吃了一半蛋糕，乔家轩顿觉此时此刻已经心满意足，他津津有味地吃完了他的那一份意面，最后还把一桌的食物包括她剩下的都吃进了腹中。

傅佩嘉看着他，自然再次瞠目结舌，心道：看来他是真的没吃饱。

这一日，宋贝贝的心情仿佛极好。早餐桌上，对着傅佩嘉一直笑吟吟的。

乔家轩难得见妹子对傅佩嘉和颜悦色，便亲自动手替她盛了一碗粥："吃吧。"

而一旁的傅佩嘉则被她的甜笑弄得毛骨悚然。

不过片刻，乔家轩饮完了最后一口咖啡，搁下杯子，瞧了一眼对面的傅佩嘉，淡淡地说了一句："我去上班了。"

乔家轩的背影一消失在视线里，宋贝贝便敛下了所有笑意，双手抱胸，古古怪怪地瞄着傅佩嘉的腹部，半天不吭声。

傅佩嘉知道她的德行，半天不找碴儿就浑身不舒服，所以也不理睬她，准备喝完最后几口粥就离开。

对面的宋贝贝显然并不打算放过她，数秒后，她灿灿一笑："傅佩嘉，其实我一直很好奇一件事情。"

傅佩嘉小口地喝粥，当作未听到。这些日子以来，她已经习惯了宋贝贝的各种挑衅和冷嘲热讽，自然知道这只是她的开口语而已。

"我跟你也相处了大半个月了。我觉着你人也不笨啊，可为什么你就没有怀疑过以前你怎么会一直没怀上孩子？而现在居然就这么容易怀上了呢？

"你这么聪明的人怎么会想不明白呢。要让一个人不怀孕的方法很多，有的很简单，比如喝杯加了避孕药的饮料。

"以前，我大哥是不是每次都给你喝了什么，比如牛奶、开水、果汁等之类的之后再跟你亲热的？"宋贝贝轻轻地吐出了这句话，尾音微微上扬。

良嫂早上熬的是傅佩嘉素来最喜欢的皮蛋瘦肉粥，细细滑滑，入口即化。可此刻的她含在嘴里却似含了满口剧毒的鹤顶红，再无法下咽了。

傅佩嘉倏然推开椅子起身，惨白着一张俏脸离开餐桌。

宋贝贝得意扬扬地看着她离开，但渐渐地，她的目光落寞了下来。

洗手间里，傅佩嘉俯在马桶处，将皮蛋瘦肉粥吐了个一干二净。

宋贝贝说得一字不差！

那些年，两人在一起的每个晚上，他都会体贴地给她热一杯牛奶，看着她喝光，还美其名曰：热牛奶有助于睡眠。

真相还是不要揭穿的好。因为实在太伤人！

到了中午，半点不知的良嫂做了几个傅佩嘉爱吃的菜，上楼敲门的时候，傅佩嘉只说："良嫂，我不饿。"

她的语气低微虚弱，良嫂一听就急了，忙用手探她额头的温度："怎么了，小姐，你是不是生病了？怎么这么有气无力？"

"良嫂，我没事。只是觉得困——你让我睡一下。"

"小姐哪怕不饿，也得吃点东西。你不吃，孩子也得吃啊。"

傅佩嘉抱着小衣服和小兔子玩具在被子里蜷缩着身子，极轻地说："良嫂，我觉得很累很想睡觉。我等下睡醒了起来再吃，好不好？"

听小姐的声音仿佛真的是疲倦到了极点，需要好好休息。良嫂赶忙应了下来："好，好。那你睡一下，醒了就叫我。"

下了楼，宋贝贝已在餐桌边了，对着一桌菜，居然没有开动。

自打宋贝贝搬进来后，事事都与傅佩嘉对着干，十足一个小恶魔。良嫂都瞧在眼里，但她一个打工的，除了对宋贝贝暗恼和偷偷告诉乔家轩之外，也使不出半分力。今天宋贝贝居然正襟危坐地在等傅佩嘉下来一起用餐。对良嫂来说，简直不亚于看到太阳从西边出来。

良嫂没好气地对她说了一句："小姐说她没有胃口。"

宋贝贝居然也无他话，只怔怔地说："好，我知道了。"

宋贝贝拿起筷子，没精打采地扒了几口饭便回房了。这一来，弄得良嫂越发觉得奇怪：怎么看这样子也跟小姐一样，都像是生病了似的。

乔家轩回来的时候，傅佩嘉如往日一般地坐在窗边的沙发里，她无神地瞅着淡远长空，身边是探头探脑的花木兰。

他精心带来的零食，一直搁在原处。她半分未动。

"不喜欢的话，那我明天给你带别的。"

傅佩嘉与平日般无只言片语。但今日，乔家轩明显地感觉到了她的冷漠。

他便知道今天肯定有事发生，且这始作俑者肯定是自己妹子无疑。

于是，他直接下楼去找宋贝贝。

"贝贝，你今天到底对她做了什么，或是说了什么？"

宋贝贝从未见过大哥乔家轩如此疾言厉色地对自己说话，她不由得愣了愣："你怕刺激她，不准我对她说出她那个禽兽父亲所做的恶行。我还有什么可以说的？"

"到底说了什么？"乔家轩的话每一个字都冷如碎玉。

"我……我只是暗示了她为什么她以前一直没有怀孕。"

"你记得答应过我什么。"乔家轩顿时沉下了脸，"你明天给我搬出这幢房子。"

"我不搬！明明是你忘记了在爸妈坟前发的誓言，明明是你忘记了我们为什么从小这么辛苦地长大，明明是你忘记了我的脚为什么变成现在这个样子！为什么要我搬走？该搬走的应该是傅佩嘉才对。你凭什么让我搬走！"宋贝贝愤懑不平。

256

"我没有忘记，我从来就没有忘记。"乔家轩的眼底涟漪四起，亦破碎痛苦，"如果说，一命抵一命的话，孩子的一条命，还有傅成雄的半条命——他们傅家也还清了所欠我们的了。"

"可傅成雄还活着，他还没死——"

"那是他命大，死里逃生。"

"总而言之，傅成雄他就是没有死。至少傅佩嘉想她爸的时候，只要去医院就可以看到。但是这十几年来，我想爸的时候呢，我能看到他吗？我只能看到一块冷冰冰的墓碑！"

"还有我的脚呢？为什么她漂漂亮亮健健康康的，而我却是个跛子？凭什么这些年来她被捧在手心长大，而我们辛苦挣扎着生存——大哥，没爸没妈的你这些年经历了多少委屈痛苦，才能读书求学成才，才能拥有和常人一样的人生，虽然你从来不告诉我，但是我完全可以想象。如果不是傅成雄，我们完全可以幸福健康快乐地长大。"

乔家轩动容了，他揽住了妹子的肩头，低缓地道："贝贝，我知道你心里对傅家充满了恨意。但我们已经复仇了，我们拿回了属于我们的曾氏，我们让傅家一无所有了。

"我们对傅家复仇已经结束了！"

"结束？既然已经结束了，那你为什么还跟她在一起？为什么让她怀孕？你明知道她生下的孩子，有一半流的是傅成雄那个王八蛋的血！"

乔家轩不说话。

"反正我是绝对不会搬走的。我绝对不会让傅佩嘉好过！大哥，我知道你怕什么，你怕她无法接受她父亲所做的那些坏事，你怕她受刺激会流产——可是你怕，我不怕。

"反正我是绝对不会搬走的！"

忙碌了一天，陈云西回到家总是喜欢放一缸热水，点上自己最爱的玫瑰熏香，然后美美地泡上个把小时。

这晚亦是。她舒舒服服地浸入了温度适宜的热水之中，慵懒地长叹。

然而，不过放松了一两分钟，门铃"叮咚叮咚"地响了起来。陈云西大皱着眉头，穿上了浴袍去开门。

这一打开倒是一惊，竟是宋贝贝，脚上穿了一双室内拖鞋，显然是匆匆而来，连鞋都来不及换。

"贝贝，你怎么了？"

宋贝贝缓缓抬了头，露出了红红肿肿的一双眼。她听到陈云西关切的话语，哽咽着扑了过来："云西姐，我哥……我哥他打我。"

"你哥这么疼你，怎么会舍得打你？"陈云西心疼地捧起了宋贝贝的脸，果然在她脸上看到轻微的红痕。

"大哥现在不一样了。他像中邪了似的，完全变了一个人，只在乎那个傅佩嘉。"宋贝贝委屈万分地把晚上发生的事情娓娓道来。

其实不过是一件小事，宋贝贝又在找傅佩嘉的碴儿。偏偏傅佩嘉依旧对她不理不睬，完全当她不存在。宋贝贝也不知自己怎么就光火了，脱口而出道："傅佩嘉，你离我哥远点。也只有你这种傻子，被人白白玩了几年，还给我哥生孩子，猪都比你聪明几分！！"

宋贝贝口不择言，迎面而来的便是乔家轩进门的一个巴掌。

宋贝贝被打蒙了，好一会儿后，她才"哇"地哭了出来："哥，你为了她打我！你从来没有打过我。现在你居然为了这个姓傅的女人打我！你竟然为了这个……"

"给我回房间去好好待着！"乔家轩眉角眼梢是从未有过的厉色。

"你打我！你居然为了姓傅的女人打我！"宋贝贝只觉得自己肝肠寸断，她愤怒地甩开他的手，转身就冲出了屋子。

陈云西听了整个经过，趁取冰块的空当，发了条消息给乔家轩，她随即便收到了乔家轩的回复："谢谢你，云西。帮我好好照顾她，今晚是我太冲动了。"

陈云西一边给贝贝敷脸，一边柔声安慰她："贝贝，算了。原谅你大哥这一回，别跟你大哥赌气了！"

"为什么算了！凭什么算了！"宋贝贝满腹的心酸委屈，说着说着又掉下了成串的泪珠，"大哥他居然打我。"

"他找到我的时候，亲口对我说：贝贝，大哥千辛万苦终于找到你了。这辈子，大哥都不会再离开你了。大哥会疼你一辈子，绝对不会让任何人再欺负你了。可是……他今天居然为了傅成雄的女儿打我。说好的一辈子疼我，都是骗人的。"

"贝贝，你大哥怎么会不疼你呢？这个世界上，他最紧张宝贝你了。"

"可是他现在最紧张宝贝的人是那个姓傅的女人！"

陈云西沉默了许久，忽地长叹了口气，道："贝贝，你到现在还看不出来吗？你哥哥是假戏真做，真的爱上她了。"

陈云西的话宛如一颗炸弹，直接把宋贝贝炸晕。她张口结舌了好半天后，才摇头道："我不信！这些年来，我大哥最恨傅家的人了，恨不得剥他们的皮吃他们的肉。他怎么可能爱上傅佩嘉呢？！绝对不会的！"

"贝贝，这个世界上，有什么事情是不可能发生的呢？更何况傅佩嘉本身就很吸引人，你大哥与她朝夕相对肌肤相亲那么几年——哪怕你哥是块石头，也会被她焐热的。"

"不会的。我哥那么恨傅家，那么恨傅成雄。"宋贝贝一再呢喃重复。

"人都是有感情的。你大哥一开始或许只是做戏，可后来，或许在他自己都不知道的情况下，假戏真做了。"

宋贝贝依旧不愿相信："不会的。我大哥不可能会爱上傅佩嘉的，他不会爱上傅佩嘉。他只是因为傅佩嘉怀孕了才跟她暂时住在一起的。"

陈云西淡淡苦笑："男女之间的事情，如果可以控制的话，世上就不会有那么高的离婚率了。"她顿了顿后，一针见血地道，"贝贝，按你对你哥的了解，你觉得他会做一些他不愿意的事情吗？比如，傅小姐的怀孕，你真的觉得只是个意外吗？"

宋贝贝的呼吸停滞了一下。半晌后，她才道："云西姐，如果你说的是真的，那你跟我大哥……"

"贝贝，在这个世界上，我们每一个人都是独一无二的。既然你大哥不喜欢我，为什么我一定要喜欢他呢？"

"云西姐，可你是喜欢我大哥的，对不对？"

陈云西站了起来，瞧着远处的半城繁华，良久才答："是，我确实喜欢你大哥。但我喜欢他是一回事，他喜不喜欢我又是另外一回事。现在的我很清楚地知道，他并不喜欢我。我很庆幸我及时地明白了这一点。"

"可是我们每个人不是都应该努力争取自己喜欢的人和事吗？"

"争取是没错。但是，在这个世界上，最难争取的便是人心。我们常常连自己的心都无法掌控，旁人的心又怎么能够轻而易举地争取到呢？！

"贝贝，你还小。等你到了云西姐的年纪，你就会发现世界上很多东西不是说你努力了，就能得到的。就比如你大哥的爱，我想我是再努力也得不到的。"

闻言，宋贝贝急道："不会的。云西姐，我大哥是喜欢你的。他一直说你很棒很出色。"

"贝贝，你没有爱过，所以不会懂。欣赏和爱，是不同的。有些人，一辈子只会爱一次。他们的爱，一辈子只给一个人。"说到这里，陈云西苦笑道，"你大哥便是这种人！"

宋贝贝露出茫然不解的表情。

陈云西笑了，她一如往日宠溺地摸了摸宋贝贝的头："以后你会懂的。但云西姐希望，如果可以的话，你永远不需要懂这些。"

宋贝贝仰起头，一字一顿地说："云西姐，反正我不管，我要你和我大哥在一起。这辈子我只想让你做我大嫂。"

陈云西叹了口气，心疼不已地又唤了她一句"傻孩子"。

"这个世界上有些事情是勉强不来的。我也是最近才明白，如果我和你哥能成为情侣的话，我们当初早就成为情侣了，也不可能会白白浪费这么多年。"

陈云西不是没有过幻想。她与乔家轩相识多年，乔家轩对她推心置腹，连对傅家报复一事也从未瞒过她半分。

起初她也以为乔家轩对傅佩嘉，只是为了复仇而已。

乔家轩成功后，延揽她入曾氏，让她执掌整个法务部。两人同进同出，不时共进午餐讨论公事，顺理成章地成为曾氏员工眼中的一对"情侣"。

然而，也正是从那时开始，她渐渐发觉了不对劲。

两人单独相处之时，乔家轩经常无缘无故地失神。

曾经有一晚，两人在她家里办公，后来也不知怎的开了一瓶酒，饮了几杯，两人薄醉之余也都存了那份心思，想让一切自然而然地发生下去。

于是，乔家轩凑过来吻她的时候，她缓缓闭眼，已酥了半边的身子。谁知，她等了许久都没有任何动静，睁开眼一瞧，却见乔家轩的唇停在了离她几厘米处，怔怔地瞧着她，再没有前进半分。

彼此呼吸交融，姿势暧昧，陈云西听见自己的声音如蜜糖般黏稠地响起："怎么了？"

下一秒，她清楚地看到他眼底的薄雾倏然散去，他似清醒了过来，苦笑着坐直了身体，对她说："对不起，云西，我真的努力了。"

暧昧气氛瞬间消失殆尽。

他明明离她这般近，身体的热度都可以感受到。但陈云西却知，一切还未开始便都已经结束了。

那个夜晚成了两个人之间的禁忌，彼此再未提及。但自此后，两人相处反而比从前更落落大方，成了工作中的最佳拍档。公司的人不知情，对两人的同进同出，编出了许多暧昧动人的故事，包括乔家轩装修新房子是为了与她结婚之用这一条。

当时，连她的秘书蕊安都跑来恭喜她。她也只是笑笑说："这只是一个很美丽的误会而已。"

在陈云西的一番开解后，宋贝贝心情平复了不少，后来便在客房沉沉睡下了。

陈云西再度发了条消息给乔家轩，良久后，她收到了乔家轩的回复："云西，真是太谢谢了。过几天我请你吃饭。"

陈云西盯着手机不知瞧了多久。最后她放下了手机，站在窗前，苦涩一笑，饮光了杯中的红酒。

而乔家轩这边，宋贝贝愤然离去后，自然也是一室的清冷，空气都似凝结成了冰块。

傅佩嘉的脸色简直比雪还白几分。

乔家轩张了张口，好半天才说了一句："你别听贝贝胡说。"

傅佩嘉侧着脸，只轻轻地道："她不是胡说。她说的每一件都是事实。"

乔家轩正不知如何是好的光景，幸好良嫂开口打破了沉默："乔先生，很晚了，可以用餐了。"

傅佩嘉不过是吃了两口饭，便搁了筷子回房了。

乔家轩进去的时候，她如常地侧身躺在一旁。

自然是不可能入睡的。但乔家轩也无法说破，唯一可以做的只是静静地陪她。

第二天，陈云西请假带着宋贝贝去逛街购物，消磨时光。

逛了大半天，饥肠辘辘，陈云西问她想吃什么。宋贝贝歪头想了想，笑嘻嘻地道："环湖路最近新开了一家餐厅，网上评价不错哦。"

"走，咱们这就去试试菜。"

"我就知道云西姐对我最好了，什么都依我。"对着素来疼爱她的陈云西，宋贝贝嘴甜如蜜，完全找不到在傅佩嘉面前那个小恶魔的半丝影子。

两人出了购物商场，才发现外头不知何时下起了大雨。

车子到了环湖路，陈云西停好位子，正准备推门下车。忽然，陈云西发现宋贝贝目光古怪地直望着斜右方。

雨滴在车窗上蜿蜒而下，蒙蒙的似隔了一堵墙，但陈云西还是一眼便认出了那两人。

不远处的人行道上，乔家轩一手撑伞，一手小心翼翼地扶着傅佩嘉从一个咖啡店里头出来，一副妥帖细心的模样。

大雨如注中，乔家轩把一整把伞撑在傅佩嘉头顶，为她撑出了稳稳的一方晴空，而他的衣服早已经湿透了。

乔家轩车子的尾灯渐渐地消失在了视线里头。宋贝贝忽道："云西姐，我不想吃了。我想回家。"

陈云西知道方才看到的这一幕刺激到了她，便应了下来，将她送到了家门口。离开前，她不放心地叮嘱了几句："贝贝，回去别再跟你大哥置气了。还有，傅小姐如今有了宝宝，也气不得。"

"知道了。"宋贝贝嘟着嘴，不甚情愿地应了下来。

宋贝贝推开家门，乔家轩正换好了一身干爽衣物从楼上下来，见了她，柔声说了一句："回来了。还不快来吃饭，良嫂今天做了你最喜欢的蒜蓉虾。"

"我吃不下，有的人巴不得我从他眼前消失。"她气哼哼地甩门进了自己的房间。

乔家轩也不去理睬她。

不过数分钟，宋贝贝便出来了，一屁股坐在了两人对面，端起碗，埋头恨恨地扒饭。

乔家轩夹了满满一碟子菜给她："慢慢吃。好像这米饭跟你有仇似的。"

宋贝贝知道大哥这个动作就是在跟她道歉了，但她仍旧不解气，嘟囔着道："这饭跟我没仇，但有人跟我有仇！"

乔家轩面色立时一沉："贝贝！"

"反正啊，在你心里我一点也不重要了，你都多久没陪我和云西姐吃饭了。"

"给我好好吃饭！食不言寝不语。"乔家轩扫了一眼傅佩嘉，只见她眉目不动，正细嚼慢咽地吃蔬菜。

宋贝贝不甘地噘起了嘴，埋头吃饭。

她看到了大哥给傅佩嘉盛汤，又夹起了傅佩嘉吃了一半搁下的鸡腿，毫不忌讳地吃了起来。

类似的情景她也不是第一次瞧见了。但这次不同，昨晚被陈云西点破了，加上方才看到大哥给傅佩嘉撑伞的那一幕，此刻的宋贝贝像是被什么重物击中似的，脑中一片眩晕。

这些日子以来，宋贝贝与大哥和傅佩嘉同住在一个屋檐下，将大哥对傅佩嘉的温柔体贴一一瞧在了眼里。她自然有许多的不懂之处。

她不明白，如今根本已经不需要做戏的大哥为什么对傅佩嘉如此体贴入微？

　　她不明白，大哥为什么对云西姐客气有礼，而素来喜怒不形于色的他却对傅佩嘉半分不隐藏自己的情绪。甚至，连大哥自己都未察觉，每日里，他的一喜一怒都受傅佩嘉影响。

　　起先她都没有去细想，只是将其全部归结为傅佩嘉怀孕了的缘故。可如今，宋贝贝第一次惶恐地意识到：云西姐说的是真的。大哥真的爱上这个傅佩嘉了。

　　傅佩嘉手里似握了一根无形的绳子，而拴住的那一头，则是自己的大哥。

　　这可怎么办呢？不，不行！绝对不行。

　　大哥绝对不可以跟傅佩嘉在一起。

　　他们曾家和傅家是不共戴天的仇人。

似 曾 识 我

Act Twelve

如 梦 /

她仿佛魂魄出窍一般,
眼睁睁地看着乔家轩软软地倒了过来,
重重地压在了自己肩头。

这一日下午，傅佩嘉去医院看望父亲，忽然有人在医院熙熙攘攘的门口处截住了她："傅小姐，你的一个朋友想见见你。"

傅佩嘉打量着眼前的陌生人，很确定自己并不认识他。

那人似看出了傅佩嘉的疑虑，开门见山地道："傅小姐，我 Boss 姓黄，建业的黄品优。你应该不陌生吧？他想见见你。"

"不好意思，我一点都不想见他。"傅佩嘉丝毫不给任何颜面地当场拒绝。

"傅小姐，黄先生就在对面的咖啡店等你。你去见上一面，保证不会后悔。"

"对不起，我没有兴趣。"

无事献殷勤，非奸即盗。傅佩嘉只想远远避开。

陪父亲说说话聊聊天，离开的时候，傅佩嘉在医院楼下再度被人拦住了，这一次是衣着考究、风度翩翩的黄品优本人。

"佩嘉，好久不见。最近好吗？"

傅佩嘉很多时候是真心佩服像黄家之流的，平日里口口声声"我与傅兄相交二十年"，但转身便可以背后捅一刀，不捅死你不罢休。

傅氏破产之际，有着二十年交情的黄家非但不救援，甚至与乔家轩联手吃下傅氏。如今，黄品优居然亲切友好如初，状似从未有事发生过一般地与她打招呼。傅佩嘉是真心佩服他们脸皮的厚度。

傅佩嘉冷脸相对："黄品优，你到底有何贵干？"

"佩嘉，咱们也算是熟人。那么我也就不绕圈子了，直接跟你交底了。"黄品优顿了顿，道，"我想要收购乔家轩控股的曾氏，也就是你们傅家原先的傅氏。"

"黄先生，你想要收购曾氏、蒋氏、路氏、楚氏或者洛海城里的任何一家公司，与我何干？我们傅氏早已经破产了，个中缘由，你们黄家是最清楚不过的了。"

黄品优似笑非笑："原来佩嘉你还不知道自己这个月已成为曾氏的股东之一。不久前，乔家轩已经将自己名下一半的股份转赠给你了。这是曾氏前几天的股权变动公告——"

傅佩嘉被这个消息砸到了，愕然地戳在原地。乔家轩是说过她把孩子生下来后会给她他名下一半的股份。她确实也通过莫孝贤找了信得过的律师看过了那份协议书之后方签下了自己的名字。但她怎么也没料到，乔家轩也不知会她一声便早早地已经把股份转给她了。

黄品优也不多废话，直接拿出了一份股份变动资料给她："这个公告你一看便知真假。"

乔家轩处心积虑取得的傅氏，为何这么轻易就把名下巨额的股权给她了呢？

傅佩嘉只扫了一眼，便移开了目光："哪怕是真的，黄先生想要收购，我也爱莫能助。"

"佩嘉，你能帮忙的地方实在太多了。不如我们找个地方，我一一分析给你听。"

"不用了，我赶时间。有什么话，你在这里一并说完吧。"傅佩嘉淡淡的语气里有彼此都听得懂的不耐烦。

"好。既然如此，我也就跟你摊牌吧。"

"你可知乔家轩手中有关曾氏的股份，原先持有百分之六十的绝对多数。后来，他将一半也就是百分之三十的股份转给了自己的妹妹宋贝贝，自己手里只握有百分之三十。因其妹并不进入董事会，所以曾氏实际上一直都是乔家轩的一言堂。我们黄家对曾氏垂涎已久，但由于乔家轩握有绝对的控股权，我们就是有心也无力。"

黄家估计很早之前就已经对傅氏虎视眈眈了吧！傅佩嘉在心底冷笑不已。

"可现在的情况不同了。乔家轩将百分之十五的股份转给你后，他手上实际的控股数只有百分之四十五，虽然仍是曾氏第一大股东，但只要我暗中收购足够的股份，提出全面收购，乔家轩就无路可走，要么用高价买回我手里的股票，要么曾氏便会易手。"

"佩嘉，不瞒你说，我们现在已经收购了市场上百分之十五的散股，目前仍在持续收购中。只要我再争取到你的百分之十五和我们黄家本来就持有的百分之十六，便有百分之四十六的股份。这个数字已超过了乔家轩手上的百分之四十五。只要再收购百分之五，那么我们黄家便足以控制整个曾氏。

"佩嘉，乔家轩与你，与傅氏之间的恩怨情仇，我是个外人，了解得并不多。但今天我只想知道，你对乔家轩不费一兵一卒将傅氏掏空，转而另起炉灶成立曾氏，再来收购傅氏的这种狼心狗肺的行为，做何感想？

"哦，对了，我知道伯父当时就是被气得发病，如今还在这个医院。佩嘉，你难道一点都没有以彼之道还施彼身的心思吗？

"佩嘉，你若是真的没有的话，我就此离去，从此再不来打扰你。"

从头到尾，傅佩嘉都不置可否地听着。

最后，她说："黄先生，我没有忘记，我父亲会在医院，其中也有你们建业黄家的一份功劳。"

"佩嘉，我并不否认这一点。在傅氏破产一事中，我父亲确实是与乔家轩做了一个交易。但希望你明白，商场如战场，建业是上市公司，我们要对股东们负责，追求利益最大化。但至少，我没有像乔家轩那么卑鄙，那么不择手段，利用你的感情……"黄品优聪明地点到即止，不再深入。

"佩嘉，你卖了手上的这些股份，一来可以当作对乔家轩的报复，二来也可以让自己的未来有个丰厚的保障。这种双赢的局面，我想以你的聪明肯定是不会拒绝的。"

黄品优一番循循善诱后，从口袋里取出了一张名片，塞进傅佩嘉的包里："这是我的私人名片，你可以随时与我联系。我们愿以超过市场价格百分之十的高价收购你手上的所有股份。

"佩嘉，这么好的机会错过了可就错过了。请务必好好考虑。"

黄品优走后，傅佩嘉一直眉目不动地站着。

不可否认，黄品优所提的建议十分诱人。

若是在数月前，她根本不会多做一秒的考虑便会答应下来。

然而，如今——傅佩嘉缓缓地抚上了宽松衣物下并不显怀的腹部，怔怔失神。

这段日子以来，她能明显感觉到乔家轩对自己的温柔。可究竟是装出来的还是真实的，面对善于做戏的乔家轩，傅佩嘉实在分不清。

偶尔的时候，她会有一种乔家轩对她有爱的错觉。但每次她都告诫自己：打住！那不过是种幻觉而已。

建业黄家的计划，从理论上来说，成功的可能性是很高的。但前提是他必须从她手中购得那百分之十五的股权。

而散股方面，更是简单，暗中操作，只要黄家肯下足本钱，很多人是愿意抛售的。

所以，其中最关键的股份是她手中的百分之十五。若是她不点头，建业黄家无论怎么努力，都是前功尽弃。

虽然与奸邪狡猾的黄家合作，那绝对是与虎谋皮，但黄家这次计划针对的是乔家轩，双方确实有合作基础。如果赢了，黄家掌控曾氏，而她则获得足以保障将来的大笔现金。彼此各取所需，确实是个双赢局面。

这个交易，她怎么样都不吃亏。

这件事情，无论是莫孝贤或者钟秘书知道的话，想必都会大加赞成吧。

乔家轩回家，看到的便是傅佩嘉在落地窗前远眺的背影。乔家轩取了搁在沙发上的披肩，轻轻地替她披上。

傅佩嘉身体骤然一震，像是被吓了一跳。

乔家轩轻轻地握起她的手："良嫂让我们下去吃饭。"

乔家轩扶着她下楼："过几天，洛海有个顶级珠宝展，对方的老板与我合作好几年了，私交不错。我受了邀请，推托不了——"

乔家轩并不缺可以陪他出席的女伴，既然他开口了，便是要让她务必出席的意思。

事实上，她有什么权利说不呢？

洛海城中谁人不知她与乔家轩之事，如今叫她以什么身份跟他出席？不过既然乔家轩都不介意，从云端跌落遍尝艰辛的她更无所谓了。

几日后的下午，乔家轩打电话给她："礼服店那边等下有几件衣服会送过去，你看看喜欢穿哪一件。"

不多时，礼服店已经将衣物送到了。礼服都是曳地的款式，白的、浅灰的、紫灰的，都是如今傅佩嘉喜欢的冷色系。

其中一款珍珠灰的长裙，因其高腰微收的设计很是特别，柔软如絮的丝滑面料从腰部铺散去，简洁大方，丝毫看不出孕相。

她一拉开更衣室的门，赫然看到了已经到家的乔家轩和他眼里的那一抹微怔。

这款是大V领的设计，穿在傅佩嘉身上，将她白嫩如雪的纤瘦香肩完美地显露了出来，十分楚楚动人。

两人携手出现在了颐和珠宝的庆典上，衣香鬓影的会场里头有几秒落针可闻的静默。

杜维安亦是在一怔后，方携着妻子沈宁夏含笑迎了上来："乔兄，谢谢你们的赏脸。"

黄品优自然也在。作为洛海世家之一的建业黄家，从来不会缺席任何他们觉得有利可图、有机会合作的场合。而这一次的主人杜维安与沈宁夏夫妇，是七岛的首富。

黄品优言笑晏晏地与乔家轩寒暄了数句，随后他把目光移向了傅佩嘉："佩嘉，好久不见。最近好吗？"

黄品优面上的每一寸肌肉都控制得极好，仿若真的许久未见一般。傅佩嘉打心眼里钦佩不已。

后来居然还在洗手间遇到了许久不见的谢怡，她双手抱胸，从上到下又从下到上地打量了一圈傅佩嘉，嘴角是一览无余的讥讽笑意："傅佩嘉，听说你这段时间没名没分地跟乔家轩住在一起？这等能屈能伸的本领，我真是打心眼里佩服的。"

从制作精致的水龙头里流下的每一滴水都温度适宜，傅佩嘉恍若未闻地洗了洗手，又用服务人员递过来的毛巾缓慢擦干。这才道："不敢当。"

她转过身，正脸对着谢怡："谢小姐有时间的话，还是多关心一下自己的珠宝首饰，别又忘记搁哪儿了。不是每个人都像霍先生霍太太那么好说话的。"

当日谢怡的珠宝藏在自己身上却诬赖旁人一事，后来自然是传遍了整个社交圈，暗地里被引为笑谈。偷鸡不成反蚀把米，谢怡深觉奇耻大辱。傅佩嘉这句话却是射在了她最窝火之处。

谢怡的脸上顿时就像打翻了调色盘，忽红忽白了半晌，她怒极反笑："傅佩嘉，你以为你还是当年傅氏的大小姐吗？整个洛海城谁不知道你现在是乔家轩的情妇？不要脸的人我谢怡见多了，但你这么不要脸，甘心委身于把自己耍得团团转夺了自家所有财产的前夫的，整个洛海城都是头一回见！"

头顶是一盏吊灯，散尽一室的清浅光线。傅佩嘉的脸便隐在了一团朦朦胧胧的光影里，隐约可见嘴角微翘："是吗？那你长知识了没有？"

谢怡似听闻了一个极好笑的笑话，咯咯地笑了起来，片刻后，她止住了笑声，一字一顿地道："傅佩嘉你得意什么？你以为乔家轩会与你复婚不成？整个洛海城都知道乔家轩与他公司法务部的陈云西好事将近，听说前些日子两人还一起去美国出差，提前度蜜月了呢。两人连在酒店一起出入的照片都被周刊拍下来了——怎么，要不要我寄一本给你好好欣赏？！"

见傅佩嘉不说话，谢怡知道自己赢下了这一局，得意扬扬地故作惊讶："呀，你不会不知道这件事情吧？！"

"啧啧啧，傅佩嘉，你好自为之吧。"说罢，她踩着十寸的高跟鞋，趾高气扬地离开了，把傅佩嘉一个人留在了原地。

前些日子，乔家轩确实去过美国一次。

这个反击凌厉迅猛且正中命门，傅佩嘉似能听见心脏的血"滴答滴答"的坠落声。

不都是一些早已经知道的事情吗？那里怎么还会疼呢？真是奇怪。傅佩嘉抬手轻轻地罩在心口处，仿佛想要捂住那里汩汩而出的鲜血。

出了洗手间，在转角处，视线里便映入了一道等候着的熟悉身影。乔家轩上前："怎么进去了这么久？我都要让人进去瞧瞧了。"

然而，一握住她的手，乔家轩却是一惊："手怎么这么凉，是不是这里的温度设定得太低了？"

傅佩嘉不说话，任他把披肩轻拢。如今的乔家轩与从前是全然不同的。从前，他都是冷冷淡淡的，话更是少之又少。

后来的时间里，傅佩嘉如同一只提了线的木偶，站在人群中，却恍若在荒岛，茫茫然四顾，发现天地间只有她一人而已。

那一晚的上半场，就如傅佩嘉参加过的所有宴会一样，衣香鬓影，奢华舒适，人与人之间彬彬有礼地说着口不对心的客套场面话。

然而，下半场则出现了叫在场所有人永生难忘的场景。

或许，人生就是这样，没有预兆，不可预料。

很多年后，傅佩嘉总是会想起，若是没有那一次的抢劫，她和乔家轩的人生肯定不会是那个样子的。

事发之时，傅佩嘉与女主人沈宁夏等人正在休息室。自从乔家轩把她介绍给女主人沈宁夏后，沈宁夏一直对她照顾有加，甚至拉着她加入了一个太太团聊天。

太太团的每个人都对她极友善，言笑晏晏地说着一些旅行度假的轻松话题。事实上，这个会场上哪个人不知她与乔家轩之间那些狗血之事？但她们都刻意地避开，唯恐令她难堪。可见她们的良善，都是一些可以结交的人。

大家聊了片刻，忽然间，只听外头响起了几声鞭炮似的声响后，瞬间陷入了一片静默。

其中有个被叫作祝太太的好看女子，侧着耳朵听了片刻，蹙着眉头起身："怎么回事？外面怎么一下子这么安静，连音乐演奏声都停了。怎么感觉好像有点不对头？"

"放心吧，澄溪。有你们家三元城的安哥在，谁敢在太岁头上动土啊。"气质温婉的蒋太太说话轻轻柔柔的，好听得很。

听得此言，除傅佩嘉外的其他人都不约而同地笑了起来。

女主人沈宁夏含笑对傅佩嘉解释道："澄溪的老公祝安平的外公当年是三元城的黑道老大，所以三元城都尊称他们家那位一声安哥。据说三元城的安哥一跺脚，三元城都会抖三抖。"

江澄溪被她们两人弄得摇头失笑："你们啊，一个个都拿我做消遣。"

"不敢。给我们三个胆子，我们也不敢得罪安嫂……"

沈宁夏带笑的尾音都还在空中未曾消散，便有人"啪"的一声踹开了休息室两扇高大的门，有两个戴了动物面具的人，用一把众人只在电视剧或者电影里头看到过的枪冷冷地指着她们："你们被抢劫了！

"都给我竖着耳朵听清楚了，这不是拍电视剧，也不是恶作剧。

"都给我出来。"

世界一秒间，从花团锦簇到了血雨腥风。

血色瞬间从众人脸上抽去，一时间完全忘记了该怎么反应。

劫匪再度大喝道："都给我站起来！"

沈宁夏战战兢兢地起身，举着手道："你们……想要珠宝的话，全部都可以拿去。但是……请你们不要伤害我们。"

劫匪用抢指着沈宁夏，对着众人冷冷喝道："给我排好队，一个一个出来。听到没有？"

祝太太首先站了起来，不着痕迹地将傅佩嘉挡在身后。另有一个太太拉着她的手，低声叮嘱道："你可是两个人的身子，跟在我们身后，别说话，千万不要引起歹徒的注意。"

显然她们几人早已经瞧出她怀有身孕，此刻正在暗中保护她。在这样自顾不暇的危险场合，想不到她们竟是这等温柔敦厚。傅佩嘉唯有用眼神表达谢意，亦步亦趋地随着她们走出了休息室。

会场里鸦雀无声，歹徒指着众人："男士们都站那里，女士们，这里，都给我站好了。"

面对凶神恶煞般的一群劫匪，众人审时度势，不得不从。

有只厚实黏腻的手握着她，是乔家轩。他竟趁歹徒不注意，在擦肩而过之际，偷偷地与她一握。傅佩嘉感受到了乔家轩的手用力地握了握后方缓缓松开，稍纵即逝间，她心头清朗一片，她知道是乔家轩在暗示她小心。

很快，男女各自站好，排成了两排。

戴着老虎面具的劫匪目光阴鸷地扫过众人，喝道："谁是这个宴会的主人？给我出来。"

"是我。"杜维安不卑不亢地从众人之中出列。

老虎上前一步，用枪指着杜维安："说，密码是多少？"

"虽然我是这批珠宝的主人，但我们这次的珠宝首饰展，已全权委托给了安保公司。除了安保公司的数个相关负责人，根本没有人知道密码。"杜维安指了指不远处那位倒在地上的安保经理，"我只知道今晚他是负责人。但好像已经中枪了，不知是死是活。"

能把抢劫计划策划得如此精妙的劫匪头子，显然不是什么无脑之辈，他一沉吟便知杜维安的话并不假。

与此同时，另外两个劫匪正在用电脑破解安保系统，试图解开正在展示的珠宝和原石的安保网络。

"老大，这个安保系统，猴子说估计需要一个小时才能攻破。"其中一个戴着兔子面具的劫匪扬声喊了出来。

"让猴子加快速度。一个小时太久，变数太多。"

"是，老大。"

令人毛骨悚然的一片惊慌中，"牛头"咬着牙签嘿嘿地笑："老大，我听说这里的人个个都身家不菲，既然珠宝首饰现在只能看不能拿，那不如我们先赚点利息，让他们把身上值钱的东西交出来。"

"老虎"使了个眼色，显然是同意了。"牛头"便把身上的双肩包取下掷在了为首的男士面前："把你们的手机等通信器材都给我交出来，还有手表戒指通通给我摘下来。"

黄品优早已吓得腿软如泥了，第一个把腕上的手表解了下来，打着哆嗦递给了劫匪，只求劫匪别伤害他。其中一个"狗头"劫匪劈手抢过，看清牌子，一愣之后，呸地吐了口痰，朝"老虎"道："老大，这个表我先戴着了。"

"牛头"扫了一眼，顿时双眼发光："老大，这……这表抵一层楼啊。"

"都急什么，到时候人人都有份。现在办大事要紧。"

"老虎"说话不紧不慢，但几个劫匪听后却是一凛："是，老大。"

"都给我动作快点，别磨磨蹭蹭的。听到没有？手机，都给我扔这里——"劫匪们顿时来劲了，恶狠狠地用枪指着众人，声音都提高了几个分贝。

"珠宝首饰扔这里——"

在场众人迫不得已，纷纷解下随身所带的值钱物品，排队放进了劫匪指定的包包里。

突然，有个手机响了起来，尖锐的声音打破了会场一片死寂的气氛。

"是谁的手机？""牛头"劫匪凶狠地质问众人。

祝安平举着手机，从从容容地站了出来："是我的。"

"把手机给我。"

"我建议你关机。不然我女儿会持续不停地打过来，她每晚都必须听我讲完公主故事才肯睡觉。"祝安平不紧不慢地道。

"牛头"劫匪劈手夺过他的手机，往地上狠狠一摔，然后再用力踩踏几脚："这样你女儿就打不进来了。"随后他用枪指了指："给我站回去。"

"都给我站好了。"

在劫匪们以为自己胜券在握，嚣张跋扈地打量自己枪口下那些任他们宰割的人时，浑然不知祝安平不露声色地与杜维安、蒋正楠等人交换了几个眼神，示意自己已经报警了。

时间一分一分地过去，四周压抑的气氛已经紧张到令人要张着口呼吸的地步了。

在这段时间里，不只傅佩嘉，甚至在场的众人都注意到了乔家轩的视线凝固一般地一直停留在傅佩嘉所在的方向。除非不得已，否则他决不挪动半分。

为首的"老虎"劫匪一直不耐烦地询问电脑破解情况："还要多久？"

依旧与安保系统奋战的"美猴王"转头道："老大，估计怎么也得半个小时。"

"给我抓紧了。"他随即用对讲机问，"楼下情况怎么样？"

"一切正常，over（完毕）。"

每一秒都是漫长无比的难耐等待。

死寂一般的会场里，突然只听"嘀嘀嘀"的刺耳警报声响起。

"怎么回事？"

"哪儿来的警报？"

"老大，我们应该怎么办？"

自以为计划得天衣无缝，毫无防备的劫匪们面面相觑，顿时陷入了惊慌失措中。

"老大，我们试图破解防火墙的时候，触发了报警系统……""美猴王"颤抖的声音越来越弱，最后几近无声。

"妈的！你小子到底有没有把握？马上给我解开，不然我一枪崩了你！""狗头"用枪顶着"美猴王"的脑袋。满头冷汗的"美猴王"顿时点头如捣蒜："有有有，请老大和各位大哥再耐心等待二十分钟。"

"牛头"："老大，来不及了。已经触发了警报，我们最多只有十五分钟。五分钟内无论解不解得开，都必须离开这里。"

"老虎"点了点头，朝"牛头"使了个眼色吩咐道："把这里收拾一下，带上几个人质，马上撤。"

"牛头"在这个团伙中素来有"小诸葛"之称，他一琢磨便懂得了老大的意思，赞一句："老大实在是太高明了。等我们出了这个险境，这几个人质便是我们手上的肉票。"

他和"狗头"把包背上，挑几只待宰的肥羊："你，你，你，还有你……都给我出来……"

陡然间，警察的声音通过扩音器响彻了整个空间："顶楼的匪徒们听好了，你们已经被包围了。快出来投降。"

劫匪们俱是一震。他们齐刷刷地扭头望向了"老虎"，仓皇如过街老鼠："大哥，怎么办？我们被包围了。"

"老虎""呸"一声吐了口痰，粗鲁地随手拽过了自己面前站着的傅佩嘉："妈的，老子就算死了也要拉个垫背的。"

傅佩嘉清楚地意识到这群亡命之徒显然不是说说而已。她吓得紧闭双眼，瑟瑟发抖。

忽然，只听乔家轩的声音冷静地响起："我是曾氏集团的老板乔家轩。你把她放了，由我来做人质。在场的这些女士都穿了高跟鞋，走不快，跑不动。你们带了也是个累赘。"

傅佩嘉一震，不敢置信地缓缓睁眼，复杂万分地望进乔家轩眼里。在他黝黑如墨，素来深不见底的眼里，此时坚毅之色一览无余。

为了财富不择手段的乔家轩，竟然不顾生命危险地保护她。但转瞬，傅佩嘉便明白过来了，他是为了她肚子里的孩子。

看来，他是真的爱腹中的这个孩子。傅佩嘉感到欣慰的同时，在自己的舌尖尝到了又酸又苦的百般滋味。

"曾氏集团？老大，绑了他和那个姓杜的，警察也不敢轻举妄动。"

与此同时，杜维安、祝安平等数人暗中交换了一个眼色，得到了一个共识，纷纷站了出来附和道："你们可以拿我们来做人质。"

"老虎"觉着有理，再加上情势已刻不容缓了，他用枪指了指站出来的几个人，喝道："你们都给我过来。"

傅佩嘉怔怔地望着乔家轩一点一点地走近她,在眼神交错的那一秒,她看懂了他的叮嘱。他要她好好保护自己,保护孩子。

那个瞬间,傅佩嘉觉得自己的心似被烈火灼伤了,火辣辣的,疼得厉害。

顷刻间,变故突起,有人动起手来。

很多年后,傅佩嘉回想那个电光石火的光景,总是想不起来,当时到底发生了什么。隐约只记得那个戴着美猴王面具一直在破解电脑的劫匪竟然出其不意地劈手夺过了为首"老虎"劫匪手里头的枪,而后用枪指着他的脑袋,凛然道:"虎老大,你已经被捕了。快叫你的人投降。"

"妈的,你是个卧底。""牛头"一声厉声大吼,他随即一把抓过自己触手可及的傅佩嘉,用枪抵住了傅佩嘉的头,冲着"美猴王"咬牙切齿地道:"死猴子,把我老大放了。否则,我立刻杀了她。你跟我们混了这么久,应该知道我们的行事规矩。"

乔家轩脸色大变,脱口而出:"不要!你放了她,说好的我来做你们的人质。"

这样的焦急惊慌,傅佩嘉从未在过往冷静从容的乔家轩身上看到过。

"放,还是不放?""牛头"赌"美猴王"不敢让他杀人,于是胜券在握不慌不忙地用枪顶了顶傅佩嘉的太阳穴。

"大家都冷静点,这样,你放了她。你把她放了,你要钱,我有很多钱,我都给你。这里在场的人都可以给我做证,只要你放了她,我什么条件都答应你。"乔家轩举着双手,一字一顿地跟"牛头"谈着交换条件。

他又转头对着"美猴王":"无论你是卧底警察还是其他人,请你把他们的头儿放了。大家万事好商量。我想他们只是求财而已,也不想伤人命的。"

卧底"美猴王"沉吟着,似有些举棋不定。

"牛头"恶狠狠地道:"死猴子,放是不放?我数到三,你不放,我就崩了这个女的。"

"不!"乔家轩五内俱焚,几乎是用吼的,眸子里充满了惊骇欲绝。

"一。"

"快放人！你快放了他们老大！快！"乔家轩朝"美猴王"失控般地大喊大叫，毫无平日里的半分理智从容。

在场众人只觉得莫名诧异。传闻中乔家轩冷酷无情，为达目的不择手段，利用妻子傅佩嘉一步登上洛海城富豪之位，成功后便一脚踢开了妻子。然而如今这样心急如焚担忧害怕，愿为前妻不顾一切甚至甘做人质，完全与他们曾经听到的传闻不一样。

"二。"

安静的空间像是一把被人拉到了极处的弓弦，下一秒仿佛就会天崩地裂。在场众人都渐觉窒息。

"三……"

话音都未落，乔家轩似一头疯了的野兽，一下扑了上去，扭打着去抢"牛头"手里的枪。傅佩嘉被这股冲击力撞得趔趄往后，重重地跌在了墙壁上。一阵疼痛从小腹处蔓延了开来，她眉头大皱，顿时捂着腹部靠在了墙上。

数个劫匪条件反射地举着枪对准了乔家轩，正准备不约而同地按下——

正在这千钧一发的时刻，祝安平等人见状，知道情势已刻不容缓，便手起脚落，以迅雷不及掩耳之势劈手反制挟持着他们的劫匪，试图夺走歹徒手里的枪。

乔家轩在与"牛头"的纠缠中开了一枪，正中其中一个歹徒的心口。但他只顾着保护傅佩嘉，完全忽略了自己。忽然，他身躯一震，只觉胸口处一阵钻心地剧痛。他缓缓低头，瞧见了自己白色衬衫的胸口处有一朵红色花蕊，此刻正一点点地氤氲盛开。

他中弹了。

傅佩嘉整个人已经愣住了，她仿佛魂魄出窍一般，眼睁睁地看着乔家轩软软地倒了过来，重重地压在了自己肩头。

此时，落地玻璃窗忽地一声巨响，轰然碎裂，有数个警察拉着绳索从天而降："劫匪们听着，你们已经被包围了，快放下枪投降。"

几乎在同一个瞬间，有数道尖锐枪声嗖嗖划破了长空，在空气里"啪啪啪啪"地响起。

四周的尖叫声，凌乱声，一切的嘈杂混乱，对傅佩嘉来说，都如遥远天边传来的一般。

她好像触碰到了一些热热的液体，傅佩嘉怔怔地抬起双手，只见白皙掌心满是淋漓的鲜血。她到了此时，脑中才反应了过来：乔家轩中枪了，乔家轩中枪了！

她哆哆嗦嗦地触了触他的胳膊，嘴唇已干裂得发疼了："家轩……"

在一起后，这是她第一次唤他的名。好听得紧。

但被唤的那个人，却挤出一个无恙的笑容："嘉宝，我没事。"

这个已经遗忘了两年的昵称，这个专属于他的昵称，叫傅佩嘉骤然红了眼眶。

怎么可能会没事？血不停地从他胸口涌出来，傅佩嘉拼命地用双手堵着他血流如注的伤口："乔家轩，你别死，我不许你有事！"

"好……以后……我都听你的……你不许我有事，我就……"乔家轩勉力应了下来，随即头一歪，便人事不知了。

"不！家轩——"傅佩嘉肝胆俱裂，泪眼模糊，唤他的每个字都破碎凌乱，像寒风呼啸中遍地翻滚的枯黄落叶。

往日里，由于父亲住院，去叶氏医院的这条路，傅佩嘉来来回回了无数次。可从来没有一次像今晚这样，一条路黑黑沉沉地无穷延伸，仿佛永远没有尽头。

傅佩嘉行尸走肉一般，只知道死死地拽住乔家轩的手，生怕他会偷偷溜走一样。

到了急诊室门前，依旧不肯放。最后，是莫孝贤一根一根地掰开了她的手指："你放心，有我在，我保证这家伙没那么容易死。"

不久后，李长信得知情况，也匆匆从家里赶了过来。他见傅佩嘉不发一言，痴傻了一般站在门口，便上前道："傅小姐，你放心，我们一定会尽一切力量抢救的。"

傅佩嘉机械式地抬头瞧他，带着一种空空洞洞的茫然，好半晌后方认出了李长信。她顿时脸色大变，颤抖地抓着李长信的外套，嘶哑开口："李医生，请你们救他，救他。"

后来的一切，仿佛只是电视镜头里的黑幕。

傅佩嘉似发高烧了一般，昏一阵又醒一阵。也不知过了多久，李长信在她耳边说："傅小姐，乔的手术很顺利，子弹已经取出来了，暂时没有生命危险。只要度过危险期，清醒过来就应该没事了。你先回去休息吧，待在这里，也帮不上医护人员半分忙。明天我们医院会安排最好的专家医生进行会诊。等乔醒来，我会第一时间通知你的。"

傅佩嘉纹丝不动。

李长信见她魂不附体的模样，暗暗叹了口气，道："傅小姐，就算你想等乔醒过来，也先回去洗个澡，换身衣服。再说了，乔在重症监护室，每天也只有两个小时的家属探病时间。"

傅佩嘉怔怔低头，这才瞧见自己的手上，长裙上，大片大片的赤乌血迹，触目惊心。

这些都是乔家轩的血。当时她捂着伤口的时候，还是温温热热的。如今已经全部干涸了。

傅佩嘉心头顿时剧烈抽动，盈于睫毛处的泪珠，又啪嗒啪嗒地掉落了下来。

李长信见状，知道再劝也没用，叹了口气，也只好由她去了。

"只要再偏几厘米，就是心脏了——这小子命大得很，肯定能平安度过危险期的。别哭了。"这时，已经脱下手术服的莫孝贤递了张纸巾给她。

宋贝贝得到消息，和陈云西赶来的时候，已是天色渐白的时候了。

宋贝贝第一眼瞧见的便是头抵在玻璃上的傅佩嘉。穿了一条薄裙，外面披了件披肩的她石像般地站着，连两人的到来也未有任何察觉。

"喂。"宋贝贝又惊又急，推了推她。

傅佩嘉陡然一震，动作之大反而把宋贝贝吓到了。她见了傅佩嘉身上的血迹，顿时心惊胆战了起来："喂，我大哥怎么样了？"

"子弹取出来了，医生说还要观察……"傅佩嘉说每个字都虚弱得像随时会脱力。

宋贝贝粗鲁地一把推开了傅佩嘉，看见了一直如神祇般存在的大哥，此时毫无意识地躺在白色病床上。宋贝贝只觉得自己的心都快要碎了。

她抹了抹眼泪，恶狠狠地瞪着傅佩嘉，咬牙切齿地道："傅佩嘉，我问你，我大哥是怎么中弹的？"

那个混乱的光景，傅佩嘉只记得他飞扑过来用身子挡住她的那一幕。

"反正我大哥跟你在一起就没什么好事。傅佩嘉，你可不可以离我大哥远远的，别来祸害我大哥了？"

陈云西柔声相劝："贝贝，别这样。警方都说了，这是个意外。傅小姐也不想这样的事情发生的。"

"她不想！她其实恨死我大哥了。在她心里，巴不得我大哥早点死呢。"宋贝贝吐出的每个字都带着浓浓的厌恶。

"傅佩嘉，你说，你是不是巴不得我哥中枪死掉？现在我大哥生死未卜地躺在里面，你是不是很开心？"恨意突然如火苗蹿上了眼，宋贝贝怒气冲冲地扯着傅佩嘉的长裙，虚弱苍白的傅佩嘉被她扯得摇摇欲坠。

忽然，有只修长有力的手伸了过来，一把捉住了她的手臂。

宋贝贝愕然转头，瞧见了一张剑眉星目的脸。

"喂，君子动口不动手。"

"我骂她关你什么事！"

"我告诉你，乔家轩是我救下来的。我要不是看在她的面子上，乔家轩哪怕在我面前死一百次，我都会见死不救。干吗？瞪我！我怕你不成？我警告你，你敢碰我一下，我绝对还回去——你再瞪我试试！"莫孝贤的表情凶狠无比。

宋贝贝从未被一个男人劈头盖脸地骂过，一时也愣了。等她回过神来准备反击的时候，忽然只见这人已经松开了她，惊呼着扶起正眩晕倒下的傅佩嘉："佩嘉，你怎么了？"

傅佩嘉醒来的时候，隐约听到身畔有人在说话。

是乔家轩吗？他醒过来了吗？她期待地试图转头。这个小小的动作立刻引起了边上人的注意，下一秒，莫孝贤惊喜的声音在她耳畔响起："佩嘉，你醒了？"

"他怎么样了？"

莫孝贤大约是没料到她醒来的第一句话便是关心乔家轩的，他侧了侧脸，半响才答："他还没有醒。"

"我要去看他。"傅佩嘉挣扎着起身，莫孝贤按住了她："你不能乱动。妇产科的吴医生说你受了不小的惊吓，有流产迹象，必须住院休息，观察几天。

"你放心，乔家轩这家伙死不了，既没有术后感染，也没有并发症，现在好好地在重症监护室躺着呢。"

"我没事，我想看看他。你推我过去，我只看一眼就回来，好不好？"傅佩嘉的语气又低又微，恍若初生的猫咪，呜咽不已。

莫孝贤叹了口气，最后无奈同意。

隔着玻璃，傅佩嘉只见乔家轩无知无觉地躺在病床上，似一株委顿了的松树，苍凉寥落。

她什么也没有问，什么也没有说，只是静静地用手摸着玻璃，眼睛一眨不眨地望着里头的乔家轩。

良久后，她才轻轻地道："回去吧。"

傅佩嘉这两日一直恍恍惚惚的，如一抹游魂。

每天两个小时的家属探病时间被宋贝贝占得一分不剩。傅佩嘉也不跟她争抢。除了挂点滴的时间，她总是一个人去 ICU 外面，悄无声息地陪伴乔家轩。

乔家轩不生不死地躺着。照理说，她应该要高兴庆祝。他不择手段地伤害了她，如今终于得到了报应。

傅佩嘉却半分喜悦也没有。她的心每天惶惶然地不知所措。

偶尔脑中闪过"乔家轩若是无法度过危险期无法醒过来的话会怎么样"的念头，她心头便是一阵撕心裂肺的剧烈刺痛。

她让良嫂把她搁在更衣室的包包拿了来，放在病床边。每个惶恐害怕的时刻，她总会把那件小衣服和小兔子玩具取出来，紧紧地抱在怀里，喃喃低语："宝宝，妈妈害怕……"但她从未把害怕的内容真正说出口。

搁在兜里的手机突然响了起来。傅佩嘉摸出了手机，看着显示屏上并不认识的电话号码，她按下了拒接键。但不过一秒，对方又拨了过来，傅佩嘉瞪着手机，犹豫了许久，终于是接通了。

另一头传来了黄品优的声音："佩嘉，是我。

"你考虑得怎么样了？"

傅佩嘉不说话，黄品优径直滔滔不绝地道："乔家轩中枪住院，未脱离危险期，市场上出现了很多对曾氏不利的传闻。今日曾氏股票一开盘便跌停——佩嘉，不用我多说，你应该也知道这是对付乔家轩的最好时机，对不对？

"佩嘉，希望你不要心软。商场如战场，这样的好机会错过了可不会再有。"

黄品优言谈切切，一再叮咛，仿佛两人真的是多年老友一般地关怀备至。

傅佩嘉的眉目沉沉，良久才回道："我知道了。"

"明天我会再打电话给你，无论如何，到时候你必须给我一个答复。"

"好。"傅佩嘉疲倦万分地吐出了这个字。

走廊上是米色的地砖，盯得久了，一块一块拼接在一起的地砖便似地壳运动般高低起伏了起来。傅佩嘉一阵头晕目眩，便扶着墙缓缓地蹲了下来。

进一步是无底悬崖，退一步是海底深渊。

她到底应该怎么办？

傍晚时分，莫孝贤给她送来了熬得稀烂的小米粥。傅佩嘉心头压了重石，了无食欲。

莫孝贤柔声劝她："你不吃东西怎么挺得住？"见她不声不响的，莫孝贤便倒了半碗，端在手里，递给她："吃一点吧。"

"我真的不饿。"

她的唇色犹如冰块般透明，无半丝血色。莫孝贤再一次地忆起了傅佩嘉的那句话："你以为我只是舍不得肚子里的孩子而已，没有其他吗？"

"其实，我一直爱着乔家轩。"

如今方知她从来没有骗他。她不只爱，而且还深爱。

莫孝贤定定地凝视了她片刻，心中五味杂陈："佩嘉，你这样下去，还没等乔家轩醒来，你自己已经撑不住了。"

突然，病房门被人从外面狠狠推开了，"砰"地撞到了墙上。宋贝贝一张怒脸双目圆瞪："傅佩嘉，我哥还在 ICU，你转身就招蜂引蝶了。你还知不知道羞耻这两个字怎么写？"

莫孝贤转过头，冷声道："嘴巴给我放干净点。你跟我说清楚点，什么是招蜂引蝶？什么是羞耻？"

"就是你们的行为。"

"你哪只眼睛看到她招蜂引蝶了？"

"我左眼右眼都看到了。"宋贝贝双手抱胸，咬牙切齿地道，"傅佩嘉，请你记着：你肚子里还怀着我哥的孩子。要拈花惹草，也请你先等你的肚子卸了货。"

莫孝贤忍无可忍，脱口而出骂道："泼妇，简直不可理喻！"

宋贝贝忽然笑了，挑着眉毛对莫孝贤道："对啊，我就是泼妇，我就是无赖。你是大医生，所以你少惹我。不然要你好看。"

"你！"能叫莫孝贤这样吃瘪的，倒也少见。只是傅佩嘉如今心事重重，一点想打趣莫孝贤的心思也没有。

"你什么你！少惹我！"宋贝贝针锋相对，完全不甘示弱。

"见过无赖的，没见过你这样无赖的。"

"我就是无赖怎么了！我只要我大哥醒过来。"宋贝贝骤然红了眼眶，咬着唇道，"你不是大医生吗？那你告诉我，我大哥什么时候可以醒？这都已经第三天了。"

他们明明不是在对峙吗？！怎么这位大小姐好好的就一副要哭出来的样子？情绪转换自如，毫无任何衔接痕迹。这演技——莫孝贤实在不得不服。

"你大哥的情况都在密切观察中，他随时可能会清醒。但何时会醒来，我们医生又不是神仙，怎么可能说得出具体时间？"

"说了跟没说一个样！做什么医生，你还不如去摆摊算命！"宋贝贝冷哼一声，板着脸转身便走了。与来时一样地突兀。

第二日一早，医生才查房完毕，黄品优的电话已经拨了过来。

"佩嘉，你的答案是什么？我想你这么聪明，一定可以做出最为明智的抉择。"

傅佩嘉不言语，她默默地把搁在一旁的那个包抱进了怀里。

但此时此刻，她的沉默就是一种变相的应承。黄品优心如明镜。他在电话那头得意地笑了："佩嘉，你在哪里？我这就过去接你去律师事务所签字。"

结束通话后，傅佩嘉又无声无息地怔了良久。而后，她起身拔了正在挂点滴的针头，抱着包包，来到了 ICU 病房。

病床上的乔家轩依旧昏迷着。只有边上不断跳动着的医学仪器显示着他依旧拥有平稳的生命力。

指尖所触之处的玻璃，如水冰凉。好半晌后，她抱紧了怀里的包包，轻轻地开口："乔家轩，再见了。我会和宝宝好好生活下去的。"

是到了该说再见的时候了。

她知道他做的这一切都是为了肚子里的孩子。这是他生命中的第一个孩子，所以他拼了命地去珍惜。

但她已经决定了，她不会把宝宝给他的。

她也无法眼睁睁地看着他与陈云西结婚，更无法看着宝宝以后叫陈云西妈妈。以后，他与陈云西会有很多孩子的，想来也不差她肚子里的这个宝宝。

所以，最好的结局便是她离开。拿着钱，带着宝宝和父亲，在一个他不知道的地方好好地用心生活。

如果以后宝宝问起的话，她会告诉他，爸爸很爱很爱他，爱到可以为了他连自己的性命也不要。

再见了，乔家轩。

再见之后，永不再见。这便是乔家轩和她之间的结局。

傅佩嘉转身离开，再没有回过头瞧一眼。

到了底楼大厅，远远望去便看见了黄品优扬扬自得地倚在他的跑车上，似胜券在握，毫不掩饰脸上不可一世的神情。那个瞬间，傅佩嘉有一秒钟的迟疑。

这一步踏出去之后，一切都成定局。建业黄家将成为最大赢家。

但——她还有其他选择吗？从来没有。

傅佩嘉正要抬步，忽然手中握着的手机响了起来。苦笑沉吟中的她，猝不及防，浑身一震。

屏幕上显示的是李长信的名字，傅佩嘉缓缓地滑开接听，下一秒，手机里传来了李长信醇厚中带着喜悦的嗓音："傅小姐，你在哪里？乔醒过来了，他只想见你。你快来病房。"

大厅里有来来往往的病患，有不时匆匆经过的护士医生。然而，这一切都开始在傅佩嘉眼前旋转颠覆，天地无声间，她耳畔只有数个字在不停回荡："乔醒过来了，他只想见你。"

黄品优正在前方不远处。然而那个瞬间，傅佩嘉的脚似灌了铅，再无法向前迈开一步了。她缓缓地抱紧了包包，低头道："宝宝，爸爸要见我们。我们该怎么办？"

护士张雁容正与邱敏抱着厚厚的一摞病人病历从电梯下来，只见大厅里站着一人，也不知在与电话那头的人说些什么，小脸上突然绽出了阳光，本就清雅好看的脸，顿时叫人移不开目光。

她用手肘碰了碰邱敏："那不是傅小姐吗？听说她前夫最近为了救她住院了。"

"我也听说了。"

"唉。他们这对的故事啊，简直可以拍连续剧了。"

"是呀。你说傅小姐的前夫为什么要救她？莫非对傅小姐余情未了？"

"我看你是想多了……"

两人说了几句话，便见傅佩嘉转过了身，迈步走向了电梯。

病床上的乔家轩目光移了过来，看到了门口的傅佩嘉，仿佛确认了她的无碍，灰白的脸上明显释然放松了下来。

两两相望，时间静止。

这一刻，傅佩嘉忘记了一切，只有眼前的这个人而已。

他还活着，已是上天的恩赐了。

也不知过了多久，傅佩嘉慢慢地上前走近了他。乔家轩伸过手来，虚弱地握住了她的手，缓缓地与她十指相扣。他用尽了自己所有的力气，仿佛要透支自己余生所有的力量与温存，想要就这样稳稳地与她牵着手。

两人什么话都无。

在这样的光景，仿佛一切言语都是多余的。

无声胜有声。

看来大哥不只爱这个傅佩嘉，还爱惨了。宋贝贝在一旁愤愤地咬着唇，忍了又忍，忍无可忍。但见大哥脸上的欢喜之色，她不得不从头再忍。

两个小时后，袁靖仁得知 Boss 醒来，便第一时间来了医院，与 Boss 进行了一番谈话。

"乔先生，你昏迷的这几天，市场上有买家一直暗中高价收购我们公司的股份。市场上有多少，他们就收多少。"

乔家轩的瞳孔微微收缩了起来。他思虑了一番，道："我知道了。来者不善，善者不来。只怕是有人看上我们公司了，准备狙击。你让投资部盯紧市场变化，给我高价收购百分之六的股份回来。另外再看看有没有大股东抛出手中股权。如果有的话，你第一时间通知我。"

袁靖仁何等精乖人物，一点即通："乔先生担心董事会里头的那几个人会有行动？"

"很多事情，做最好的准备，也做最坏的打算。"乔家轩的语气虚弱疲倦。

袁靖仁知道他所虑何事。Boss 不怕其他买家提出全面收购，他怕的是傅小姐将手中的股份卖给对手。所以才会让他盯着有没有大股东抛出手头股份。

　　但傅小姐会不会抛掉手中股份呢？袁靖仁心里头惴惴不安。平心而论，易地而处，换了他是傅小姐，若是有人高价收购，加上 Boss 夺产的恩怨，他肯定会选择卖掉，拿一大笔钱傍身，从此天地任我逍遥。

　　如果傅小姐真的这么做，这对 Boss 来说绝对是一个致命打击。

　　袁靖仁每天下午会到医院来，跟乔家轩汇报一些工作，但时间都不会很长。除了第一天外，这几日的汇报，傅佩嘉都在场。

　　什么项目进展到什么程度，什么项目的评估已经出来了，什么项目的标底是什么。

　　这些应该都是商业机密吧。但乔家轩似乎无半分顾忌，并不让她离开："你在这里陪我。"

　　苏醒后的乔家轩总是喜欢握着她的手，哪怕是睡着了也不肯轻易松手。

　　这日下午，暖阳从窗户肆无忌惮地照进来，傅佩嘉被熏得困意泛滥，不知不觉便睡着了。

　　宋贝贝提了炖汤，推开门，便是一愣。

　　病床上的两人头碰头地躺在病床上睡着，似鸟巢中两只相互取暖的小鸟。

　　宋贝贝怔在了门口处，正欲上前扯开傅佩嘉，忽然有只手捂住了她的嘴巴，将她拖出了病房。

　　宋贝贝恶狠狠地咬住了他的手，莫孝贤"哇"一声吃痛，不得不放开："喂，你是狗啊？居然咬人。"

　　"谁叫你好好的捂住我的嘴？你自找的。"

　　"我这样做是不让你去打扰佩嘉的睡眠，她需要好好休息，乔家轩这家伙也是。"

　　宋贝贝没好气地白了他一眼："佩嘉，佩嘉，叫得可真够亲热的。"

　　莫孝贤皮笑肉不笑地冷哼一声："要你管。"

"呵呵。管你！我又不是吃饱了撑的！"

两个人如往常一样不欢而散。

宋贝贝抱着保温壶走了几步，在走廊上的长椅上坐下。她瞧着远处已成了一个黑点的莫孝贤吐了吐舌头："真是个讨厌的家伙。"

边上有个苍老的声音似笑非笑地道："莫非你男朋友惹你生气了？"

宋贝贝像被蜜蜂蜇了一口，几乎要跳起来了："那个人才不是我男朋友呢。那么讨厌的人，送给我，我也不要！"

身畔是一个衣着考究，戴了个领结的绅士老头，他的嘴角含了一抹古怪笑意："缘分有时会在我们不知道的时候，偷偷到来。"

"你可别吓我，我的小心脏是经不住吓的。"宋贝贝的性子其实很古灵精怪，除了傅佩嘉和这个讨厌的莫孝贤外，其他人她都愿意和颜悦色以对。

"那个人真的有那么差劲吗？他好像是个医生，长得也不错啊。"

"虽然我跟他一点也不熟，但是啊，我可以跟你保证：他真的真的很差劲。"

绅士老头望着走廊尽头，和蔼微笑。而宋贝贝的视线则是落在了自己的脚腕处，无端端地沉默了下来。

干净通透的窗，透进温和轻柔的光，似金粉般，温软细碎地洒在傅佩嘉精致的眉眼之上，令她整个人熠熠生辉。

视线再往下，她宽松的衣物里头有他和她的骨肉，每一分每一秒都在长大。

他的嘉宝。他和她的孩子。

乔家轩也是在那个几乎要失去的时刻才知道，他此生曾经那么接近过幸福。

从前，他不知道他拥有这么一份珍宝，所以，他浑浑噩噩的，不在乎，不珍惜。所以，他轻易地松开了她的手。

乔家轩俯身轻轻地凑了过去，一个无比虔诚真挚的吻缓缓地落在傅佩嘉未曾隆起的腹部，珍而重之得仿佛在亲吻清晨一闪而逝的珍贵甘露。

窗外，云层倏忽，日影慢慢。

吻落下的那一秒，傅佩嘉的睫毛轻闪，她早已经醒过来了。只是，乔家轩并不知道。

傅佩嘉思虑再三，这天晚上，她终于做了一个决定。

"黄先生，很抱歉，我想我帮不了你。"

电话那头的黄品优脸上的兴奋之情瞬间被冻住了，停顿了数秒，他急道："佩嘉，机不可失，时不再来。如今乔家轩中枪住院，曾氏股票连续跌停，正是我们全面收购的好时机。至于我答应过你的价格，还可以再上调百分之三。难道你真的不再多考虑一下我的提议吗？

"佩嘉，你将手头股份出售后，便是身家丰厚的富婆，从此之后，衣食无忧，海阔天空。"

"不用了，黄先生。我不会再考虑了。"或许将来的某一天她会后悔，但此时此刻，傅佩嘉却是心甘情愿的。

"佩嘉，你不会是因为乔家轩这一次出面救你而感动了吧？我想提醒你一下：做人做事切勿感情用事。或许这不过是他在众人面前洗白自己的一个手段而已。你不记得他以前是怎么对你的吗？！可谓心狠手辣，毫不留情。"黄品优用尽各种办法试图动摇傅佩嘉。

"谢谢黄先生的提醒。但是，我不会和你们合作的。这句话，我不会再说第四遍。我心意已决。"

"那好吧。佩嘉，既然你现在如此坚决的话，那我只有期待下次有机会再跟你合作。"

"我想我们之间应该没有什么下次机会。"

"有道是山水有相逢。佩嘉，说不定你接下来会主动联系我呢。"

第二天上午，傅佩嘉提了汤水在医院门口下车，正准备进住院部大楼，有辆欧洲顶级豪车缓缓地在她身边停了下来。

"佩嘉侄女，介不介意和伯伯我一起喝杯咖啡？"

这声音分明是似曾熟悉。傅佩嘉扭过头，看到了黄民仁那一张"慈祥和蔼"的脸。她连个微笑也欠奉："不好意思，我很忙。"

"再忙也不差这一杯咖啡的时间。关于合作的事情，你先别急着拒绝我们。你如今待价而沽，完全可以听听我们最新提出的优厚条件。"

傅佩嘉不假思索地摇了摇头："不必了。"

黄品优急不可耐地插嘴进来："佩嘉，我爸爸的意思是说你有什么条件尽管提。比如，收购后，依然可以改名为傅氏企业。再比如，我们可以让伯父担任名誉董事长……"

老谋深算的黄民仁则含笑沉吟，不动声色。

傅佩嘉默不作声地听完，方抬头对黄民仁道："两位黄先生，并不是你们的计划不好，相反，你们的计划非常之好，我非常心动。"说到这里，傅佩嘉停顿了一下。

黄品优脸上露出又惊又喜之色："佩嘉，我就知道你会答应的。我们给你的条件是绝无仅有的……"

"但是，计划再好，合作的人不好的话，一切就都没有商谈的必要了。"

黄品优侃侃而谈的脸顿时僵住了。

"我虽然傻，但也知道与虎谋皮这种事情还是少做为好。两位黄先生，我想我们不会再见了。"

"佩嘉侄女，这样吧，你再好好想想。若是有一天，你反悔了，可以随时来找黄伯伯我。"

傅佩嘉毫不留恋地转身离开了。

黄品优沉着一张俊脸望着傅佩嘉远去的身影，磨着牙道："这么好的机会居然就这样错过。见过傻的，但没见过这么傻这么没脑子的女人！"

"她要是有半分脑子的话，也不会把家产双手奉送给那个姓乔的，让自己沦落至此了。"媒体面前的"善长仁翁"黄民仁，冷笑着吐出的每个字都恶毒不已。

"品优，我们这次的收购计划已经失败了，无谓再与她多做纠缠。马上让人把手上的股份分批抛出。务求把我们的损失降到最低——"说到这里，黄民仁却突地停顿了下来。

知父莫若子，黄品优见父亲这一微愣，便不由得心中一动："爸爸，你是不是又有什么好计划？"

同一日傍晚时分，袁靖仁向乔家轩汇报："乔先生，几分钟前有人在市场抛出百分之二散股，价位极高。但早前一直在扫货的买家并没有入手，乔先生，你的意思是……"

乔家轩眉头微蹙，脑中精密盘算："前些日子，你说市场上有人高价收购，市场有多少他们入多少。这个隐藏着的买家分明是有计划地冲着我乔家轩而来的……"他沉吟再三，定夺道："吩咐下去，不必入手。"

"可是乔先生，你和宋小姐目前手头的股份加起来不足百分之五十一……"

"加上这百分之二仍旧不足——我有一种直觉，是对方意识到全面收购的计划失败，所以放弃此次的收购计划。"

"乔先生，有句话我不知当讲不当讲。"

"说吧。"

"乔先生，建业黄家从来不是一盏省油的灯。如今他们手里有公司百分之十六的股份了，万一他们买进增持下去的话……不得不防啊！"

"我知道了，没事你先下班吧。袁助理，这段时间，辛苦你了。"

素来内敛冷峻的 Boss 今天的语气特别地轻松愉悦，甚至还破天荒地说了一句关心他的话。袁靖仁不免受宠若惊。他挂了电话后，琢磨再三，忽然醍醐灌顶般地懂了。傅小姐手中百分之十五的股份成了决胜关键。如今隐身幕后的买家知难而退，莫非是他们已经找过傅小姐并遭到拒绝？

是了。这就可以解释 Boss 为什么根本不着急了。

因为傅小姐没有背叛他。

可是，傅小姐为何没有同意那买家的高价收购呢？换了任何人，有此机会可以报复乔先生，必定痛下杀手，欲除之而后快。

傅小姐却白白错过这个好机会。真是好生让人不解。

这日，傅佩嘉在医院走廊里巧遇了提着公文包而来的陈云西，便下意识地停住了脚步。

陈云西倒是落落大方对她微笑："傅小姐，好巧啊。"

傅佩嘉回以淡淡一笑。

陈云西："不介意的话，陪我喝杯咖啡怎么样？"

傅佩嘉客气婉拒："不用，我不打扰你们办公了。"

"公事永远做不完的。我们倒是难得有机会可以喝一杯。"

傅佩嘉沉吟了数秒，点了点头。

两人进了医院附近的一家咖啡小店，各自点了一杯饮品。

"贝贝是不是有点难相处？"

傅佩嘉不知陈云西为何这样相问，但忌与她交浅言深，她下意识地拨了拨杯中的吸管，避重就轻地道："还好。"

"你不要怪她。贝贝她其实是个很可怜的孩子。

"他们的父亲去世后，她和家轩就进了孤儿院，后来又分别被两家人领养了。从此两个人就失散了。一直到家轩毕业回国，才找到了她。那个时候，才知道领养她的家庭由于出了问题，对贝贝很不好。"

"家轩"两个字从陈云西的嘴里说出来，十分顺畅自然。显然她一直是这么称呼他的。傅佩嘉缓缓垂下眼帘，静静地听着陈云西接下来的讲述。

"在贝贝八岁那一年，她的养父为了救她溺水而亡，她养母受不了打击，从此精神就开始有些失常了。清醒的时候还好，但一糊涂起来，她就把贝贝当成害死她老公的杀人凶手，不是打就是骂。她的脚就是在她养母引发的一次事故中受了伤，因为当时没有好好医治，错过了最佳的治疗时间，所以就落下了毛病。那一年，她才十岁。"

傅佩嘉不是不震惊的。原来瞧着嚣张跋扈的宋贝贝，背后的故事竟这般心酸曲折。

"这些年，贝贝吃了不少的苦头。如果易地而处，换了任何一个人，也都很难接受好好的自己变残疾的情况。对不对？

"其实贝贝她就是个刀子嘴豆腐心的人。有什么得罪你的，你大人有大量，千万别往心里去。"

"陈小姐，你为什么要告诉我这些？"傅佩嘉目光探究地望向她。

陈云西笑笑："随便聊聊而已。"

傅佩嘉再傻也知道陈云西绝对不是随便说说。但陈云西意欲何为，傅佩嘉却是不知。

按照宋贝贝的说法，陈云西与乔家轩是一对。既然如此，为何陈云西会开解自己与宋贝贝的关系呢？她不是应该各种破坏，希望自己与宋贝贝相处得越糟糕越好吗？她不是应该像谢怡那样讨厌自己，恨不得自己从乔家轩面前消失吗？

陈云西的话充满了禅意："其实，生活里头的每个人都有很多的不容易。贝贝是，你是，家轩也是。我们大家都不容易。"

傅佩嘉知她意有所指。但具体所指什么，傅佩嘉却是猜不透。

不可否认，若是有一天乔家轩要与旁人结婚的话，她觉得陈云西比谢怡好上千倍万倍。至少她光明磊落，心地坦荡，至少她有教养，有礼貌，虽然不知陈云西的家境出身，但她足以秒杀许多傅佩嘉认识的"名媛"。

虽然她一口拒绝了建业黄家的提议，但对未来，傅佩嘉却是彷徨不确定的。

宝宝生下后，按照协议她便要离开。这样的念头每次闪过，便似有刀子在一片片地割着傅佩嘉的心脏。

可是随着日子一天天地过去，乔家轩一天天地好转，这个问题便一天天接近。哪怕她不去想，这一天，还是会如期而至。

傅佩嘉素来是个心软的人，自打知道宋贝贝的经历便对宋贝贝怜惜不已。

此后，宋贝贝再怎么挑衅她，她都不以为意。

连宋贝贝自己都注意到了："喂，你最近很不对劲？"她眯着好看的眼，狐疑不定地上下打量她："你不舒服？"

"你才不舒服呢！"傅佩嘉没好气地回她。

宋贝贝似松了口气，转身走了。但不过片刻，又笑眯眯地过来找碴儿了：

"哦，对了。今晚，云西姐陪我哥出席一个宴会，你吃醋了吧？"

傅佩嘉从孕妇手册中抬头瞟了她一眼，又默默地低头继续阅读。

"不过吧，就算你介意也没用啊。你对我哥而言，不过是个代孕的孕母而已。他喜欢的人一直都是云西姐，不是你。"

傅佩嘉"砰"一声重重地搁下书，起身回房。

原来乔家轩说晚上不回来吃饭，是与陈云西出去约会。

宋贝贝太看得起她了，她有什么资格吃醋呢？

她和乔家轩什么也不是。

明明知道如此，然而，傅佩嘉就是控制不住地去想，越想越不是滋味。

一个人抱着小衣服在卧室里胡思乱想，挨了许久，良嫂上来请她吃饭。

晚餐的时候，果然见宋贝贝坐下来后，一直偷偷打量她。

良嫂给她端来了燕窝，低声道："最近，这位大小姐也不知道吃错什么药了，居然转性了。我怕她老偷吃你的，索性炖了两份，然后偷偷地藏了一份。结果她现在反倒一份都不吃了。"

宋贝贝其实心地并不坏。她只是不喜欢傅佩嘉而已。

乔家轩回来得并不晚，他在宴会待了不过片刻，便与主人打了声招呼："周先生，不好意思，我还有事，想先告辞了。"

周先生自然知道他中枪一事，今日病情初愈便拨冗前来，便已经是给足自己面子了。他自然万分殷勤体谅。

回到家，傅佩嘉已经睡了，乔家轩便放轻了脚步，蹑手蹑脚地进了浴室冲洗。

流水淅沥中，乔家轩忽然听见了一声从卧室传来的呼叫。他一惊，也不顾自己全身湿淋淋的，随手取了浴巾，便急匆匆地跑了出去。

只见傅佩嘉的脸皱成一团，正表情痛苦地捶着腿。

"我来。"乔家轩忙上前抱着她的腿，轻柔地替她揉抽筋的脚。

傅佩嘉的目光怔怔地停留在他的胸上，如今那伤口只剩下红红的一个圆疤。只要再差数厘米，她或许便再也不能看到他了。

曾经她那么厌恶他，希望他永远不要再出现在自己的生命中。然而，在那一刻，她却后悔了。她希望他活着。

哪怕心底依然有恨有不甘有万般委屈，她还是希望他活下去。

"已经全好了，不信你摸摸。"乔家轩似看出了她的心思，抓着她的手覆盖了上去。

凹凸不平的表面仿佛是炭火，烫得傅佩嘉骤然松开。

乔家轩嘴角露出了一丝淡淡笑意，手上却依旧不轻不重地帮她揉捏。

好一会儿，傅佩嘉疼痛减缓，总算是放松下来。她往软绵绵的枕头上蹭了蹭，舒服地找了一个姿势，渐渐困倦了起来。

乔家轩仿佛不会疲累般，一直地在她腿间、脚上按摩。

睡意如窗外月光无声息地浸润过来，傅佩嘉沉沉地睡了过去。白嫩干净的脸蛋，眉目如画。还有他曾经流连不已的唇，嫣红若花瓣。

乔家轩一时便怔住了，他伏下了头，用唇轻轻柔柔来来回回地吻她的唇。

傅佩嘉半点不知。

凝结若琥珀的空气里，他听见自己的声音低低响起："嘉宝。"

隔了好久，他又唤了一句："嘉宝。"

乔家轩依然记得当年在纽约，他醒来时被悠扬的琴声吸引，来到了客厅的情景。

漫天席地的暮光里，风吹帘动，傅佩嘉粉颈低垂，温柔弹奏。清新干净的琴声在她指尖跳跃……

这偶尔撞见的一幕，似子弹般射中了乔家轩的心脏，令他全身战栗。

若是以后有个孩子，她一定会在钢琴一旁耐心教导。孩子多半不会听话，搞不好还会跟她顶嘴斗气……乔家轩失神地幻想这一美好画面，靠着墙不知不觉失笑。

这么些年后，乔家轩一再回想自己是何时爱上傅佩嘉的。他自己也说不出一个准确的时间点来。

乔家轩只知道，那一次的纽约度假回来，他开始不断地在办公途中想起傅佩嘉，嘴角带着不受控的笑意。

某一天，袁靖仁无意中说了一句："乔先生最近瞧着心情很好，是不是有什么喜事？"

乔家轩骤然心惊，方意识到了自己的不对劲。

后来很长一段时间，他刻意地让自己忙于傅氏的工作，尽量地远离甜美诱人的她。

他一再告诫自己，绝对不可以。

你不能动心的，乔家轩。

动心，你就输了！

可是到最后，他还是一败涂地。

乔家轩慢慢地将傅佩嘉的手握在了自己掌中。黑暗无声中，牢牢地与她十指相扣。

她从来不知，他欺骗她的那段日子，是他前半生最欢悦的一段时光之一。唯一能够与之媲美的，大概只有他的孩童懵懂期，父母双全，他还是被捧在手掌中的曾东廷。

"嘉宝，对不起。

"嘉宝，等你生下宝宝，我就告诉你曾经发生的所有事情。如果到时候你能够原谅我的话，我们就忘掉一切，重新开始。好不好？

"嘉宝，你还是爱我的，对不对？"乔家轩的声音战战兢兢，小心翼翼的语气中带着几分不确定。

但回答乔家轩的，自然只有一室安宁静谧。

醒来的时候，傅佩嘉发现自己占据了一大半的床铺，乔家轩早已经不在了。她伸着懒腰起身，手指间有种怪异的禁锢感觉，傅佩嘉迷迷瞪瞪地抬手。

在清浅温柔的晨光里，她在自己的指上看到了曾经熟悉的那抹璀璨光华。

这枚婚戒当时不是已经被自己卖给当铺了吗？但转念又一想，现在的乔家轩想要买一枚一模一样的婚戒，对他而言又有何难度呢？！最多不过是定做一枚而已。

她唯一不懂的是，乔家轩为何要多此一举地再弄一枚戒指来戴在她手上。

傅佩嘉凝视半晌，忽然觉着不对，这枚戒指的戒环瞧着分明是旧物，难道这真的是她当掉的那枚不成？

但是与不是，她都不会去问乔家轩的。

傅佩嘉又无声无息地发了一会儿怔，便垂眼轻轻地拔了下来，搁在了床头柜上。

梳洗完毕，傅佩嘉趿着拖鞋进了更衣室，她忽然被搁在一角的一大排纸袋吸引住了目光。

乔家轩买了什么，这么多纸袋？

打开一看，居然都是婴儿服。男的，女的，各种款式各种颜色，一应俱全，几乎都可以开一家童装店铺了。

傅佩嘉拿起了一件可爱的蓝白小 T 恤，小小的衣袖，小小的领子。还有白色的公主蓬蓬裙，层层叠叠的柔软纱质。每一件都可爱得让人爱不释手。

傅佩嘉的心都不知不觉地柔软了起来。

莫非他看到过自己买的那件小衣服？应该不大可能，她每次都趁他不在的时候，才会偷偷地从包包里取出来。

她正在胡思乱想间，乔家轩的声音轻轻地在身后响起："每件都好看。不知道怎么选，索性都买了。"

整个房间，刹那间幽深沉寂若深流静水。

傅佩嘉自然不知，昨天是袁靖仁的生日，乔家轩便借此名义犒劳手下，中午请了总裁办的所有人员去用餐。无意中路过了一个婴儿服饰的店铺，他被橱窗里布置的服饰吸引了脚步，完全拔不动脚。

年纪轻轻的女店员羞涩地偷偷打量了他许久，方鼓足了勇气走上前来："先生，想要买小王子的衣服还是小公主的衣服？"

乔家轩被问住了，一时怔在了那里。他笑了笑，侧脸线条无比温柔："现在还不知道。"

女店员被他脸上绽放的宠爱表情牢牢地吸引住了目光，心中不禁暗道：不知是哪个幸运女子竟可以拥有如此出色的老公。

乔家轩被店铺里的衣服弄得眼花缭乱，想了想后，便抬手指了指："这几件，这几件，还有这些，我全要了。"

女店员张大嘴，吃惊得几乎可以吞下一个鸡蛋了。下一秒，她便惊喜交加地回过了神：这是只肥羊，还是只英俊的肥羊。

于是，她立刻动作利索地取过衣服叠了起来："好好好，我立刻全部给您包起来。"

乔家轩缓缓走近了傅佩嘉，取了件薄开衫替她披上："今天天气很好。我做了三明治，让良嫂准备了一些食物，我们去湖边野餐。"

傅佩嘉在他的手上，看到了同样的光芒。

这是婚戒上的钻石所折射的光华，如花朵绽放。

她和他曾经的婚戒，如今正安安静静地戴在他手上。

乔家轩这到底是何用意？傅佩嘉并不懂。

如今的傅佩嘉面对着乔家轩，总是波澜不惊的淡然。无论乔家轩怎么对她，她都仿佛是个观众一般地冷眼旁观，不动声色。

不要去了解，不要去懂得，这样自然会少受点伤。

那个下午，两人终于在自家屋子边野餐了。

很多年后，傅佩嘉一直记得那是一个微风吹拂如亲吻般美好的下午。

乔家轩带了渔具，傅佩嘉带了花木兰，在草地上扎上了帐篷，铺上了野餐毯。

太阳光照在身上，似被大大的毛绒玩具拥抱住了一般，一片懒洋洋的温暖安心。这样的温度里，不过半晌，日渐嗜睡的傅佩嘉又觉着渐入梦境了。

蒙眬睡去前的最后印象，是乔家轩垂钓的挺拔的身形，一如他身畔的树木。

乔家轩替傅佩嘉盖上了薄毯，又俯身吻了吻她微隆的腹部。而后，他双手枕在脑后，缓缓地躺在她身畔。

日月湖粼粼的水面闪着碎金般的光泽，偶尔有落叶飘坠其上，泛起淡淡的涟漪。碧蓝天空中，有云朵以各种形状大片大片地蔓延过这座城。不时有叽叽喳喳的鸟雀"刺"的一声从树丛钻出，"扑棱棱"地拍打着翅膀飞向天际。

时间就这么一分一秒被不动声色地浪费掉了。

但是，乔家轩觉得这样的日子，该死地好。

如果可以，一辈子就这么浪费下去吧。平平淡淡，无波无澜。

但是，真的可以吗？她把戒指取下来扔在床头柜上。这是种拒绝，他心知肚明。

傅佩嘉酣睡着，对乔家轩的心事自然半点不知，醒来后，指尖的不舒服感再度浮现。

缓缓地抬起手，从树枝间筛落的细碎阳光跳跃在指尖，她被亮光闪了眼。

手指上不知何时又戴上了那枚婚戒。

她分明取下来把它放在床头柜上了，为何又在手上了？！

不远处，乔家轩坐在椅子上，花木兰则在他脚边转着水汪汪的眼滴溜溜地张望。

这样的场景——属于他们三个人的下午。

或许过了，再不会有！

傅佩嘉慢慢地捂住了自己的心口，无声地沉默了。

那里又开始酸疼了。

这一上午，推门进了病房，傅佩嘉看到了父亲衣冠整洁精神焕发地在窗前。听见了声响，傅成雄含笑转身："佩嘉。"

"爸爸，你今天这是怎么了？"傅佩嘉惊喜不已。

"佩嘉，陪爸爸去一个地方。"

傅佩嘉贼兮兮地笑了，打趣道："爸爸打扮得这么英俊不凡，是准备要去哪里？"

傅成雄也神秘不已："你陪我去就知道了。你钟叔叔的车子停在下面等我们呢，咱们走吧。"

"好。"

然而，等钟秘书的车子停下来的时候，傅佩嘉却愕然了。这是傅氏大楼，钟秘书怎么会把车子停在这里？

下一秒，父亲的声音已经传了过来："佩嘉，陪我上去转转。"

"爸爸，你现在身体都还没完全康复，医生说了你不能多操心。再说了，也没什么好看的。"傅佩嘉试图打消父亲这个念头的同时，不断地用眼色向钟秘书求救。但钟秘书今天不知怎么了，对她的求救信号完全视若无睹，根本不接收。

傅成雄对她微微一笑："你放心，爸爸没事。走，陪我上去瞧瞧去。"

顶层大会议室里头，各位董事会股东此时正在对公司发展的各项计划举手表态。

乔家轩："关于收购叠翠湾的地皮一事，大家有什么更好的意见或者建议？"

众人被他不温不火的目光淡淡扫过，一时俱不说话。

"既然在座各位都觉得没有问题，不反对的话，那我们就全力进行这一项目的收购计划。"

"不，我反对。"紧闭着的两扇会议室大门突然被人推开了，坐在轮椅上的傅成雄出现在了众人面前。

一时间，会议室里的众人你瞧我，我看你的，面面相觑，皆不知傅成雄的出现唱的是哪出戏。

乔家轩的目光在傅成雄身后的傅佩嘉身上凝住了数秒，方开口："傅先生，这个项目的具体情况你并不清楚，要不你去我办公室稍等片刻，等下我再跟你详细说明一下。"

"不用了，乔家轩。从现在开始，所有你同意的项目我傅成雄都反对。"

此话一出，会议室的气氛霎时间有了几分紧绷。

乔家轩剑眉一挑，徐徐地靠向了椅背，若有所思地道："傅先生今天以什么身份来反对？"

傅成雄从轮椅上起身，气定神闲地一步一步地走向了在座的众人："今天我傅成雄代表我女儿傅佩嘉，也就是以本公司股东的名义在这里反对你的所有提案。无论你乔家轩提议什么，我都反对。

"而且今天我要在这里发起一个动议，撤销你乔家轩的董事会主席一职。"

这到底是怎么回事？父亲的样子怎么看着并不像失去了所有记忆？

乔家轩不动声色地道："如此看来，傅先生已经恢复记忆了。"

"我从来都未曾失忆过。何来的恢复？！"

面对着这突如其来的变故，傅佩嘉如遭雷击般地惊愕至极。她下意识地抬眼望向了乔家轩，在他眼中看到了一些东西正在渐渐地碎裂成块。

傅佩嘉全身冰冷地反应了过来：乔家轩误会她知晓所有的一切。他以为她一直以来都在处心积虑地骗他，算计他。

"现在，本人傅成雄代表我女儿傅佩嘉在这里发起一个动议，撤销乔家轩的董事会主席一职。赞成的股东请举手！"

"啪啪啪"三声，乔家轩笑吟吟地为傅成雄鼓掌："这个想法不错。"他的目光缓慢冰凉地扫过面前的众人："看来在座的已经有人被你收买了。说吧，是谁？"

傅佩嘉瞧见了乔家轩无名指上晃动着的光亮，闪烁之间如利剑直刺她的双眼。

"乔家轩，在商场上，从来都是利字当头。我与黄民仁几十载老友，当日他既然可以助你拿下我傅氏，今日他自然也会为了利益抛弃你。"

建业黄家，在商场上从来都是有奶便是娘。

闻言，乔家轩轻描淡写地一笑："原来是黄先生。只是据我所知，就算你加上黄先生手中的股份也不够逐我出董事局。"

"不错，他们是不够。但是，还有我！"

一片如古墓般的死寂中，有个熟悉的苍老声音从门口响起。

竟然是姜老头。

姜老头怎么会出现在这里？

下一秒，令傅佩嘉更为瞠目结舌的是，陪着姜老头进来的那个人，竟然是西装革履、一身商界精英打扮的莫孝贤。

莫孝贤站在傅佩嘉身畔，不急不缓却掷地有声地道："乔家轩，我代表立山银行集团支持傅成雄先生。加上我们立山银行手里的股份，够不够把你从那个位置上拉下来？"

这一个上午，短短的十几分钟，于傅佩嘉而言，整个世界再度覆地翻天。

她呆若木鸡："这到底是怎么回事？"

莫孝贤对她温柔微笑，旁若无人："以牙还牙，以眼还眼，帮伯父拿回他应得的——你喜欢吗？"

两人窃窃低语，男人含情脉脉对着心爱的女人微笑，眼神里头的爱意一览无余。这一切都分毫不差地落到了乔家轩眼里，他的瞳孔瞬间收缩。

早告诉过自己，那是个火坑，跳下去的结果是万劫不复。乔家轩含笑闭眼，数秒或者更短的时间，他骤然睁开眸子，从容优雅地推开椅子站了起来："傅先生，我输了。恭喜你，这里又是你的了。"

乔家轩这样直言不讳，愿赌服输，无半分拖泥带水。倒叫傅成雄有几分佩服。他当年在这个年纪，也没有如今乔家轩这样拿得起放得下。

只可惜……

傅佩嘉早已被这一连串的变故砸晕了，她眼睁睁地看着乔家轩缓缓走近，看着他视若无睹地走过她的面前。

乔家轩肯定以为这所有的一切她都参与其中。傅佩嘉张口想唤住乔家轩，想告诉他这一切她全然不知晓。可是她发不出一个字，只能眼睁睁地看着他冷漠地与自己擦肩而过。

下一秒，乔家轩却突然停下了脚步，他缓缓地转过头，毫无温度地望着她的眼："世事如棋。傅小姐，想不到今日被卖还在傻傻帮人数钱的，是我乔家轩。"

他的眼里有一种冷静得近乎悲哀的东西在缓缓流动。

"良愿终成，如愿以偿。恭喜你们了，傅小姐，莫先生。"每一个字都冷如冰屑，扑面而来。

他果然误会她了。傅佩嘉双唇的血色倏然褪去了。

不，她没有！她什么都不知道。

她要否决父亲吗？在已经赢下战局的情况下，被她一票否决，弄得满盘皆输，父亲受得了这个打击吗？

这一迟疑，傅佩嘉已失去了开口唤他的能力，她唯一能做的只是眼睁睁地看着乔家轩大踏步离开。最后，会议室两扇高大的门将他的背影完全掩盖。

会议室另一侧，是傅成雄意气风发地在主席位置入座，环顾四周，踌躇满志。

傅佩嘉的大脑还混混沌沌地未反应过来，身体已经做出了反应，她追出了会议室。

就这么一耽搁，乔家轩已进入了电梯。他目不转睛地盯着她，似也在等待着什么。但傅佩嘉怔怔地望着他，最终还是什么也没有说。

乔家轩终于抬起手按下了闭合键。因他的动作，指间闪过了幽幽一点光亮，倏然灼痛了傅佩嘉的眼。

乔家轩大约也看到了那点亮光，他猛地动手拔下了指上的戒指，趁着电梯门正闭合的那数秒空当，冷冷地掷了过来。

"叮"一声轻响，那枚婚戒被扔在了傅佩嘉的脚边。

电梯门缓缓地合上，冰凉无声地将两人阻隔。

乔家轩消失在了傅佩嘉的视线里。

傅佩嘉怔怔站着，一动不动地看着锃亮的电梯门里映着的自己，里头的那人好像失去全世界般空洞茫然。

傅佩嘉一点点地蹲下身，捡起了那枚戒指。

这些天，他一直戴在手上，分秒不离。如今，他不要了。

傅佩嘉将它轻轻地拢在自己的掌心。她的动作那么轻缓，那么温柔，仿佛在握着自己的整个世界。

"佩嘉，你蹲在这里做什么？"不知何时，莫孝贤来到了她身边，搀扶着她起身。

"你们是什么时候开始计划这一切的？"傅佩嘉的声音低微得像是被抽去了所有的精气神，软绵绵的无一丝力气。

莫孝贤未来得及回答，会议室里头已经散会了。人们三三两两地出来，不时地把目光落在傅佩嘉和莫孝贤身上。

傅成雄呵呵微笑："佩嘉，傻站在这里干什么？来，陪爸爸和姜先生去办公室坐坐。"

姜老头："傅兄，既然事情已成，你有一摊子的事情正等着处理呢，我就不打扰你了。孝贤帮我预约了医生，我下午还有几个检查要做。"

"好好好。姜老先生，那我就不挽留你了。过几日，我去你府上致谢。"

"不用了。这件事情，是孝贤一手促成的。说到底，其实应该我谢谢你才是。"

"不敢当，不敢当。"

姜老头这时才含笑地望向了傅佩嘉："丫头，我也要谢谢你，帮我把孙子找回来了。小蔡这个老头总是在我耳边嘀咕说，你是我的福星。这回啊，我总算是难得地赞同了一次他的看法。"

傅佩嘉再度呆若木鸡。莫孝贤何时成了姜老头的孙子？那个蔡伯口中对姜老头一直冷冷淡淡不理不睬的孙子？

洛海城中素来以脾气古怪著称的姜老头在傅佩嘉面前却是和颜悦色得紧："丫头，过两天和孝贤一起来家里吃饭。记住了啊！虽然新来的保姆做的菜不如你，但勉强还能入口。"

傅成雄恭恭敬敬地送姜老头到了电梯处，殷勤周到地亲自按了电梯键，之后又目送他们两人离开。

傅成雄站在办公室的落地窗前，傲视着洛海城鳞次栉比的高楼大厦，意气风发地展开双臂："我傅成雄终于回来了！这里还是我傅成雄的。"

傅佩嘉到了此时已经全然明白了："爸爸，你一直在假装失忆，你一直在暗中对付乔家轩。"

"不错，从头到尾我就没有失忆过。虽然我在医院昏迷，但我的脑子始终清醒。那段时间你钟叔叔来看我的时候，经常跟我讲一些乔家轩的情况。所以傅氏和乔家轩的所有事情我一直都知道。"傅成雄到了此时再无半点隐瞒，将全盘计划一一说了出来。

"现在我终于赢了。乔家轩原先手头共有百分之六十的股份，拥有绝对的多数。他得到傅氏后便把一半的股份转给了一个叫宋贝贝的女人。上个月他又把名下的一半股份转给了你。你的百分之十五，加上我暗中收购的百分之八，他们立山银行手里的百分之十二和黄民仁手里的百分之十六，我们已有百分之五十一的股份。足以控制整个傅氏董事会了。"

"你哪儿来的钱收购百分之八的股票？"才一问出口，傅佩嘉便已明白了过来，她后退一步，"是莫孝贤。"

"不错。我也是不久前才知道，原来莫孝贤是姜立山唯一的孙子。姜立山当年不承认儿子的婚事，所以导致儿子年纪轻轻死在了外头。他一直觉得亏欠了孙子，所以只要莫孝贤开口，姜立山什么都肯答应。"

"所以，这半年来，你一直在利用我……"父亲一直知道她与乔家轩同居，知道她用什么换来乔家轩的配合，知道她用什么来换得那百分之十五的股份，甚至这或许根本就是他的目的。他为了拿回傅氏，什么都无所谓。

身边所有的人都在联手布局，而她从来只是一枚什么都不知的棋子而已。

从前，对乔家轩是这样。如今，对父亲傅成雄亦是如此。

"佩嘉，爸爸要谢谢你。能够重新拿回傅氏，这些都是你的功劳。

"莫孝贤，他是为了你帮我的。爸爸我心知肚明。"

傅佩嘉像从未认识过他一般地摇头后退，惨然苦笑："棋子是不用道谢的。"

"傻孩子，爸爸怎么会把你当棋子呢？你是爸爸唯一的女儿，一直以来，爸爸疼你都还来不及。"

从前，她一直认为是这样的。可是如今，傅佩嘉却想发笑。

傅成雄抬腕瞧了瞧手表，道："现在也正好到午餐时间了。爸爸让钟秘书在洛海会馆订了位置，咱们一起去庆祝一下。"

傅佩嘉疲累万分："不用了，我很累，我想休息一下。"

"那我让钟秘书送你。"

"送我去哪里？乔家轩家里？"傅佩嘉惨然一笑。

傅成雄竟似被反问住了一般，一时作声不得。

整个世界在傅佩嘉面前再度炸裂成块。

与傅氏破产，乔家轩和她摊牌那日一样，傅佩嘉这一日的记忆衔接断裂出了很多段的空白。等她回神的时候，她竟一个人万念俱灰地呆坐在马路边的长椅上。

天色已经渐黑，路灯已经一盏盏地亮了起来。马路上，车来车往，如常喧哗。

这个世界，每个人都活在自己的小宇宙里，并没有因为谁而暂时停止半秒。

可乔家轩在哪里呢？

傅佩嘉突然很想很想找到乔家轩，她疯了似的想见他。哪怕只是远远地瞧上一眼。

她回到了两人居住了近半年的湖边屋子。

家里黑黑的，一个人都没有。傅佩嘉跟跟跄跄地上楼，推开了卧室门。卧室里的窗半开着，夜风将薄如蝉翼的纱帘吹得层峦起伏。

但是，这里并没有乔家轩。

也不知怎的，空荡荡的卧室让她忽然有一种"乔家轩永远不会再回来"的感觉。

有人一步一步地走近了她，对她说："傅佩嘉，把你的所有东西都带走，离我大哥远远的。不要再出现在我们面前了。

"请你放我大哥一条生路吧。"

宋贝贝居然会说出这样的话。傅佩嘉很想笑，但是她根本无力扯动嘴角。明明一直以来不肯放过她的是乔家轩。

"你也很奇怪一直以来我为什么那么讨厌你吧？今天，我就一五一十地把事情告诉你——

"二十几年前，在洛海有个中型的工厂叫曾氏企业，老板叫曾伟岩。他是我的父亲。他有一个情同手足的兄弟叫作傅成雄。我父亲并不喜欢经商，他生性浪漫，爱自由爱画画，要不是我爷爷铁腕镇压，他早就背着画具去欧洲流浪了。后来，我母亲因为生我难产而亡，父亲一下子难以接受这个事实，更加沉迷在绘画的世界中。他十分信任你父亲，把工厂所有业务都交给你父亲打理。然而知人知面不知心，数年后我父亲发现自己名下的所有产业居然都转到了他兄弟傅成雄的名下，且每一份文件都有他的亲笔签名……最后，他受不了事业和友情的双重打击，就跳楼自杀了……"

傅佩嘉完全惊住，她拼命地摇着头："不，不会的。我爸爸怎么可能做出这种事情呢？"

"有一天，一直喝得醉醺醺的爸爸突然收拾得干干净净，从口袋里摸出了几张皱巴巴的钞票给大哥，让大哥带着我去吃好吃的，去玩好玩的。甚至还破天荒地抱起我亲了好几下，叫我小贝贝。大哥不疑有他，便抱着我开开心心地去吃了炸鸡薯条，还去游乐场玩了一圈。

"可当我们回家的时候，发现我们家的楼下围了好多好多的人。大哥好不容易抱着我挤了上去，看到警察叔叔们抬着我父亲上了车。大哥把我一放，扑了上去大叫爸爸。我一个人懵懵懂懂地站在一旁，不断地听着旁边好多人对着我们指指点点，说这两个孩子这么小，好可怜之类的……

"我那个时候还小，还不懂事，每日每夜地吵闹着要爸爸，哭闹着不肯吃饭也不肯睡觉。有一天晚上，又疲又累的大哥忍无可忍，就狠狠地在我屁股上拍了几下，我哇哇大哭起来，嘴里还是叫：爸爸，大哥坏坏，大哥打我。大哥终于没忍住，抱着我在父亲的遗照前号啕大哭。

"此后，每次我不肯睡觉，大哥就哄我说：只要我乖乖地听话，乖乖地睡觉，醒来就会见到爸爸的。可是，后来我才知道，无论我再怎么乖，再怎么听话，我这辈子都不会再见到我爸爸了。因为他已经死了！"宋贝贝第一次在傅佩嘉面前泪流满面，哭得像个孩子。

"再后面的故事，我不说你也知道了。我大哥为了复仇，故意接近你利用你……"

真相像多米诺骨牌一样呈现了出来。傅佩嘉如坠冰窖，颤抖不已地反应过来：宋贝贝所说的这一切，都是真的。

她也如醍醐灌顶般，突然明白过往许多许多的不懂之处。

为何乔家轩就算是笑着，笑意也永远无法到达眼底深处。

为何在蜜意情浓之时，乔家轩在她耳边轻如呢喃地叹息说："佩嘉，你以后一定会后悔的。"

为何乔家轩会给她忠告："有空去学点东西。"

为何他会对她说："要记住了，下次不要再这么轻易地相信别人。被人卖了，还在帮人数钱。"

为何从前两人相处时，乔家轩前一刻对她温柔似水，下一刻却可以戛然而止。

为何婚后乔家轩但凡有时间就带她出去钓鱼野餐旅游度假，从来不愿和她好好待在傅家别墅消磨时光。

为何乔家轩如此厌恶她的父亲傅成雄。

为何他说她把孩子生下来，他就给她一半的股份。因为他从来都不亏不欠，只拿他该拿的。

"傅佩嘉，虽然我恨你，我讨厌你，但我刚刚对你说的每一个字都是真的。

"傅佩嘉，这个世界上没有无缘无故的爱，也没有无缘无故的恨。如果无冤无仇的话，我大哥为什么会这么不择手段地对付你父亲，为什么会这么对你？

"傅佩嘉，从此以后，请你离我大哥远远的。只要你离开，我大哥就会跟云西姐结婚，以后我们一家人快快乐乐地生活在一起。"

在那一刻，傅佩嘉第一次真正懂得了宋贝贝。

从小失去父母，失去大哥，被一个陌生家庭领养的宋贝贝，养父为救她溺水而亡，她受尽养母的怨恨虐待，一直缺乏爱，没有安全感。她一直都渴望着一个温暖的家。而在她想要的温暖的家里，有她自己，有乔家轩，有陈云西，有乔家轩和陈云西的孩子。但永远都不可能会有她傅佩嘉的位置。

"为什么你一直不告诉我？"

"因为你怀了身孕，我大哥怕你受不了打击……"

傅佩嘉跌撞着起身，深一脚浅一脚地离开了这栋她与乔家轩住了许久的房子。她连花木兰都顾不得了，唯一记得的就是拿走了那个装了小衣服和小兔子玩具的包包。

她没有回头，所以不知道，宋贝贝一直目送着她离开，眸子深处复杂万千。

从小到大疼爱他的慈父，在乔家轩、宋贝贝眼里是他们恨之入骨的杀父仇人。

而乔家轩会爱上杀父仇人的女儿吗？

这个念头浮起，傅佩嘉都想发笑。

傅佩嘉似猫一般地悄无声息地出现了在了父亲面前，倒叫傅成雄吓了一跳："佩嘉，你什么时候回来的？"

自打不久前傅成雄身体好转后，便说要搬回家。不得已之下，傅佩嘉借口家里在装修，还要一年半载才能完工，想把这件事情给推搪过去。一来二去，乔家轩便得知了，他也不言语，第二天却给父亲安排了楼氏君远酒店的顶级套房，让他暂住。

傅佩嘉担心父亲起疑，还再三关照钟秘书帮忙圆谎。

呵呵。谁知到头来，在这人哄人的游戏里，她才是那只被耍得团团转的老鼠。

"怎么脸色这么怪？不会是受凉了吧？"傅成雄伸手想去摸女儿的额头，却被傅佩嘉轻轻一避，手落在了半空之中。

"爸爸，曾伟岩是谁？他是怎么死的？

"你是怎么从曾伟岩手里得到他们家的一切的？"

傅成雄仿佛被人骤然打了一个巴掌，脸上的笑意在一刹那冻结了，他陷入了良久沉默，最后只硬邦邦地道："既然你都已经知道了，爸爸我就不用再复述一遍了。"

饶是心中早有定论，但听到父亲居然连一句否认都没有，傅佩嘉还是不由自主地后退了一步："那么，所有的一切都是真的。乔家轩从你手中得到的傅氏就是当年你从他们家偷来的。"

"不错。但是你知道他们的父亲曾伟岩是个什么样的人吗？他从来不关心工厂，我接手负责工厂的时候，厂里已经连工人们的工资都发不出了。是我！是我傅成雄！每天二十小时地打拼，足足努力了两年，才让曾伟岩的工厂活过来。这些，本来就是我应得的。如果没有我，曾家工厂早倒闭了——"

"做了就是做了。你不用再强词夺理了。"傅佩嘉语气低微地打断他的话。她怯弱苍白的模样，似乎来一阵风就会被吹走。

所以乔家轩恨他们傅家，所以他处心积虑地要报复他们家，报复她。

所有事情都有因果。傅佩嘉从未料到她与乔家轩的一切都是因为父亲傅成雄。是父亲种的恶因，所以结出了后面一系列的恶果。

父亲亲手作的恶，如今全然报应在她身上。

傅佩嘉不顾傅成雄的叫唤，出魂似的摇摇晃晃地转身离去。

傅佩嘉再一次发现自己孤零零的一个人，无处可去。

她不可抑制地想起了乔家轩，想起他离开时那心碎漠然的眼神和冷峻紧绷的脸部线条，心头一阵蚀骨的甜蜜与痛苦。

掌心灼痛，傅佩嘉愣愣地摊开手，这才发现她一直抓着乔家轩的那枚男式婚戒。

缓缓地，有一滴水状之物"啪嗒"一声坠落在了婚戒之上。

接着，又是"啪嗒"一声——

不多时，瓢泼大雨从天空满头满脸地兜了下来，傅佩嘉抱紧了怀里的包包，早已经分不清是泪水还是雨水了。

乔家轩他现在在哪里？她要告诉他，这件事情她根本没有参与其中。

有个地方倏然地跃入了傅佩嘉的脑中，她猛地伸手拦了一辆车。

打开蓝色公寓的门，傅佩嘉深吸了口气，方走了进去。

屋子里空荡荡的，地上薄薄的一层灰。

乔家轩不在。

傅佩嘉似一只被戳破了的皮球，所有的紧绷期待一下子全部落空了。

乔家轩到底在哪里呢？在做什么？

是不是一个人孤零零地在某个陌生的地方默默地舔舐伤口？就像过去三十年来他一直做的那样。

没人疼没人爱。唯一能依靠的，只有他自己而已。

傅佩嘉突然有一种很心疼很心疼乔家轩的感觉。

而同一时间的楼氏君远酒店另一个楼层的顶级套房中。

"乔先生，你并没有输。当日在赠予傅小姐股权的文件中，里面有一条前提：只要我们出示文件，傅小姐手上的股份便会自动回转到你手里。少了傅小姐手上的百分之十五，傅成雄哪怕有立山集团和黄民仁的支持，也根本不足以控股整个集团。"

原来，当日袁靖仁得知乔家轩要将手头百分之十五的股份转至傅佩嘉名下，他思忖良久，向乔家轩提出了异议："乔先生，有句话我不知道该不该说。"

"说吧。"埋头文件中的乔家轩头也未抬。

"乔先生，这次股权变动有点大。有个万一的话，你手里的股份加起来不够控制……"袁靖仁把话停顿在了这里。

乔家轩自然懂得他的意思。他沉默数秒，仅说了四个字："我意已决。"

"请乔先生不要怪我多嘴。"

"袁助理，我知道你是为了我好。你把情况跟律师沟通好，到时候把文件给我签字即可。"

与陈云西负责整个曾氏的对公法律业务不同，罗律师是乔家轩的私人律师。这些年来，一直暗中处理乔家轩私人的各种法律问题，包括与傅佩嘉的离婚事宜等等。所以袁靖仁与罗律师也熟悉得很，他便把心底的顾虑一五一十地告知了罗律师。

罗律师听后，第二天打了电话给他："靖仁，我倒是有个私人建议。你可以这样跟乔先生沟通。"

"快说。"

"乔先生可以在这份股份赠予文件中附加一个条款，此百分之十五股权，若有在赠予后被用于任何针对或者不利于乔先生的地方，此赠予即作废。股权当即返还乔家轩先生。"

袁靖仁闻言，顿时大为叫好："就这样办。你起草文件，我拿去让乔先生签字。"

这个里头的详情，傅成雄等人并不知晓。

然而，站在落地玻璃窗前凝望一片灰暗天地的乔家轩双手插袋，一直缄默无声。

良久之后，乔家轩才极轻地道："不用了，我已经输了，且一败涂地。

"既然她想要，我就给她。"

袁靖仁一怔后，明白了过来。

Boss 说的这个她，是指傅小姐。

安静若古刹的室内蓦地响起了手机铃声。傅佩嘉从迷迷瞪瞪的状态中被惊醒了。

会不会是乔家轩打给她的？这样的念头涌起，傅佩嘉便急急忙忙地从沙发上起身，翻起包包，找出手机来。

可才拿起，铃声便戛然而止了。傅佩嘉正欲找出来电回拨的时候，那头又打了过来。

屏幕上一闪一闪的，却是钟秘书的号码。

父亲夺回傅氏，想必要找从前的故交旧友耀武扬威一番，估计是想拉着她作陪。傅佩嘉头疼欲裂，根本就不想接听这通电话。她索性直接按掉了电话。

　　之后，钟秘书打几个她便不耐烦地按掉几个。

　　她一点都不想看到父亲，以及包括钟秘书在内的任何人。

　　傅佩嘉再度把自己埋在了膝盖里，脑中满满的都是乔家轩。

　　不过片刻，又有电话打了过来，这一回却是莫孝贤："佩嘉，你现在在哪里？我要接你去医院。你听清楚了，我不是跟你开玩笑。"

　　他的声音肃穆沉重，一种不祥的感觉顿时涌上了傅佩嘉的心头："医院？为什么我要去医院？"

　　"佩嘉。"莫孝贤唤了她的名字，顿了顿，方说，"这个世界上有很多事情我们是无能为力的，比如生离死别。"

　　傅佩嘉忽然觉得一阵眩晕，她软软地扶着墙壁，脱口而出道："乔家轩怎么了？他到底怎么了？"

　　"佩嘉，不是乔家轩。"

　　听到莫孝贤的这句话，傅佩嘉似一条在沙滩干涸喘息的鱼突然回到了海里，瞬间活了过来。她深深地从肺部舒出了一口气。然而，不过一秒，她突然察觉出了莫孝贤话里的不对头："不是乔家轩……那是谁？

　　"莫孝贤，你到底想说什么？"她的声音有掩饰不了的颤抖。

　　"佩嘉，你听我说——请你节哀。伯父……伯父在睡梦里心脏病发作了……"

　　手机从傅佩嘉的掌心倏然滑落，重重地跌落在了地板上。

　　下一秒，傅佩嘉跌跌撞撞地冲出了公寓。

　　白晃晃的太阳刺得她眼睛生疼，那一刻，泪便唰唰地流了下来。

　　昨日神采飞扬的钟秘书，短短一天便老了十数岁，他一见了傅佩嘉，便老泪纵横："小姐，傅先生走了。他昨晚还好好的，我把他送到酒店，然后才走的……"

　　原来今天上午，钟秘书到了办公室，却一直未见傅成雄来上班。打了数通电话却怎么也联系不到，便去了酒店唤他，谁知发现他在睡梦中已去世了。

怎么可能会如此？从前，再困难再痛苦的时候，父亲都能熬过来。如今他拿回了他想得到的一切，却合眼长辞。

傅佩嘉浑浑噩噩的似一抹鬼魂，做什么，怎么做，都似被上了发条般机械化。

所有的一切，都是莫孝贤帮忙的。叫人觉得搞笑的是，当年那些避她如蛇蝎的人，居然都来参加父亲的葬礼了，甚至如蜜蜂采蜜般不断地到她身边安慰她。

黄民仁自然是其一，他一如既往地"敦厚可亲""沉痛悲伤"："佩嘉侄女，节哀顺变。"

这些人与其说是来送父亲的，还不如说是想来与她身旁的莫孝贤打好关系的。

如今是洛海立山银行集团唯一的继承人的莫孝贤，不，钟秘书说，他为了能帮助父亲傅成雄得到立山银行的全力支持，答应了爷爷姜立山的一切条件，认祖归宗，如今他已经正式改名为姜孝贤。

他甚至答应爷爷姜立山的一切条件，辞去了医院的工作，进入了立山集团，从低层做起，积累经验。

钟秘书还说，傅先生很喜欢这个年轻人。

生荣死哀，葬礼极为隆重得体。结束后，大家纷纷向傅佩嘉告辞离去了。

不远处的大树下，从乔家轩的视线望去，只见傅佩嘉摸着墓碑，泪如雨下。

穿了一身黑色宽松衣衫的她消瘦得如同一个纸片人，甚至连腹部都瞧不出什么异样。

莫孝贤一手撑伞，一手扶着她的肩头，低头说着话。而后，两个人撑着一把伞相携离开，最终消失在了灰暗阴瑟的雨天交接之处。

暴雨如瀑中，乔家轩缓步上前。他凝视着墓碑上傅成雄的照片，良久方道："傅成雄，我恨你，但我也很想谢谢你。

"对你的恨和想要为父亲报仇，夺回我应得的，是我三十岁之前人生最大的动力。如果没有你，我想我也不会有今天。

"还有，谢谢你让我认识了佩嘉。她是我这些年阴暗人生中最温暖的一道光。

"事到如今，我们互不亏欠了。

"但我亏欠佩嘉的，我想我这辈子都补偿不了了。这些年来，我一直觉得你卑鄙无耻，可事实上我并不比你好半分。我一样地阴险狡诈卑鄙下作。

"像我这样内心阴暗自私无耻的人，是配不上佩嘉的。

"不过，我想——莫孝贤一定会给她幸福的。

"你放心，我不会去打扰她的。

"我会站得远远的，远远地看着她幸福。"

这日半夜，傅佩嘉蒙眬地醒来，忽然忆起今天是十二日，医院又要下催款单了。

傅佩嘉紧张地拧亮了台灯起身，把床头柜里的钱拿出来，她一张一张地数了起来。但数秒后，她停住了——

她突然想起来了，父亲已经去世了。

医院再不会有催款单了。

傅佩嘉顿时悲从中来，捂着脸，"呜呜呜"地痛哭了起来。

第二日，莫孝贤见了她，不由得叹气道："佩嘉，人死不能复生。伯父也不想你这样子的。

"来，这是你最喜欢的皮蛋瘦肉粥。乖乖的，把这碗都喝了。"

傅佩嘉行尸走肉一般接过，却一直端在手上，并不知道要去吃。

此时，手机响了起来。傅佩嘉搁下碗，起身去拿手机，但在见到显示屏的那个刹那，她整个人倏然紧绷。

是袁靖仁，他的助理。

莫孝贤瞧出了她的异样："是谁的电话？"

电话那头的袁靖仁说："傅小姐，我是小袁。不知你什么时候来办公室，有关公司的一些文件，乔先生让我转交给你。"

"好，我马上过去。"一听到乔家轩的名字，傅佩嘉转身便欲往外走。

莫孝贤拦住了她，语气不容商榷："佩嘉，再怎么样，也必须吃了东西再去。不然我不让你出这道门。"

傅佩嘉不得已，只好胡乱地往嘴里塞了几勺粥："我饱了。"

她火急火燎的，并没有注意到莫孝贤眼中一闪而过的心碎光芒。

傅佩嘉推门而进，看到了办公桌边站着一个人。耀眼晨光中，那个人背对着她，瞧不清面容。傅佩嘉心口发紧，不由得放缓了脚步。

此时，那人听见了响声，徐徐地转过身来。

不是他！是他的助理袁靖仁。傅佩嘉仿佛被人骤然抽了一巴掌，脸上兴冲冲的期待表情瞬间凝结住了。

"傅小姐，乔先生让我转交给你这些文件。"袁靖仁推了推办公桌上的几大摞文件。

"傅小姐，这里是公司一些正在进行的项目，这些是还在策划评估阶段的资料——如果你有任何不明白的地方，或者觉得文件有任何问题的话，都可以随时找我。"

"傅小姐，还有这些文件，需要你的签字。"

袁靖仁口口声声都称呼她为傅小姐。

从前他都是称呼她"乔太太"的。

傅佩嘉第一次怀念那个她曾经厌恶无比的称呼。

"他在哪里？"一直到袁靖仁交代完所有公事，告辞离开前，傅佩嘉才开口问他。

袁靖仁停顿了片刻，道："对不起，傅小姐，乔先生已经离开洛海了。他不和我联系，我是联系不到他的。我只是个小助理而已。傅小姐，请你体谅。"

"我要见他。"

袁靖仁回答她的依旧只有"对不起"这客客气气的三个字而已。

乔家轩如泡沫般地消失了。但他把最得力的助手袁靖仁留给了她。

最初一段时间，莫孝贤对袁靖仁是十分防备的。他不止一次地叮咛说：

"佩嘉，你别忘了，我们是如何拿回傅氏的。人心隔肚皮，不得不防。"

傅佩嘉不期然地便会想起当年乔家轩的那一句话："要记住了，下次不要再这么轻易地相信别人。被人卖了，还在帮人数钱。"

还有两人的最后一面。他毫无温度地对她说："世事如棋。傅小姐，想不到今日被卖还在傻傻帮人数钱的，是我乔家轩。"

"良愿终成，如愿以偿。恭喜你们了，傅小姐。"

无论隔多久，每每想起，傅佩嘉的胸口都会泛起一阵又一阵的钝痛。

然而，时日一长，傅佩嘉便觉得袁靖仁确实是在尽心尽力地帮助她。

有好几次，面对着董事会黄品优等人的责难，傅佩嘉不知如何是好的时候，都是袁靖仁私下里告诉她解决方案。

这也令傅佩嘉知道，商场并不是这么简单的。

每个夜晚，傅佩嘉都会把孩子的小衣服和小兔子玩具搁在自己枕畔，陪伴着自己入眠。她亦会给自己热一杯牛奶，抚着腹部，望着黑洞洞的远方，徐徐饮尽。

当温温热热的牛奶沿着口腔滑过喉咙，漫延至肠胃，她会觉得整个人安宁简静，仿佛他就在她身畔，正对她温柔以待。

傅佩嘉用这种只有自己知道的方式思念着离去的乔家轩。

这一日，立山银行大楼。傅佩嘉与助理在等电梯的时候，不期然地遇到了从里头出来的陈云西。

乔家轩离开后，陈云西也随之辞职了。傅佩嘉亲自挽留过她，但陈云西只说："傅小姐，你放心。以我的资历，在这个圈子里，找个工作还是手到擒来的。"

如今的她，在商业律师事务所工作，听说因能力出众能独当一面，深受上司和客户器重。

这一次，傅佩嘉主动提出邀请："好久不见，陈小姐。有没有机会一起喝杯咖啡？"

"好啊。"陈云西落落大方地应下。

两人谈了很多。谈起了宋贝贝，谈起了彼此的工作，但是完美地避开了乔家轩。

"贝贝现在自己弄了一间画室，专门教小朋友画油画。她很有画画天赋，常常说是得他父亲遗传……"

傅佩嘉由衷地替贝贝感到高兴。

"你预产期是什么时候？"

"下个月六号。"

陈云西看了看手表，微笑着饮下了最后一口咖啡，起身告辞："傅小姐，祝你一切顺利。下次我们有机会再见。"

然而，她只走了一步，便停住了："傅小姐，无论你相不相信，在家轩设的局里，他确实成功了。可是，他作茧自缚，自己亦深陷其中而不自知。

"他一直是爱你的。"

傅佩嘉淡淡苦笑："陈小姐，我想是你误会了。你跟他才是真正的一对。"

乔家轩只不过是为了复仇，才与她逢场作戏的。

"恋爱是两个人的事，每个女生的第六感都那么敏锐。他若是没有真的爱上你，你怎么可能感受到他的爱意呢？

"傅小姐，倘若家轩有半分爱我的话，以我陈云西的个性，是绝对不会把他拱手相让的。

"假如我说，我和乔之间，连接吻都未曾有过，傅小姐，你相信吗？"

这几句话若是从旁人嘴里说来，傅佩嘉必定嗤之以鼻。但陈云西这样娓娓道来，傅佩嘉却是相信并且惊讶不已的。

怎么会呢？贝贝不是一直在说乔家轩与陈云西已准备结婚吗？且当时几乎整个洛海城都有这种传言。再说了，当日她还曾目睹他们的求婚，为他们弹奏——虽然当时并不成功，但按乔家轩的个性，倘若真的没有半分心思，这种谣传是绝对不会出来的。

"我和家轩之间的很多事情都只是道听途说的美丽误会而已。

"我想傅小姐肯定一直不知，你当日弹奏钢琴的那个咖啡店，便是乔私人投资的。"

怪不得丁瑛当时对自己各种照顾有加，连上班时间都一再迁就她。是她太糊涂了，没瞧出半分端倪。

"比如孤儿院土地一事。本来那块地计划要与附近高价收购的土地合在一起，建一个大型游乐园。但家轩在见了一个叫小榕的孩子后，自己在董事会出尔反尔地把这个计划案给否决了，惹怒了董事会一干成员，建业黄家也就趁机利用了这件事情策划了后来的收购——那个小榕，听说是你当年一直资助的孩子。

"而我也知道，当年你们离婚后，他怕你出意外，特地安排了一个人，每天保护你的安全，了解你的行踪。

"还有很多的事情，傅小姐想要详细了解的话，可以问问袁助理。当时很多的事情都是他经手的。"

傅佩嘉呆住了。这些事情她从来不知道。

"这个世界上，很多人爱无数次，爱无数个人。但也有的人，一辈子只爱一次，只把爱给一个人。

"他会回来的。如果真的这么轻易离开的话，就不是爱了。更何况——"陈云西顿了顿，"你们还有爱的结晶。

"还有，他把袁助理留在你身边，除了在业务上帮你外，难道傅小姐从没有想到过其他吗？"

被陈云西这么一提点，傅佩嘉顿时灵光一闪，什么都明白了：袁助理一直在帮他照顾、观察、监视她。很有可能，每一天她见了什么人，做了什么事，几点上班，几点下班，乔家轩都知道得一清二楚！

不知是不是与陈云西交谈的缘故，傅佩嘉真的有一种感觉，觉得乔家轩在自己的身旁，从不曾远离。

这日，她与莫孝贤从甜品店出来，莫孝贤前去开车，嘱咐她在门口稍候片刻。

傅佩嘉忽然眼角扫到了一个熟悉的身影,她整个人倏然一震。此时一对情侣大笑着经过她身畔,轻轻地碰了碰她的手臂,手机便被他们从掌心带落了下来,跌在了脚边。

傅佩嘉浑然不觉,缓缓转动僵硬的脖子,但那抹影子已经消失无踪了。

或许只是自己日思夜想的错觉而已。傅佩嘉苦笑。

她试图蹲下来捡起手机。如今的她整个人似吹胀了的气球,肿得都已经看不到自己的脚背了。傅佩嘉小心翼翼地用手左右摸着。忽然,一条白皙的手臂伸了过来,捡起了手机,递给了她。

傅佩嘉抬头,看见了已经数月未见的宋贝贝。

宋贝贝皱着眉头,瞧怪物似的瞧着她的肚子:"顶着这么大一个球,还出来乱晃什么。要是一个不小心,我大—— 侄子有什么,找第一个找你算账!"

还是如此毒舌,得理不饶人。傅佩嘉却望着她缓缓笑了。

"笑什么!我告诉你,好好照顾我侄子,不然,你可是知道我的手段的!哼哼!"

傅佩嘉的笑意更是加深了。这个刀子嘴豆腐心的宋贝贝,不过是只纸老虎而已。

好半晌后,傅佩嘉方轻轻地道:"你大哥有没有跟你联系过?"

宋贝贝摇了摇头。

"如果他跟你联系的话,请你告诉他,那件事情,我半点不知情。"

宋贝贝并不答应,只说:"我有事要走了。"

她一跛一跛地离去,怪异地行走,自然吸引了很多关注目光。但宋贝贝抬头挺胸,似丝毫不介意。

如果不是自己的父亲,她本该被捧在手掌心长大,本该拥有旁人艳羡无比的人生。

傅佩嘉内疚地在心底道:对不起,贝贝。

她除了道歉,什么都弥补不了。

不过片刻,莫孝贤的车子停在路边,他推门下车,温柔体贴地过来搀扶她。来来往往的行人，看到如此登对恩爱的小夫妻，无不被他们吸引，露出欣赏目光。

车子驶出片刻后，傅佩嘉福至心灵一般，突然道："莫孝贤，掉头，回刚才的店。"

"怎么了，忘了拿什么东西了吗？"

"你快掉头就是了。"

在自己方才的等候之处，傅佩嘉果然再度看到了那一抹熟悉的身影。

此时，天空有大片的浮云掠过，泻下万千光芒。

那个人面对着他们车子离去的方向站着，似乎要这样一直呆呆地站下去，直至天荒地老。

傅佩嘉似企鹅般笨拙地推开了车门。对面的那人如触电一般，整个人骤然一震。

两个人遥遥相望，中间是川流不息的车辆。

也不知过了多久，傅佩嘉终于迈开了脚步，走向他。莫孝贤骇然惊呼："佩嘉，你疯了，这么多的车子——"

傅佩嘉不答他，迈着笨重的脚步一步步地走向了车流。一瞬间，马路上的喇叭声成串成串地刺耳响起。

如果没有陈云西的那些话，傅佩嘉是犹豫的，或许她会没有那个勇气走近他。

但此刻，她走的每一步都无比笃定！

因为她知，乔家轩决计不会不管她的。

有辆车堪堪擦过傅佩嘉的身，下一秒，乔家轩白着一张脸恶狠狠地指着她，厉声喝道："不许再动！听到没有？"

这一局，她傅佩嘉赌赢了！

傅佩嘉乖乖地听话，止住了脚步。

乔家轩终于在车流中穿梭了过来，站在她触手可及之处。

两两相望。

这一刻，天地静止，四下无声，世界仿佛只余他们两人而已。

番外·1
所谓的如愿以偿

傅佩嘉笨重地枕在乔家轩的腿上。乔家轩右手五指成梳，一下又一下地梳着她的头发。

"我的人生分好多阶段。十岁那年，母亲生下贝贝后去世，父亲把我送到美国私立寄宿学校，那个时候的我还懵懵懂懂，除了思念去世的母亲外，唯一烦恼的就是怎么打赢那些美国孩子，不受他们欺负。

"十三岁那年，贝贝四岁，我们曾氏破产，家里无法支付我的学习费用，我被迫从美国回来。那段日子里，父亲接受不了打击，醉生梦死，没有一天是没喝醉的。我一下子踮着脚长大了，不只要去偷偷做工，还要照顾贝贝，负责家里的三餐——那个时候我忙得连喘口气，都觉得是种奢侈。

"十三岁那年的秋天，父亲跳楼自杀了，我和贝贝被送进了孤儿院。那个时候，我的梦想就是希望有个好心的家庭可以一起领养我和贝贝，让我可以一直照顾贝贝。可是梦想只能是梦想而已，现实永远是血淋淋的。可爱甜美的贝贝被一户殷实的家庭看中，而十三岁的我已经是个大男生了，根本没有家庭会想要收养我。

"十三岁的那个下着初雪的冬天，我被迫与贝贝分离。看着贝贝哭泣着被人抱走，从那一刻起，我就告诉自己：曾东廷，如果你是个男人的话，就要为曾家报仇。你要好好的，你要用一切能力武装自己，你一定要找回自己的妹妹，给她一个完整的家！

"从那日起，我就像突然变了一个人。我开始有计划地与从前的美国同学联系，把我们家发生的事告诉了他们。那些人都是经过我精心挑选的，无一不是家境优越，教养良好。数个月后，我终于如愿了，一个同学的家长知道了我的情况，非常同情我，向我提出了收养的想法。于是，我顺利地去了美国，改名换姓开始求学。从那时起，在每一个入睡前的夜晚，我都会提醒自己：曾东廷，永远不要忘记复仇，永远不要忘记找回贝贝。

"十四岁到二十四岁，我努力读书，学习各种技能，做各种规划，为复仇做好一切准备。别人一天努力数个小时，但我的一天除了必要的休息，一直不断在学习在努力。复仇和早日找回贝贝是我生活中的一切动力。

"二十四岁那一年，我用乔家轩的名字回到洛海，后来通过各种关系，终于找到了贝贝，把她送去了国外念书。

"二十八岁那一年，我在黄家遇到了你……

"这是我所有的故事。

"嘉宝，从此以后，我对你坦诚以待，再无任何秘密。"

傅佩嘉听得眼圈刺痛，泪水如小蟹早已经爬满了她整个脸庞："对不起，如果不是我爸爸的话……"

乔家轩温柔地拂去她眼角湿润的液体，轻轻道："嘉宝，我对你父亲的感觉很复杂。我恨他，讨厌他，可是有的时候却又觉得如果没有他的话，我们根本不可能会相遇，我的生命里就不会有你。

"因为对你父亲的恨，曾经对你做过很多很不好的事情。请你原谅我，好不好？"

傅佩嘉慢慢地扶着腰直起了笨重的身子，却道："有件事情，这辈子我只说一次。"

见她如此慎重，乔家轩心里头有些惴惴不安，凝望着她，屏息静气地等待她的下一句话。

"我从来不知道我爸爸的计划。如果你不相信的话，我用曾子波的名字来发誓。"

乔家轩眉头微蹙："曾子波是谁？"

"你儿子！曾东廷，你这个傻子！"傅佩嘉终于笑了。

在傅佩嘉的惊呼声中，乔家轩紧紧地一把搂住了她。

良久后，他缓缓地道："嘉宝，谢谢你。谢谢你原谅我。

"嘉宝，如今，我有了新的梦想。我的梦想是有你，有子波，一饭一蔬，怡然自得。

"嘉宝，你愿不愿意让我梦想成真？"

傅佩嘉任他将自己拥在怀里，她的回答是伸出手，紧紧地搂住了他的脖子。

窗外是漆黑一片的日月湖，极目远处则是洛海红尘万丈的夜景，灯火璀璨，十里繁华。

窗里，是两人拥吻的画面。

人生所谓的如愿以偿，不过如此而已。

乔家轩只愿这完美圆满的时光，绵绵延延，永没有尽头。

番外·II
小老虎

在与宋贝贝的这一段男女关系中，莫孝贤一直冷眼旁观宋贝贝的接近，不拒绝，也不主动，不承诺。

但渐渐地，他发现宋贝贝从未向他要求过什么，她似乎也只是把它当成游戏而已。

不过，宋贝贝煮饭的手艺倒是不差的。一手家常小菜，每道菜都很对他的胃口。

"我养母她时而清醒时而糊涂，我没有办法，为了不饿肚子，只好自学做菜。几年下来，就有模有样了。我想过开一家私房菜馆，以我的手艺，肯定客似云来。唉，可惜我……怎么也不肯答应。"有一次，她这样对他说。她知道他不喜欢提及她大哥，每每提及，总是很精简地跳过。

天冷的时候，她用小砂锅炖煮各种汤，搁在用小罐燃气的小灶上，用小火煨着，汤头"咕嘟咕嘟"地冒着泡。叫他想起过往母亲在煤炉上熬煮的那些浓汤。

那个场景里有一种家的温暖，铺天盖地地袭来。

记得他第一次吻她，是在乔家轩与傅佩嘉的结婚之日。他一杯接一杯，饮下了不少酒，踉跄地在路旁拦了一辆车回家。然而，到了自家楼下，便看到了从另一辆车子下来的她。

他头晕眼花，大皱着眉头，口气并不友善："喂，你跟着我干吗？"情敌的妹妹也是半个敌人，他自然不必给敌人什么好脸色。

"我只是想确定一下你会不会被人劫财而已。至于劫色我倒是不担心，毕竟有的人也没有。"宋贝贝从来都与他针锋相对，这种时刻依旧不忘讥讽他一句。

"好了。现在你确定好了，可以回去了吧？"他大手一挥，话音未落，胃里的酒意翻涌而上，他趴在路边的垃圾桶上大吐特吐。

后来隐约记得是她扶着他回家，拧了毛巾给他擦脸。

他极不耐烦地拨开她的手。耳畔忽远忽近地传来她清脆如玉珠的声音："喝得这么醉，居然还会发脾气。叫你发脾气，叫你发……"她像泄愤似的用毛巾恶狠狠地在他脸上搓来搓去，莫孝贤觉得自己的脸似被人揭了皮般，火辣辣地发疼。

后半夜，莫孝贤头疼欲裂地醒来，只见宋贝贝趴在他的床沿睡了过去。

白白嫩嫩干干净净的一张脸，近在咫尺，很惹人怜爱。

莫孝贤有一瞬间的愣怔。"惹人怜爱"？！莫孝贤觉得肯定是自己醉糊涂了还没有醒来，牙尖嘴利的她决计与怜爱可爱这种词搭不上边。

可是更叫人糊涂的是，他瞧着瞧着，也不知哪里来的冲动，忽然凑了过去吻住了她。

她终于被他弄醒了，睡意蒙眬的杏眼里，惊慌羞涩不已。

第二天，他再醒过来的时候，她已经不在公寓里了。

此后，宋贝贝再没有出现在他面前。

再一次见面，已经是一个多月后了，他从立山银行出来，开车经过一个街道，无意中看到穿了条格子围裙的宋贝贝站在一个小画廊门口，笑吟吟地弯着腰与孩子们一个一个挥手道别。

她的笑，俏皮可爱，是他从来未曾见过的。

印象中，她从来都是尖酸刻薄，得理不饶人的。

车子缓缓而过，她如流萤，消失在了后视镜中。

隔了数日，同一时间段，他再度经过了那条安静的街道，下意识地去寻她。果然，再一次看到了她站在门口，与一群孩子告别。

一时的冲动下，莫孝贤停了车子，缓步来到了画廊。

不大的空间，布置得清清爽爽。两面墙上，错落有致地挂着几幅油画。

他眯着眼仔细辨认，只见上面的签名是潦潦草草的一个字，隐约是"欢"字。

店铺没有人，有道布帘隔开店铺和后面的房间。

宋贝贝背对着他，凝神专注地在作画。认真得连他进入都未有任何察觉。

莫孝贤也不知怎的有一股薄薄的怒气瞬间涌了上来：这么僻静幽深的街道，外头的店铺也没人看守，他要是坏人，看她怎么办？！

默不作声地站在她身后片刻，宋贝贝方似有所察觉，缓缓地转头。看到是他，她似吃了一大惊，骤然后退，把画架上的那幅画都撞落在了地上。

"你怎么知道我在这里？"她好似被猫吞了舌头一般结结巴巴。

她躲避着他的视线，不敢与他四目相接。因靠得近，莫孝贤看到了她的脖子耳朵一分分地红了起来。

似春日枝头樱花的那种粉嫩，叫人想一亲芳泽。莫孝贤顿觉一阵口干舌燥。

怪不得一直有一句话说，一旦男女之间有了那种关系，便暧昧了起来。莫孝贤觉着此话半点不假。

他弯腰替她捡起了那幅画："路过正好看到。"

"哦。"她胡乱应了一声，再无其他话。往日伶牙俐齿的她，似乎变成了另一个人。

她的表情很明显地表达出不想见到他。莫孝贤识相得很，便道："我走了，再见。"

他根本不知，他转身后，宋贝贝目送着他离开的迷离复杂的目光。

本来，一切应该到此结束的。

但某个夜晚，他加班回家经过那个街道，居然看到了那个小画廊里依旧亮着灯光。莫孝贤环顾四周，安静的街区，只有斜对面一家咖啡店此时还在营业中。

莫孝贤皱着眉头停下了车。

外头照例是没有人，掀了帘子进去，才发现宋贝贝正在教孩子们画画。原来她晚上都有课。

她凝神静气，认真专注地握着一个孩子的手，正在教孩子怎么落笔。

这样子的宋贝贝，他也是从未见过的。

他静静地站着，直至课程结束，家长们把孩子接走。

他双手插兜，懒洋洋地问她："要不要送你回家？"

"不用了，我自己打车就可以了。谢谢。"她与上次一样拒人于千里之外。

"好。"他笑笑，转身离开。

他从来都不是爱管闲事的一个人，除了对傅佩嘉。

在他人生十六岁到三十岁这段时间，傅佩嘉于他而言，是青春年少的暗恋，是在他与母亲最需要帮助的时候毫不犹豫向他们伸出手的恩人，是他一直想要报答的对象。他曾经跟自己约定过：要一辈子对傅佩嘉好。

他也一直这样做着。

在乔家轩离开的日子，他不止一次地向傅佩嘉求过婚，哪怕他知道她从未爱过他，她从来只是把他当成朋友。

如果佩嘉愿意，他是真心诚意地想要照顾她和她的孩子一辈子的。

佩嘉幸福，佩嘉开心就好。

他的幸福开心算什么呢？母亲去世后，孤单的他便再没尝过真正开心的味道了。

那一晚是母亲的死忌，他喝醉了，趴在阳台上的栏杆上，远眺洛海城的夜景。深冬的风，带着冷雨，吹来的每一丝都犹如刀片，割得人生疼。

远处有烟火升至空中，瞬间灿烂，而后归于黑暗。

莫孝贤突生了无边寂寞。

佩嘉有乔家轩，连他又恨又讨厌又忍不住想要去关心的那个老头身边都有一个蔡伯。可为什么只有他，是孤零零的？

他脑中突然闪过了宋贝贝那张白嫩清纯的脸。那个晚上，她紧张失措地抓着他的手臂，娇软地攀附着他，细细喘息的模样……有那么恍惚的一瞬间，他曾有种她是他的的错觉。

大约是酒精的作用，鬼迷了心窍似的，莫孝贤摸出了手机，冲动地拨出了电话。

"喂——"宋贝贝的声音清清脆脆，出乎意料地好听。

"是我。"

那头有数秒的静止："有事？"

莫孝贤忽然不知如何回答。他有一丝后悔，便握着手机从阳台上直起了身子。冻僵的手也不知怎么一动，手机便从僵硬的掌心滑落了。莫孝贤眼睁睁地看着它一点点地往下坠去，直至地面"啪"一声轻响遥遥传来。

从这么高摔下去，想来都支离破碎了，去不去捡也没什么分别。

莫孝贤头昏脑涨地在阳台上又站了半晌，便回房了。

在客厅，他饮光了最后一杯酒，进了浴室。然而，等他沐浴好拉开浴室门的时候，便听到大厅里的门铃声大作。

这么晚了，这么冷的天，且还下着雨，会是谁呢？莫孝贤擦着头发去开门。

门口站着的人是宋贝贝。见了他，她紧张的表情骤然放松了，缓缓呼出了一口气："你没事吧？"

莫孝贤奇怪至极："我会有什么事？"

"我以为你发生了什么不测……"

莫孝贤想起了那个"坠毁"的手机："哦，刚刚手机不小心掉到楼下了。"他这才注意到宋贝贝从头到脚都已经湿透，特别是脚上的那双雪地靴，所站之处的大理石地面渐渐凝成了一个小水洼。

她不会是步行而来的吧？莫孝贤怔怔地盯着她的脚，不可思议至极。那一刻，有种说不出的感动一点点地弥漫了整个胸腔。

这个世界上，除了母亲，从未有人这般重视过他，对待过他。

他长时间的凝视令宋贝贝把脚轻轻地往后缩了缩。

"你没事就好。"宋贝贝转身准备回家。

莫孝贤一把捉住了她的手臂："你担心我？"

"没有，谁吃饱了撑的来担心你？"她回答得斩钉截铁。

莫孝贤望着她，忽然高深莫测地笑了。他轻轻地俯下头。宋贝贝骤然瞪大眼睛，"咚"地后退一步，动作之大，令莫孝贤脸上那抹古怪的笑意越发深了："你怕我做什么？"

"我哪儿有怕你？"宋贝贝抿着嘴，不甘示弱地瞪着他。

"好，那你别躲。"

"我躲你做什么。"

"好，这可是你说的。"

话音未落，宋贝贝便眼睁睁地看着莫孝贤一用力，把她抓进了屋子，扔在了沙发上，亲自替她脱下了鞋子。

"不要看，好丑——"

"一点都不丑。"他的声音低如呢喃，他的手指一点点地摸上了她脚腕处那条蜈蚣般丑陋的大疤痕，似燃起了火苗，叫人灼热不已。

宋贝贝并不知道两人之间算什么。

是恋爱吗？不像。但不是恋爱吗？好像也不是。

然而，她已经深陷其中了。

她喜欢她生病的时候，他对她的照顾。

她喜欢看着他吃光她亲手做的每一道菜。

她喜欢与他在一起的感觉。

但他喜欢吗？他真的会喜欢自己吗？不介意自己的跛脚吗？宋贝贝不知道。她在旁人看不见的暗处，其实是深深自卑的。

有一次，她陪大嫂去医院，看到了莫孝贤与一个气质极好的女生热络地在医院门口告别。那人一袭医生白袍，睿智从容。她听见他唤她"从彦"，低低沉沉的，十分好听。宋贝贝垂头看着自己的脚，再一次深刻地体会到了什么叫"自惭形秽"。

又一次，她与大哥大嫂一家吃饭，无意中看到了他与一个美貌女子在用餐。他显然并没有看见她，后来买单离开，两人在门口也不知说些什么，那女人便火热地吻住了他。他倒是拒绝的，冷着脸猛地一把推开了她。而后，他看到了他们一家，眼中闪过几丝狼狈愕然。

那女人反而微笑着与大嫂打了招呼："乔先生，佩嘉，想不到在这里能遇到你们。"

大嫂只轻轻颔首，连一句"你好"都欠奉。

她问大嫂："她是谁？"

大嫂说："是完全无关紧要的一个旁人，根本不必浪费脑细胞去记住。"

那晚回到家，莫孝贤半句解释也无。既然他不说，她便什么也没问。

从那时起，她便有几分去意了。

最后下决心，是因为她听到他在与蔡伯通电话："办什么喜事？蔡伯，你和爷爷都想太多了，我和她什么也不是。对，我们是住在一起，但我们只不过是在一起相互取暖的两只小动物而已。"

宋贝贝站在他身后，只觉得凉意顺着脚底板一分分地爬了上来。

那一刻，她真正地明白了过来，她与他之间，对他而言，不过只是小动物间的互相取暖而已。

宋贝贝曾经看到过这样子的文字："一段感情不知道怎么开始不重要，但重要的是知道怎么结束。"

做人最要紧的是有自知之明。

隔了数日，她敲开了他书房的门："明天我就搬走。"

一段关系断在恰到好处之时，也是好的。总比日后狼狈不堪，连怀念都不能的好。

莫孝贤的反应只是倏地抬头，看了她一眼。但仅仅是一眼而已，他复又低头，埋首在大堆的文件之中。

他数年前为了帮助大嫂傅佩嘉打败大哥乔家轩，亲口答应他爷爷离开医院进入立山银行。隔行如隔山，他又是个好强的人，所以回到家每每加班到凌晨。

他的辛苦，她一直是知道的。

那一晚，他并没有回卧室。

第二天，趁他上班之际，她收拾了所有行李，没有留下任何痕迹地离开了。

自此，两人再没有相见。

大嫂傅佩嘉得知此事后，与云西姐两个人轮流请她吃饭喝咖啡，陪她看电影，她从来只是笑眯眯的："我很好。"

"真的吗？"

"我们只不过是两只小动物，太孤单寂寞了，所以彼此在一起取暖而已。"宋贝贝微笑若花，仿佛是说给自己听的，"真的就是如此而已啦。

"大嫂，我的事情你千万别跟大哥说。"

"你这个小傻子，以你大哥的精明能干，你瞒得过他吗？不过，他为了你，现在什么也不能做。总不能去打莫孝贤一顿，他比你还怕把他给打跑了呢。"

"大嫂，你跟大哥说我很好。不用他操心。"

"傻妹子，你大哥啊，对我们这家子注定了是要操一辈子心的。你让他去吧，反正也乐在其中。"大嫂温柔地在她耳边款款细语。宋贝贝眼眶热了起来："对不起，大嫂，我以前对你态度那么差。"

"又说傻话了。那大嫂我每天也要不停地跟你说对不起了。我们不是约定好了，要把以前的事情都忘了吗？以后再不许说这样子的话了，知道不？"

"大嫂，大哥有你真好。"

…………

没有他的日子，一天又一天。洛海城渐渐地转凉了。

有一天下班时分，突然地接到他的电话，宋贝贝瞬间变成了个木头人，屏住呼吸，一时也不知道说什么。

他在那头也不说话。

由于神思恍惚，穿过马路时，她并没有注意到对面的绿灯已经转为了红灯，有车行驶而来，她只发出了一声惊呼，手机便飞了出去。

司机是一个戴着眼镜的年轻人，才拿了驾照几个星期。他战战兢兢地下车，诚惶诚恐地扶着她到路边的椅子上检查伤势。除了那个被轮胎轧住，已经大卸八块的手机外，她什么事都没有，连皮都没蹭破一点。

司机总算是惊吓着开车离开了。

突然，有车子"刺"一声停了下来，有人仓促下车，牢牢地一把抱住了她，语气焦灼，隐带了一分颤抖："你没事吧？"

竟然是他。

一连数日枯燥烦琐的会议，已经压垮了莫孝贤最后的忍耐。中场休息的时候，他回到了自己的办公室，凝神眺望着楼下的梧桐树。枝叶已经枯黄，一阵风刮过，便告别枝头，缓缓坠地。

他又无端地想起了宋贝贝。

事实上，自打最近傅佩嘉来找他，在闲聊中告知了所有宋贝贝的往事后，他便中邪了似的，总是会不时地想起她，带着爱怜心疼的思绪。

原来宋贝贝看似嚣张跋扈，其实一直比自己更可怜几分。

在手机里按下了那个号码，思忖良久，莫孝贤终于按下了拨通键。

但还没有说任何话，她"啊"的惊呼声便尖锐急促地通过手机传入耳中，而后，一阵惊心动魄的刹车声，最后是叫人心惊胆战的炸裂声带来沉重冗长的忙音。

盯着掌心里的手机，莫孝贤只觉自己被一寸一寸地凌迟了。

他终于明白了，为何那一日她冒着大雨前来，只为了问他一句："你没事吧？"

下一秒，他猛地冲出了办公室，不顾秘书在他身后呼喊之声："姜先生，十分钟后有个重要会议——"

宋贝贝被他强壮的手臂箍得生疼，但空洞洞的心上瞬间开满了一种叫作喜悦甜蜜的花朵。

原来他也会担心她。

"我们之间只是互相取暖而已吗？"事实上，她对这句话介意得紧。

"你说呢！"他的口气恶狠狠的，没一点好气。

后来的宋贝贝花了一辈子的时间去寻找这个答案。

"那个吻你的女人是谁？"宋贝贝其实也一直耿耿于怀。

"哪个？"

"和你在餐厅门口热吻的那个。"

"完全无关紧要的人。"跟大嫂的话一模一样，像是串通好了一般。

宋贝贝"哼"了一声转过身，不想理他。莫孝贤拉住了她的手，无奈地微笑道："好了，我说。她是我跟你大嫂的高中同学，叫林又琪……"

莫孝贤是在美国留学的时候再度遇见林又琪。在一个陌生冰冷的国度，能够遇见自己的老同学，且这个人还是自己心上人的闺密，莫孝贤自然是有些小小喜悦的。他喜欢听她讲傅佩嘉的趣事，所以对林又琪一点一滴的接近也不怎么排斥。

某个节日狂欢后的第二天清晨，他醒来后发现了与他一样赤裸的林又琪。他头疼欲裂地进了浴室洗漱，穿好衣物出来对林又琪说："你走的时候记得帮我关上房门。还有，以后不要再出现在我面前了。"

薄被单下本来娇羞可人的林又琪顿时怒不可抑："为什么？昨晚你明明快乐喜欢得很。"

莫孝贤看着她冷冷地笑了："你知道我学的是什么专业吧？居然还敢在鲁班门前耍斧头。"

林又琪的脸色渐渐发白。

"你在酒里下了那种药，是头猪喝了，也会被你勾引到手！"莫孝贤取过了一旁的外套，毫不犹豫地往外走，"记得关门。"

之后，林又琪又数度过来纠缠。

"后来我才知道，林又琪不知从哪里打听到了我的身世，知道我是姜立山的孙子，故意接近我。为了不跟她有什么牵扯，我很快搬了家。之后就再没有见过。

"世界上，很少有像你这样的傻瓜了，跟我这样一个有钱有势的人在一起，居然什么也不贪。"

"切！说得我好像很穷一样。我告诉你，莫孝贤，别看我的画一张都没卖出去，但我好歹也是个小富婆！"

莫孝贤"扑哧"一声笑了。

"笑什么？"宋贝贝抬手就揍他。莫孝贤抓住了她的手，认真地道："我和她之间，就这样而已。那天是偶遇，正好是午餐时间，我本来一个人好好地在吃饭，她二话不说就坐了下来，我总不能把她赶走吧。就这样心不甘情不愿地请她吃了一顿饭——谁知道她发神经突然就吻我。我有推开她的。"

"有吗？！你明明很享受。"宋贝贝冷哼了一声。

"享受？你肯定是没见过我享受的样子。"莫孝贤陡然欺身上前，封住了她的嘴，深深地吻了起来。

宋贝贝猝不及防，被他狠狠地欺负了一阵。最后，莫孝贤放开了她，似笑非笑道："我享受的样子是这样的。"

她气恼不过，抬手重重地打了他一记。莫孝贤呼痛，下一秒却抓住了她的手，替她揉了揉，无可奈何地笑了："唉，真像某只动物。"

"什么动物？"

莫孝贤自知失言，怎么也不肯回答。

很多年后，宋贝贝还是对动物一说耿耿于怀："你说我到底是什么动物？"

那个人埋首于医学杂志中，头也未抬："老虎。"

这些年，他无法从事自己最爱的医生工作，只好在打理银行的工作之余，看些医学杂志以做消遣。但立山银行这些年，却在他井井有条的打理下，股东效益逐年提升。

连大哥乔家轩都不止一次赞过："能干的人到哪里都是能干的。"

宋贝贝眉头抽了抽："母老虎？"

莫孝贤终于搁下了手里的杂志，朝她招了招手："过来。"

宋贝贝很是心不甘情不愿。

"我第一眼看到你的时候，你正在冲你大嫂发火。"

她记得的，那是在医院，大哥的重症监护室前。

"我当时以为自己看到了一只发怒的小老虎。"他轻轻地摸了摸她的脸，缓缓地笑了，"这些年过去了，你还是那只小老虎。"

是他姜（莫）孝贤这辈子想去心疼心爱心怜，想要去保护的那只小老虎。

结局于宋贝贝而言是无怨无悔。

番外·Ⅲ
命运之矛

这一日，李长信在医院门口看到了乔家轩熟悉的车子，便不客气地拉开了车门："乔，我到下班时间了，要不要陪我去喝一杯？"

两人去了一家酒吧，各自叫了两瓶啤酒。

脱去医生长袍的李长信眉目深邃，与斯文冷淡的乔家轩形成了强烈对比。

"乔，当年之事，你后悔了吗？"

乔家轩仰头喝了一口酒，抿着嘴角不说话。

好半天，李长信缓缓地说了一句话："乔，我爱上她了。"

乔家轩有一丝愕然："你的这个她，指的是你老婆？"

李长信饮了口酒，苦笑不已："是啊。想当年，我信誓旦旦，这辈子都不会爱她的。可是，我却不受控地爱了。且这种感觉还该死地好！"

乔家轩对他当年结婚一事的原委知道得一清二楚，所以无法不惊讶。

李长信轻轻道："乔，现在我终于明白了，人生啊，很多时候跟自己最初想象的模样有可能是天差地别的，但最重要的是，自己觉得幸福就好。是不是？"

乔家轩自然知道李长信的话一半是在对他说的。

"是，所以我现在想狠狠宠她狠狠爱她。每次都有种再不宠再不爱，可能下一秒就没有机会的感觉。像我这种孤儿，对家庭和爱的渴求通常都超过常人。得到过再失去的，原来比不曾得到过要痛苦百倍。"乔家轩对自己唯一的好友李长信直言不讳。

"可是，以你们目前的状况，傅小姐她随时会离你而去。"作为好友，李长信不忍他自欺欺人，毫不客气地一针戳破。

乔家轩良久不语。好半天，他才道："我知道。所以，我更珍惜现在的每一分每一秒。"

与李长信告别后，乔家轩开车回家。李长信的那句"乔，当年之事，你后悔了吗？"一路上却不停地盘旋在他的耳边。

乔家轩也不止一次地问过自己。可是，他自己也不知道。

如果当年他不是执意报仇，生命中可会遇到傅佩嘉？如果当年他能后退一步，是不是结局也会不一样？

乔家轩真的不知道。

人生不可能会从头再来，所以多想也无益。

如今最重要的事情，是他要用什么办法永远地留下傅佩嘉。

如果计划失败了，他还是可以拥有一个她和他的孩子。

如果赢了，他便拥有了整个世界。

幸好最后，命运终究还是深深地宠爱了乔家轩一次！

番外・IV
甜辣番外

　　纽约某公寓。大片的落地玻璃窗外，是大片的海湾，白沙细腻，极目远眺便是无穷无尽的碧蓝。此时是落日时分，海面上大片大片的金黄，随着海浪荡起一层一层的涟漪。

　　犹如眼前摇曳不已的白纱。傅佩嘉眼里已渐失焦点，只觉得眼前一片白色萦绕，她摇着头呜咽几声，几近抽泣，低低地哀求道："家轩，别……不要了……"

　　乔家轩的吻连串地落在她雪白腻人的脖子上，在她耳边哄道："还不够，记不记得上回我们在这里，你把那纱帘都扯破了，后来不得已只好换了。那日，我好像也是这样爱你的。"

　　那日，他本是与贝贝有约，但由于染了感冒，便吃了药在家休息。醒来也是这样的傍晚光景，他看到她一身白裙，坐在钢琴前温柔弹奏。

　　后来，便陷入了她无边的温软中，这样那样地爱她，怎么也不肯餍足。那次约会，自然放了贝贝鸽子。

341

忆起那火热往事，傅佩嘉又羞又躁又委屈："还不都是你……嗯……"自家公寓，除了两人外，连花木兰都不在，但她仍旧害羞不已。一声甜腻不堪的呻吟泄露后，她软软地抬手捂住了自己的唇。偏偏这么一来，没有纱帘支撑，整个人便失去了重心。乔家轩及时地探手揽住了她的腰，埋唇在耳上磨蹭，喘息着道："原来你喜欢这样……"

呼吸又湿又重地喷在她耳畔，麻麻痒痒地引起傅佩嘉一阵战栗，傅佩嘉闪躲着想避开。但乔家轩的一再攻击，令她似小兽般在他身下颤抖不已，不过片刻，她的手已经无力捂住嘴了："胡说，我没有……"

"没有？！"乔家轩似笑非笑地哼了一声，手下故意一番作恶，已到绝境的傅佩嘉顿时生生被他逼至了悬崖边，"啊"一声娇呼后，她眼睁睁地瞧着自己跌下了万丈深渊……

失控的混乱不堪中，有只手覆上了她的，黏腻腻地与她十指牢牢相扣。

"嘉宝，我爱你。"

如今，是他缠着自己说这三个字。傅佩嘉有时候真真恍觉如梦。他在人前冷冷淡淡，冰块似的一个人，偏偏人后每天热情如火，真叫人有分裂之感。

"又不专心了。"

傅佩嘉再度惊喘不已："别这样，家轩——"

那"轩"字尾音如诉如泣，腻人至极，乔家轩觉得自己一辈子也听不厌："嘉宝，再叫一声。"

他越说傅佩嘉越是不肯，捂着嘴偶尔泄露几声呜呜咽咽的呻吟。偏偏她这副酥软媚人的模样也是乔家轩的最爱，总叫他有种"无论怎么欺负她都不够"的感觉。

渐黑的室内，只余落地玻璃窗处的白色纱帘一直涟漪不断。

梅子的话

大家好!

这是一本很早的书,由于十年前家中进贼,电脑失窃,我就没有了原文,完全不知道自己写了些什么,隐约记得是复仇。某一日,自己无意中在某个网站看到了自己的这篇文,打开一看,晕倒了:这是我写的吗?(哈哈哈)怎么可以写得这么烂?遂萌发了重写的念头。

这篇文,除了几个名字和书名与原来那本一样外,其他的每个字都是重写的。

梅子向来喜欢复仇这种题材,但这种题材的一般设计是男主接近女主,虐身又虐心。因为实在有太多人写了,梅子就想着是不是可以写得不一样一些,于是就从男主复仇结束后这个时间点开始,构思了这个故事。这篇文应该算是恩怨情仇、失而复得的一种类型吧,涉及了一点点的商战。

不知道大家看完这个故事后会有什么感觉。但梅子在写的当时当刻,已经努力+尽力了。这次应了某个书迷的要求,羞涩地尝试着写了一篇甜辣番外。但梅子实在文笔有限,用了整整一个下午才写了寥寥数百字。看来啊,梅子实在是没有写辣文的本领,大家将就着看看,千万别吐口水啊。

偶尔满足一下书迷的可爱要求，自己也练练笔，写一点自己不擅长的东西，梅子也很欢乐（嘿嘿嘿嘿）。

希望大家喜欢。也愿意接受大家的各种批评指正。因为你们的陪伴，所以梅子才有动力，想写好每一个故事给自己，给你们。

当年写着玩玩的时候，从来没有想过某一天玩着玩着会在这里玩出一片天地，所以一直浑浑噩噩的，从来没有计划，也从未想过要达到什么目标。如今亦是。

人与人之间是讲缘分的。缘分尽了，便会散了，强求不得。人与书之间，人与工作之间，人与万事万物之间亦是如此。

在能写的时候，唯一希望的是写各式各样的爱情故事，写很多爱情里的状态。（知道大家喜欢看梅子写虐文，但梅子还是希望能做各种不同的尝试。不过请大家放心，梅子还是会以《有生之年，狭路相逢》这样的虐文为主。毕竟梅子自己也爱写爱看虐文，每次写起来都觉得好爽。）

祝自己能够如愿。

也愿你们在生活中的每个梦想都能如愿以偿。

亲爱的，我们来日方长！

梅子黄时雨于浙江嘉兴

2017 年 12 月 10 日

图书在版编目（CIP）数据

似曾识我 /梅子黄时雨著.—长沙：湖南文艺出版社，2018.1
ISBN 978-7-5404-8300-5

Ⅰ. ①似… Ⅱ. ①梅… Ⅲ. ①长篇小说–中国–当代 Ⅳ. ①I247.5

中国版本图书馆CIP数据核字（2017）第215688号

上架建议：**青春文学·爱情**

SI CENG SHI WO
似曾识我

作 者：梅子黄时雨
出 版 人：曾赛丰
责任编辑：薛 健 刘诗哲
监 制：毛闽峰 赵 萌 李 娜
策划编辑：郑中莉 沈可成 张丛丛
特约编辑：王 静
营销编辑：贾竹婷 雷清清 刘 珣
封面设计：棱角视觉
封面插画：中下游
版式设计：梁秋晨
出版发行：湖南文艺出版社
　　　　　（长沙市雨花区东二环一段508号 邮编：410014）
网 址：www.hnwy.net
印 刷：北京正合鼎业印刷技术有限公司
经 销：新华书店
开 本：875mm×1270mm 1/32
字 数：315千字
印 张：11
版 次：2018年1月第1版
印 次：2018年1月第1次印刷
书 号：ISBN 978-7-5404-8300-5
定 价：38.00元

若有质量问题，请致电质量监督电话：010-59096394
团购电话：010-59320018